LILIAN
MUSCUTT

FLUSS
RAUSCHEN

W0313324

ROMAN

www.flussrauschen.de

Lektorat: Friederike M. Schmitz · www.prolitera.de
Satz & Layout: PCS BOOKS · www.pcs-books.de
Covergestaltung: OOOGRAFIK · www.ooografik.de
Coverfotos: Lilian Muscutt, #101855840 | Urheber: tugolukof, #124231244 | Urheber: oldpixel; www.fotolia.com; #2130047 | Urheber: Ilkka Koivula, www.pixabay.com

Druck und Verlagsdienstleister: Lightning Source (UK, USA, Australien)

ISBN-Print: 978-3-9818878-08
ISBN-eBook: 978-3-9818878-15

ERSTER TEIL

AN UFERN

PROLOG

4. FEBRUAR 2013

Eisiger Wind zieht über den Fluss ans Ufer, fegt über vermoderndes Laub hinweg und durch dorniges Gestrüpp, bis er zu einem Fachwerkhaus gelangt. Das Gebäude liegt im Wald, umzingelt von Dunkelheit und Bäumen, die ihre Äste wie knochige Arme in die Höhe strecken. Der Wind fährt über die Schieferfassade und rüttelt an den morschen Läden, als wolle er sich ankündigen. Dann dringt er, begleitet vom Rauschen des Flusses, durch die Fensterritzen in einen Raum im Obergeschoss.

Hier sitzt eine junge Frau vor einem Bett. Sie spürt nicht den Wind, der in ihren Nacken sticht. Auch nicht den Angstschweiß, der ihren Körper frösteln lässt, oder die Wunden, die sie sich zufügt, während sie ihre Fingernägel durch den Baumwollrock in die Oberschenkel krallt. Sie beißt sich auf die aufgeplatzten Lippen, presst den heißen Atem durch die Nase. Immer wieder, kurz und heftig.

Es ist 5.10 Uhr.

Sie hat zwei Tage nicht geschlafen.

Sie sitzt aufrecht wie eine Zinnfigur – gehüllt in eine viel zu große Strickjacke, die seit Jahren ihren Dienst erfüllt, indem sie Blutergüsse und Schürfwunden versteckt. Auch der Rock, der auf die Spanplatten herabhängt, dient als Versteck.

Für die Scham.

Die Schuld.

Die Schande.

Während die äußeren Wunden von selbst verheilen, reißen die inneren immer weiter auf.

Vor allem jetzt, in diesem Augenblick.

Wie Krater bei einem Erdbeben.

Die junge Frau kann nicht glauben, was sie eben gehört hat. Der Schock hat ihren Körper eingefroren. Das Zeitgefühl hat sie verloren. Deshalb weiß sie nicht, dass sie bereits seit über drei Stunden in der gleichen Position am Bett verharrt, mitten in der Nacht – wie ein gestrandeter Eisbrocken, gegen den die Wellen peitschen. Die Wellen, das sind ihre Gedanken.

Der Ofen ist längst erloschen. Gerüche nach erkalteten Briketts, Stockflecken und klammer Wäsche ziehen durch den spärlich ausgeleuchteten Raum. Ockergelbes Licht dringt durch den Stoffschirm einer Lampe, die auf dem Nachttisch steht, umhüllt die Bibel, Medikamenten-Fläschchen und Einwegspritzen und auch das hölzerne Jesus-Kreuz, das über dem Kopfende des Bettes hängt.

Hier liegt eine sterbende Frau. Ihre Augen sind geschlossen. Furchen durchziehen die Haut. Silberne Haarsträhnen kleben am Kopf. Die kahlen Stellen, die sonst von ihnen verborgen werden, liegen blank. Auf ihren Händen, die auf der Wolldecke ruhen, sind blutige Risse zu sehen.

Sie sind stumme Zeugen eines Verbrechens.

In einem Verbrechen liegt ein Grund, weshalb die alte Frau, die hier im Bett liegt, ihre Empfindsamkeit vor Jahrzehnten weggeschlossen hat. Deshalb klang all das, was sie der jungen Frau vorhin erzählte, nach einem Bericht. Nicht nach einer Beichte.

Jetzt erwacht die junge Frau aus ihrer Starre. Wellen von Gedanken schießen ihr durch den Kopf, Wellen von Gefühlen fluten ihren Körper.

Die junge Frau müsste Wut verspüren. Für das, was die Sterbende ihr ein Leben lang angetan hat. Vor allem für die große Lüge. Aber als sich ihre Fingernägel aus den Schenkeln lösen und ihr Blick beginnt, rastlos durch das Zimmer zu wandern – über die Kranke, das Kreuz, die Lehmwände, den Nachttisch, die Bibel – fühlt die junge Frau keine Wut. Die Angst frisst sich noch tiefer in ihr Herz, dann die Schuld.

Ruckartig steht sie auf, der Hocker kippt um, sie taumelt, sie reißt die Augen weiter auf, ohne zu spüren, wie sie brennen.

Der Wahnsinn nimmt sie in der Sekunde gefangen, als die alte Frau stirbt. Und so treibt die Schuld Magda Albrecht, 20 Jahre, durch den Wald, zur Brücke am Fluss. Sie hat noch 91 Tage zu leben.

Eisiger Wind zieht über den Fluss.

Der Fluss tritt über die Ufer.

TAG 1 – DIENSTAG

7. MAI 2013

Udo Moosbach stolperte über eine Brücke am Fluss, dem verdammten Köter hinterher. Warum musste das Viech bloß wie irre an der Leine reißen? Er war in dieser Herrgottsfrühe doch schon genug gestraft! Es war keine 7 Uhr, und gefühlte hundert Hämmer droschen auf sein Hirn ein. Verdammter Alkohol.

Moosbach kniff die Augen zu und hob die freie Hand, um sich an die pochenden Schläfen zu fassen. Doch dazu kam es nicht, denn das Mistviech zog mit einem so kräftigen Ruck an der Leine, dass er stolperte. Er fing sich gerade noch. Fluchend hetzte er weiter.

Am Brückenende verließ das Tier die Straße und bog rechts auf einen Wanderweg ab. Es machte keine Anstalten, langsamer zu laufen, und so blieb die Leine schmerzhaft gespannt. Sie schnitt Moosbach, der sie sich vorhin hektisch um die Hand gewickelt hatte, in die Haut. Außerdem bemerkte er irritiert, wie sich der Rundwanderweg in eine glitschige, braune Masse zu verwandeln begann, die in seine Turnschuhe eindrang, und wie noch dazu ein schrilles Zwitschern einsetzte. Für den Bruchteil einer Sekunde dachte er tatsächlich, dass das Piepsen, Gurren und Trällern eine Halluzination war, die auf zu wenig Schlaf und zu viel Alkohol zurückzuführen war, bis ihm klar wurde, dass es sich um den Gesang echter Vögel handelte. Ein Naturkundler hätte wahrscheinlich seine helle Freude gehabt, und überhaupt wäre dieser Morgenspaziergang auf diesem beliebten Rundwanderweg hier unten, in einem Solinger Tal an der Wupper, unter anderen Umständen sicher eine schöne Sache gewesen.

Wie gesagt.

Unter anderen Umständen.

Das Tier drosselte das Tempo. Immerhin.

Moosbachs Laufschritt verwandelte sich in ein Staksen. Den Rücken streckte er nach hinten, als Gegengewicht zum an der Leine ziehenden Hund. Das war zwar noch immer anstrengend, und er musste höllisch aufpassen, dass er nicht ausrutschte, aber er bekam besser Luft. Das Hämmern im Kopf ließ nach, sodass Moosbach in der Lage war, seiner Umgebung ein wenig Beachtung zu schenken. Zu seiner Rechten strahlte ihn ein Rapsfeld aufdringlich an, dahinter toste die Wupper. Ihr Pegel war stark angestiegen, denn die plötzlichen Wetterumschwünge dieses lausigen Frühlings hatten für beachtliche Regenfälle gesorgt. In der Luft lag ein penetrant-süßer Geruch, der – das wusste Moosbach von seinem Kumpel Jan – von einem importierten Parasiten-Gewächs stammte, das mit seinen lila Blüten hübsch anzuschauen, aber für heimische Pflanzen eine Konkurrenz auf Leben und Tod war.

Sein Blick wanderte nach links, wo sich am Wegesrand eine ihm völlig unbekannte Pflanzenwelt auftat, bestehend aus mageren Bäumen und strubbeligen Büschen. Sonnenstrahlen stachen zwischen fischförmigen Blättern und weißen, buschigen Blüten hervor. Dahinter erhob sich ein Hügel, auf dem Schafe weideten. Ein Schaf hob den Kopf und begann, zum Zaun zu traben.

„Oh nein, nicht auch noch'n Schaf", stöhnte Moosbach, während er sich am Zaun vorbeizerren ließ.

Der Wind blies ihm ins Gesicht. Ihm fröstelte. Die Sonne war aufgegangen, aber bis sie oben am Himmel stehen und das Tal wärmen würde, würde es noch dauern. Mit einer Hand versuchte er, den Reißverschluss seiner hellbraunen Lederjacke weiter hochzuziehen – ein Kleidungsstück, das er seit zwei Jahrzehnten trug und das sich inzwischen jeder Beuge, jeder Falte und jeder Wölbung seines Körpers angepasst hatte. Dabei starrte er auf den schwarzen Hunderücken.

Zorro, so hieß der Hund, war außer sich vor Freude, eine sportliche Runde drehen zu dürfen. Seit sie das Haus verlassen hatten, hechelte das Tier begeistert. Und Moosbach, das vorübergehende Herrchen, hatte schnell kapiert, wer hier Chef im Rudel war.

Nur der Teufel wusste, warum er sich dazu hatte breitschlagen lassen, vier Wochen lang mit diesem bewegungssüchtigen, haarigen Wesen zu verbringen.

Moosbach trat erneut in eine Schlammpfütze.

Das Gemeine war: Nicht einmal seine Wut konnte er an dem Tier auslassen! Jedes Mal, wenn er den Mund öffnete, um den Rüden anzubrüllen, ob er vorhabe, den Weltrekord im Hundeweitstreckenlauf zu gewinnen oder wie oder was, wandte der Pinscher – als ob er Gedanken lesen konnte, ja, es war beinahe unheimlich – den Kopf und blickte ihn mit heraushängender Zunge und dem dankbarsten, von Glückseligkeit erfüllten Blick an, den sich ein Mensch nur vorstellen konnte. Unglücklicherweise hatte sich diese Szene in der letzten halben Stunde mehrfach wiederholt. Jedes Mal war Moosbachs Herz in Sekunden geschmolzen, jedes Mal waren ihm seine Schimpfwörter im Hals stecken geblieben.

Mist, verdammter.

Mit nassen Füßen marschierte er weiter durch den Morgenmatsch.

Zorro.

Was war das eigentlich für ein beknackter Name? Das Tier hatte mit jenem kitschigen Romanhelden rein gar nichts gemeinsam. Zorro hatte, okay, das musste Moosbach dem Tier zähneknirschend zugestehen, einen aufmerksamen, freundlichen Blick, und die hellbraunen Flecken um die Augen erinnerten an eine Maske. Allerdings war dieser Hund kein Rächer der Armen, sondern ein Räuber von Nerven.

Aber vielleicht lohnte sich die Anstrengung.

Immerhin lebte Moosbachs Freund Jan in einem hübschen Backsteinhaus an der Wupper – in einer Gegend, die ein wahres Erholungsparadies war. Deshalb hatte Moosbach auch sofort zugesagt, als Jan vor ein paar Wochen erzählt hatte, dass er eine Reise nach Ghana plante, und ihn fragte, ob er dann auf Zorro aufpassen könnte.

Das Angebot kam wie gerufen. Denn Moosbach hatte eine Auszeit bitter nötig. Und der Abstand zum Ruhrgebiet konnte ihm nur guttun. Dort lag Herdenkirchen.

Der Gedanke an seine Heimatstadt stach ihm ins Herz. Er sah auf seine verdreckten Turnschuhe hinab und dachte daran, wie die unerschütterliche Beziehung zu der Stadt, in der er sein ganzes Leben verbracht hatte, ins Rutschen geraten war. Er spürte einen brennenden Kloß in seinem Hals. Er versuchte, ihn hinunterzuschlucken und die Erinnerungen zu verjagen, die sich ihren Weg an die Oberfläche bahnten – wie Abwasser, das aus der Kanalisation dringt und die Straßen flutet.

Aber es gelang ihm nicht.

Ihm war, als rückten die Bäume, die Büsche, das Rapsfeld beiseite, um für eine imaginäre Leinwand Platz zu schaffen, die sich vor seinen Augen ausrollte und auf der sich ein Film abzuspielen begann, von dem Moosbach die Augen nicht abwenden konnte, obwohl er ihn schon unzählige Male gesehen hatte.

Er sah sich selbst dabei zu, wie er an jenem verhängnisvollen Morgen im Januar in die Redaktion des Herdenkirchener Tageblatts trat:

Er wollte gerade seinen Rechner hochfahren, als Dieter Petzold plötzlich neben ihm stand.

„Den brauchse gar nich ers anmachen", rief der Lokalchef mit einer abwehrenden Handgeste. „Durchsage. Vor ner halben Stunde. Betriebsversammlung. Zwölf Uhr!"

Als Moosbach die Augenbrauen nach oben zog, zuckte Petzold mit den Schultern.

„Frag mich nich", sagte er.

Eine halbe Stunde später saßen sie mit Kollegen, es mussten weit über hundert sein, im Veranstaltungsraum des Verlags. Moosbach erkannte Mitarbeiter von drei der insgesamt elf Lokalzeitungen, die der Verlag herausbrachte. Bei den vergangenen Versammlungen hatte immer heiteres Stimmgewirr geherrscht, begleitet von dem ein oder anderen herzlichen Lacher. Nicht an jenem Tag. Die Leute, die dicht beieinandersaßen, sprachen mit gedämpften Stimmen, einige flüsterten. Unruhe hing über ihren Köpfen wie ein bevorstehendes Gewitter.

Die Flügeltür ging auf, und der Geschäftsführer trat ein. Mit steinerner Miene und einem Zettel in der Hand marschierte er durch den Raum, stieg die Treppen hoch auf ein Podest, stellte sich vor das Mikrofon und verkündete: „Sehr geehrte Mitarbeiterinnen, sehr geehrte Mitarbeiter, aufgrund massiver Verluste kommen wir nicht umhin, drei Lokalredaktionen zu schließen. Betroffen sind Herdenkirchen, Wennetal und Dattelberg. Sie sind ab morgen freigestellt. Wir wissen, dass dies für Sie und Ihre Familien sehr schmerzhaft ist. Aber wir versichern Ihnen, dass wir mit dem Betriebsrat einen fairen Sozialplan aushandeln werden. Wir bedauern die Umstände sehr und bedanken uns für Ihre langjährige Mitarbeit."

Dann schritt er mit starrem Blick die Treppe herab, steuerte auf die Flügeltür zu und verschwand.

Niemand sagte ein Wort.

Moosbach kam es vor, als hielten alle auf Kommando die Luft an und warteten auf ein Zeichen, dass sie wieder atmen dürften.

Die Szenen, die sich dann abspielten, würde er nie vergessen.

Er sah, wie Frauen und Männer hemmungslos in Tränen ausbrachen – darunter Frau Berg, eine Sekretärin, die seit Jahrzehnten das Chaos in der Redaktion im Zaum hielt; Jupp aus der alten Setzerei, der die Redakteure wegen ihrer Rechtschreibfehler drei Mal am Tag anfuhr (einmal zu Dienstbeginn, einmal zu Dienstende und einmal nach Dienstende am Tresen vom „Bierbrunnen") und jetzt völlig in sich zusammensackte; und sogar Dieter Petzold. Der Lokalchef saß in der Reihe vor Moosbach, drei Stühle weiter links. Er hielt sich eine Hand vor das Gesicht und schluchzte. Der Anblick war nicht zu ertragen. Dort weinte ein Mann, den sonst nichts aus der Ruhe brachte. Ein Mann, der städtische Haushaltspläne nach Feierabend verschlang wie andere Leute Krimis – komplexe Zahlenwerke, die sonst kaum ein Mensch auf der Welt kapierte, die meisten Verwaltungsmitarbeiter mitinbegriffen. Ein Mann, der seinen Interviewpartnern mit hartnäckigen Fragen den Schweiß auf die Stirn trieb und der sich von der machtbetonten Körpersprache hoher Tiere nicht verunsichern ließ.

Dieser Mann brach zusammen.

Einige Kollegen verharrten in eisiger Starre, aus anderen schoss die Verzweiflung heraus. Ein Tumult brach los. Moosbach drängte sich durch die Menschenmenge nach draußen. Ein Kloß drohte, seinen Hals zu sprengen. Er konnte nicht sprechen. Bloß raus hier, dachte er, bloß weg.

Das war im Januar, die Monate waren dahingeflogen. Die Erinnerung an jenen Tag, an dem eine Entlassungswelle über Hunderte von

Menschen hinwegschwappte, brannte weiter wie eine frische Wunde. Und so schenkte Moosbach seinem 50. Geburtstag keine weitere Beachtung. Die runde Zahl mochte für andere ein Grund zum Feiern ein, für ihn bedeutete sie den letzten Schritt in den Abgrund.

Er befand sich im freien Fall.

Kein Boden war in Sicht.

Wenigstens stand inzwischen fest, dass er bis zum Jahresende sein Gehalt bekommen würde. Außerdem hatte Moosbach angefangen, sich nebenbei ein Standbein als freier Journalist aufzubauen. Die meiste Zeit verbrachte er jedoch damit, Abschied zu nehmen.

Er trat mit voller Wucht gegen einen Stein, um ihn vom Weg zu kicken. Doch leider war es kein Stein, sondern eine Felsenspitze, die aus dem Boden ragte. Sie rührte sich nicht vom Fleck. Moosbach biss sich auf die Lippen, sein dicker Zeh pochte.

31 Jahre lang hatte er beim Herdenkirchener Tageblatt gearbeitet. Verdammt. 31 Jahre!

Seine Gedanken zogen ihn weiter in die Vergangenheit.

Er dachte daran, wie er Lokaljournalist geworden war. Er war ein junger Mann gewesen, gerade mal 19 Jahre alt, und arbeitslos. Er hatte eine Ausbildung zum Schlosser abgeschlossen, war aber nicht übernommen worden. Über einen Bekannten und glückliche Zufälle war er in der Redaktion des Herdenkirchener Tageblatts gelandet – und geblieben. Zuerst als Polizei- und Gerichtsreporter, später als „Ressortleiter für ekelige Themen", wie er seinen Arbeitsschwerpunkt gegenüber Freunden nannte. Sein Lieblingsbereich war die Berichterstattung über rechtsextreme Netzwerke in Nordrhein-Westfalen. Bis heute. Es gab kaum jemand anderen, der sich besser mit den braunen Strukturen und ihren Agitatoren auskannte als er. Nein, sein Lebensthema konnte ihm niemand wegnehmen, das würde er nicht zulassen, auf keinen Fall. Auch als freier Journalist würde er weiter im Sumpf wühlen, ganz sicher. Aber dann waren da noch die Kollegen, mit denen er nie wieder zusammenarbeiten würde.

Das Pochen im großen Zeh nahm zu. Ob er gebrochen war?

Er sah in Gedanken Willi Paulsen vor sich. Willi reichte es, die Meldungen der Nachrichtenagenturen in die entsprechende Layout-

Vorlage einer Zeitungsseite zu stellen, eine Überschrift drüber zu klatschen – und „feddich“. Dabei rauchte er, wie die meisten Journalisten seiner Generation, heftiger als die Schornsteine des Ruhrpotts in ihren besten Jahren. Kollege Willi tat nicht mehr als nötig und verschwand mittags gerne mal für „ein paar Stündchen“ am Tresen oder Spielautomaten des „Bierbrunnens“, der so vollgequalmt war, dass man den blauen Dunst mit einer Machete hätte zerschneiden können.

Die ersten Stellenstreichungen hatten besonders den „Willi Paulsens“ das Leben schwergemacht. Denn im Laufe der Jahre wurden ganze Berufsgruppen aus den Redaktionen radiert, die die Arbeit der Journalisten Korrektur gelesen hatten. Nicht nur die Zahl der Druckfehler schoss weiter nach oben und trieb die Zahl der Anrufe wütender Leser in die Höhe (und Moosbach hasste kaum etwas mehr als Druckfehler), auch grobe Nachlässigkeiten nahmen stetig zu.

Das Ergebnis las man dann am nächsten Morgen am Frühstückstisch. Einmal war es passiert, dass die Meldungsspalten der ersten Lokalseite leer waren – bis auf die Titelzeilen, wo die Buchstabenkombination „jklöjklöfrefre“ zwei Zeilen füllte. Willi hatte über seinem Feierabendbier vergessen, die Meldungen für die erste Seite zu schreiben. Am nächsten Tag entschuldigte sich die Redaktion bei ihren Lesern für den „technischen Fehler“.

Irgendwann war Willi entlassen worden. Und Moosbach hatte nie wieder was von ihm gehört.

Er seufzte, während Zorro ihn in ein schattiges Auenwäldchen führte. Der Gesang der Vögel erklang hier noch beharrlicher, über den vom Regen aufgeweichten Waldboden irrte das Morgenlicht. Nervös raschelnde Blätter überall. Und schon wieder wehte jener süße Parasitengewächs-Geruch umher. Moosbachs Zunge klebte am Gaumen. Er spürte Sodbrennen und verzog angewidert den Mund.

Eigentlich, dachte er, hatte seine Lebenskrise schon viel früher begonnen, nicht erst im Januar.

Seine gewissenhafte Arbeitsweise, das Bedürfnis, jeden Stein zwei Mal umzudrehen und sich tief in die Materie zu graben, war bereits vor vielen Jahren nicht mehr erwünscht gewesen. In den oberen Etagen der Tageszeitungen – das galt nicht nur fürs Herdenkirchener

Tageblatt – schlichen sich nach und nach Ansichten ein, die Moosbach nicht teilte. Die Geschäftsführung schien mehr daran interessiert, dass Moosbach sich endlich mal ein Smartphone zulegte, um oberflächliche Botschaften mit verstümmeltem Satzbau per Facebook und Twitter zu verschicken, um dann auf die sinnfreien Kommentare zu reagieren, die anonym und ohne jede Sorgfalt in die Welt hinausposaunt wurden.

Ein Albtraum!

An ihm nagte der unausgesprochene Vorwurf, ein Technikgegner zu sein. Das ärgerte ihn besonders. Denn er hatte das Internet schon vor Jahren für seine Recherchen entdeckt. Wahrscheinlich zählte er zu den ersten Journalisten, die eigene Blogs betrieben. Aber das hatte er nie an die große Glocke gehängt. Warum auch? Er wollte keine Lorbeeren, sondern bloß einen guten Job machen. Und er wollte ganz bestimmt kein Smartphone. Wer sich auch nur ein bisschen mit Spionage auskannte, die in einem unvorstellbaren Ausmaß über digitale Endgeräte betrieben wurde, besaß kein Smartphone. Moosbach hatte viel Zeit investiert, um – mit Hilfe eines Hackers – seinen Laptop in eine Art Hochsicherheitstrakt zu verwandeln. Seine Wachsamkeit würde er nicht über Bord schmeißen, schon gar nicht zugunsten der kollektiven, haarsträubenden Risikobereitschaft, die in sämtliche Geschäftsetagen geschwappt war.

Früher hatte ihm Dieter Petzold den Rücken freigehalten, damit er sich in seine Recherchen hineinknien konnte. Das war nach den Stellenkürzungen, die immer mehr Arbeit auf immer weniger Personal verteilten, nicht mehr möglich gewesen. Moosbach musste zu Bezirksvertretungen gehen, um im besten Fall über marode Schulgebäude und im schlimmsten Fall über die Größe von Parkbänken zu berichten, statt auf Neonazi-Konzerten Verbindungen zu etablierten Parteien aufzudecken.

„Nee, dat jeht nich! Außer dir und mir is heute keiner da, und die Freien sind schon alle für Kokolores im Einsatz!“, argumentierte der Lokalchef.

Moosbach hatte die Lippen aufeinandergepresst und den Kopf geschüttelt. Das war eigentlich schon das Ende gewesen. Ein symbolisches Ende, auf das einige Jahre später dann der offizielle Rausschmiss folgte.

Moosbach hatte mal davon gehört, dass in jeder Krise die Chance auf einen Neuanfang stecken sollte. Aber während er sich von Zorro über holprige Pfade zerren ließ, beschlich ihn das Gefühl, dass er sich von einer Abhängigkeit in die nächste begab. Denn auch als freier Journalist wuchs in ihm der Frust. Der Frust über zu wenig Anerkennung, über die grotesk niedrigen Honorare und über Journalisten, die von seinem Blog abschrieben und seine sorgfältig zusammengetragenen Recherchen in bekannten Magazinen als die eigenen zu präsentieren – ohne ihn wenigstens als Quelle zu nennen.

Moosbach war, als irrte er ziellos über eine Moorlandschaft und als wäre es nur eine Frage der Zeit, bis er auf die falsche Stelle treten und versinken würde. Ein Gefühl, das der rutschige Waldweg, der sich unter den Bäumen wie eine Schlange wand, noch verstärkte.

Er dachte an die Rastlosigkeit, die ihn plagte. Manchmal lag er bis zum Morgengrauen wach. Er litt immer häufiger unter stechenden Magenschmerzen. Wenn er sich rasierte, vermied er es, in seine Augen zu schauen. Er fürchtete den grauen Schleier, der sich über seinen Blick gelegt hatte.

Hinzu kam, dass das jahrzehntelange Kettenrauchen und der maßlose Kaffeekonsum ihre Spuren hinterlassen hatten. Sein Hausarzt hatte ihn beschworen, mit dem Rauchen aufzuhören und mit dem Joggen anzufangen.

Früher hätte Moosbach die Warnungen in den Wind geschlagen. Aber dieses Mal hatte er sich auf sie eingelassen. Eine unbestimmte Angst, die tief in seinem Inneren wie eine Alarmglocke schwang, hatte ihm geholfen. Seit zwei Monaten war er Nichtraucher. Die Zeit an der Wupper wollte er nun nutzen, fit zu werden.

Mit einem so radikalen Fitness-Training hatte er allerdings nicht gerechnet. Zorro machte ihn fertig. Er schien überhaupt keinen Respekt vor ihm zu haben! Moosbach kannte sich mit Hunden nicht sonderlich aus, aber irgendwie hatte er das Gefühl, dass Zorro ihn sogar als ein unterlegenes Wesen ansah, das man maßregeln und führen musste. Als eine Art Welpe sozusagen.

Er. Ein Welpe. Auch das noch!

Moosbach schnaubte und eilte weiter, darauf achtend, nicht über die Wurzeln zu stolpern, die sich über den Boden spreizten wie lange Finger. Ein Windstoß fegte Blüten über den Weg, die er für den Bruchteil einer Sekunde für vertrocknete Raupen hielt, einige landeten auf seinem Turnschuh. Er hob den Blick. Zu seiner Rechten glitzerte das Wasser der Wupper zwischen Birkenstämmen. Das Licht schmerzte in seinen Augen. Er spürte, wie ein Stechen durch seinen Schädel fuhr.

Der Alkohol. Gott. Wie konnte er nur.

Nachdem er am Sonntag in seinem Opel Astra den Ruhrpott verlassen hatte und in Solingen gelandet war, hatte Jan ihn mit seinem Backsteinhaus, mit Zorro, dessen Lieblingsrundwanderweg und zu guter Letzt auch mit einer Gaststätte vertraut gemacht. Sie hieß „Am Wupperstrand", ihr Biergarten lag direkt am Flussufer. Der Inhaber braute sein Bier selbst – das köstlichste, das Moosbach je probiert hatte.

Das sollte was heißen.

Am Sonntagabend war es bei ein paar Bier geblieben, zu denen Moosbach und Jan in der Abendsonne eine Bratkartoffel-Pfanne mit Speck und Spiegeleiern verschlungen hatten. Nachdem sich Jan dann gestern auf seine Ghana-Reise aufgemacht hatte, zog es Moosbach bereits am Mittag in den Biergarten.

In Gesellschaft von Zorro war er die schmale Straße entlanggegangen, die durch die Hofschaft führte. Er hatte versucht, sich an den Gedanken zu gewöhnen, dass er von nun an ein vierbeiniges Wesen an einer Leine herumführen würde.

In der Ferne hatte er zwei Gestalten vor dem Wupperstrand-Vorgarten stehen sehen. Beim Näherkommen erkannte er die Wirtin – sie hieß Frau Berkenkötter – und eine junge Frau. Die Wirtin winkte ihn freudestrahlend zu sich, als würden sie sich schon seit einer Ewigkeit kennen. Sie schlug dabei derart heftig um sich, dass das Mädchen erschrocken zurückwich.

Überhaupt wirkte die junge Frau ungewöhnlich schüchtern. Das fiel Moosbach auf, als er herantrat. Sie senkte den Blick, die aschblonden, schulterlangen Haare fielen ihr ins schmale Gesicht, in dem ihre

Adlernase merkwürdig fehl am Platz wirkte. Die dünnen Lippen verzogen sich zu einem Lächeln. Dabei neigte sie den Kopf und versuchte offenbar, ihm in die Augen zu schauen. Ihr Blick bekam dadurch etwas Verschlagenes. Merkwürdiges Mädchen. Auch ihre altmodische Kleidung fiel auf. Sie trug ein dunkelblaues, bis zum Hals hochgeschlossenes Sommerkleid, das ihr gar nicht richtig zu passen schien. Der Stoff schlackerte um ihren Körper, die Falten reichten bis zu den Knöcheln. Die Kleidung strahlte Biederkeit aus, Keuschheit. Auch die verwaschene Strickjacke mit den umgekrempelten Ärmeln schien vorher jemand anderem gehört zu haben. Moosbach kam es so vor, als wäre dieses Mädchen in eine Zeitschleife geraten.

Die Begegnung dauerte nicht lange. Das Mädchen nuschelte „Wiedersehen" und verschwand in die Richtung, aus der er gerade gekommen war.

„Arm Drömmelschen[1]!", sagte die Wirtin kopfschüttelnd, die Hände in die Seiten gestützt. Dann bedeutete sie Moosbach mit glänzenden Augen, leuchtenden Wangen und einer ausladenden Armbewegung, durch den Rundbogen in ihr Reich zu treten und eine Mahlzeit einzunehmen.

Es war zunächst ein harmloser Mittagsbesuch. Doch dann nahm das Übel seinen Lauf. Nachdem Moosbach den ganzen Tag im Biergarten verbracht und unzählige 0,25-Biergläser geleert hatte, zog er gegen 20.30 Uhr an den Tresen in die Gaststätte um, wo ihn Herr Berkenkötter mit zwei Männern bekannt machte.

Wovon um Himmels Willen hatten sie gesprochen?

Daran konnte sich Moosbach absolut nicht erinnern. Wohl aber daran, dass der Höhepunkt des Abends nach Mitternacht kam, als der Wirt eine Flasche Selbstgebrannten hinter dem blitzeblank gewienerten Mahagoniholz-Tresen hervorgezogen hatte.

Moosbach war dann weiß Gott um wie viel Uhr durch die Hofschaft zu Jans Backsteinhaus gestolpert und hatte sich auf das Sofa im Wohnzimmer geworfen, ohne sich auszuziehen. Leider hatte ihn nur wenige Stunden später eine feuchte Hundeschnauze geweckt.

---

1 Drömmelschen: verträumtes Mädchen

Er hatte widerwillig ein Lid gehoben – und in Zorros schwarze Augen geschaut. Was für ein Anblick. Moosbach hatte sich umgedreht, in der Hoffnung, in seinen komaähnlichen Zustand zurückzusinken. Doch das war nicht möglich gewesen. Versuche, ein leises, aufdringliches Hecheln durch ein Sofakissen auf dem Ohr zu dämpfen oder das Bild des vor erwartungsvollen Hundegesichts vor seinem geistigen Auge zu verjagen, scheiterten – spätestens dann, als ein unerträgliches Fiepen die Stille zerschnitten hatte.

Und so kam es, dass Moosbach nach einer versoffenen Nacht um 6 Uhr in der Früh aufstand, um Gassi zu gehen.

Seit dem gnadenlosen Weckritual war nun etwa eine Stunde vergangen. Und seitdem hetzte er durch Zorros Territorium.

Moosbach wollte gerade eine Verwünschung aussprechen, als sein Turnschuh zwischen zwei Steinen hängen blieb. Er schlug der Länge nach hin. Mitten in den Matsch. Seine Hand ließ die Leine los. Der Hund jagte davon.

Stöhnend blieb Moosbach liegen. Er schloss die Augen und fühlte, wie die kalte Nässe durch seine Jeans drang, der Geruch feuchter Erde hüllte ihn ein. Schwerfällig hob er den Kopf, spuckte Schlammtropfen aus und spürte, wie Dreck von seinem Kinn tropfte. Er sah, wie der Hund weiter vorne den Weg verließ und rechts hinter mannshohen Büschen verschwand.

Er seufzte. Seine Füße und Hände fühlten sich an wie Blei, ein metallischer Geschmack lag auf seiner Zunge. Am liebsten wäre er vor Erschöpfung einfach liegen geblieben. Himmel. Das hier war ganz klar der Tiefpunkt. Tiefer konnte ein Mensch nicht sinken.

Mist, die Lederjacke!

Er erhob sich, klopfte sich Erdklumpen von Jacke und Jeans und rieb über die nassen Schlammflecken an Brust, Ellenbogen und Oberschenkeln. Allerdings verteilte sich der Schmutz dadurch noch umso mehr und färbte seine aufgeschürften Handflächen braun.

Plötzlich hielt Moosbach inne. Er horchte. Zorro bellte aufgebracht. Vielleicht war das Tier am Ufer stehen geblieben. Das war bloß eine Vermutung, denn Moosbach konnte den Hund nicht sehen, da ihm Büsche die Sicht versperrten. Ob Zorro etwas gefunden hatte? Moosbachs Augen weiteten sich. Oh nein, Zorro hatte doch nicht etwa ein Tier gerissen? Einen Biber oder wie auch immer das seltsame Wesen heißen mochte, das er gestern am Fluss beobachtet hatte? Schließlich war der Pinscher ein Jagdhund. Das hatte ihm Jan eingebläut. Zorro musste immer angeleint sein. Es bestand sonst die Gefahr, dass der Jagdtrieb mit dem Hund durchging und das Tier davonraste.

Wie soeben geschehen.

Plötzlich zog eine Ahnung in Moosbachs Schädel wie eine dunkle Wolke. Mach dich nicht verrückt, dachte er, aber das dumpfe Gefühl wollte nicht weichen. Von einer Unruhe gepackt, die er sich nicht weiter erklären konnte, ging er in die Richtung, in die Zorro verschwunden war. Seine Sinne schärften sich, das Katergefühl schwand. Vom Schmatzen seiner Turnschuhe und Zorros Bellen abgesehen, kam ihm das Wäldchen auf einmal merkwürdig still vor.

Moosbachs Herz schlug ihm bis zum Hals. Er bog rechts vom Weg ab und kämpfte sich durch Büsche und Pflanzen, bis sich vor ihm eine Lichtung auftat, eingerahmt von Laubbäumen. Der wellenförmige Waldboden führte zum Fluss. Weidenäste und Kätzchen lagen verstreut herum. Durch die Baumkronen fielen Sonnenstrahlen. Moosbach kniff die Augen zusammen und taxierte den bellenden Hund, der mit geschwellter Brust am Ufer stand und sich nicht vom Fleck rührte. Zwei Weiden standen links und rechts neben ihm. Ein umgestürzter Baum ragte über die Wupper. Seine Äste streckten sich aus wie die Arme eines riesigen Skeletts. Dahinter funkelten die Wellen. Das Morgenlicht, das sich in ihnen reflektierte, blendete Moosbach, sodass er zunächst nicht erkennen konnte, was Zorro in solche Aufregung versetzte.

Langsam näherte er sich dem Hund.

Als er nur noch wenige Meter entfernt war und ihm mit einem Schlag klar wurde, was Zorro entdeckt hatte, weigerten sich seine Beine, weiterzugehen.

* * *

Zwanzig Minuten später saß Moosbach, noch immer benommen, auf einer Bank, etwas abseits vom Waldweg. Immer wieder warf er Blicke auf sein Handy-Display. So, als laufe ein Countdown. Ein Herr mit Schäferhund kam vorbei.

„Morgen", rief Moosbach. Seine Stimme klang mechanisch und kam ihm fremd vor. Der Schäferhund-Mann – er trug eine Feder am Hut und eine grau-grüne Jacke – sah aus wie ein Jäger. Er beäugte den Unbekannten und marschierte, ohne zu grüßen, vorüber.

Nachdem sich Moosbach vom aufgeschwemmten, im Wasser liegenden Körper losgerissen hatte, hatte er sich zu der Bank geschleppt. Dort hatte er die Polizei gerufen. Der Mann am Telefon hatte ihn gebeten, sich so unauffällig wie möglich zu verhalten, bis die Kollegen einträfen und den Bereich absperren würden.

Zorro saß mit erhobener Brust auf dem Boden. Er hatte seinen Job gemacht und den „Jäger" informiert, wo die Beute lag. Dass er dafür nicht gelobt wurde, hatte ihn anfangs in einen Zustand höchster Verwirrung versetzt. Doch dann hatte er seine Position als Rudel-Chef wieder eingenommen. Hechelnd schaute er auf.

Moosbach blickte in Zorros schwarze Augen. Er konnte nicht umhin, sich erneut wie ein Welpe zu fühlen, zu dessen Beaufsichtigung sich dieser Hund berufen fühlte. Seufzend blickte er auf seine Turnschuhe und ließ die Spitzen seiner Zeige- und Mittelfinger auf den pochenden Schläfen kreisen.

„Junge, was bin ich im Eimer."

Was für ein Morgen. Er hatte eine Leiche gefunden. Der umgefallene Baum hatte den Körper offenbar davon abgehalten, flussabwärts zu treiben. Moosbach wusste, dass es eine Frau war, obwohl die Leiche bäuchlings vor dem Stamm trieb und ihm den Anblick des Gesichts ersparte, denn am Körper klebte ein Rock oder Kleid. Die von Flecken und Wunden übersäten Arme und Beine spukten in seinem Kopf herum. Der Fluss hatte keine Gnade gekannt. Steine und Äste hatten die Leiche offenbar verletzt, vielleicht hatte auch das ein oder andere Tier an ihr genagt.

Moosbach hegte den Verdacht, dass er die Tote schon einmal gesehen hatte. Er war sich nicht hundertprozentig sicher. Aber beim Anblick der hellen Jacke und dem dunklen langen Stoff hatte er an die junge Frau denken müssen, die sich gestern mit der Wirtin unterhalten hatte. Sie hatte ein dunkelblaues Sommerkleid und eine weiße Strickjacke getragen. Oh Gott. War das möglich?

Plötzlich traf ein Haufen Leute ein. Auf dem Waldweg kamen ihm ein Notarzt, vier Rettungssanitäter und zwei Polizisten entgegen. Das Ganze erschien ihm wie ein absurder Traum: Die Uniformen, die orange leuchtende Schutzkleidung der Sanitäter, die Reflektoren, die in der Sonne blitzten – sie alle wirkten in diesem Stück Natur völlig fehl am Platz, wie aus einer anderen Welt.

Gleich würde er mit diesen Leuten sprechen müssen. Er sammelte Speichel im Mund und leckte sich die Lippen. Er spürte, dass Zorros feuchte Hundeschnauze seinen Handrücken stupste, dann erhob er sich mühsam.

Seine Beine und sein Kreuz schmerzten, als hätte er tagelang auf der Bank gesessen und sich nicht von der Stelle gerührt. Übelkeit stieg in ihm auf, schwarze Flecken tanzten vor seinen Augen, sodass er sich zurück auf die Bank sinken ließ. Sterne blitzten auf, sein Kopf glühte. Eine Männerhand hielt ihm einen Plastikbecher mit Wasser vor die Nase. Um ihn herum Stimmen, aber Moosbach konnte nicht folgen. Nur Wortfetzen drangen zu ihm.

„Hier … Wasser … ruhig … angerufen … Wald … besser?“

Moosbach leerte den Becher in einem Zug. Die Flecken vor seinen Augen verschwanden.

Aber auch als der Schwächeanfall vorüber war, bekam er kaum mit, dass er mit den Polizisten und Sanitätern, die bei ihm standen, redete. Es war, als übernahm eine andere Person die Führung. Als spräche diese Person mit seinem Mund, als zöge sie seinen Arm hoch wie den einer Marionette, geführt von unsichtbaren Fäden, um in die Richtung zu zeigen, wo er die Leiche gefunden hatte.

„Wir sperren gleich den Bereich ab“, sagte ein Polizist mit Vollbart. „Unsere Kollegen von der Kriminalwache werden bald da sein, die werden mit Ihnen sprechen wollen. Es wäre gut, wenn Sie hier warten.

Bitte gehen Sie nicht in den abgesperrten Bereich. Am besten bleiben Sie hier auf der Bank sitzen. Sie sehen noch immer ziemlich blass aus."

„Ich bin in der Nähe und werde später noch mal nach Ihnen sehen", sagte ein Sanitäter. Seine Stimme erinnerte Moosbach an Matula, Privatdetektiv aus „Ein Fall für zwei".

„Hier, noch was Wasser ..." Ein Sanitäter schenkte nach, Moosbach trank den Becher wieder leer. Was hatte der Polizist eben gesagt? Gleich würde die Kriminalwache kommen? Oh nein, noch mehr Leute! Er stellte den Becher auf die Bank, stützte die Hände auf die Oberschenkel und schloss die Augen. Wieder spürte er, wie Zorros Hundeschnauze seinen Handrücken anstupste.

Moosbach öffnete die Augen. Er stierte auf das rot-weiße Band, das etwa 20 Meter vor ihm um Baumstämme gewickelt wurde und im Wind flatterte. Er beobachtete, wie die Streifenpolizisten dahinter umherliefen und pausenlos fotografierten. Er schaute zu den Rettungskräften, die sich um die Leiche scharten. Die Leuchtstreifen auf ihren Jacken blitzten.

„Herr Moosbach?"

Moosbach fuhr zusammen. Eine Frau mit kastanienbraunem, verblüffend akkurat geschnittenem Bob und ein Typ mit Nerd-Brille standen vor ihm. Sie hielten ihm ihre Ausweise hin. Er hatte sie nicht kommen hören. Sie nannten ihre Namen – die er augenblicklich wieder vergaß – und stellten sich als Beamte der Kriminalwache vor. Deshalb trugen sie keine Uniformen.

Moosbach wusste aus seiner Zeit als Reporter, dass hier nicht gleich ein Kriminalkommissar auftauchen würde, der sich mit wehendem Mantel und einem in Eile geschmierten Brötchen in der Hand über die Leiche beugen würde – so, wie er es oft im Fernsehen gesehen hatte. Ob sich überhaupt eine Mordkommission bilden würde, hing unter anderem davon ab, was der Notarzt zur Todesursache sagte und wie die Beamten vom Kriminaldauerdienst, die am schnellsten vor Ort waren, die Situation einschätzten.

Die Klarheit dieser Gedanken erstaunte ihn, und er schlussfolgerte daraus, dass seine grauen Zellen ihre Arbeit anscheinend wieder aufgenommen hatten. Die dumpfe Benommenheit war verschwunden.

„Bitte warten Sie noch einen Moment, wir sind gleich bei Ihnen", sagte die Beamtin ohne erkennbare Gefühlsregung und lief mit ihrem Kollegen zu den flatternden Bändern. Die beiden betraten den abgesperrten Bereich.

„Öh, ja, machen Sie mal", krächzte Moosbach und blickte auf den Waldweg. Er hatte gar nicht gemerkt, dass ein Stück weiter sich Neugierige versammelt hatten und ihn beobachteten wie ein Tier im Zoo. Fehlte bloß der Käfig. Eine stark geschminkte Frau mit Stirnband, schrillem Sportanzug und Stöcken in den Händen tuschelte mit einer älteren Dame, die zwei lebendige schwarze Wollknäule an der Leine führte, deren winzige rote Zungen ab und an zwischen Haarbüscheln hervorschnellten. Ihre Blicke funkelten vor Neugierde.

Neben ihnen standen ein Jogger – ein kerniger Typ, der große Ähnlichkeit mit Brad Pitt hatte – und der Schäferhund-Halter im Jäger-Outfit von vorhin. Er war offenbar zurückgekehrt. Der Jäger schaute Zorro lange an, dann musterte er den Reporter und wandte sich dem Geschehen hinter den Absperrbändern zu.

Die Polizisten, die Sanitäter und der Notarzt standen beisammen und sprachen miteinander. Ab und zu blickten sie zu Moosbach herüber. Nach einer Weile kam die Kriminalwache wieder. Der Bob der Beamtin wippte. Sie hielt einen Block und einen Kugelschreiber in den Händen. Vertauschte Rollen, dachte Moosbach.

„Können Sie aufstehen?"

Moosbach nickte.

Sie entfernten sich von den Schaulustigen Richtung Ufer. Moosbach erzählte, wie er die Leiche gefunden hatte. Dabei musste er zugeben, dass er hingefallen und Zorro durchgebrannt war. Die Beamtin und ihr Kollege warfen flüchtige Blicke auf die Flecken seiner Lederjacke und Jeans. Was sie wohl dachten? Moosbach fiel ein, dass er sich nicht gewaschen, geschweige denn rasiert hatte. Außerdem dünstete er den Alkohol der vergangenen Nacht aus. Das entging den geschulten Polizistennasen garantiert nicht, auch wenn er versuchte, ihnen beim Sprechen wenigstens nicht in ihre Gesichter zu atmen.

Dann stellte die Beamtin die entscheidende Frage: „Kannten Sie die Tote?"

Moosbach hielt die Luft an, als er antwortete, damit der Polizistin keine Fahne entgegenschlug. „Kann sein, also, ja, ich glaube jedenfalls, ja. Ich habe nicht ihr Gesicht gesehen, deshalb bin ich mir nicht sicher."

Die Polizistin ging zum abgesperrten Bereich und kam mit einem Kollegen wieder, der eine Kamera um den Hals trug.

„Sind Sie bereit, die Tote anhand eines Fotos zu identifizieren?"

Moosbach nickte. Der Polizist klickte auf der Kamera herum und hielt ihm das Display unter die Nase. Moosbach starrte auf das bleiche, starre Gesicht. Es war wie aus Wachs.

„Ja, das ist sie", sagte er heiser.

Ihm wurde flau. Er schluckte. Der Polizist ging zurück zur Absperrung. Moosbach erzählte von dem Mädchen, das er gestern am „Wupperstrand" gesehen hatte. Das Gesicht der Beamtin blieb unergründlich. Irgendwie ärgerte ihn das. Hier war ein Mensch gestorben, und noch dazu ein sehr junger Mensch. Konnte die Frau nicht eine Spur Mitgefühl zeigen?

„Sie haben das Mädchen gestern zum ersten Mal in Ihrem Leben gesehen?", fragte die Beamtin.

„Ja."

„Um wie viel Uhr?"

„Es war 12.35 Uhr, ich habe auf meine Uhr geschaut."

Dass Moosbach die Uhrzeit so genau wusste, war bestimmt seltsam. Aber was konnte er dafür, dass er sich Zahlen und Namen gut merken konnte?

„Wissen Sie, wie das Mädchen hieß?"

„Nein."

„Wissen Sie, wo das Mädchen wohnte?"

„Nein, aber ich sagte ja, in welche Richtung sie ging, als die Wirtin und ich vor der Gaststätte standen. Ich glaube, das Mädchen ging nach Hause."

„Glauben Sie, dass die Wirtin weiß, wie das Mädchen hieß?", fragte die Beamtin weiter.

„Sie redete mit dem Mädchen, als würde sie sie schon länger kennen. Bestimmt weiß sie ihren Namen. Sie hatte auch einen Spitznamen für sie … Irgendwas Komisches auf Platt … Drömmel… Drömmel… ach, keine Ahnung!"

Die Polizistin notierte. Moosbach schaute verstohlen um sich. Drei weitere Polizisten waren eingetroffen und schirmten sie von der wachsenden Gruppe neugieriger Menschen ab, zu der sich inzwischen auch zwei Fotografen gesellt hatten. „Pressesprecher" war auf der Rückseite einer Polizistenjacke zu lesen. Moosbach hörte, wie jemand den Satz „Bitte haben Sie Verständnis dafür, dass wir keine Auskunft geben dürfen" wiederholte wie ein Mantra. Es war immer wieder erstaunlich, wie schnell sich Neuigkeiten verbreiteten, dachte er.

„Herr Moosbach?"

„Ähm, ja?"

Er zuckte zusammen.

„Wir bitten Sie, uns zu zeigen, wo die Wirtin wohnt, von der Sie vorhin sprachen. Ist das möglich?"

„Also, ja, sicher."

In Moosbachs Kopf spukte das tote Gesicht des Mädchens herum. Sie liefen zum Wanderweg und wichen den herumstehenden Menschen aus. Der Jäger und die alte Dame mit den Kötern waren nicht mehr da.

Nach etwa zehn Minuten gelangten sie zu einer schmalen Fußgängerbrücke, die auf die andere Seite des Flusses zum Haus führte, in dem Moosbach die nächsten Wochen verbringen würde. Er seufzte. Was war das doch für ein beschissener Start in den Urlaub.

Gerade, als sie die Treppe, die zum anderen Ufer hinunterführte, hinabgestiegen waren, hielt dort ein Leichenwagen. Die Reifen knirschten auf dem Kies. Dort parkten außerdem zwei Rettungswagen, drei Streifenwagen und drei weitere Pkw.

An der Fahrerseite des Leichenwagens stieg ein Mann aus. Er trug einen schwarzen Anzug, ein weißes Hemd und pechschwarze Lederschuhe. Als der Bestatter die herannahenden Beamten sah, breitete sich ein Grinsen über sein Gesicht aus.

„Ha, schon wieder ihr!", rief er. „Habt ihr eigentlich nie frei?"

Moosbach sah, dass der Bestatter der Polizistin zuzwinkerte.

„Tja, das frage ich mich manchmal auch", murmelte diese nur.

„Beim nächsten Mal gebt ihr mir einen aus!“, rief der Bestatter vergnügt, „vor allem du, Karen, du schuldest mir eh noch was!“

Weil Moosbach zwischen den beiden Polizisten lief, konnte er aus dem Augenwinkel erkennen, dass der Polizist seiner Kollegin einen fragenden Blick zuwarf.

„Von wegen, ich schulde dir was!“, konterte die Polizistin mit gespielter Empörung. „Und woher nimmst du eigentlich immer deine gute Laune bei all den Leichen?“

Trotz ihres selbstbewussten Auftretens hätte Moosbach schwören können, dass sie dagegen ankämpfte, rot zu werden. Das Grinsen des Bestatters wurde noch breiter.

„Ach, Karen, wenn ich dich sehe, und dann noch an so einem schönen Morgen …“

Das fand die Beamtin gar nicht witzig und verdrehte die Augen.

„Jungs, wir müssen weiter“, rief sie im Vorbeilaufen. „Nur so viel: Ihr kommt mit dem Auto nicht auf die andere Seite. Zu eng. Ihr müsst mit der Bahre zu Fuß rüber – über die Brücke, dann links und einfach dem Weg folgen. Ist nicht allzu weit. Zweitens: Bitte keine schlechten Witze.“ Sie drohte dem Leichenwagen-Fahrer mit dem Zeigefinger. „Von wegen, da wäre jemand über die Wupper gegangen – oder so ein Mist. Und drittens: *Du* gibst einen aus! Nicht ich.“

Der Bestatter öffnete den Mund, aber Karen schüttelte abwehrend den Kopf und ging weiter. Moosbach und der Polizist folgten ihr. Die Polizistin zückte ein Funkgerät.

„Hallo, Karen hier. Die Bestatter sind da, die kommen euch jetzt entgegen“, sagte sie.

Moosbach sah, wie der Fahrer unter der geöffneten Heckklappe des Mercedes eine Stahlbahre herauszog, auf ihr lag eine milchweiße Plastikfolie mit Reißverschluss. Ein Kollege half ihm, die Beine des Gestells aufzuklappen.

„Mit den Rollen kommen die nicht weit, nicht bei dem Waldboden“, murmelte die Beamtin. „Die werden das Ding tragen müssen.“ Unvermittelt wechselte sie das Thema. „Sagten Sie nicht, dass Sie hier wohnen?“

„Ja, da drüben“, antwortete Moosbach, „gehört meinem Freund.“

Die Polizisten blieben kurz stehen, um das Backsteinhaus zu betrachten. Dann liefen sie weiter, bis sie die Hofschaft erreichten.

Plötzlich schwappte ein Stimmungswandel über Moosbach. Ihm kam es vor, als ob sich die Farben um ihn verdichteten und die Konturen schärften. Es war, als ob seine Umgebung auf ihn zuging, wie Schauspieler, die nach vorn zum Bühnenrand treten. Ob sein Überlebenstrieb dieses intensive Empfinden erzeugte? Er wusste es nicht. Auf jeden Fall wurde ihm jetzt zum ersten Mal wirklich bewusst, an was für einem hübschen Fleckchen Erde er sich befand.

Fachwerkhäuser säumten die verkehrsberuhigte Zone. In der Sonne wirkten ihre weißen Lehmwände, grünen Fensterläden und Türen und ihr dunkles Fachwerk so sauber, so gepflegt, als wären sie erst gestern frisch gestrichen worden.

Pflanzen zierten die Fassaden: Rostrote Blätter ragten aus Terrakotta-Kübeln, dazwischen orangefarbene, hellblaue und rosa Blüten. Unter Vordächern hingen weiße Metallkübel, über ihre Ränder lugten Pflanzen mit Blüten, die wie kleine, pinkfarbene Lampenschirme aussahen. Ein terrassenförmiger Steingarten verströmte Düfte – Zitrone und Lavendel waren die einzigen, die Moosbach erkannte. Von einem Strauch baumelten gelbe Blüten in Trauben herab. Ein warmer Windhauch trug den Duft von Heu heran und streifte Moosbachs Gesicht.

Es könnte alles so schön sein, dachte er, und der Augenblick zersprang. Die leuchtenden Farben verblassten und die scharfen Umrisse verschwammen, während die vertrauten Schatten, die in seinen Eingeweiden lauerten, in alle Richtungen strömten, fließend, wie heißer Teer.

Sein Körper schmerzte vor Müdigkeit. Er schaute nach vorn.

Sie liefen auf eine Gruppe Leute zu, die sich mitten auf der Straße versammelt hatte. Darunter waren der Jäger und die ältere Dame, die vorhin in der Gruppe Schaulustiger gestanden hatten. Ihre Hunde hatten sie nicht mehr bei sich.

Die Leute senkten ihre Stimmen, als die Polizisten, mit Moosbach und Zorro in ihrer Mitte, vorbeigingen und auf das Rundbogenschild mit dem Schriftzug „Am Wupperstrand“ zusteuerten. Dort erklärten die Beamten, dass sie mit der Wirtin allein sprechen würden. Moosbach sah den Polizisten nach, wie sie durch das von Kletterrosen umrankte Tor schritten und durch den Rosengarten liefen.

Die Polizistin klingelte, Frau Berkenkötter öffnete, und die Beamten verschwanden in der Gaststätte.

Moosbach stand mit Zorro vor dem Tor. Wie bestellt und nicht abgeholt, dachte er. Er folgte Zorros Blick. Der Hund sah rüber zu den Männern und Frauen, die zunächst etwas verhalten, dann aber immer zielstrebiger auf ihn zukamen.

Sie kreisten ihn langsam ein wie Raubtiere ihre Beute. Die Halterin der Wollknäul-Köter – eine zierliche Frau mit silbernen Locken und Maus-Gesicht – stürzte sich „Na, du süßer Schatz, du bist ein ganz Guter, ein ganz Guter, ein ganz Guter bist du!“ rufend auf Zorro und kraulte ihn mit ihren runzeligen Händen heftig am Kopf. Der Hund bellte empört, ließ sich den Überfall dann aber gefallen und fuhr mit der Zunge über seine Nasenspitze.

Eine weitere Frau trat an Moosbach heran. „Sind Sie der, der die Leiche gefunden hat?“, fragte die Frau mit durchdringendem Blick.

Moosbach schätzte sie auf um die 70. Ein azurblauer, ärmelloser Haushaltskittel spannte sich um ihren rechteckigen Körper. Die Frau reckte das Kinn und stemmte die Hände in die Hüften, auf eine Weise, als balanciere sie Rasierklingen in den Achselhöhlen. Ihre Füße, die in weißen Clogs steckten, standen schulterbreit auf dem Asphalt. Ihre Körperhaltung erinnerte Moosbach an die eines Türstehers.

Neben ihr stand eine jüngere, erschöpft aussehende Frau. Sie streichelte und küsste immerzu den Kopf ihres schlafenden Babys. Der Jäger und ein weiterer älterer Herr, der sich auf einen Stock stützte, schauten Moosbach erwartungsvoll an. Der machte sich darauf gefasst, ausgequetscht zu werden wie eine Zitrone.

„Ähm, ja … Ich bin der, der … hm.“

Die Polizisten hatten ihn gebeten, nicht über die Tote zu sprechen – schon deshalb, weil die Angehörigen noch nicht informiert waren. Ob ihm das gelingen würde, bezweifelte Moosbach. Denn er war viel zu fertig, um sich zu wehren.

„Die Arme!“, seufzte die Frau im blauen Kittel.

Sie ließ Moosbach nicht aus den Augen. Ihm kam es so vor, als registrierte sie jede seiner Bewegungen wie eine Scharfschützin, die auf einem Überwachungsturm lauert. Kollektives Kopfschütteln und Seufzen.

„Ja, in der Tat …", murmelte Moosbach.

Die blaue Schürze sandte einen Blick des Bedauerns zum Himmel.

„Wie schrecklich … die Arme!" Pause. „Es war also … es war also ein Mädchen?"

„Ähm, also, ja", antwortete Moosbach verdutzt darüber, dass ihm die offenkundige Anführerin der Gruppe diese Information entlockt hatte.

Die Männer starrten ihn mit offenen Mündern an, die zierliche Dame griff sich an die Brust, und das Baby verzog sein Mündchen und fing an zu schreien, sodass sein Schnuller auf den Boden fiel. Seine Mutter hob den Schnuller hektisch auf und schaukelte das Baby eine Spur zu heftig auf dem Arm, während sich in ihren Augen Tränen sammelten und über ihre hohen Wangenknochen rannen – ob aus Betroffenheit über die Nachricht oder aufgrund allgemeiner Erschöpfung, vermochte Moosbach nicht zu sagen.

„Ach du liebe Zeit, doch ein Kind? Nein, das gibts doch nich, wie furchtbar is dat denn?", rief die blaue Schürze.

„Nein, nein, nicht Mädchen", stammelte Moosbach, Himmel, wie schnell ein Missverständnis entstehen konnte, hätte er doch bloß nichts gesagt, „nein, es war kein Kind, ich meinte, es war eine Frau, ähm, aber jung."

Aufatmen. Stille. Hochgezogene Augenbrauen und geschürzte Lippen. Moosbach sah förmlich, wie die Gehirne der Leute wie Maschinen ratterten, dampften und qualmten: Wer konnte die junge Tote sein?

Er war ganz und gar kein Fan davon, die Sensationsgier anderer Leute zu befriedigen, andererseits war er so verdammt müde und noch dazu froh, unter den Lebenden zu weilen, und deshalb erzählte er alles, was er wusste. Von seinem Verdacht, wer das Mädchen war, von ihrer ersten Begegnung und davon, wo er sie gestern gesehen hatte: „Am Wupperstrand". Genau an der Stelle, wo sie jetzt standen.

Die Männer und Frauen senkten die Köpfe und schauten auf den Asphalt. In ihren Blicken meinte Moosbach Beklommenheit, vielleicht sogar eine gewisse Ehrfurcht zu entdecken – so als ob ihre Füße einen historischen oder heiligen Ort berührten. Die Leute stellten noch ein paar Fragen, dann zogen sie ihre Schlüsse. Die Tote hatte einen Namen: Magda Albrecht. Sie hatte mit ihrer Großmutter in einem heruntergekommenen Fachwerkhaus gewohnt, das im Wald lag – einen Kilometer vom „Wupperstrand" entfernt. Die Großmutter war vor ein paar Monaten an Krebs gestorben. Jetzt war auch Magda tot.

Stumm schauten drei Frauen, drei Männer und ein hechelnder Hund zum Ende der Straße, wo die Bäume die Morgensonne verschluckten – in die Richtung, in die Magda Albrecht gestern Mittag gegangen war.

* * *

Moosbach starrte ins Leere. Inzwischen war es Viertel nach neun, und er saß im Garten vom „Wupperstrand". Mit Mühe versuchte er, das Bild des toten Mädchens zu verdrängen, das sich immer wieder vor sein inneres Auge schob. Sein Blick wanderte über Tische und Bänke bis zu den Blumenbeeten am Ende des Rasens. Dahinter floss die Wupper. Er schaute auf Zorro herab, der neben ihm mit geschwellter Brust auf dem nassen Gras saß. Zorro war von Frau Berkenkötter versorgt worden und hatte einen Napf Hundefutter geleert. Jetzt schwirrten Mücken um seine schwarzen Augen, aber Zorro ignorierte sie stoisch. Die Sonne brachte sein schwarzes Fell zum Glänzen. Die Leine baumelte über der Bierbank.

Moosbach dachte daran, dass Zorro seit dem „grauenhaften Fund" – so würde es die Lokalpresse ausdrücken – nicht von seiner Seite gewichen war. Doch die Zuneigung, die mit diesem Gedanken verbunden war, irritierte ihn.

„Ech sag jo emmer: Te völl Prakesieren mackt krank!"[2]

---

2 Ich sag ja immer: Zuviel Nachdenken macht krank!

Moosbach zuckte zusammen. Die Stimme gehörte Frau Berkenkötter, und was auch immer dieser Satz bedeuten mochte: Es handelte sich wahrscheinlich um einen Ratschlag. Dann folgte ein Befehl.

„Nu wierd iersch ens jeten!“[3]

Moosbach verzog das Gesicht, als verspüre er Kopfschmerzen. Schuld daran trug die Aussprache des Wortes „wird“. Ihm war bereits aufgefallen, dass die Solinger das „ie“ gerne wie ein „ia“ oder – noch schlimmer – lang gezogen wie ein „ieaaa“ aussprachen. *Wierd. Wierd. Wierd.* Das Wort tanzte vor seinen Augen. Oh, Gott, war er müde.

Er wandte den Kopf. Da stand die Wirtin. Sie trug ein braunes rundes Tablett, auf dem sich Geschirr und zwei Porzellan-Kännchen befanden und belegte Brötchenhälften türmten. Sie stellte das Tablett auf den Bierbanktisch, setzte sich Moosbach gegenüber und schenkte Kaffee in zwei Porzellantassen mit blau-weißem Zwiebelmuster ein. Ihre Hände könnten die eines Mannes sein, dachte Moosbach. Sie waren groß und kräftig und von Arbeit gezeichnet. Aber ihre geschickten, schnellen Bewegungen erinnerten an die einer jungen Frau.

Er stierte auf die Brötchen. Sie waren mit Fleischwurst und Zwiebelmett belegt und mit eingelegten Gurken dekoriert. Er roch die Morgenluft, die von der Wupper durch den Biergarten zog und sich mit den Gerüchen des frisch aufgebrühten Kaffees und der Zwiebeln mischte. Sein Magen knurrte.

„Danke“, sagte Moosbach mit gedämpfter Stimme, griff nach einer Brötchenhälfte mit Fleischwurst und biss ab. Sein Mund war so trocken, dass er das Essen mit einem Schluck Kaffee herunterspülen musste.

„Och, dat Magda, dat arm, arm Deng! En janz arm Deng wor et, dat arm Drömmelschen!“, rief Frau Berkenkötter.

Sie schüttelte voll Bedauern den Kopf, während sie eine Tasse mit zwei Händen behutsam zum Mund führte, die Ellenbogen hatte sie auf den Tisch gestützt. Sie blies vorsichtig über den Kaffee, spitzte die Lippen und nahm einen Schluck. Die kleinen Finger hielt sie elegant abgespreizt.

---

3 Jetzt wird erst mal gegessen!

„Arm? Warum war Magda denn arm?“, fragte Moosbach mit vollem Mund, froh, dass er exakt ein Wort verstanden hatte.

Was um Himmels Willen „Drömmel“-Dingsbums bedeuten sollte, würde er bei anderer Gelegenheit fragen, jetzt konzentrierte er sich erst mal aufs Essen. Die Nahrung wirkte wie Öl, das sein Getriebe, wenn auch schwerfällig knarzend, zum Laufen brachte.

Frau Berkenkötter, die, wie er inzwischen wusste, von ihren Nachbarn „Lore“ genannt wurde, hatte ihn vorhin auf der Straße aufgegabelt, nachdem sie mit der Polizei gesprochen und erklärt hatte, wo „dat arm Magda“ gewohnt hatte. Mit wedelnden Armen hatte sie Moosbach zum Frühstück eingeladen – teils aus Mitleid (in Anbetracht von Moosbachs erbärmlichem Zustand), teils aus Neugier (dieser Unbekannte hatte eine Leiche gefunden!), teils aus Stolz: Denn Moosbach hatte mit ihrem „liewen Lö“ die halbe Nacht durchgezecht. Eine Tatsache, bei der sich ihr mächtiger Busen so hob, dass sich die Spitzenschürze spannte. Niemand konnte dem selbstgebrauten Bier von ihrem Lö, dem Lothar, widerstehen, niemand! Daran zweifelte Moosbach keine Sekunde.

„Verwongert mech nit, wenn dat arm Magda selwer Hangk an sech jeleiht hät!“, verkündete Lore Berkenkötter und griff nach einem Zwiebelmett-Brötchen. Eine silbergraue Haarsträhne hatte sich aus ihrem Dutt gelöst und hing ihr ins Gesicht.

Sie überschätzt meine Fremdsprachenkenntnisse, dachte Moosbach. Okay, Magda Albrecht war „arm dran“ gewesen, und die Wirtin vermutete Selbstmord. Das hatte er sich noch so eben zusammengereimt. Als von ihm aber keine weitere Reaktion kam, deutete das Lore Berkenkötter offenbar als Signal, dass sie die Zügel ihrer Gedanken lockern durfte, und sie ließ ihre Worte drauflos galoppieren. Auf Platt.

„Ajo, jo, minne Mann hät jo domols metkreigen, wie dat arm Deng op der Bröggen stong, als he derlang jeloupen kom …“

Moosbach unterbrach sie.

„Verzeihen Sie, aber ich verstehe nicht … Könnten Sie …?“

„Äwwer secher!“

Lore Berkenkötter entschuldigte sich, holte tief Luft und begann zu erzählen. Sie gab sich Mühe, Platt mit Hochdeutsch zu vermischen.

Sie sagte, dass Magda bereits einen Selbstmordversuch unternommen hatte. Jedenfalls glaubte sie das. Lothar, Frau Berkenkötters Mann, hatte Magda an einem Februar-Morgen an einer „Bröck" getroffen – in der Nähe vom Haus, in dem Magda mit ihrer „Omma" gelebt hatte. Es handelte sich um jene Brücke, die sich einen Kilometer weiter weg befand und über die Moosbach heute Morgen gewankt war, bevor er ins Auenwäldchen eingebogen war, das ihn zur Toten führen sollte.

„Do stong et Magda!" Die Wirtin riss die Augen auf. „Ohne Mantel! Baul blo vor Kälte! Nu stellt öch dat ens vür!"

An jenem Morgen war die Wupper übers Ufer getreten – eine Folge von steigenden Temperaturen und Schneeschmelze, die zum Anstieg des Wasserpegels geführt hatte. Das Wasser hatte sich bedrohlich dem Garten der Berkenkötters genähert. Der Wirt war den Fluss entlanggelaufen, um zu schauen, ob es an anderen Stellen Überflutungen gegeben hatte, um diese zu melden. Moosbach stellte sich vor, wie Magda leichtbekleidet und unterkühlt an der Brücke stand. Er krauste die Stirn. Wie es wohl dazu gekommen war? Frau Berkenkötter lieferte prompt die Antwort, als habe sie seine Gedanken gelesen.

„Et Frau Schneider es an dem Morgen jestorwen, und do wuord et Magda janz raderdoll." Als sie sah, wie Moosbach noch mehr die Stirn krauste, tippte sie sich an die Schläfe. „Raderdoll. Plem-plem. Et Magda wuord verrückt. Ouch et Ricky wor do an der Bröck." Sie nickte vielsagend. „Et Ricky, dat es ouch sun arm Deng, wissen Se?"

Moosbach erfuhr, dass jene Frau namens Ricky bei Magda und ihrer „Omma" seit vergangenem Sommer lebte. Die alte Frau Schneider war sehr krank gewesen. Ricky hatte im Haushalt und bei der Pflege geholfen. Am besagten Morgen hatte Ricky Magda nicht im Haus vorgefunden und war sie suchen gegangen.

Lore Berkenkötter biss in ihr Mettbrötchen und kaute, Moosbach ruhig in die Augen schauend, vor sich hin.

„Ajo, et Magda wor jo schon emmer jet seltsam", erzählte sie und schnippte ein paar Krümel von der Brusttasche ihrer Spitzenschürze. „Aber nach dem Dut van der Omma wor et Magda iersch richtig aus dem Hüsken! Üöwer on üöwer üöwerjeschnappt, nix äs plem-plem!"

Moosbach nickte.

„Et Magda es an dem Tach, als de Omma jestorwen es, wie raderkastendoll durch de Jegend jejöüstert, stundenlang. Nu jo, on als minne Mann dat Magda jesenn hät, wie dat arm Drömmelschen dostong auf der Brücke, do hät er den Nutarzt jeruopen. Der kom met nem janzen Houp Mannslütt und der Polizei, on do es et Magda aff nach Jalkes en de Klappsmüöhl!"

Klappsmüöhl. Moosbach mochte das Wort nicht. Er musste an den Film „Einer flog über das Kuckucksnest" denken und an Experimente grausamer Männer in weißen Kitteln.

„On? Noch en Bröttschen?"

„Ach so, ähm, danke, gerade nicht."

Moosbach dachte nach.

„Sie sagten, Magda sei im Februar in eine Psychiatrie gekommen", sagte er, „aber wie kam es dann dazu, dass Magda gestern in Solingen war? War sie zu Besuch hier?"

Die Wirtin beeilte sich mit der Antwort. Eifrig kauend und schluckend schüttete sie sich Kaffee nach, trank die halbe Tasse in einem Zug leer und rief wie bei der Auflösung in einer Quizshow: „Dat Magda kom jestern aus der Klapse erut!"

„Gestern?", fragte Moosbach ungläubig.

Die Frau nickte zufrieden.

Das war ja ein Ding. Das Mädchen war nach drei Monaten aus einer Klinik entlassen worden. Und am nächsten Tag war sie tot. Brötchen und Kaffee brachten Moosbachs Denkapparat weiter zum Laufen.

Es lag nahe, dass sich Magda Albrecht umgebracht hatte. Man wurde in der heutigen Zeit ja nicht einfach so in eine Psychiatrie eingewiesen. Es mussten schon eindeutige Hinweise vorliegen, dass jemand eine Gefahr darstellte, für andere oder sich selbst. Bei Magda hatte wohl Letzteres zugetroffen – jedenfalls an jenem Wintertag, als Lö Berkenkötter dem Mädchen auf der Brücke begegnet war.

Vielleicht hatte es Magda nach dem Klinikaufenthalt aber dann doch noch geschafft, sich das Leben zu nehmen; vielleicht hatte sie sich in die Wupper gestürzt und sich ertränkt; vielleicht sogar von jener Brücke aus, von der Lore Berkenkötter sprach. Die war zwar nicht besonders hoch und Moosbach hatte mal gehört, dass Selbstmord im Wasser gar nicht so einfach sein sollte, aber wie auch immer: Magda Albrecht war tot, und die Ursachen würden der Notarzt oder die Gerichtsmedizin herausfinden.

Trotzdem spürte Moosbach, wie Zweifel in ihm rumorten. Denn die Dinge waren ganz oft nicht so, wie sie auf den ersten Blick erschienen. 30 Jahre bei der Lokalzeitung hatten ihn das gelehrt.

Was wäre, wenn Magda Albrecht sich nicht umgebracht hatte?

Sie schwiegen.

Die Wirtin starrte über ihre Tasse ins Leere und nickte kaum merklich. Moosbach kam es so vor, als würden ihre Gedanken an ihr vorbei marschieren wie Soldaten, als würde sie jeden einzelnen genau anschauen, einen nach dem anderen. Er nahm ein Fleischwurstbrötchen, drehte es hin und her und begutachtete es wie einen kostbaren Gegenstand.

„Sie meinten eben, dass Magda etwas seltsam war." Er versuchte, einen unbekümmerten Plauderton anzuschlagen, um seine Neugier zu verbergen. „Ich fand das ehrlich gesagt auch. Gestern, da hab ich Magda ja zum ersten Mal gesehen. Sie war extrem scheu und …"

„Schöü meint ehr? Ha!", unterbrach ihn Lore Berkenkötter. Sie schlug auf die Tischkante. „Do hätten Se dat Weihtschen vör drei Monaten senn sallen!"

Sie erzählte, dass Magda Albrecht fast täglich am Wupperstrand vorbeigekommen war. Die junge Frau musste über die Hofschaftsstraße zur Hauptstraße, wo die Haltestelle lag. Magda fuhr morgens mit dem Bus zur Arbeit und kehrte am frühen Abend zurück. Und „jedes Mol", wenn Frau Berkenkötter „dat Weihtschen" traf, habe Magda Augenkontakt vermieden. Die junge Frau habe immer auf den Boden gestarrt. Umso mehr hatte es die Wirtin erstaunt, dass Magda gestern mit ihr gesprochen hatte.

„Ech hann jedaiht, mech trefft der Schlach! Et Magda hat met mir ens jetottert! Nit völl, äwwer en bettschen, emmerhen. Na, su jet hann ech bei der noch nit erlefft!" Frau Berkenkötter schüttelte vorwurfsvoll den Kopf: „On ehr sacht, et Magda wör schöü! Ha!"

Sie verschränkte ihre Unterarme auf dem Tisch und beugte sich über das Geschirr. Ihr warmer, nach Kaffee riechender Atem schlug Moosbach entgegen. Sie senkte die Stimme und betonte jedes einzelne Wort: „Sie saren: Et Magda wor schöü! Ech sach: Dem Magda jeng et noch nie su juot!" Lore Berkenkötter presste die Lippen aufeinander und nickte bedeutungsvoll. Ihr Gesicht kam noch näher. „Ech sach öch jet", sie flüsterte beinahe, „wat der Mensch wirklech denkt, alsu, ech mein, wat en em vürgeiht, dat kann man nie wieten! Nie!"

Sie unterstrich ihre letzten Worte mit erhobenem Zeigefinger und lehnte sich zurück. Moosbach ließ das Gesagte einen Moment lang auf sich wirken. Er schaute zum Ufer. Der Wind raschelte in den Rosenbüschen, das Rauschen des Flusses war laut zu hören. Eine Wolke schob sich vor die Sonne und warf ihren Schatten auf die Beete. Die Farben traten hervor. Gelb, Violett, Kobaltblau. Dann zog die Wolke weiter, und die Sonne hüllte den Garten wieder ein mit Licht und Wärme.

„Eben noch vermuteten Sie, dass Magda sich umgebracht hat", sagte Moosbach nachdenklich, den Blick auf ein paar Lavendelbüsche gerichtet. Sein Zeigefinger tippte auf dem Tassenhenkel herum. „Und jetzt sagen Sie, dass es dem Mädchen noch nie so gut ging. Kurz vor ihrem Tod." Er blickte die Wirtin an. „So ganz passt das nicht zusammen."

„Ja jo, dat hann ech ouch vorhin jesaiht, als de Polizei do wor", entgegnete Lore Berkenkötter kleinlaut. Es sei halt alles so schnell gegangen, entschuldigte sie sich, die Beamten hätten sie schließlich mir nichts, dir nichts und mit ihren Fragen überrumpelt. „Et Magda – dut!" Sie hatte der Kriminalwache von dem vermeintlichen Selbstmordversuch im Februar erzählt, „on dat et Magda iersch jestern ut dem Dollhus[4] wor". Aber die Polizisten – „die hant mech anjekieken, als off se dat alles schon wössen!"

Ganz bestimmt war die Polizei über Magdas Krankengeschichte im Bilde, dachte Moosbach. Schließlich war sie an jenem Morgen vor Ort gewesen, als Magda in die Psychiatrie gekommen war. Vielleicht

---

4 Irrenhaus

hatte die Polizei bereits einen Verdacht gehabt, wer die Tote in der Wupper sein konnte, noch bevor er seine Vermutung geäußert hatte.

Ein schlechtes Gewissen zeigte sich in Lore Berkenkötters Augen. „Vürhen hann ich noch jedaiht: Janz klor, et Magda hät sech umjebracht“, sagte sie. „Dat hät et jo emmerhen ouch vorjehabt, domols, op der Bröck. Äwwer nu, wo wir drüöwer kallen[5]. Irjeswie es dat all kuomesch! Irjeswie.“

Die Magda, „dat Kengk“, sei noch ganz klein gewesen, vielleicht ein paar Jahre alt, als sie mit ihrer Großmutter „en dat kuomesche Hus“ im Wald gezogen war, damals, im Sommer 1996. Lore Berkenkötter erinnerte sich daran so gut, weil ihr Lö wegen einer Knie-Operation kaum laufen konnte. Das Haus, ja, das wäre richtig gruselig, „nee, do loupen mer Schuren den Röggen eronger, wenn ech draan denk! Do schöddelt et mech!“[6] Im Leben der beiden Frauen hatte es eigentlich nur einen Menschen gegeben: Herrn Glienke. Der Mann leitete den Bibelkreis einer freikirchlichen Gemeinde in Solingen-Widdert – einem Stadtteil, der weiter Richtung Stadtmitte oben auf einem Höhenrücken lag. Dort verkehrten Frau Schneider und ihre Enkelin. Von Herrn Glienke hielt die Wirtin nicht viel: „Wenn ehr mech froht“, schimpfte sie, „et es ne janz kuomeschen, üöwel jelunnden Keerl, su nen Muffzoppen!“

Muffzoppen. Das Wort traf Moosbach mit voller Wucht. Der Klang brachte seine Sinne auf Hochtouren, ja, es ließ ihn hören, beinahe auch sehen, riechen und schmecken, was es beschrieb: Einen miesepetrigen, schlecht gelaunten Typen. Muffzoppen.

In den ersten Jahren hatten die Menschen, die in der Hofschaft wohnten, kaum was von ihren neuen Nachbarinnen mitbekommen. Später sei „dat Magda“ in die Schule gekommen und habe ihre Ausbildung gemacht – als Hauswirtschafterin, oben in Solingen-Widdert, in einem Altenheim. Aber abgesehen von Herrn Glienke und der Haushaltskraft Ricky hätten Frau Schneider und Magda Albrecht mit kaum einer Menschenseele Kontakt gehabt. „Janz seilen

5 kallen = sprechen

6 Nein, da läuft's mir den Rücken herunter, wenn ich dran denke! Da schüttelt's mich!

dat alles!“ Und als Magda gestern auf einmal „plutschplatsch vorbei kom“, grüßte und stehen blieb: „Jo, do wor ech paff!“ Da hätte Lore Berkenkötter zu ihrem Mann gesagt: „Kiek ens aan, et Magda es jo wie utjewechselt! Man könnt meinen, et Magda es glöcklech!“

Die Wirtin hielt sich eine Hand vor die Augen und schluchzte. Moosbach betrachtete verlegen einige Brotkrumen und eine Scheibe Essiggurke auf seinem Teller. Er fühlte, wie sich die Müdigkeit an ihn heranpirschte, bereit zu einem weiteren Angriff. Der von Brötchen und Kaffee erzeugte Energieschub war nur von kurzer Dauer gewesen. Er musste unbedingt nach Hause, sonst würde er noch mit dem Kopf auf dem Tisch einpennen. Er sah auf.

Lore Berkenkötter tupfte sich die Tränen mit einem karierten Stofftaschentuch von den Augenwinkeln. Mit bebender Unterlippe blickte sie auf Zorro. Er hatte ihnen den Rücken zugewandt und schaute zum Fluss.

„Wat für nen liewen Hongk!“ Lore Berkenkötters Augen waren vom Weinen gerötet, aber über ihr Gesicht huschte ein Lächeln. „Der hät sech rechteg an Sie jewönnt!“, gluckste sie und schnaubte in ihr Taschentuch.

Moosbach fühlte sich noch unbehaglicher. Der Hund sollte sich an ihn gewöhnt haben? Hoffentlich nicht!

„Ihr Freund, der Falk, kömmt jo emmer hie bei us verbei, emmer met dem Zorro“, sagte die Wirtin fröhlich. „Minnen Lö jefft em dann emmer Leckerlies.“ Doch ihr Gesicht wurde gleich wieder nachdenklich. „Ouch de arm Frau Schneider koun den Zorro juot lieden. Irjeswie hatt ech dat Jefüöhl, se hätt dem Zorro jern et Fell jestreichelt – äwwer se koun et nit.“

Moosbach zog die Augenbrauen hoch. „Woher wissen Sie das so genau? Ich dachte, Sie hätten kaum Kontakt gehabt?“, fragte er.

Ihm fiel auf, dass die Gaststätten-Besitzerin ohnehin ziemlich viel über die Verstorbenen wusste, wenn man davon ausging, dass die Frauen so zurückgezogen gelebt hatten.

Nach einigem Herumdrucksen gab die Wirtin zu, dass Frau Schneider – bis auf die letzten Monate vor ihrem Tod – als Putzfrau in der Nachbarschaft gearbeitet hatte. Schwarz. Auch bei den Berkenkötters. Moosbach musste hoch und heilig schwören, das niemandem zu erzählen. Schon gar nicht der Polizei.

„Wer weit, wenn die dat hüören, dann hant wer die hie rapp-zapp en unserer Wiertschaft stonn met irjeswelchen Kontrollen on su. On dat können wer us nit erlouben!"

Moosbach versprach, niemandem etwas von der Schwarzarbeit zu erzählen. Ehrenwort. Danach musste er ein Loblied auf Frau Schneiders Sauberkeit über sich ergehen lassen. Lore Berkenkötter schilderte den Ehrgeiz, mit dem Frau Schneider ihre Arbeiten erledigt hatte, in höchster Verzückung. In all den Jahren sei Frau Schneider immer pünktlich auf die Minute erschienen, so einen zuverlässigen Menschen habe sie noch nie getroffen, niemals sei Frau Schneider krank gewesen – und wenn doch, dann habe sie ihre Aufgaben trotzdem verrichtet – und als es mit der Gesundheit bergab ging, ja, da habe Frau Schneider ihre Enkelin Magda zur Arbeit geschickt, manchmal auch „et Ricky". Aber die jungen Damen konnten Frau Schneider natürlich nicht das Wasser reichen: Wenn „et Frau Schneider" die Theke wischte, „dat sach ech öch, dann wor die tipp-topp! Do log keinen Krömmel mieh!"

Die Wirtin ging dazu über, von den Reinigungsmitteln zu berichten, die Frau Schneider bevorzugt hatte. Offenbar handelte es sich dabei um Chemiekeulen. Lore Berkenkötter hatte da nichts gegen einzuwenden, denn die blank gescheuerten Ergebnisse konnten sich sehen lassen. Allerdings hatte sie die Putzkraft ein paar Mal davon abhalten müssen, empfindliche Holzmöbel mit aggressiven Substanzen zu reinigen.

Außerdem erzählte sie, dass Frau Schneider „irjeswie" krank ausgesehen habe – und das bereits viele Jahre vor ihrer Krebsdiagnose. Die Wirtin hatte sich manchmal gefragt, ob Frau Schneider Haarausfall hatte.

„Su am Kopp, do woren su Stellen", sagte sie und zeigte auf ihren Dutt.

Noch dazu war da etwas mit Frau Schneiders Händen nicht in Ordnung. Einmal war Lore Berkenkötter von einem Einkauf früher zurückgekehrt als angekündigt und hatte die Putzkraft ohne Gummihandschuhe angetroffen. Der Anblick der Hände hatte sie schockiert. Sie sahen geschwollen aus, blutig, rissig, so, als hätte Frau Schneider eine Hautkrankheit, „rechteg schlemm". Frau Schneider hatte sich sofort abgewandt, vielleicht hatte sie sich geschämt.

„Ech glöüf, de Frau Schneider hät sech vörm Fell vam Zorro jeekelt", schlussfolgerte die Wirtin. „Derbei es der Zorro met sinnem kurzen Fell jo wall der sauberste Hongk op der Weilt!"

Das reicht, dachte Moosbach. Seine Lider fühlten sich an wie Zementsäcke. Er musste hier weg. Aber wie sollte er das Gespräch beenden? Er sah, wie Frau Berkenkötter verträumt auf Zorros Rücken blickte. Ihre Gedanken zogen offenbar an einen anderen Ort.

„Wett ehr wat?", sagte sie nachdenklich, nahm eine Serviette und begann, sich die Finger sauber zu reiben. „Wo wir hie su setten on üöwer et Magda on sin Omma kallen, kuomen mer op eimol su allerhangk Jedanken en den Kopp, wo ech noch nit drüöwer nachjedaiht hann en all der Opregung!"

Ihr war zum Beispiel aufgefallen, dass die alte Frau Schneider im letzten Jahr ihres Lebens anders gewesen war, als sonst, „angersch". Darüber hatte die Wirtin bisher noch mit niemandem gesprochen: „Weil et, wie sall ech saren? Et wor einfach sun Gefüöhl. Se wor einfach angersch."

„Aber Frau Schneider hatte Krebs. Sie hatte wegen ihrer Krankheit bestimmt große Angst." Das Sprechen kostete Moosbach Kraft. Es fehlte nicht viel und er würde rückwärts von der Bierbank kippen und im Gras landen. Neben Zorro.

„Enee, dat wor et nit, dat wor et nit!", widersprach Frau Berkenkötter mit schüttelndem Kopf. Ja, „secher", Frau Schneider war eine scheue Frau gewesen, und man hatte ihr im Sommer vergangenen Jahres eine schwere Krankheit diagnostiziert. Aber da war noch was anderes, noch vor der Diagnose.

Die Wirtin erinnerte sich, dass sie einige Male den Eindruck gehabt hatte, dass Frau Schneider ihr etwas mitteilen wollte, sich aber am Ende nicht getraut hatte. Sie schaute Moosbach fest in die Augen. „Jo, ech sinn mer do janz secher", sagte sie. „De Frau Schneider wor irjeswie bang. Se hät Angß jehatt. En grute Angß!"

Und diese Angst stammte nicht von ihrer Krankheit.

***

Mit jedem Meter, den die Straßenbahn fährt, entferne ich mich von meiner Krankheit, dachte Sanna. Sie warf einen Blick auf ihr Smartphone. Kein Anruf in Abwesenheit, keine Nachrichten. Sie steckte das Telefon zurück in die Seitentasche ihres Bundeswehr-Rucksacks, den sie auf ihren Schoß gehievt hatte, schlang die Arme um ihn und schaute hinaus in den Düsseldorfer Verkehr. Sie legte ihren Kopf seitlich auf den Rucksack, sodass ein Tragegurt an ihrer Wange rieb. Vor ihren Augen baumelten zwei braune Dreadlocks. Sonnenstrahlen brachen sich in der Fensterscheibe, auf die jemand, wahrscheinlich mit einem Schlüssel, ein paar unverständliche Zeichen gekratzt hatte, und blendeten sie.

Sanna blinzelte. Sie spürte, wie sich die Wärme in ihrem Körper in Hitze verwandelte. Ihre wadenhohen Stiefel, die Tennissocken, die Stretchjeans und der Wollpulli, der ihr bis über die Hüften hing, waren zu warm. Aber sie hatte sich daran gewöhnt, ihren Körper einzuhüllen, indem sie so viele Tops und langärmlige Second-Hand-Oberteile wie möglich übereinanderschichtete. Auch wenn die Sonne mit aller Wucht herabschien, trug Sanna lange Hosen – und ihre heiß geliebten Doc Martens, die sie sich vor vier Jahren an einem Flohmarkt-Stand von ihrem ersten Lehrgeld gekauft hatte. Erst wenn die Hitze nicht mehr auszuhalten war, wagte sie es, ein paar Schichten abzulegen.

Sanna drehte den Kopf und spähte durch ihre Dreadlocks zu drei Mädchen in ihrem Abteil, die allesamt aussahen, als wären sie einer hippen Modezeitschrift entsprungen. Wahrscheinlich waren sie so alt wie Sanna – so um die 20 –, wirkten aber um einiges reifer und selbstsicherer. Sie räkelten sich an einer roten Stange, tuschelten und lachten. Ein Mädchen überragte die beiden anderen um einen Kopf. Sie trug eine kurze Jeans, die ihre schlanken, sonnengebräunten Beine betonte. Ihr Lidschatten glitzerte, das rosafarbene Lipgloss glänzte, und ihre glatten, schulterlangen Haare, die sie immerzu schüttelte, schimmerten fast wie Gold. Sie reckte das Kinn und schaute auf Sanna herab. Dabei verengten sich ihre Augen, die Oberlippe zog sie nach oben. In ihrem Blick lag Spott.

Einen Sekundenbruchteil später wandte sich das Mädchen wieder ihren Freundinnen zu, und ihr schrilles Lachen explodierte in der Straßenbahn.

Sanna presste die Augen zu. Ihre Wangen glühten. Ihr Herz schlug schneller. Hatte sie sich das gerade eingebildet – oder hatte das Mädchen mit der Model-Figur tatsächlich von oben auf sie herabgesehen? Machten sich die Mädchen über sie lustig? Oder spielte ihre Fantasie ihr bloß einen Streich?

Sannas Unterleib zog sich zusammen. Schamgefühl kroch nach oben und schnürte ihr den Hals zu. Sie versuchte sich abzulenken. Sie kramte aus ihrer engen Jeanstasche einen Kaugummi heraus, schob ihn in den Mund und begann zu rechnen. 4 × 4 = 16, 16 × 4 = 64, 64 × 4 = 256, 256 × 4 = 1024, 1024 × 4 = 4096. Bei 16.384 hörte sie auf.

Sie musste sich beim Rechnen so sehr konzentrieren, dass sie die Mädchen nicht weiter beachten konnte – selbst wenn sie gewollt hätte. Sie spürte die Sohlen ihrer Stiefel auf dem ruckelnden Boden der Bahn, ihre Muskeln entspannten, ihre Schultern senkten sich.

Sanna staunte jedes Mal aufs Neue darüber, wie ihr diese Matheaufgabe dabei half, zu verhindern, dass ein dunkles Gefühl in ihr wuchs und Macht über sie gewann. Sie richtete sich auf und versuchte, nicht mehr so krumm auf ihrem Sitz zu kauern. Sie zog die Mundwinkel nach oben. Erst war es ein gezwungenes Lächeln, doch innerhalb von Sekunden lockerten sich ihre Wangen.

Sie spürte ihren Bauch. Das Schamgefühl hatte sich aus dem Staub gemacht. Sanna schob sich die verfilzten Strähnen aus dem Gesicht und schaute zur Stange. Jetzt sah sie bloß ein paar Mädchen, die miteinander sprachen.

Sanna freute sich und spürte einen Anflug von Stolz. Lächelnd wandte sie sich wieder dem Fenster zu und blickte hinaus.

Wie gut, dass sie sich auf die Übungen, die gegen Anspannung halfen, eingelassen hatte, dachte sie, während Häuser, Autos, Geschäfte, Bäume und Fußgänger an ihr vorbeizogen. Die Therapeutinnen hatten ihr das in der Psychiatrie beigebracht, wo sie die letzten drei Monate gelebt hatte.

Drei Monate.

Wie schnell die Zeit verflogen war.

Sie musste an das Krankenhauszimmer denken, das sie sich mit Magda geteilt hatte. Magda war gestern entlassen worden, heute war Sanna an der Reihe.

Sie hatte ihre Sachen in ihrem Rucksack verstaut, hatte die Patientinnen und Patienten ihrer Station nacheinander umarmt, ein paar Abschiedstränen vergossen und die Station verlassen. Allein war sie damals in der Klinik angekommen, allein verließ sie das Gebäude, um sich auf den Weg nach Hause zu machen, einer Wohngemeinschaft in Düsseldorf-Flingern.

Sannas Gedanken drifteten zu Magda. Die junge Frau war von niemandem abgeholt worden, genau wie sie. Und genau wie Sanna schien sie kaum Freunde oder Familie zu haben. Magda war nur selten besucht worden – von einer Frau. Wie hieß die noch mal? Micky? Rita? Sanna hatte sie selbst nie gesehen. Aber Magda hatte sie erwähnt.

Was Magda jetzt wohl machte? Irgendwie war es schon seltsam. Sie hatten kaum Gemeinsamkeiten – mal davon abgesehen, dass sie beide zwanzig Jahre alt und in Solingen aufgewachsen waren. Und doch vermisste Sanna das merkwürdige, verschlossene Mädchen mit der schiefen Nase und dem verstörten Blick, auf den – das hatte sie beobachtet – viele Leute mit Ablehnung reagierten.

Magda war deutlich größer als Sanna und ziemlich dünn. Deshalb fühlte sich Sanna neben ihr noch pummeliger als sonst. Dabei war sie nicht dick. Ihre Rundungen fühlten sich einfach fremd an.

Wenn Magda abends am anderen Ende des Zimmers vor ihrem Bett kniend betete, schaute Sanna von einem der vielen Bücher auf, die sie in der Stadtbücherei ausgeliehen hatte, und blickte verwundert hinüber.

Magda schien immer und überall ihren Glauben zu leben.

Sie trug ein Kreuz an einer Halskette. Vor jeder Mahlzeit betete sie am voll besetzten Gemeinschaftstisch mit geschlossenen Augen leise vor sich hin.

Für Sanna gab es kaum etwas, das sie mehr befremdete, als einer

Religion anzugehören. Sie war nicht christlich erzogen – wenn man in ihrem Fall überhaupt von „Erziehung" sprechen konnte.

Die Straßenbahn hielt.

Sanna beobachtete, wie eine Mutter einen Kinderwagen mit der einen Hand in die Bahn bugsierte, während sie an der anderen einen Jungen hielt, dem sie über die Stufe half.

Sanna dachte an ihren kleinen Bruder Sven. Früher, besonders in der Grundschule, wenn die Eltern zu Festen oder Informationsveranstaltungen eingeladen wurden, ihre Mutter mal wieder nicht aufkreuzte und Sanna mitleidige Blicke erntete, hatte sie oft das ungute Gefühl beschlichen, dass bei ihr zu Hause die Dinge anders liefen, als es ihre Lehrerinnen erwarteten. Früher, wenn ihre Mutter arbeiten war – und das war sie eigentlich immer – hatte sich Sanna um Sven gekümmert. Schon im Kindergarten. Sie machte ihm jeden Morgen das Frühstück und wischte ihm die Marmelade mit einem Waschlappen vom Mund. Dann liefen sie Hand in Hand zum Kindergarten.

Später brachte sie Sven zur Schule. Sanna erinnerte sich noch immer daran, wie sie damals den Schritt beschleunigte, wenn sie sich den Parkbuchten vor der Schule näherten, wo die Eltern mit ihren Kindern aus den Wagen stiegen. Sie hatte sich so sehr geschämt, dass es niemanden auf der Welt gab, der sie beide auch nur einmal in die Schule gefahren hätte, dass sie, Svens Hand fest umklammernd und den Blick auf den Boden gerichtet, an den Eltern vorbeigehastet war und Sven regelrecht die Treppen hinaufgezogen hatte. Sie hatte gehofft, dass Sven auf diese Weise die Schande nicht bemerken würde, die auf ihnen lastete. Die Schande darüber, dass sie es nicht wert waren, dass sich jemand um sie kümmerte. Dass sie dafür selbst die Schuld trugen.

Denn welch anderen Grund konnte es geben?

Neben der Schule gehörte die Kirche zu den Orten, an denen Sanna sich wie ein Fremdkörper fühlte. Im evangelischen Religionsunterricht – warum ihre Mutter sie dort angemeldet hatte, wusste sie bis heute nicht – hatte sie immer das Gefühl, eine Außenseiterin zu sein. Die anderen Kinder wussten Dinge, von denen Sanna noch nie gehört hatte. Jedenfalls nahm sie das an. Das Gefühl, dumm zu sein, nicht zu wissen, worum es ging, trennte sie von den anderen. Gottseidank musste Sanna die Kirche nicht allzu oft besuchen, nur manchmal mit ihrer Klasse. Sie fühlte sich wie eine Idiotin, wenn die Pfarrerin über eine dieser merkwürdigen Geschichten aus der Bibel sprechen wollte, Sanna sich aber in der Bibel nicht zurechtfand, die falschen Seiten aufschlug und hoffte, dass es niemand bemerkte. Die Lieder, die die Pfarrerin in hohen Tönen anschlug, taten Sanna in den Ohren weh. Sie sang nie mit, sondern bewegte bloß den Mund. Das „Vaterunser" sprach sie monoton mit – in Verwirrung darüber, was diese unheimlichen Worte über Schuld, Vergebung und Erlösung wohl zu bedeuten hatten.

Sanna war erleichtert, dass sie nach der Grundschulzeit mit Religion kaum noch in Berührung kam. Viele Jahre später, als sie in Wohngemeinschaften lebte, waren dort anarchistische Theoretiker angesagt. „Wer Gott nicht kennt, der braucht ihn nicht", war ein beliebter Spruch von Ela, mit der Sanna in ihrem derzeitigen Zuhause lebte. Sanna erwiderte dann nichts. Wie immer, wenn Ela etwas Gescheites von sich gab.

Wer Gott nicht kennt, der braucht ihn nicht.

Sanna fand es interessant, dass ausgerechnet sie, die mit Religion so gar nichts anfangen konnte, mit einer überzeugten Christin wie Magda das Zimmer teilen musste. Magda war von einer geschlossenen Abteilung in die offene Station gekommen. In den ersten drei Wochen hatte sie kein Wort gesprochen, aber mit der Zeit öffnete sie sich. Sie sprach zwar selten, aber ihr Blick verriet, dass sie ihre Umgebung immer mehr wahrnahm.

Und so begann Sanna, über sich zu sprechen. Über die plötzliche Panikattacke, die sie eines Tages aus heiterem Himmel überfallen hatte, als sie an einer Straßenbahnhaltestelle stand. Als sie dachte, sie würde sterben. Als ihr Herz wild raste, ihre Knie nachgaben, sie das Gefühl befiel, nicht im eigenen Körper zu wohnen, sondern in konturlose Einzelteile zerpflückt in der Luft zu schweben. Als sie auf den Boden sank und mit angewinkelten Beinen sitzen blieb. Eine Frau hatte zwei Polizisten herbeigewunken, die auf der anderen

Straßenseite liefen. Dann fragte eine Stimme, wie vom anderen Ende eines kilometerlangen Tunnels, ob sie Drogen genommen hätte. Die Frage verwirrte Sanna. War sie gemeint? Wohl kaum – sie hatte, von ein paar Joints mal abgesehen, nie Drogen genommen. Nach einer Weile kehrte sie in ihren Körper zurück, sie konnte aufstehen und die Polizisten hatten sie nach Hause gefahren.

Die Attacken waren immer wieder gekommen, in immer kürzeren Abständen. Bis Sanna nicht mehr aus dem Haus ging. Sie verlor ihren Ausbildungsplatz in einer Apotheke und zog sich immer mehr in ihr WG-Zimmer zurück. Auf den Rat einer Nachbarin hin holte sie sich Hilfe bei einer Therapeutin. Diese empfahl ihr einen Klinikaufenthalt. So war Sanna in eine Psychiatrie gekommen.

„Fichtenstraße", sagte eine mechanische Frauenstimme.

Sanna schaute rauf zur Anzeige. Der Name der Haltestelle blinkte. Die Straßenbahn ruckelte und kam zum Stehen. Sanna hievte den Rucksack über die Schultern und stieg aus. Die Sonne sandte Strahlen vom Himmel. Sanna blieb, von wartenden Fahrgästen umringt, vor dem gläsernen Haltestellenhäuschen stehen, schloss die Augen und genoss die Wärme auf dem Gesicht. Sie spürte Zuversicht. Sie hatte zwar ihre Ausbildungsstelle verloren, aber sie stand vor einem neuen Anfang. Der Gedanke bahnte sich einen Weg in ihr Herz. Sie öffnete die Augen, zog die Gurte ihres Rucksacks enger und marschierte los.

Wenige Minuten später stand Sanna vor der Haustür, und ihre Zuversicht verflog. Die Angst drückte auf ihre Brust. Sie versuchte sich zu beruhigen, indem sie sich vorstellte, dass sie auf einem Stuhl in einem Theatersaal saß, während ihre Gefühle vorne, auf der Bühne, ein Stück aufführten. Das schuf Abstand zwischen ihr und der Angst, die sie zu überschwemmen drohte. Sie drückte fest auf eine empfindliche Stelle zwischen Daumen und Zeigefinger und atmete tief durch. Warum fürchte ich mich eigentlich?, fragte sie sich. *Weil ich nicht weiß, wie meine Mitbewohner auf mich reagieren werden. Weil ich nicht weiß, ob sie mich nach den Monaten, die ich weg war, noch mögen. Weil ich nicht weiß, ob sie mich je gemocht haben. Niemand hat mich in der Klinik besucht.* Der letzte Gedanke schwebte bedrohlich über ihr.

Dir kann nichts passieren, sagte sie sich. *Du bist in Sicherheit.*

Sanna warf den Kopf in den Nacken und betrachtete die Fassade des vierstöckigen Altbaus. Sonnenstrahlen funkelten durch die üppigen, im Wind raschelnden Kronen der Platanen und ließen Schatten und Lichtflecken auf Erkern und Kastenfenstern tanzen.

Du bist in Sicherheit.

Sanna schloss die Tür auf und ging hoch in den zweiten Stock. Der marineblaue Putz blätterte von den Wänden des Treppenhauses. Es roch nach Waschmittel und Marihuana. Sie steckte den Schlüssel ins Schloss. Die Tür war übersät mit bunten Aufklebern, auf denen „Go Vegan!", „Wir haben mehr vom Leben als von der Arbeit", „Her mit dem schönen Leben" und „Gegen Nazis, Staat und Kapital" zu lesen war. Sie stieß die Tür auf.

„Hallo", rief sie zaghaft in den Flur.

Konzertposter hingen an den orange gestrichenen Wänden, darunter The Notwist und Manu Chao. Sanna tat einen vorsichtigen Schritt von der Fußmatte. Ihr war einen Moment so, als würde sie das sichere Ufer verlassen, um auf Steinen, die von den Wellen herangespült im Wasser lagen, auf die andere Seite zu balancieren. Sie zuckte zusammen, als die Dielen unter ihrer Sohle knackten. Dann tappte sie zur Küche am Ende des Flurs, aus der Reggae-Beats erklangen. Sie machte so wenig Geräusche wie möglich. Sie lief auf den Fußballen, ohne die Fersen abzusetzen, sie achtete darauf, nicht über die Turnschuhe oder Stiefel zu stolpern, die herumlagen. Die Tür war angelehnt. Sanna stupste sie auf.

Ela, Serhat und Walli saßen an dem runden Tisch aus Kiefernholz, auf dem sich kunterbuntes Geschirr befand, orientalisch gemusterte Schüsselchen mit vegetarischen Pasten, Tabakkrümel und ein Aschenbecher, aus dem Stummel selbstgedrehter Zigaretten quollen. In der Luft waberte der Duft frisch gebackener Brötchen, von Kaffee, Koriander und Knoblauch sowie Zigarettenqualm. Die Sonne fiel durch die hohen Altbau-Fenster. In ihrem Licht wirbelten Staubflocken. Die Balkontür stand auf Kipp und ließ Verkehrsgeräusche herein, die Sanna stets an das Rauschen des Meeres erinnerten.

Die drei Freunde starrten sie an.

Sanna verharrte, mit dem Rucksack auf dem Rücken, an der

Schwelle, wie auf einem weiteren Stein, mitten im Fluss. Walli stand wortlos auf und schaltete die Musikanlage aus. Die Reggae-Musik verstummte.

„Ähm, hallo!", sagte Sanna und trat von einem Bein aufs andere.

Warum guckten die so komisch?, fragte sie sich. Sind sie überrascht, dass ich wieder da bin? Sie hatte Ela doch eine WhatsApp-Nachricht mit ihrem Entlassungstermin geschickt. Sanna überwand sich, ging zum Tisch und ließ sich auf einen weißen Plastikstuhl sinken. Sie hörte, wie ihr Magen knurrte, traute sich aber nicht, eins der Brötchen aus dem Korb in der Mitte des Tischs zu nehmen. Die Blicke der anderen hielten sie davon ab. Sie fühlte sich wie ein Eindringling, eine dreiste Diebin, die kein Recht hatte, mit am Tisch zu sitzen.

Was war hier los?

Sanna schaute Ela mit gerunzelter Stirn an. Ela saß ihr gegenüber. Ein Kopftuch mit grün-blauem Karomuster bedeckte ihre blonden Rastazöpfe und passte perfekt zum dunkelgrünen Nicki-Pullover. Ihre gebräunte Haut bildete einen Kontrast zu den blauen Augen und ließ sie noch heller leuchten. Plötzlich breitete sich ein Lächeln auf Elas Gesicht aus, allerdings wirkte es auf Sanna alles andere als beruhigend. Unbehaglich schaute sie sich um. Walli hatte zu ihrer Rechten Platz genommen und stierte auf den Brötchenkorb. Serhat, der dicht neben Ela saß, funkelte Sanna an.

Das Feuer in seinen Augen kannte sie. Sie hatte es zum ersten Mal vor einem Jahr gesehen, als sie mit Walli, Ela und Serhat einen Info-Stand in der Innenstadt organisiert hatte, um über Folter und Polizeigewalt im Süd-Osten der Türkei aufzuklären. Sie standen in Kontakt mit einer Menschenrechtsorganisation, die sie mit Material versorgte. Ein Bildband, der Folterfälle dokumentierte, ließ Sanna nächtelang nicht schlafen. Unter den Opfern waren oft Kurden. Und Serhat war Kurde. Sanna konnte verstehen, dass Serhat das Thema zusetzte. Aber wenn er mit blitzenden Augen gegen „die Türkei" und „die Türken" wetterte, lag in seiner Stimme so viel Hass, dass Sanna jedes Mal erschauderte. Serhats Schwester war damals aufgetaucht, mit einem Mädchen an der Hand. Sanna verteilte Flugblätter ein paar Meter weiter. Sie konnte nicht hören, *was* Serhat zu den beiden sagte. Aber sie bekam mit, dass er seine Schwester anschrie. Dann holte er mit der Rechten aus. Serhat schlug nicht zu, aber die Geste war eindeutig. Sie sollte die Geschwister einschüchtern. Mit gesenktem Blick verschwanden die Mädchen. Ela, die sich am Stand aufhielt, schien gänzlich unberührt von der Szene und lachte mit Walli, der offenbar einen Witz gemacht hatte.

Überhaupt war Ela ein Gute-Laune-Typ.

Das war einer der Gründe, warum sie so beliebt war – jedenfalls solange man ihre Meinung teilte. Wenn Ela gegen die Globalisierung und genmanipuliertes Saatgut wetterte und Menschen wegen ihres Fleischkonsums angriff, wurde sie gern persönlich. Sie sparte nicht an Beleidigungen.

Das war Sanna oft peinlich. Sie dachte an ein Wochenende zurück, das sie mit anderen jungen Leuten in einer Jugendherberge verbracht hatte. Sie besuchten ein Seminar, das über rechte Jugendszenen aufklärte und über Widerstandsgruppen in der Nazi-Diktatur informierte. Sanna hatte das Seminar Freude gemacht. Aber ihre Erinnerungen daran waren getrübt. Denn beim Frühstück war Ela ausgerastet, weil abgepacktes Essen serviert worden war, was aus ihrer Sicht „ökologisch gesehen absolute Scheiße" war. Ela hatte eine Hauswirtschafterin, die schmutziges Geschirr von den Tischen räumte, mit wüsten Beschimpfungen attackiert. Die kleine Frau hatte mit den Armen gerudert und war weinend aus dem Raum gelaufen.

Aber Sanna kritisierte Ela nicht. Sanna hatte ihrer Freundin noch nie widersprochen.

Elas Gesicht strahlte.

„Schön, dass du wieder da bist!"

„Mhm, ja … ich hatte …"

„Ich war ja eigentlich mit meiner Mutter verabredet", wurde sie von Ela unterbrochen, „aber ich hab das sausen lassen. Ich wollte natürlich hier sein, wenn du kommst!"

In ihrer Stimme schwang ein vorwurfsvoller Ton mit, ihr Lächeln blieb unverwüstlich. Schuldgefühle überfluteten Sanna.

„Das wäre ja nicht nötig gewesen …", setzte sie an, aber Ela schnitt ihr erneut das Wort ab.

„Doch, das ist nötig! Denn wir", Ela betonte jedes „wir", „wir müssen ein paar Dinge besprechen. Wir haben lange darüber nachgedacht, und wir haben gemeinsam beschlossen, dass wir ein paar Dinge ändern müssen."

Ela schaute abwechselnd Serhat und Walli an, um ihre Blicke einzufangen. „Ist es in Ordnung, wenn ich Sanna erkläre, was wir beschlossen haben? Ich meine, wenn *ihr* was sagen wollt, ist das voll okay, ich möchte mich nicht aufdrängen", sagte Ela entgegenkommend und breitete die Arme aus, als wolle sie alle umarmen.

Serhat nickte düster, während Walli weiter den Brötchenkorb fixierte und irgendetwas murmelte. Ela fasste das als Zustimmung auf, verschränkte die Arme auf dem Tisch und beugte sich nach vorn. Ihre Augen leuchteten wie Aquamarine.

Sanna spürte, wie die Gurte des Rucksacks, den sie noch immer auf dem Rücken trug, in ihre Schultern schnitten. Aber sie wagte nicht, sich zu bewegen. Wie hübsch Ela doch war, dachte sie.

„Nun schau doch nicht so ängstlich!", lachte Ela, „wir sind doch keine Unmenschen!" Aber außer ihr lachte niemand.

„Wir haben uns viele Gedanken über dein Wohlbefinden gemacht", fuhr sie mit ernster Miene fort. „Wir möchten, dass es dir gut geht. Aber du musst verstehen: Für uns ist es auch nicht leicht, mit einer Person zusammenzuleben, die nicht ganz auf der Höhe ist und …"

Von da an hörte Sanna nicht mehr zu. Nicht, weil sie nicht wollte, sondern weil sie nicht konnte. Ein Rauschen in ihrem Kopf übertönte Elas Stimme. Ihr Mund wurde trocken, durch ihre Arme und Beine kroch ein Taubheitsgefühl. Sanna kannte die Anzeichen für eine kommende Ohnmacht. Doch in diesem Moment vermochte sie es nicht, das Gefühl abzuschwächen. Sanna trat aus ihrem Körper und schwebte durch den Raum.

Elas Worte hallten aus der Ferne: „… du … Zimmer … verkriechst … nicht mehr rauskommen … WG-Leben … entziehen … Regeln … nicht verfügbar …"

Regeln? Jetzt vernahm Sanna ein paar ganze Sätze.

„Also, wir haben deine Aufgaben gerne übernommen, so ist das nicht – den Abwasch und auch die Gartenarbeit mit den Leuten vom neuen Wohnprojekt nebenan. Aber wie soll das auf Dauer funktionieren, frag ich mich? Oder wenn du deine Anfälle hast …“

Anfälle. Sannas Ich schnellte hoch zur Zimmerdecke wie ein Gummiseil, das man angespannt hat und dann plötzlich loslässt. Ihr Körper verharrte gekrümmt auf dem Stuhl.

„Wir … Sorgen … Bullen … uns angerufen … du … Haltestelle … auf Boden … stumm … Scheiße, die Bullen!“

Scheiße, die Bullen. Elas Stimme erklang so schrill, dass Sannas Ich auf den Stuhl sauste. Sie war auf einmal wieder in ihrem Körper. Aber sie fühlte sich wie gelähmt.

„Die Bullen, die können wir als Letztes in unserer Gegend gebrauchen“, schimpfte Ela, „stell dir vor, die hätten Wallis Dope gefunden, als sie dich nach Hause gebracht haben, oder die wären ins Antifa-Café reinmarschiert, was hätte da alles passieren können. Das war für uns ein ganz schönes Risiko!“

Der letzte Satz hallte in Sannas Kopf wie ein Echo. Nicht *„das“* – *„sie“* war ein Risiko. Eine Last. Eine Last, die diese Menschen hier loswerden wollten. Menschen, mit denen sie zusammengewohnt und viel Zeit ihres Lebens verbracht hatte.

Ela kam auf den Punkt.

„Das Beste für uns alle ist, wenn du erst mal ausziehst, es ist ja nicht für immer. Wie gesagt, uns ist ja auch wichtig, dass es dir gut geht. Und das Leben hier in der WG ist für einen Menschen wie dich nichts …“ Was sie mit „einem Menschen wie dich“ meinte, führte Ela nicht weiter aus. „Und wegen der Miete brauchst du dir keine Gedanken zu machen! Wallis Kumpel, der Tino, den kennst du bestimmt auch aus dem Antifa-Café, der interessiert sich für dein Zimmer. Das können wir ganz unkompliziert regeln. Bestimmt kannst du bei deiner Mutter wohnen, bis du dich wieder gefangen hast.“

Bei ihrer Mutter wohnen? Was für eine seltsame Idee.

Seit Sanna 16 Jahre alt war, hatte sie sich in Wohngemeinschaften herumgetrieben und sich allein durchgeschlagen. Aber ihr blieb wohl nichts anderes übrig, als bei ihrer Mutter anzurufen. Bloß, wie konnte sie sie jetzt erreichen? Ihre Mutter hatte das Handy ausgeschaltet, wenn sie im Supermarkt arbeitete, und Sanna hatte nicht die Telefonnummer von der Filiale – nur die von der Spielothek, in der ihre Mutter am Wochenende aushalf. Die vielen Jobs waren nötig, weil Sannas Vater keinen Unterhalt zahlte. Ein Berg Schulden war alles, was er der Familie nach der Trennung damals, vor vielen Jahren, hinterlassen hatte.

Aber vielleicht würde ihre Mutter ihr ja helfen, dachte Sanna, nur dieses eine Mal, vielleicht konnte sie tatsächlich ein paar Tage bei ihr in Solingen leben. Irgendwie würde sie die Telefonnummer von der Discounter-Filiale schon herauszufinden.

Elas Worte rissen sie aus ihren Gedanken. Ihre Freundin war offenbar am Ende ihrer Rede angelangt.

„Ich hoffe, dass das nicht doof rüberkommt bei dir. Es ist ja nicht so, dass wir dich loswerden wollen oder so. Wir wollen doch nur das Beste für dich! Ist doch so, oder?"

Ela blickte Serhat und Walli beschwörend an. Walli kauerte auf seinem Stuhl und knabberte an einem Brötchen. Serhat wandte sich seiner Freundin zu. Ein Lächeln umspielte seine vollen Lippen.

Sanna wusste nicht, was sie tun sollte. Sie hatte nicht damit gerechnet, dass sie am Entlassungstag aus ihrer WG fliegen würde. Sie schämte sich. Als sie aufstand, stieß sie mit dem Rucksack gegen die Lehne, sodass der Stuhl nach hinten kippte. Sie fing ihn, bevor er umfallen konnte.

„Na ja, also dann. Dann fahr ich mal …", war alles, was sie herausbrachte.

* * *

Jan hatte einen ausgeprägten Sinn für Ordnung. Genau wie er. Das fiel Moosbach auf, als er über den Parkettboden schlurfte und mit dem Zeigefinger über die Bücherrücken fuhr, die auf der Regalwand in Reih und Glied standen. Jans Sortiermethode erkannte er auf Anhieb. Jan hatte seine Büchersammlung – bestehend aus Bildbänden über Fotografie, Tier- und Pflanzenwelten, Kunst und Popkultur, historischen Romanen und Geschichtsbüchern – nach Themen sortiert. Innerhalb der Themen waren die Bücher alphabetisch nach den Namen der Autoren geordnet.

Moosbach blieb stehen. Er gähnte, dass seine Kiefer knackten, und zog einen Bildband heraus. „Flora & Fauna an der Wupper“ lautete der Titel. Er starrte auf den Eisvogel auf dem Umschlag.

Zum Lesen war er nicht fähig.

Es war drei Uhr nachmittags, und trotz eines ausgiebigen Mittagsschlafs konnte er keinen klaren Gedanken fassen. Sein Gehirn fühlte sich an wie Brei, auf seiner Zunge klebte ein bitterer Geschmack. Die Kleidung, die er seit gestern Mittag trug, roch streng.

Sein Blick fiel auf Jans erlesene Plattensammlung weiter links, darunter standen DVDs. Moosbach ging in die Hocke. Sein Blick blieb an einer Reihe Filme hängen, die Konzerte dokumentierten – darunter die Rockpalast-Nacht vom 21. April 1979, einer kultigen, viele Stunden dauernden Fernsehübertragung des Westdeutschen Rundfunks, in der unter anderem Patti Smith aufgetreten war und die sein Herz bis heute höherschlagen ließ. Ein gemeinsamer Kumpel hatte damals die Rockpalast-Übertragungen auf Video aufgezeichnet und Jahrzehnte später digitalisiert.

Jan hatte alle Kopien.

Moosbach schaute zum Flachbildfernseher, der in der Ecke an die Wand montiert war. Das Ding konnte man zwar kaum „Fernseher“ nennen, hießen diese gigantischen Teile doch HD oder LCD oder hatten sonst irgendwelche anderen unverständlichen Abkürzungen, aber auf die Klang- und Bild-Qualität war er neugierig. Er würde sich das Patti-Smith-Konzert bestimmt später anschauen, aber erst mal brauchte er eine Komplettüberholung – Dusche, Kaffee und Kleiderwechsel inklusive.

Moosbach richtete sich auf. Sternchen blitzen vor seinen Augen, und so blieb er einen Moment lang vor dem Regal stehen, um sich zu sammeln. Die weiß gestrichenen Wände blendeten ihn fast. Vor der himbeerfarbenen Sofa-Garnitur zu seiner Linken stand ein Glastisch, dessen Metallgestell ihn an Regale aus Lagerhallen erinnerte. Hatte wohl ein Industriedesigner entworfen. Oder Jan hatte den Tisch selbst gebaut, das war ihm durchaus zuzutrauen. Er hatte einen Großteil der Restaurierung des Backsteinhauses selbst vorgenommen und das Parkett eigenhändig gelegt.

Vom Wohnzimmer führten drei Stufen hinauf zur Essecke. Moosbach betrachtete die dunkelbraunen Holzbalken, Überreste einer Wand, die irgendwann mal Ess- und Wohnzimmer voneinander getrennt hatte. Wie ein Rahmen zogen sie sich an Wänden und Decke entlang. Zwei Pflanzen in kirschrot lasierten Kübeln standen rechts und links vor den Stufen und bildeten eine dekorative Grenze zwischen den beiden Räumen.

Vom Essbereich aus gelangte man sowohl in die Küche als auch in den ersten Stock. Eine Holztreppe führte hinauf.

Moosbach seufzte.

Sein Freund wohnte um einiges komfortabler als er. Das Haus war reiner Luxus im Gegensatz zu seiner Zweizimmerwohnung, die sich in einem Mietshaus im Herdenkirchener Stadtzentrum befand. Andererseits fühlte er sich in seiner mit Pressholzmöbeln eingerichteten Wohnung wohl. Okay, die Raufasertapeten sahen vom jahrelangen Kettenrauchen ganz schön mitgenommen aus. Dafür hatte er seine Sammlung aus Büchern, Zeitschriften und Akten gut untergebracht – auf an die Wand montierten Regalbrettern, die jeden Zentimeter perfekt ausnutzten. Was konnte einem schon größeres Behagen bereiten als das Wissen darüber, dass sich alle Ausgaben der Zeitschrift Konkret seit der Mai-Ausgabe 1981 und alle „Blätter für internationale Politik" seit der Juni-Ausgabe 1985 lückenlos sortiert in seinem Archiv befanden?

Moosbach löste sich von seinen Gedanken. Ach ja, die Dusche.

Er drehte sich um. Durch die Schiebetüren, die in den Garten führten, sah er Zorro. Der Hund stand schwanzwedelnd auf der Veranda und hechelte ihn an. Im Glas brach sich gleißendes Sonnenlicht.

Blinzelnd öffnete Moosbach die Verandatür. Gewitterluft wallte ihm entgegen, als Zorro in die Wohnung tappte. Moosbach schloss die Tür, schleppte sich durch das Wohnzimmer, die Stufen hoch ins Esszimmer und die Treppe hinauf in den ersten Stock.

Er spürte Neid in sich aufwallen, als er über den flauschigen Teppich des lichtdurchfluteten Raums schritt und einen argwöhnischen Blick auf das perlweiß bezogene Doppelbett (schon wieder so ein Designer-Modell?) warf, in das er sich nicht gewagt hatte. In seinem Zustand hatte er das Sofa im Wohnzimmer mit Wolldecke vorgezogen. Bis jetzt.

Er ging ins Badezimmer, wo ihn pflaumenblaue Kacheln und glänzende Armaturen empfingen, zog sich aus und betrat eine Glaskabine, in die zwei Personen passten. An den Wänden gab es eine verwirrende Menge an Brause-Köpfen in unterschiedlichen Größen und Formen.

Wie man die bloß bediente? Moosbach rätselte eine Zeit lang, drehte und drückte an den Griffen, bis das Wasser plötzlich aus allen Brauseköpfen gleichzeitig schoss.

Nach einer Dusche, bei der er wohl mehr Wasser verbrauchte als in seinem ganzen Leben, zog er sich eine graue Jogginghose und ein schwarzes T-Shirt an. Er fühlte sich um einiges frischer.

Barfuß lief er die Treppe runter und ging in die Küche. Inzwischen peitschte der Regen gegen die Fenster. So einen übel gelaunten Frühling hatte er noch nie erlebt, dachte er. Er hatte es in den letzten Monaten mehrfach erlebt, dass er Bier trinkend in der Sonne saß – und plötzlich vor Sturzbächen fliehen musste.

Zorro trabte in die Küche.

Moosbach nahm eine Dose Nassfutter aus dem Schrank und füllte es in die Plastikschale, die auf den Fliesen neben der Einbauküchenzeile stand. Dann kochte er Kaffee. Während das Wasser durch den Filter gluckerte, griff er nach der Lokalzeitung, die auf der Anrichte lag.

Die Titelseite wurde vom Prozess gegen eine Rechtsterroristin dominiert, der heute eröffnet wurde. Ein Thema, bei dem sich seine Eingeweide verknoteten. Denn der sogenannte NSU-Skandal zählte zu den größten Ungeheuerlichkeiten der Bundesrepublik. Ein Neonazi-Killer-Trio hatte zehn Menschen erschossen, und Behörden hatten am Tod der Opfer mit Schuld. Alle Hintergründe würde die Öffentlichkeit nie erfahren, da hatten die Innenministerien ganze Arbeit geleistet: Auf Anweisung hatten Mitarbeiter eine unbekannte Zahl Akten durch den Schredder gejagt.

Mit einem Becher Kaffee in der einen und der Zeitung in der anderen Hand ging Moosbach ins Esszimmer. Durch die Scheiben sah er, dass die Wolken so tief vom Himmel hingen, dass sie die Welt in eine dunkelgraue Hülle schlossen. Er schaltete das Licht an, setzte sich und begann zu lesen.

Wie sich die Dinge doch ändern konnten, dachte er. Bevor der „Nationalsozialistische Untergrund" auf die Titelseiten katapultiert worden war, war die Neonazi-Szene in Nordrhein-Westfalen verharmlost worden – von Schulleitern, von Polizeichefs, von Politikern. Ja, es gab sie, die Menschen, die hinschauten, darunter auch Polizisten, die Rechtsextremisten das Leben schwermachten, indem sie vor Konzerten oder Aufmärschen aufwendige Durchsuchungs- und Überprüfungsprozeduren durchführten, die den Teilnehmern jeden Nerv raubten. Aber in Herdenkirchen und vielen anderen NRW-Städten wollte man sein Nest nicht beschmutzen.

Moosbach dachte an eine Familie, die aus ihrer Heimatstadt fortgezogen war, weil sie die Schikanen von Neonazis nicht mehr ausgehalten hatte. Oder an die 16-Jährige, der Neonazis einen Schädelbasisbruch verpasst hatten. Die Polizei hatte das Mädchen in ihrer Pressemitteilung später als „Linksextremistin" bezeichnet.

Moosbach überflog den Kommentar und stolperte über die Formulierung „Opfer zweiter Klasse". Das waren die acht türkischstämmigen Männer und der Grieche, die von den Terroristen getötet worden waren. In einigen Fällen war die Polizei davon ausgegangen, dass die Opfer Verbindungen zum Drogenmilieu hatten. Die Polizei hatte Opfer zu Tätern gemacht. Dass sie bei einer hellhäutigen Mittelschichtsfamilie ähnlich vorgegangen wäre, war unvorstellbar.

Moosbach sah von der Zeitung auf und blickte nach draußen in die aschgraue Welt. *Opfer zweiter Klasse.* Diese Formulierung beschrieb einen der Gründe, weshalb er sich jahrelang mit Recherchen im Neonazimilieu beschäftigt hatte – allen Gewaltandrohungen zum Trotz, die es nötig machten, dass sein Wohnort unbekannt blieb. Es war aufseiten der Opfer zweiter Klasse.

Zu welcher Sorte Opfer Magda Albrecht wohl zählte?

Seine Gedanken glitten zu Frau Schneider. „Ich glaube, sie hatte große Angst", hatte Frau Berkenkötter über Magdas Großmutter gesagt, „en grute Angß".

Eigentlich war die Sache doch sonnenklar: Magda hatte sich umgebracht, und Frau Schneider hatte angesichts ihrer Krankheit Angst vor dem Tod gehabt. Was sollte also jetzt diese Grübelei? Leider war da die Neugier, die Moosbach sein Leben lang begleitet hatte. Sie flammte auf und verpasste der Entspannung, die ihm Kaffee und Dusche beschert hatten, einen Kinnhaken.

Wütend auf sich selbst und auf seine Unfähigkeit, sich mit entspannenden Dingen zu beschäftigen – er hatte Urlaub, verdammt noch mal! –, kippte er den letzten lauwarmen Schluck runter, zog sich Socken, Turnschuhe und Lederjacke an und befestigte die Leine mit ruppigen Bewegungen an Zorros Halsband. Der Hund bellte, froh darüber, Gassi zu gehen, als Moosbach fluchend die Haustür öffnete und mit ihm in den Regen marschierte.

Moosbach eilte durch die Hofschaft, lief um die Schranke und betrat den Wald, ein Ziel vor Augen: Er wollte das Haus aufsuchen, in dem die beiden Frauen gelebt hatten. Vielleicht würde er dort Ricky antreffen. Die Haushaltshilfe hatte mit Magda Albrecht und Greta Schneider monatelang zusammengewohnt. Sicher konnte sie etwas über den Tod der Frauen sagen. Er würde sonst keine Ruhe finden.

Er lief über die aufgeweichte Erde, stieg über Rinnsale, die den Weg kreuzten, und wich Pfützen aus. Zorro zog nicht an der Leine. Offenbar gefiel ihm das Tempo.

Die Luft roch nach Erde und Harz. Ein bewaldeter Hang ragte zur Linken empor, Buchen und Ahornbäume reckten sich in die Höhe. Moosbachs Jeans waren klamm und seine Füße feucht, aber die Baumkronen fingen die Schauer zum Teil ab, sodass er nicht völlig durchnässt wurde. Die Wupper rauschte lauter als heute Morgen. Wahrscheinlich stieg der Pegel.

Moosbach merkte, dass seine Wut so schnell abgeflaut war, wie sie gekommen war. Er hatte es längst aufgegeben, nach der Ursache seiner Stimmungsschwankungen zu suchen, die manchmal über ihn hereinbrachen wie Gewitter und sich zurückziehen konnten wie verebbende Wellen.

Plötzlich sah er das Schieferhaus.

Er war morgens bei seinem Rundspaziergang mit Zorro hier vorbeigekommen, hatte es aber überhaupt nicht beachtet. Jetzt konnte er den Blick nicht abwenden. Seine Schritte wurden langsamer. Überall die Geräusche des Regens – das Prasseln, das Tropfen, das Plätschern. Kein Mensch war unterwegs. In den Wald fiel wenig Licht.

Am Himmel rollte der Donner.

Moosbach näherte sich dem Haus. In einer Entfernung von wenigen Metern blieb er stehen. Das Haus bestand aus zwei Stockwerken – und womöglich auch einem Speicher –, aber der Grundriss entsprach wahrscheinlich gerade mal dem eines geräumigen Wohnzimmers. Die niedrigen Fenster mit den geschlossenen Läden, von denen grüne Farbe blätterte, ließen ahnen, dass die Decken nicht besonders hoch waren. Das Schieferdach sah aus, als wäre es seit Ewigkeiten nicht repariert worden. Einige Steine waren beschädigt oder fehlten ganz. Moos und Efeu zogen sich über die Schieferfassade. Es gab keinen Vorgarten, keine Blumen. Der nasse Waldboden umgab das Haus, das nicht weit vom Ufer entfernt stand. Mit Sicherheit hatte die Feuchtigkeit das Gebäude erobert und war über die Jahre in Böden und Wände eingedrungen.

Wer wollte in einem solchen Gebäude bloß wohnen? Jede billige Mietshauswohnung war besser.

Moosbach ging auf den Eingang zu. Erneut grollte der Donner. Plötzlich öffnete sich die dunkelgrüne Haustür mit einem Ruck. Moosbach fuhr zusammen. Zorro knurrte.

Eine Frau starrte die beiden mit weit aufgerissenen Augen an. Sie trug eine Obstkiste, die sie in die Hüfte gestemmt hatte und die mit so viel Pappe und Papier gefüllt war, dass ein paar Blätter auf den Boden segelten. Um ihren Kopf hatte die Frau ein Stück Stoff gebunden, das an ein Abtrockentuch erinnerte. Ein verwaschener lila Pulli und eine Jeans flatterten um ihren Körper. Ihre Füße steckten in Socken, die irgendwann mal weiß gewesen waren, und in einer Birkenstock-Imitation. Einen Moment lang standen sich die beiden sprachlos gegenüber. Zorro knurrte noch immer. Moosbach fasste die Leine kürzer.

„Entschuldigen Sie, ich wollte Sie nicht erschrecken“, beteuerte er.

Die schockierte Miene der Frau wich einem anderen Ausdruck. War es Verwunderung? Die dunklen Augen öffneten sich noch weiter und traten über den hohlen Wangen hervor. Moosbach spürte ihren Blick auf sich. Ihm kam es so vor, als schiele ein Auge an ihm vorbei. Die Frau zog einen Mundwinkel nach oben, wobei ein dunkler Zahn entblößt wurde.

„Ähm."

Moosbach war unbehaglich zumute. Am liebsten wäre er weitergegangen, aber dieses düstere Haus und diese ausgemergelte Gestalt übten eine morbide Faszination auf ihn aus, sodass er sich nicht von der Stelle rühren konnte.

„Was wollen Sie?", fragte die Frau, immer noch auf der Schwelle verharrend.

Ihre Aussprache ließ darauf schließen, dass sie eine Sprachstörung oder nicht allzu viele Zähne im Mund hatte. Oder beides. Ihre Stimme klang abgekämpft. Und traurig.

Moosbach beschloss, ehrlich zu sein. Er stellte sich mit Namen vor, wobei er sich fragte, wie vertrauensvoll er wohl auf diese unbekannte Frau wirken mochte.

„Ich habe Magda Albrecht heute Morgen gefunden", sagte er. „Sie sind Ricky, richtig?"

Eine Welle der Traurigkeit glitt über das Gesicht der Frau. Ihre Lippen bebten. Mit der freien Hand fuhr sie sich über die Augen. Sie weinte. Dann rieb sie sich das Gesicht mit einem Ärmel trocken.

„Tja, jetz bin ich allein", presste sie hervor.

Ein Ruck ging durch ihren Körper. Sie straffte die Schultern, richtete sich auf und marschierte über die Schwelle. Die Tür knallte hinter ihr zu.

„Kann ich helfen?", fragte Moosbach, während er der Frau um die Ecke des Hauses folgte, mit Zorro an der Leine.

„Schaff ich schon allein", erwiderte Ricky und öffnete eine graue Mülltonne.

Der Gestank von verdorbenem Essen schoss heraus. Ricky leerte die Kiste und knallte den Deckel zu. Moosbach überlegte fieberhaft, was er erwidern konnte, damit sich ein Gespräch entspann und er mehr über die Toten erfahren konnte. Aber ihm fiel nichts Gescheites ein, und so eilte er sprachlos neben Ricky her, als sie mit ausladenden Schritten und leerer Obstkiste zurück zum Eingang strebte. Hastig schloss sie die Tür auf und trat ein.

„Wiedersehn“, rief sie, ohne sich umzublicken.

Moosbach sah ihr mit offenem Mund nach.

Die Tür fiel ins Schloss.

TAG 2 – MITTWOCH

8. MAI 2013

Sanna wurde von Geschirrklappern geweckt. Ein stechender Schmerz fuhr ihr durch den Nacken. Sie brauchte einen Moment, um sich zu erinnern, wo sie war. Sie lag auf der Couch im Wohnzimmer ihrer Mutter. Die blaue Kunstfaserdecke hing auf den Boden herab. Verschlafen rieb sie sich die Augen und schielte in der Dunkelheit zu den rot leuchtenden digitalen Ziffern auf der Anzeige des DVD-Players. Es war 5.10 Uhr. Die Jalousien waren heruntergezogen. Zigarettenqualm und Kaffeegeruch zogen herüber. Sanna setzte sich auf, rieb sich den Nacken und blickte durch den Durchbruch in die beleuchtete Küche. Sven, ihr jüngerer Bruder, saß in knatschgelbem T-Shirt und haselnussbrauner Schlafanzughose am Tisch und spielte mit seinem Handy.

Sanna beobachtete, wie ihre Mutter die Spülmaschine ausräumte und dabei rauchte und Kaffee trank. Ihr zierlicher Körper hetzte zwischen dem Gerät und den offen stehenden Schranktüren hin und her, als ob sie einen Rekord aufstellen wollte. Ihr Pferdeschwanz schwang unablässig hin und her. Jedes Mal, bevor sie weitere Teller oder Tassen aus der Maschine nahm, zog sie an ihrer Zigarette, kniff ein Auge zu, um sich vor dem Qualm zu schützen, und trank einen Schluck Kaffee. Um 6 Uhr würde ihre Schicht im Lebensmitteldiscounter beginnen und das Aus- und Einräumen würde sich fortsetzen, dann von Regalen, Obstkisten und Kartons. Das wusste Sanna, weil sie in dem Discounter selbst mal als Aushilfe gejobbt hatte.

Gähnend wankte sie in die Küche. Fliederfarbene Rollos verdeckten die Fenster. Sanna goss sich Kaffee in einen Becher, holte Milch aus dem Kühlschrank und setzte sich an den Ikea-Tisch. Sven schaute gebannt auf das Handy. Scheppernd stellte die Mutter einen Tellerstapel in den Schrank, zog an der Zigarette und lief ins Badezimmer.

Sanna nippte an ihrer Tasse.

Wie normal es doch war, dass in ihrer Familie kaum jemand

ein Wort sprach, dachte sie. Die seltenen Gespräche – wenn man die paar Minuten, in denen ihre Mutter und sie Worte wechselten, überhaupt so nennen konnte – drehten sich immer um das Nötigste. Um Haushalt, Beruf oder Probleme. Was meistens ein und dasselbe war. Als Sanna noch zu Hause gelebt hatte, glichen die Gespräche einem stressigen Frage-Antwort-Spiel. Wann kam wer nach Hause? Welches Essen sollten sich Sanna und Sven in der Mikrowelle zubereiten? Wisse Sanna schon, dass sie – anstelle ihrer Mutter – zum Gespräch mit Svens Lehrerin gehen musste, weil Svens Verhalten mal wieder voll daneben gewesen war? Hatte Sanna daran gedacht, dass sie noch eine Ladung Wäsche waschen sollte, weil Sven die beim Fußball schmutzig gemacht hatte?

Damals hatte Sven noch Fußball gespielt.

Sanna schaute ihren Bruder an. Wie gekrümmt er da saß, die Augen glasig, ohne einen Ton zu sagen. Sie strich über seine strubbeligen Haare, die sie früher so oft gekämmt hatte. Sven zeigte keine Reaktion und spielte ungerührt weiter. Unter seinen Augen hingen tiefe Schatten. Wahrscheinlich schlief er zu wenig. Schon als Kinder waren sie aufgestanden, wenn die Mutter sich für die Arbeit fertigmachte, um dann später völlig übermüdet in die Schule zu gehen. Sanna musste an die Lehrer denken, die sich über ihre mangelnde Konzentrationsfähigkeit gewundert hatten. Sie war sogar auf ADS getestet worden. Ergebnis: negativ. Niemand war auf die Idee gekommen, dass sie ganz einfach zu wenig geschlafen hatte.

Sanna stand auf und besorgte sich Cornflakes, eine Müslischüssel und einen Löffel.

„Willst du auch welche?“, fragte sie ihren Bruder und raschelte mit der Packung.

Er schüttelte den Kopf. Sven war inzwischen 16 Jahre alt, also groß genug, um sich sein Frühstück selbst zu machen. Aber Sanna bezweifelte, dass er vor der Schule etwas essen würde. Sie setzte sich zurück an den Tisch, füllte Cornflakes in die Schüssel, goss Milch darüber und begann ihr Frühstück zu löffeln.

Ihre Mutter eilte zurück in die Küche, drückte ihre Zigarette aus und zündete sich sofort eine neue an. Sie schenkte sich Kaffee nach und lehnte sich, den Becher in beiden Händen, an die Anrichte. Der blaue Qualm schlängelte sich nach oben, während sie ihre Tochter aus müden Augen ansah. Im grellen Licht der Neonröhre, die unter einem Hängeschrank angebracht war, sah es zwar so aus, als frästen sich die Furchen noch tiefer in die Mundwinkel – aber das änderte nichts daran, dass ihre Mutter immer noch eine Schönheit war, dachte Sanna. Das zum Zopf gebundene Haar war dick und lockig, lange Wimpern umrahmten die Rehaugen, und ihre Haut war immer leicht gebräunt – wie das möglich war, war Sanna ein Rätsel. Solange ihre Mutter den Mund nicht öffnete, sodass die Füllungen blitzten, konnte man ihre vollen Lippen bewundern. Unter dem Trägertop und der engen Jeans zeichnete sich ihr schlanker Körper ab.

„Wie lang willstn eigentlich bleiben?“, fragte sie und blies den Qualm gegen die trapezförmige Küchenlampe.

Als Sanna gestern in ihr altes Zuhause zurückgekehrt war, hatten sie kaum miteinander gesprochen. Sven hatte die Tür geöffnet, weil die Mutter noch bei der Arbeit war. Und als diese spät nach Hause kam, war sie zu müde, um mit Sanna zu unterhalten.

„Nur ein paar Tage oder so“, murmelte Sanna, während sie beobachtete, wie die aufgeweichten Cornflakes in der Milch trieben. Den Löffel hielt sie fest umklammert. Sie biss sich auf die Unterlippe und schaute vorsichtig auf.

„Ich muss los“, sagte ihre Mutter. Sie hatte die Brauen hochgezogen und zerdrückte die halbe Zigarette immer weiter im Aschenbecher. „Und wenn du nichts Besseres zu tun hast, kannste Sven ja später bei den Hausaufgaben helfen. Sieht danach aus, dass der junge Mann die Klasse wiederholen muss.“

Sven erwiderte nichts. Die Mutter rollte mit den Augen, rief „Bis später!“ und verschwand.

Sanna stand auf, kippte den Rest ihres Frühstücks ins Spülbecken, fischte die matschigen Cornflakes aus dem Ausguss-Sieb und warf sie in den Müll. Sie ging zum Fenster, beugte sich über die Anrichte und zog an der Leine des Rollos, sodass es nach oben sauste. Sanna streckte sich, um an den Griff zu kommen, stellte das Fenster auf Kipp und schaute nach draußen.

Hier, vom dritten Stock aus, sah sie im blauen Licht der Morgendämmerung die elektrischen Bus-Oberleitungen, die in der Luft bebten, und die glatte Betonfassade eines Einkaufszentrums. Verkehrslärm und Vogelgezwitscher krochen in die Küche. Sanna schloss die Augen und genoss, wie die frische Luft hereinwehte und den Zigarettenqualm vertrieb.

Sie drehte sich um, ging ins Wohnzimmer, zog auch dort die Jalousien hoch und öffnete das Fenster sperrangelweit. Jetzt trieb von beiden Seiten kühle Luft in die Mietwohnung. Über Sannas Unterarme kroch Gänsehaut. Sie setzte sich aufs Sofa, legte sich die Decke um die Schultern und schaltete mit der Fernbedienung den Fernseher ein. Sie zappte durch die Programme. Als sie gerade darüber nachdachte, ob sie duschen und durch die Stadt ziehen sollte, hielt sie inne.

Magdas Gesicht starrte sie vom Bildschirm aus an. Sanna setzte sich ruckartig auf. Sie drückte den Knopf der Fernbedienung, bis die volle Lautstärke erreicht war. Dann erstarrte sie.

* * *

Vier Kilometer weiter teilte eine Zustellerin das Solinger Morgenblatt aus. Ihre Tour trug die Nummer 10 und verlief durch den „Bezirk Süd“, der den Stadtteil Widdert miteinschloss. Weder die Zustellerin noch Sanna noch sonst jemand wusste, dass sie die Zeitung an diesem Morgen drei Männern brachte, die im Leben von Magda Albrecht eine wichtige Rolle gespielt hatten.

Manfred Glienke war einer von ihnen. Schnaufend nahm er in seiner Küche Platz und faltete die Lokalzeitung auseinander. Sein mächtiger Bauch drückte gegen die Kante des Klapptischs. Normalerweise gab er als Erstes vier Teelöffel Zucker in seinen Kaffee, nahm einen Schluck und begann dann mit dem Lesen. An diesem Morgen setzte er jedoch als erstes seine Brille auf. Ein Artikel erregte seine Aufmerksamkeit so sehr, dass er die rituelle Abfolge morgendlicher Handlungen störte. Dazu gesellte sich ein höchst irritierendes Geräusch: das Ticken der Küchenuhr.

Glienkes Wangen färbten sich dunkelrot, die schwarzen Büsche über seinen Augen zogen sich zusammen und seine Mundwinkel sanken noch weiter herab. Er warf der orangefarbenen, fünfzig Jahre alten Küchenuhr einen warnenden Blick zu. Doch das Uhrwerk tickte weiter, unbekümmert, seine Drohgebärde ignorierend.

Glienke schnaubte.

Man hatte sich gegen ihn verbündet. Es hatte alles mit diesem nichtsnutzigen Pastor angefangen, der vor ein paar Jahren die Leitung der freikirchlichen Gemeinde in seinem Stadtteil (jawohl, Widdert, das war sein Stadtteil!) übernommen hatte. Schritt für Schritt hatte dieser Jungspund, dieser Naseweiß, seine Gegner geschickt ausgeschaltet, um die freien Posten mit seinen Anhängern zu beschlagnahmen. Zwei langjährige Bekannte mussten den Platz räumen – für zwei Frauen. Manfred Glienke verzog vor Abscheu den Mund, kniff die Augen zusammen und schoss einen stechenden Blick auf die Küchenuhr ab wie einen Pfeil.

Auch er würde dem Feldzug des jungen Pastors zum Opfer fallen. Es war nur eine Frage der Zeit, bis er die Leitung des Bibelkreises verlieren würde. Ganz sicher.

Glienke spürte, wie sein Rückhalt von Tag zu Tag zerbröckelte. Aber eigentlich war ja immer nur auf eine einzige Person Verlass gewesen. Greta Schneider. Und Greta Schneider war tot.

Man konnte nicht behaupten, dass sie sich gegenseitig gemocht hatten – wen hatte er in seinem Leben schon gemocht? – aber sie teilten eine Geschichte. Eine Geschichte, die ein Netz des Schweigens um sie gesponnen hatte, unzerreißbar wie Zwirn. Nur wenige Leute erkannten, dass Schweigen eine Stärke war. Die Mehrheit der Menschen ließ sich lieber von Quasselstrippen in die Irre führen und bekam feuchte Augen, wenn sie inhaltsleerem Geschwätz lauschten – wie dem des Pastors, der vor allem Frauen wie eine Herde Schafe um sich scharte und ihnen schmutzige Träume bescherte. Verdorben, wie sie waren.

Doch Greta Schneider war immun gewesen gegen das Gift des jungen Mannes. Oder zumindest hatte sie so getan. Im Gegensatz zu Magda, die wie alle anderen ein Nichtsnutz war – die konnte so viel beten, wie sie wollte, er hatte doch gesehen, welche Blicke Magda dem Pastor geschenkt hatte!

Verdammt, dieses laute Ticken war wirklich nervtötend.

Manfred Glienke schob den Stuhl nach hinten, stapfte über den gemaserten PVC-Boden zum Küchenschrank, riss die Uhr von der Wand und drückte die Batterie aus dem Gehäuse.

Das Ticken erstarb.

Manfred Glienke knallte Uhr und Batterie auf die Arbeitsplatte und ließ sich auf den Stuhl fallen. Das Ticken blieb aus, aber die erhoffte Erleichterung stellte sich nicht ein. Mürrisch zog Glienke den Lokalteil aus der Zeitung und betrachtete schweigend die erste Seite.

„Junge Frau (20) tot an der Wupper" lautete die Überschrift.

Sein Blick wanderte über die Zeilen. Er versuchte, keine Miene zu verziehen, aber er hörte, wie sein Herz zu rasen begann, fühlte, wie sich seine Kehle zuschnürte.

Ein Windzug fuhr durch den Spalt des auf Kipp gestellten Fensters und blies die beigefarbene Gardine hoch, die die Küche vor der Morgensonne abschirmen sollte. Lichtkegel huschten über Zuckerstreuer und Kaffeebecher, die einsam auf dem Tisch standen. Manfred Glienke hatte sie nicht angerührt.

Das Solinger Morgenblatt im Zeitungsfach der Steinerstraße 20 wurde an diesem Morgen nicht angerührt. Stefan Arndt, 60 Jahre, lebte hier. Er verachtete Lokalzeitungen. Über die altmodischen Blätter mit ihrem unästhetischen Layout, das von Journalisten statt von qualifizierten Grafikern notdürftig zusammengeschustert wurde, konnte er nur die Nase rümpfen. Schlimmer noch waren die Themen. Ihm war es ein Rätsel, warum Journalisten sich dazu herabließen – je nach Saison, Themen- und Wetterlage –, Artikel über Kaugummis auf dem Bürgersteig, Hundescheiße in Sandkästen, verirrte Kätzchen auf Dächern, Killer-Wespen im Sommer oder kaputte Aufzüge an Bahnhöfen zu schreiben. Es gab doch wichtigere Themen. Wichtige Menschen. Wie ihn.

Am liebsten hätte er der ganzen Welt erzählt, wie bedeutend er war. Aber leider war das zu riskant. Männer von Größe blieben im

Hintergrund – dort, wo die wirklich bedeutenden Kontakte geknüpft wurden und die wirklich lukrativen Geschäfte liefen. Dabei durfte man sich weder in der Öffentlichkeit aufblasen noch in einer Parallelwelt einmauern. Wer sich zu sehr abschirmte, konnte Verdacht erregen. Es gab leider viele neugierige Menschen.

Stefan Arndt hielt das Gleichgewicht der Macht. Die meisten Menschen in Solingen wussten nicht, dass ein Mann wie er hier lebte, einer, der in unterschiedlichen Städten und Ländern Firmen besaß, Vorstandsposten innehatte und ein Geflecht aus verschachtelt angelegtem Vermögen bewachte. Aber er war auch kein Unbekannter. Hin und wieder präsentierte er seine Stellvertreter der Öffentlichkeit – inszeniert und medienwirksam, meist im Zusammenhang mit wohltätigen Zwecken wie einer Spende für eine Jugendeinrichtung oder mit der Schaffung neuer Arbeitsplätze.

Dafür waren Lokaljournalisten zu gebrauchen. Sie lenkten die Aufmerksamkeit auf bodenständige Firmen, mit deren Tätigkeiten der geistig beschränkte Großteil der Bevölkerung was anfangen konnte. Außerdem musste er Bescheid wissen, was in der Stadt vor sich ging. Auch wenn er die entscheidenden Informationen nicht aus Zeitungen erfuhr, man konnte nicht vorsichtig genug sein.

Stefan Arndt trank Tee, während sein Zeigefinger über das iPad wischte. Das Solinger Morgenblatt hatte er sowohl als Printausgabe, die noch im Zeitungsfach steckte, als auch fürs iPad abonniert.

Er schaute auf den Becher. Der Tee schmeckte bitter. Hatte sich seine Haushaltshilfe nicht an die Ziehzeit gehalten? Oder war das eine neue Sorte?

Sein Blick glitt zurück auf den Bildschirm.

Es war 8.30 Uhr. Seine tägliche Jogging-Runde auf einem Rundwanderweg, unten im Tal an der Wupper, hatte er bereits hinter sich. Jetzt saß er in Shorts am Frühstückstisch. Seit seiner Scheidung frühstückte er oft allein – wenn nicht gerade seine Freundin Franziska oder sein Sohn Carsten bei ihm übernachtete. Carsten würde heute Abend kommen und bis Sonntag bleiben. Sie hatten ein paar Kanu-Touren geplant.

Stefan Arndt fuhr sich mit der Hand über den Dreitagebart, während er die Nachrichten überflog, die das Versagen der menschlichen Spezies dokumentierten.

Aber ein Artikel war durchaus interessant.

Magda Albrecht, eine junge Frau, die er gekannt hatte, war tot an der Wupper gefunden worden. Das war wohl der Grund für den Menschenauflauf, der gestern Morgen am Fluss geherrscht hatte. Er hatte seine Jogging-Runde unterbrochen und war stehen geblieben, um die Polizei und die Sanitäter zu beobachten, die im Wald herumliefen. Ein völlig kaputter Typ von kleiner Statur, den er noch nie zuvor in der Gegend gesehen hatte, war wiederholt von der Polizei befragt worden. Vielleicht hatte er die Leiche gefunden. Stefan Arndt hatte den Mann erst für einen Alkoholiker gehalten – die schmutzige Kleidung und das unrasierte Gesicht ließen diesen Schluss zu – aber der Typ hatte einen stattlichen Hund bei sich. Der Mann schien doch was zu taugen.

Weiter kamen seine Gedanken nicht. Denn in Stefan Arndts Kopf sauste eine Schranke herab. Sie hielt Informationen davon ab, in sein Bewusstsein zu sickern. Er wollte sich mit der Wahrheit nicht den Tag vermiesen.

Er las weiter. Der Artikel deutete an, dass ein Selbstmord nicht auszuschließen war. Die Polizei wollte nichts zu den Ursachen sagen. Es hieß lediglich, dass Magdas voller Name genannt wurde, um Hinweise aus der Bevölkerung entgegennehmen zu können und um Missverständnisse bei laufenden Vermisstenmeldungen zu vermeiden. Die Nachbarn zeigten sich da gesprächsfreudiger. Sie berichteten, dass Magda Albrecht erst kurz vorher aus der Psychiatrie entlassen worden war.

Stefan Arndt atmete tief ein.

Seine Brust hob sich. Er blickte durch das Fenster, das sich über das halbe Spitzdach erstreckte, in den Morgen. Die Sonne erhellte die bewaldeten Hänge, die hinab zum Fluss führten. Was für ein Ausblick. Ja, es war eine gute Entscheidung gewesen, hier oben auf dem Hang ein Haus zu bauen.

Woran hatte er eben noch gedacht? Ach ja, an den Leichenfund.

Stefan Arndt nahm einen Schluck Tee und verzog den Mund. Er

würde seine Haushälterin ermahnen, die Ziehzeit exakt einzuhalten. Oder sie soll gleich eine neue Sorte kaufen, dachte er.

Das Versagen umklammerte seinen Körper wie eine eiserne Faust, als Tobias Rohsmann, 31 Jahre, die Zeitung aus dem Briefkasten an der Berggasse 7 riss. Er lief ins Haus, die Treppen hoch in den ersten Stock, wo ihn die offene Tür seiner Zweizimmerwohnung empfing. Der Pastor machte einen Satz über die Schwelle, schlug die Tür zu, zerrte den Lokalteil aus der Zeitung, warf die restlichen Seiten zu Boden und überflog mit brennenden Augen die Überschriften. Nach wenigen Sekunden hatte er die Information entdeckt, die er bereits kannte. Magda war tot.

Er war nicht imstande, den Artikel konzentriert zu lesen, abgesehen davon war er ohnehin davon überzeugt zu wissen, was geschehen war. Tobias Rohsmann stand einen Moment lang im Halbdunkel des Flurs und starrte in das von der Sonne durchflutete Wohnzimmer. Eine unerträgliche Hitze schoss in seine Wangen, Sternchen und Flecken flimmerten vor seinen Augen, die Beine gaben nach. Dann kam die Übelkeit. Der Pastor schlug sich die Hand vor den Mund, rannte ins Bad, fiel auf die Knie und erbrach sich in der Toilettenschüssel. Während sich sein Magen immer wieder aufs Neue zusammenkrampfte und das Würgen seinen Oberkörper schüttelte, flackerte immerzu ein Gedanke in seinem Kopf auf: Verdammt, Magda, es tut mir so unglaublich leid.

***

Sanna saß im Bus. Ihre Arme und Beine fühlten sich schwer und unbeweglich an. Komm schon, atme ruhig ein und aus, spüre deine Füße auf dem Boden, befahl sie sich und machte eine ihrer Kopfrechenaufgaben.

Nachdem Sanna von Magdas Tod erfahren und sich aus der ersten Schockstarre gelöst hatte, hatte sie sich auf den Weg zu Magdas Zuhause an der Stadtgrenze gemacht. Sie hoffte, dort die Frau anzutreffen, die Magda ab und zu besucht hatte. Sie wusste nicht genau, was sie sich von dem Besuch versprach. Hauptsache, sie saß nicht wie ein Betonklotz herum, Hauptsache, sie tat irgendetwas.

Magda hatte ihr die Adresse gegeben. Für den Fall, dass Sanna ihr einmal schreiben würde.

Sanna schluckte einen Kloß hinunter und rieb sich die Augen. Sie blickte um sich. Eine Frau um die 70 in einem strengen hellbraunen Kostüm saß auf der anderen Seite des Gangs. Ihre Hände umklammerten eine Ledertasche, die sie aufrecht auf den Schoß gestellt hatte wie ein ausgestopftes Hündchen. Sie starrte nach vorn – als hätte sie sich eisern vorgenommen, nie wieder nach links oder nach rechts zu blicken.

Sanna schaute durch das beschlagene Fenster in den Morgen. Die Sonne war hinter einer weißen Wolkenwand verschwunden. Sie spürte, wie sich die Traurigkeit durch ihren Körper grub.

Es war unbegreiflich. Magda war tot. Und noch viel unbegreiflicher war, dass Magda sich umgebracht haben sollte. Magda war vorgestern gut drauf gewesen! Sie hatte sich geschminkt, wenn auch sehr dezent, und ein schlichtes dunkelblaues Kleid angezogen. Sanna hatte gefragt, ob sich Magda mit jemandem treffen wolle. Magda hatte die Lider gesenkt und mit einem kaum sichtbaren Nicken geantwortet, ein zartes Lächeln auf den schmalen Lippen. Magda hatte sich ganz bestimmt mit jemandem treffen wollen. Mit einem Menschen, der ihr wichtig war. Bestimmt einem Mann.

Auch Sannas sonstige Erinnerungen passten nicht zu dem Bild, das die Nachrichten verbreitet hatten. Magda war keine Selbstmörderin. Jedenfalls nicht nach der Verwandlung, die sie in der Klinik durchgemacht hatte.

Als sie aus der geschlossenen Abteilung auf die offene Station gekommen war, hatte sie immer auf den Boden gestarrt und niemals ein Wort gesprochen. In der Morgenrunde um 7 Uhr, wenn die im Kreis sitzenden Patienten der Stationsschwester nacheinander berichteten, wie sie geschlafen hatten und wie sie sich fühlten, gab Magda keinen Laut von sich. Und auch am Mittagstisch sagte sie nichts, oft hielt sie sogar die Augen geschlossen. Doch nach und nach öffnete sich Magda. Ihr Blick klarte von Tag zu Tag auf, wie der Himmel nach einem schweren Gewitter, und zeigte, wie Magda Schritt für Schritt ihren Weg in die Gegenwart fand.

Magdas Augen hatten Sanna fasziniert. Sie meinte, in ihnen zu lesen, wie Magdas Seele durch Nebel, Schluchten und über steile Berge irrte, bis sie in der Ferne ein Licht sah, auf das sie zusteuerte. Ein Licht, das an den Ort führte, der Realität genannt wurde. An den Ort, an dem sie ihre Stimme wiederfand.

Sanna sah Magda vor sich. Wie sie eines Morgens flüsternd fragte, ob Sanna Zahnpasta hätte. Sanna stand vor ihrem Bett und war gerade dabei, sich eine Jeans anzuziehen. Sie erschrak so sehr, Magdas Stimme zu hören, dass sie aufschrie. Mit der Zeit sprach Magda mehr. Sie antwortete in den Gesprächsrunden auf Fragen des Pflegepersonals, schien zuzuhören, wenn andere sprachen, und nahm an Therapien teil.

Eines Tages, als Sanna in das gemeinsame Zimmer trat, saß Magda an dem langen Tisch, der zwischen den beiden Betten stand, und schrieb in einen Ringhefter. Sie war völlig in sich versunken. Sanna stand zwei Meter hinter ihr und sah, dass die beiden aufgeklappten Seiten fast vollgeschrieben waren. Magda führte offenbar Tagebuch. Von da an sah Sanna Magda immer den dicken Spiralblock, fest an sich gepresst, im Arm tragen. In den folgenden Wochen blieb Magda zwar scheu, aber das Stumme, Geisterhafte war verschwunden.

Eines Tages ließ Magda sich sogar zu einem Einkaufsbummel überreden. Mit ein paar Frauen von der Station zogen sie in eine Drogerie, um Shampoo und Tampons zu kaufen, landeten aber bald vor den Schminkregalen. Sanna, die mit dieser unübersichtlichen Auswahl an Produkten, die sie in verwirrend vielen Farben, Döschen, Fläschchen und Paletten anblinkten, nicht viel anfangen konnte, stand abseits. Sie beobachtete, wie Ayla und Petra, zwei der Patientinnen, in der Aufgabe aufgingen, Magda einer ausgiebigen Schminkberatung zu unterziehen. Aylas Augen leuchteten, als die schüchterne Frau es zuließ, dass Ayla ihr lachsfarbenen Lack auf den Nagel ihres zitternden Zeigefingers strich. Die Frauen hielten den Atem an, um Magdas Reaktion abzuwarten. Als ein zarter Ausdruck der Zustimmung über ihr Gesicht huschte, lachten alle erleichtert auf. Die Stimmung stieg, als zum Vergleich ein weiterer Lack auf den Ringfinger gestrichen wurde, und kam zum Höhepunkt, als Karen einen Hauch Lipgloss auf Magdas leicht geöffnete Lippen tupfte. Ayla klatschte und quiekte vor Entzücken. Magda kaufte schließlich Wimperntusche, Lipgloss, Nagellack, Wattepads, Nagellackentferner und eine Feile. Nachdem sie gezahlt hatte und mit gefüllter Plastiktüte und glühenden Wangen aus der Drogerie trat, wurde sie von den Frauen jubelnd umringt, als hätte sie bei einem Wettrennen als Erste das Ziel erreicht. Ayla und Petra nahmen Magda in den Arm, um ihr zu gratulieren. Sanna verstand zwar nicht so ganz, warum der Kauf von Schminke einen solchen Begeisterungssturm hervorrufen konnte – und sie sah in Magdas verwirrtem Gesicht, dass es der ähnlich ging –, andererseits freute sie sich für Magda. Denn als Magda rüber zu Sanna schaute, leuchtete in ihren Augen ein Funken Glück.

In dem Moment traf Sanna eine Erkenntnis. Ihr wurde bewusst, dass sie immer angenommen hatte, sie hätte kein Recht auf Glück. Als sei das Glück für andere Leute reserviert – wie teure Sitzplätze in der Oper.

Sanna dachte an ihren Lieblingsbaum. Eine Trauerweide, die auf dem Klinikgelände emporragte. Einmal, als sie mit Magda in der Parkanlage spazieren gegangen war, waren sie an der Weide stehen geblieben.

Schweigend standen sie da und betrachteten die feingliedrigen, mit winzigen Blüten übersäten Zweige, die den Stamm herabflossen. Sie waren streng genommen gelb-grün, aber in der Frühlingssonne strahlten wie goldener Regen. Sie tauschten Blicke, stiegen wortlos über den Metallzaun, gingen über das feuchte Gras, schoben Zweige beiseite wie Vorhänge und traten unter das Blätterdach. Noch immer sagten sie kein Wort. Sie standen einfach da mit nach hinten geneigten Köpfen, umhüllt von einem Vorhang aus Gold, und blinzelten den Strahlen entgegen, die das Geäst zum Funkeln brachten. Sanna schloss die Augen, spürte die Wärme auf dem Gesicht.

War das Glück, was sie an jenem Tag gefühlt hatte?

Plötzlich bremste der Bus und kam mit einem heftigen Ruck zum Stehen. Die Trauerweide löste sich auf. Stattdessen erblickte Sanna

Fachwerkhäuser und einen Acker. Der Busfahrer stellte den Motor ab. Endstation. Nach seiner Pause würde er wenden und zurück in die Innenstadt fahren. Alle Türen öffneten sich. Sanna stand auf und trat ins Freie. Sie war im Tal angekommen.

Sanna fühlte sich wie auf dem Land. Keine hohen Häuser, kein Verkehrslärm. Stattdessen lagen kleine Häuser und Hofschaften versprenkelt im Tal verteilt.

Sie schaltete die GPS-Funktion am Smartphone ein und öffnete Google-Maps, um sich zu Magdas Zuhause führen zu lassen. Angeblich dauerte der Fußweg von der Bushaltestelle aus 25 Minuten.

Weil es keinen Bürgersteig gab, lief Sanna auf der Straße. Kein Auto kam vorbei. Sie schaute auf zu den Wolken, die sich übereinander türmten wie Zuckerhüte. Ein Mäusebussard schoss mit ausgebreiteten Schwingen durchs Tal. Sanna ließ den Blick über die Felder schweifen, hinüber auf die andere Talseite. Ein Polster aus Baumkronen in einer Vielzahl von Grün- und Rottönen überzog den Hang. Sanna lauschte dem Rauschen des Flusses, den sie aus dieser Entfernung nicht sehen, sondern nur hören konnte.

Sie blieb an einem Drahtzaun stehen. Auf dem Feld dahinter stand eine Gruppe geschorener Schafe unter der rosa Blütenpracht eines Kirschbaums. Einige Tiere hoben die schwarzen Köpfe, die einen lustigen Kontrast zu ihren weißen oder hellbraunen Körpern bildeten, und blickten die Besucherin an. Ein Schaf mit verfilztem Fell stolperte auf Sanna zu und machte vor dem Zaun halt. Sein weißes Gesicht war mit schwarzen Flecken besprenkelt, und es wurde nicht müde, sie anzustarren. Sanna rupfte ein Büschel Gras vom Straßenrand und hielt es über den Zaun. Das Tier verschlang das Futter. Noch mehr Schafe trabten heran, und Sanna fütterte sie. Es machte ihr großen Spaß, den Schafen zuzusehen, wie sie ihr aus der Hand fraßen. Schließlich riss sie sich aber von den Tieren los und ging weiter.

Kirschbäume säumten die Straße. Sanna lief unter ihren buschigen Blüten her, und jedes Mal, wenn ein Windstoß die Blätter auf sie herabrieseln ließ, schloss sie einen Moment lang die Augen.

Sie kam an Fachwerkhäusern vorbei. In einem Vorgarten ragte ein

Haselnussstrauch mit weinroten Blättern in die Höhe, auf einer Weide begrüßten sie Birken und Eschen und die gelb leuchtenden Blüten der Forsythien. Die weiße Blütenpracht einer Apfelbaumplantage dehnte sich vor ihren Augen aus. In der feucht-warmen Luft schwebte ein süßer Geruch.

Sanna war es, als würde sie von Schritt zu Schritt leichter.

Sie näherte sich einer Hofschaft. Kletterrosen wanden sich um einen Rundbogen, durch den man auf einen Kiesweg zu einem Schieferhaus gelangte. „Am Wupperstrand" stand auf dem Schild. Der Vorgarten war wunderschön. Niedrige Buchsbaumhecken rahmten die Beete ein, auf denen sich Rosenbüsche und -stauden erhoben. Die rosa, gelben und violetten Blütenblätter wirkten wie aus Samt gemacht. Der Vorgarten sah gepflegt aus und ein bisschen wild zugleich und erinnerte Sanna an die englischen Gärten, wie sie in den romantisch-mystischen Geschichten beschrieben wurden, die sie früher verschlungen hatte.

Sie lief weiter durch die Hofschaft, an weiteren Fachwerk- und Schieferfassaden vorbei, bis sie an einer Gabelung rechts abbog und auf ein Backsteinhaus zusteuerte. Am Eingang stand eine Bank unter einem Fliederstrauch, Efeu schlängelte sich über die rostroten Mauern. In einem Beet entlang des Hauses blühten Vergissmeinnicht-Polster, Kornblumen und pinkfarbene Japonica-Sträucher. Rechts neben dem Haus führte ein Kiesweg auf eine Fußgängerbrücke, die einen ans andere Ufer der Wupper brachte.

Sanna schaute auf ihr Smartphone. Sie war an der Gabelung falsch abgebogen. Sie ging zurück und gelangte zu einer Stahlschranke, hinter der der Wald begann.

Sie betrat eine andere Welt. Eben noch hatte sie den freien Himmel über sich gehabt, jetzt schlossen sich über ihrem Kopf die Baumwipfel zusammen.

Es herrschte ein seltsames Licht: Es war weder dunkel noch hell. Weit und breit war niemand zu sehen. Sanna schaute auf das Display. Der Pfeil zeigte an, dass sie sich ihrem Ziel näherte – dem Haus, in dem Magda gelebt hatte.

Sie legte an Tempo zu und eilte über den weichen Waldboden. Sie hörte ihr Herz pochen. Als es in einem Busch knackte, fuhr sie zusammen. Bleib mal locker, schimpfte sie mit sich. Was sollte schon passieren?

Dann sah sie es. Das Haus.

Sanna atmete schwer, während sie auf das Gebäude zusteuerte. Einsam, dunkel, heruntergekommen stand es dort. Sie spürte, dass ihre Knie weich wurden, aber sie lief weiter, immer weiter, das war sie Magda schuldig, das war sie allen einsamen Menschen schuldig, die plötzlich von der Bildfläche verschwanden und für die sich niemand interessierte.

Sanna ballte die Hände und starrte auf die Tür. Sie hatte das Gefühl, als balanciere sie an der Kante eines Zehn-Meter-Sprungturms. Sie durfte jetzt nicht zögern. Sie musste springen. Jetzt. Sanna drückte den runden, rostigen Klingelknopf. Ein schriller Ton zerriss den Augenblick. Sanna zuckte zusammen. Sie hörte Schritte, die durch das Haus polterten. Stille. Dann wurde die Tür aufgerissen. Ein Gesicht starrte Sanna an. Sanna atmete auf. Das war bestimmt die Frau, die Magda in der Klinik besucht hatte.

Sanna stellte sich vor, erzählte, woher sie Magda kannte und dass sie daran zweifelte, dass ihre ehemalige Zimmermitbewohnerin sich umgebracht hätte. Die Frau ließ sie ins Haus. Sie gingen in die Küche, wo Sanna an einem einfachen Holztisch Platz nahm. Sie beobachtete, wie die Frau ein Glas mit Leitungswasser füllte. Links baumelte ein rostiges Gemüsenetz von der beklemmend niedrigen Decke, das bis auf ein paar Zwiebeln leer war. Unter der Spüle ersetzte ein Vorhang mit Gänseblümchen-Muster die Schiebetüren (bestimmt war er selbst genäht, das sah man am schiefen Saum). Durch die Fenster, von denen Sanna nicht wusste, ob sie zerkratzt oder beschlagen waren, fiel wenig Licht, sodass das Zimmer in Grautönen versank.

Die Frau reichte ihr das Glas. Sanna leerte es in einem Zug, um den pelzigen Belag von ihrer Zunge zu spülen. Sie spürte, wie der Geruch feuchter Wände von allen Seiten auf sie einschlug.

„Ich bin Ricky“, sagte die Frau.

Sie setzte sich mit an den Tisch und zog den Knoten ihres Kopftuchs fest. In ihren Bewegungen lag eine gewisse Anmut, die nicht zu ihrem schäbigen Erscheinungsbild passte. Wahrscheinlich trugen Drogen die Schuld daran, dass ihr Körper so abgemagert war und die Zähne verfärbt. Ihr weiter Pulli und die ausgebeulte Jeans erinnerten an die Kleidung, die Obdachlose trugen. Sanna merkte beschämt, dass sie Ricky gemustert hatte, und wandte sich ab. Sie schaute auf zwei blaue Müllsäcke, die prall gefüllt neben einem Küchenschrank standen. Über ihnen hing ein Kreuz.

Sie spürte, wie Ricky ihrem Blick folgte.

„Ich miste aus", sagte die Frau entschuldigend. „Nachdem die Bullen gestern da warn und mir ne Kamera unter die Nase gehalten haben – stell dir mal vor – mit nem Bild von der toten Magda, und ich musste sagen: Jawoll, Herrschaften, das is die Magda, das is sie! Mensch, da war ich so durch den Wind, da hab ich angefangen drauflos zu putzen und zu packen. Kannst dir nich vorstellen, was das ein Schock war! Erst holt die alte Schneider der Krebs, und dann bringt sich auch noch die Magda um! Zack!"

Ricky tat, als würde sie sich mit der Handkante die Kehle durchschneiden. Dabei lächelte sie gequält.

„Glaubst du das wirklich? Ich mein, dass sich die Magda umgebracht hat?", fragte Sanna.

„Na klar, Mädchen!", schnaubte Ricky. „Ich war's ja, die die Magda gestern Morgen vermisst gemeldet hat, verdammt, was hab ich mir Sorgen gemacht. Ich wünschte, die Sorgen wär'n umsonst gewesen, aber nein, zwei Stunden später, schwupps!, da kreuzen die Bullen auf."

„Du hast Magda vermisst gemeldet?"

Ricky rutschte auf dem Stuhl herum.

„Ich bin gestern Morgen früh wach geworden, so um 6, und musste pinkeln. Bin ausm Wohnzimmer, da penn ich immer aufm Sofa, bin raus und innen Flur zum Klo. Da schau ich die Treppe hoch – und was is? Magdas Zimmertür: offen, sperrangelweit! Das hat die nie gemacht! Da bin ich die Treppe hoch, hatte ein ganz mieses Gefühl, ganz mies. Und da: die Magda nich im Bett! Bin fast durchgedreht und hab die Bullen gerufen – du weißt schon, wegen der Geschichte damals." Ricky musterte Sannas Gesicht. „Ach nee, sach bloß. Du weißt gar nich, wovon ich rede?"

Sanna schüttelte den Kopf. Ihre Wangen wurden heiß. Ihr war es peinlich, dass sie keine Ahnung hatte, was Ricky meinte. Aber die Frau schien sich nicht weiter dran zu stören und plauderte unbekümmert drauflos. Sie erzählte, dass im Februar Magdas Großmutter gestorben war – „… und da is die Magda bekloppt geworden."

Ricky war an jenem Februartag früh morgens die Treppe hochgegangen, um nach Frau Schneider zu sehen. „Zwei Tage lang hat die Magda an der ihrem Bett gesessen, ich glaub, die hat kein Auge zugemacht." Magda hatte die Großmutter gepflegt und mit Schmerzmitteln versorgt. „Ich glaub, sie hing echt an der Alten. Sonst hatte die ja niemanden."

Ricky zuckte mit den Schultern.

„Und dann? Was geschah dann?"

„Na, du willst es genau wissen, was?" Ricky zwinkerte Sanna zu und grinste schief, sodass ein blauer Schneidezahn zum Vorschein kam. „Also, ich bin hoch zur Schneider. Die lag tot im Bett. Aber die Magda war nirgendwo zu sehen. Hab überall nach der gesucht, ers im Haus – sogar unterm Bett hab ich geguckt, dann bin ich raus. Und da steht die Magda anner Brücke und beugt sich übers Geländer, ach du Scheiße, denk ich, die will doch nicht in den Fluss springen?"

Ricky kratzte die restlichen, vertrockneten Tabakkrümel aus einer zerknautschten Packung und drehte sich eine Zigarette. Sie achtete penibel darauf, dass an den Seiten keine Brösel herausfielen.

„Anner Wupper gibts ne Menge Brücken", nuschelte sie, während sie mit der Zunge über den Klebestreifen des Blättchens fuhr. „Eine, wenn du links durch den Wald gehst, unten bei der Hofschaft. Und ne andere, hier gleich um die Ecke. Du musst rechts aus dem Haus raus und dann wieder rechts auf die Straße. Auf der Brücke stand damals die Magda." Sie zupfte Tabak von den Zigarettenenden ab. „Hatte ich einen Schiss, dass die springt! Is zwar nicht besonders hoch, die Brücke, nur nen paar Meter, und der Fluss is nicht wirklich tief. Aber die Strömung kann gefährlich sein, und außerdem war ja Winter, das Wasser war eiskalt. Ich dacht mir: Wenn man wirklich den Abgang machen will, dann wird's wohl reichen. Hab versucht, die Magda vom Geländer zu zerren, aber Junge, die hat sich so festgehalten, da ging gar nichts! Dann kam der Berkenkötter um die Ecke, das is der Wirt vonna Kneipe."

Ricky rollte die fertige Zigarette zwischen den Fingern hin und her. „Der war zufällig wegen der Hochwassergefahr da, wollte sich umschauen, und Gottseidank, denk ich, dass der Alte da is! Ich hab die Magda festgehalten, und der Berkenkötter hat den Notarzt gerufen. Dann is die Magda zu dir inne Klapse."

Ricky zündete ihre Zigarette an. Sanna brauchte einen Moment, um die Informationen zu verarbeiten. Vielleicht hatte sich Magda ja doch umgebracht? Vielleicht war sie ganz umsonst hier? Sie presste die Lippen aufeinander. Ricky zog fest an ihrer Zigarette, während sie Sanna von der Seite musterte.

„Hör mal, Mädchen", sagte Ricky und schnippte Asche auf eine Untertasse. „Die Magda hatte ein gutes Herz. Aber sie war wackelig. Du brauchtest nur zu niesen und da is die, zack, umgefallen." Zur Veranschaulichung richtete Ricky ihren Unterarm auf und ließ ihn auf den Tisch sausen.

„Man nennt das *labil*. Das Mädel hats halt nicht leicht gehabt mit der alten Schneider. Aber, mal ehrlich, wer hats schon leicht?" Ricky stieß einen hohen Seufzer aus. „Meine Eltern warn auch nicht gerade zimperlich! Früher, ganz früher hab ich sogar mal dran gedacht, meinen Vater anzuzeigen. Kannste dir das vorstellen? Anzeigen? Den eigenen Vater? Ha! Dann hab ichs doch sein gelassen. Wer hätte mir denn geglaubt? Niemand! Kein. Schwein. Mir hat ja nicht mal meine Mutter geglaubt. Tja, dann hab ich ihn nich angezeigt und bin auf die schiefe Bahn – volle Kanne Attacke, freie Fahrt voraus!"

Ricky richtete den Zeigefinger mit einer schwungvollen Geste nach vorn – wie ein Verkehrspolizist, der Kinder mit seiner Kelle in die richtige Richtung winkt. Sie senkte den Blick. „Volle Fahrt voraus", flüsterte sie.

Eine Pause entstand. Sie schaute auf. „Aber die Schneider is immer gut zu mir gewesen! Weißte, der wars egal, woher ich komm."

„Woher kanntest du die Frau Schneider eigentlich?", fragte Sanna. „Seid ihr irgendwie verwandt?"

„Ha, wir und verwandt!" Ricky lachte sarkastisch. Dann wurde sie wieder ernst. „Na ja, nach dem letzten Entzug wollte ich weg, raus. Damals hab ich noch in Düsseldorf gewohnt – aber die Stadt war nich gut für mich. Eine Ärztin hat gesagt: Wenn de so weitermachst mit den Drogen, haste noch ein Jahr, mehr nich! Weil: Herz kaputt! Na, hab ich gesagt, das is ja nich grad ne Überraschung! Sollte ein Witz sein. Mein Vater hat mein Herz doch schon längst kaputtgemacht, wie solln das dann noch mal kaputtgehen? Aber die Ärztin hat nicht gelacht. War wohl kein richtiger Witz."

Ricky stieß eine Rauchwolke aus dem Mundwinkel aus.

„Und wie bist du nach Solingen gekommen?"

„Tja. Is schon abgefahren, wie das Leben so spielt." Letztes Jahr hatte Ricky in der S-Bahn einen alten Bekannten von der Platte getroffen. „Mann, hatte der sich verändert. Der hat mir von Gott erzählt. Ich dachte erst, spinnt der, oder was?" Aber der Mann hatte was Besonderes an sich, das Ricky magisch anzog. Er hatte von einer Bibelgruppe in Solingen erzählt, die sein Leben verändert hätte. „Und dann stand ich eines Tages bei der Bibelgruppe auffer Matte. Das war vergangenen Sommer." Ricky stützte die Hände auf die Knie und sah Sanna fest in die Augen. Die Glut näherte sich bedrohlich ihren Fingern. „Ich sag dir: Das mit der Bibelgruppe war die beste Entscheidung meines ganzen verfickten Lebens."

Ricky balancierte den glühenden Stummel zwischen Daumen und Zeigerfinger, nahm einen letzten Zug und drückte die Kippe auf der Untertasse aus.

Sie erzählte, dass sie von da an ein festes Mitglied des Bibelkreises war und für die Gemeinde einfache Arbeiten verrichtet hatte. Sie hatte unter anderem geputzt. Dafür durfte sie in einem Zimmer im Gemeindehaus wohnen, allerdings nur vorübergehend.

„Und dann kam eins zum anderen. Weils der Schneider so schlecht ging und die Magda ja in nem Altenheim gearbeitet hat, haben die mich gefragt, ob ich bei denen wohnen und dafür im Haushalt helfen will. Klar!, hab ich gesagt. Und so bin ich im Herbst dann hierher."

Rickys Blick glitt aus dem Fenster. „So kanns gehen", flüsterte sie. „Jetzt sind beide tot. Und ich bin immer noch hier."

Es vergingen einige Minuten, ohne dass sie ein Wort sprachen.

Sanna fragte sich, was wohl aus Ricky werden würde. Ob sie hier wohnen bleiben konnte?

Ricky erriet ihre Gedanken. „Mir hat die Schneider ein bisschen Geld gegeben, bevor sie starb“, sagte sie. „Die war sehr sparsam, und ich sach ja: Die Schneider is immer gut zu mir gewesen. Die Kröten werden erst mal reichen.“

Ricky gab zu, dass sie mit dem Gedanken gespielt hatte, in dem Haus zu bleiben und als Putzfrau bei den Leuten aus der Hofschaft zu arbeiten, wie es Frau Schneider getan hatte. „Aber erstens weiß ich ja gar nich, wem das Haus überhaupt gehört! Und dann muss ich mich ja auch um alles kümmern, Rechnungen und so nen Kram! Bloß nich! Besser, ich hau ab.“

Sanna dachte nach. „Du hast vorhin gesagt, Magda hätte es nicht leicht gehabt“, sagte sie. „Wie hast du das eigentlich gemeint?“

Ricky zögerte einen Moment. „Es heißt, dass man über Tote nicht schlecht sprechen soll, oder?“ Als Sanna nichts erwiderte, rief Ricky: „Ach, scheiß drauf! Du bist gekommen, weil dir die Magda wichtig is, und deshalb erzähl ichs dir. Aber erzähls nicht rum, ja?“

Ricky berichtete, dass die Frauen ziemlich wortkarg gewesen wären. Die Beziehung zu den beiden war rein zweckmäßig. Nie habe sich ein persönliches Gespräch entsponnen. Allerdings bekam Ricky hin und wieder Einblicke in das Verhältnis, das zwischen Frau Schneider und ihrer Enkelin herrschte.

„Eines Tages sollte ich irgendwas besorgen. Is ja immer so im Leben. Ständig rennt man irgendwo hin, um irgendwas zu holen, einzukaufen, von A nach B zu schleppen, immer derselbe Quatsch. Jedenfalls kam ich zurück, und weil die Tür angelehnt war – das Schloss macht sonst einen Heidenkrach – haben die Schneider und die Magda mich nicht gehört. Ich geh in den Flur und hör jemanden weinen und dann ein Knallen, und ich denk: da gehts jemandem nicht gut. Ich geh in die Küche. Und da kniet die Magda.“

Magda kniet in der Küche. Die Stoffhose ist hochgekrempelt, sonst gibt es Löcher. Fliesen scheuern die Knie auf. Tränen brennen auf den Wangen.

Zitternd führt Magda die Bibel an die Lippen. So hat es die Großmutter befohlen. Magda hält die Luft an, während sie auf den nächsten Schlag wartet. Dann, plötzlich, saust der Riemen herab, ohne Vorwarnung, knallt mit solch einer Wucht auf den Rücken, dass Magda nach vorne stürzt. Sie stützt sich gerade noch rechtzeitig ab, unter einer Hand die Bibel, sonst wäre sie auf das Gesicht gefallen. Verletzungen im Gesicht sind verboten, dann stellen die Leute Fragen und es gibt noch mehr Prügel.

Magda schluchzt, erschrickt aber sofort über dieses Geräusch, das sie da macht und das die Großmutter noch mehr in Rage bringt. Sie spürt den Urin, der heiß-brennend in ihre Unterhose läuft. Sie zieht ihren Unterleib zusammen. Auf keinen Fall darf die Großmutter merken, dass sie sich in die Hose gemacht hat. Magda schluckt die Tränen runter. Ihr Körper ist eiskalt. Sie richtet sich auf, die Bibel umklammernd, schließt die Augen. Wieder ein Schlag. Und noch einer. Die Striemen: wie Feuer.

Dann werden Abstände zwischen den Schlägen immer kürzer, und Magda weiß, dass die Großmutter außer sich gerät. Der Gürtel zischt, zerteilt die Luft, knallt auf Haut, fährt durchs Blut. Immer wieder. In den flackernden Augenblicken zwischen den Schlägen betet Magda, dass das Schlagen so anstrengend wird, dass es die Großmutter bald erschöpft. Sonst hört sie niemals auf. Aber die Großmutter ist stark.

Die Frau macht weiter und der Schmerz wächst auf einmal so schnell, er wird so groß, überwältigt Magda, dass sich nicht mehr zusammenreißen kann. Sie schluchzt auf, als sie erneut nach vorn geschleudert wird. Sie fällt auf das Gesicht. Jesus, hilf mir, schreit eine Stimme in ihrem Kopf. Doch da ist nur ein Kreuz. Es hängt stumm an der Wand.

Sanna starrte das Kreuz über den Müllsäcken an. In diesem Raum wurde Magda von ihrer Großmutter misshandelt, und niemand hatte ihr geholfen. Am liebsten hätte sie das Kreuz auf die Fliesen gepfeffert. Sie sah Ricky an.

„Wie oft?“, fragte sie. Ihr Herz schlug so laut, dass sie einen Moment lang dachte, Ricky könnte es hören.

„Keine Ahnung“, murmelte Ricky. Sie hatte sich eine weitere Zigarette angezündet und schnipste Tabakkrümel vom Pulli. „War ja nur das eine Mal, dass ich es mitgekriegt hab. Vielleicht warn die Prügel ja ne Ausnahme.“

Das glaubst du doch wohl selbst nicht, dachte Sanna. Aber sie verkniff sich den Kommentar, denn sie wollte nicht, dass Ricky etwas von ihrer Wut mitbekam. Schließlich hatte sie noch ein paar Fragen.

„Weißt du, mit wem sich Magda am Tag ihrer Entlassung treffen wollte?"

Die Frage saß. Ricky starrte Sanna entgeistert an.

„Wie kommst du denn auf so was?" Während Ricky sprach, atmete sie gleichzeitig den Rauch durch die Nase aus.

„Weil sie es mir erzählt hat", antwortete Sanna und wunderte sich, wie leicht ihr diese Lüge über die Lippen kam. Magda hatte ihr gar nichts erzählt. Ihre Körpersprache hatte allerdings verraten, dass sie sich mit jemandem treffen würde. Sanna beobachtete Rickys Mimik.

„Also ehrlich, mit wem sollte sich Magda denn schon getroffen haben?", fragte die Frau.

„Das hat Magda nicht gesagt, aber sie hat sich hübsch gemacht. Sie wollte sich ganz bestimmt mit einem Mann treffen."

Ricky starrte sie mit offenem Mund an. Es dauerte einen Moment, bis sie die Worte verdaut hatte.

„Hör mal", lenkte sie ein, „ich weiß ja, dass dir viel an Magda lag. Und ja, vielleicht wollte sie sich mit einem Mann treffen. Aber ich glaub da nich dran. Die Magda war krank, die war ein armes, misshandeltes Mädchen – und sie log. Das wollt ich vorhin nich sagen, aber ich habs oft miterlebt, dass die sich so allerhand Dinge ausgedacht hat, is ja auch kein Wunder! Mein Gott, die wollte bestimmt einfach ein bisschen Aufmerksamkeit. Dass sie sich mit jemandem treffen wollte, war bestimmt eine ihrer Geschichten!"

Sanna krallte ihre Hände um den Stuhl. Magda war krank gewesen – aber keine Lügnerin. Niemals.

„Kann ich Magdas Zimmer mal sehen?", fragte sie. Ihre Stimme klang fest.

„Klar, warum nicht?", erwiderte Ricky achselzuckend.

Sie gingen in den Flur und stiegen über eine steile Treppe in den ersten Stock. Spanplatten wölbten sich unter Sannas Stiefeln. Ricky öffnete eine Tür. Auf dem Boden lag eine Matratze. Vor dem Fenster standen ein Tisch und ein Stuhl.

Sanna trat zum Kleiderschrank und öffnete die Türen. Er war leer.

„Hab ja gesagt, dass ich schon vieles ausgeräumt hab.“ Ricky verharrte an der Schwelle. „Die Magda hatte nicht viel. Ein paar Klamotten, die Bibel und ich glaub, das wars auch schon. Suchste was Bestimmtes?“

„Ihr Tagebuch“, antwortete Sanna leise.

Das Tagebuch würde ihr mit Sicherheit verraten, mit wem sich Magda treffen wollte. Sie drehte sich um.

„Hast du Magdas Tagebuch beim Ausmisten gefunden?“

Ricky sah erstaunt drein. „Wie bitte? Die Magda war nicht bloß stumm wie ein Fisch. Ich hab die auch noch nie schreiben sehen.“

Sanna erzählte von Magdas Notizblock. Vielleicht hatte sie mit dem Schreiben erst in der Klinik begonnen, überlegte sie. Therapeuten rieten oft dazu, Gedanken zu Papier zu bringen.

„Alles, was die Magda besaß, findest du unten in den Kartons oder in den Säcken oder hinterm Haus im Müll“, verkündete Ricky. Sie verschränkte die Arme. „Bin mir sicher, dass kein Tagebuch dabei is. Aber schau nach, wenn de willst.“

* * *

Lutz Hartkopf zog so heftig an seiner Zigarette, dass er sich die Lippen verbrannte. Der Schmerz verzerrte sein Gesicht. Mann, sie saßen ganz schön in der Scheiße. Sie alle – der Chef, der Paule und er. Das war vielleicht was!

Mann, Mann, Mann.

Er saß vor der Firma. Aus dem offenen Garagentor dröhnte das Hämmern der Presse. Lutz Hartkopf schob die Kappe in den Nacken und blickte in den Himmel. Jetzt türmten sich da oben auch noch Wolkenberge auf! Ob es wieder so heftig regnen würde wie in den letzten Tagen?

So einen kaputten Frühling hatte er ja noch nie erlebt! Ab und zu knallte die Sonne, aber dann ging wieder die Post ab und der Regen prasselte nur so runter, sodass die Wupper die Turbo-Funktion einlegte und den Maschinenlärm mit ihrem Rauschen locker überdröhnte. Die Wupper trat an dieser Stelle nicht so schnell über die Ufer, nein, um die Firma mussten sie sich keinen Kopf machen. Aber gegen ein bisschen Sonnenschein hätte er nichts einzuwenden. Leider hatte er in der Zeitung gelesen, dass der Frühling ausfallen sollte. Das hatten jene Leute behauptet, die sich angeblich mit dem Wetter auskannten. Der Frühling. Ausfallen! Als hätten sie nicht schon genug Probleme am Hals!

Mann, Mann, Mann.

Lutz Hartkopf spuckte durch die Schneidezähne auf den Schotterweg. Er stand auf und wollte sich zur Stahltreppe wenden, die in den ersten Stock zu den Schleifmaschinen führte. Doch dann stutzte er. Er entdeckte jemanden, der ihm bekannt vorkam.

Ein Mann mit Hund kam den Weg entlang – besser gesagt ein Hund mit Mann. Lutz Hartkopf grübelte, bis es in seinem Kopf klingelte: Das war doch der Typ, mit dem er am Montag die Nacht durchgesoffen hatte mit dem Paule beim Lö. So einen schlimmen Kater hatte er schon lange nicht mehr gehabt, und der Typ hatte ganz schön was vertragen.

Lutz Hartkopf konnte sich nicht an seinen Namen erinnern. Auf jeden Fall handelte es sich um einen Freund vom Jan Falk, der sich ständig in der Welt herumtrieb, während sich Leute wie Paule und er den Buckel krumm malochten.

Das Bemerkenswerte war, dass der Typ gestern die Leiche von dem durchgeknallten Mädel gefunden hatte, das mit seiner Oma hier in der Nähe gelebt hatte. Die Nachricht hatte sich gestern verbreitet wie ein Lauffeuer.

„Morgen, Kollege!“, rief Lutz Hartkopf, während er die Zigarette in einer rostigen Lackdose ausdrückte, ohne den Blick von dem Zweiergespann abzuwenden.

„Morgen, Kollege!“, begrüßte ihn eine seltsame Gestalt.

Träumte er? Oder stand da, mitten auf dem Schotterweg, ein halbnackter Mann?

Moosbach war mit Zorro bereits seit einer Stunde unterwegs. Gemeinsam waren sie heute von der üblichen Runde abgewichen.

Über einen ausgesetzten Trampelpfad hatten sie einen Hang erklommen, hatten einen Picknickplatz mit einer erstaunlichen Aussicht passiert und waren über steile Serpentinen zurück ins Tal gelangt.

Moosbachs Füße stellten sich zwar im Vergleich zu gestern um einiges geschickter an, aber es war leider immer noch so, dass Zorro ihn unter seiner vollen Kontrolle hatte.

Und jetzt tauchte da auch noch ein Verrückter auf!

Oder war er es, der dabei war, den Verstand zu verlieren?

Aus der Entfernung konnte Moosbach erkennen, dass der Typ eine knappe Hose trug, über der ein bleicher Bauch hing. Beim Näherkommen wurde ihm klar, wer da vor ihm stand. Das war doch einer von denen, mit denen er am Montag die Nacht durchgezecht hatte. Nur an seinen Namen konnte er sich weiß Gott nicht erinnern.

„Morgen, Kollege!“, rief der Typ erneut, als Moosbach vor ihm stehen blieb.

Er starrte Moosbach mit unverhohlener Neugier an. Dabei versanken seine Augen nahezu zwischen den geschwollenen Lidern und Tränensäcken. Aus den prallen Wangen schossen Bartstoppeln. Seine Glatze, die von einem schwarzen Haarkranz umrandet wurde, glänzte rötlich. In einer Hand hielt er eine mit Zigarettenstummeln gefüllte Dose. Auf seinen Beinen, die unter dem mächtigen Bauch wie Stelzen aussahen, kräuselten sich Haare, auch auf den Zehen. Die Füße steckten verblüffenderweise in knatschgelben Flip-Flops.

Ansonsten trug der Mann tatsächlich nur Shorts. Wahrscheinlich handelte es sich um eine Badehose. Darauf deutete das Muster in grellem Pink, Grün, Gelb und Blau hin, das Moosbach in den Augen schmerzte. Moosbach selbst war seit Jahrzehnten seinem Kleidungsstil treu; er besaß nicht mehr als drei Paar Jeans, zwei Cordhosen, je zwei Hemden mit kurzen und mit langen Ärmeln, fünf T-Shirts, einen Pullover, eine Allwetter- und seine Lederjacke.

Er spürte, wie der Wind in seinen Nacken fuhr. Dem Mann dagegen schien die kühle Luft nichts auszumachen. Ob er etwa schwimmen wollte? Bei *dem* Wetter?

Moosbach versuchte das, was er sah, zu verstehen.

Er warf einen Blick auf das Gebäude hinter dem Mann. Geräusche, die ihm aus seinen Lehrjahren vertraut waren, drangen heraus. „Landmaschinenmesser Ohliger“ stand auf einem Schild.

Dort war eine Firma.

Und hier stand ein Mann. In Badehose.

Dann fiel der Groschen.

Da drin wurde mit Metall gearbeitet. Der Mann arbeitete offenbar wegen der Hitze in Badehose und Flip-Flops – auch wenn das nicht gerade deutschen Arbeitssicherheitsvorschriften entsprach.

Der Mann hielt Moosbach eine Hand hin.

Kräftiges Händeschütteln, cooles Lächeln.

Moosbach wühlte in seinem Kopf wie in einem Haufen schmutziger Wäsche, zog aber bloß ein paar Fetzen heraus: der Tresen. Der Suff. Das selbstgebraute Bier. Der Selbstgebrannte. Worüber hatten sie bloß gesprochen?

Der Mann runzelte die Stirn und nickte ernst.

Moosbach nickte zurück.

„Ganz schön beknacktes Wetter, was?“, sagte der Halbnackte. Er deutete zum Himmel und rollte die Augen. „Dieser verdammte Regen, das sach ich dir.“

Moosbach murmelte Zustimmung. Der Mann stemmte die freie Hand in die Hüfte, streckte das Kreuz, zuckte mit den Brustmuskeln. Der Bauch spannte sich. Seine Augen verwandelten sich in Schlitze.

„Das mit der Leiche – ganz schöne Scheiße, was?“, sagte er.

„Kann man wohl sagen“, erwiderte Moosbach. Mehr fiel ihm dazu nicht ein.

„Habs dem Chef erzählt, dem Helmut. Den Paule kennste ja schon. Der Chef meinte: Oh, Mann, was für eine Scheiße – findet der ne Leiche! Ausgerechnet im Urlaub! Und dann noch gleich am ersten Tach! Du bist kein Glückspilz, was?“

In seiner Stimme schwang ehrliches Bedauern.

„Tasse Kaffee?“, fragte er unvermittelt.

Noch bevor Moosbach antworten konnte, bedeutete ihm der andere, ihm zu folgen.

Weil Zorro winselnd vor dem Tor zurückwich – offenbar ertrug er den Maschinenlärm nicht – band ihn Moosbach an der Bank fest.

Dann folgte er dem Mann in die Garage, begleitet vom Schmatzen der Flip-Flops.

Er brauchte einen Moment, um sich an das Halbdunkel zu gewöhnen, und so waren es die Gerüche, die er als Erstes wahrnahm: verbranntes Metall, Lack, Männerschweiß. Plötzlich erinnerte er sich, wie er als 16-jähriger angehender Schlosser hinter seinem Ausbilder durch die Fabrikhalle gelaufen war, während um ihn herum die Maschinen donnerten, zischten und krachten und ihm der Schweiß den Rücken runterrann.

Sie kamen an einem Gabelstapler vorbei, dem die Zeit mächtig zugesetzt hatte. Das Gerät war voller Schrammen und von Rost überzogen, und der gelbe Lack splitterte stellenweise ab. Moosbachs Blick fiel auf ein Stahl-Regal links an der Wand. Dort herrschte ein fürchterliches Chaos. Die Regalböden waren vollgestopft mit Kartons, Ordnern, Schleifringen und Lackdosen.

Er wandte sich gequält ab.

Am Ende des Raums waren Flachstahl-Stangen übereinandergestapelt. Wahrscheinlich handelte es sich um das Rohmaterial, aus dem die Messer für Landmaschinen hergestellt wurden.

Der Halbnackte schlurfte rechts durch eine Tür, Moosbach folgte ihm. Der Krach schwoll an.

Quietsch. – Bähm! – Klong! – Quietsch. – Bähm! – Klong! – Quietsch. – Bähm! – Klong!

Weiße Lichtkegel fielen durch die staubbedeckten Fensterscheiben. Metallspäne wirbelten herum. An einem Monstrum aus Stahl saß ein kleiner Mann. Er hatte ihnen den Rücken zugewandt. Seine Ohrenschützer und Arbeitshandschuhe waren so groß, dass er Moosbach an einen Außerirdischen erinnerte. Das musste Paule sein. Saufkumpan Nummer zwei.

Bähm.

Der Stempel der Presse krachte nach unten und trennte ein Stück von der Stange, die der Arbeiter über eine Vorrichtung schob.

Klong.

Das abgetrennte, rechteckige Rohmesser fiel in einen Bunker – einen der quadratischen Stahlbehälter, die überall im Raum verteilt standen.

Der Mann mit Badehose tippte Paule auf die Schulter. Bei dem Lärm machte der bloße Versuch zu reden keinen Sinn. Paule drehte sich um und nickte, als die Lippen seines Kollegen das Wort „Kaffee" formten. Er sah Moosbach an. Seine Augen, die Pingpong-Bällen ähnelten, traten noch weiter hervor.

Jetzt sah er tatsächlich aus wie ein Alien.

Paule riss sich die Ohrenschützer runter, sprang von seinem Drehhocker und schrie etwas, das wie „Na so was!" klang. Er drückte auf einen Knopf, der Presse-Stempel zog sich schnaufend nach oben, und der Lärm erstarb. Paule schüttelte Moosbach enthusiastisch die Hand – in dem kleinen Mann steckte erstaunlich viel Kraft.

Paule fing sofort an, vom Leichenfund zu sprechen. Auch er sprach sein größtes Bedauern darüber aus, dass Moosbach die Leiche ausgerechnet in seinem Urlaub gefunden hatte: „Na, das fing ja toll an!" Aber natürlich täte ihm auch das Mädchen leid, schob Paule hinterher. „War ja n armes Mädel, hat mir die Lore erzählt." Der Udo kenne die Lore ja schon, das sei die Frau vom Lö, „und die Lore, die kennt immer jeden und weiß immer alles! Tja!" Paule selbst hatte Magda und ihre Großmutter nur selten zu Gesicht bekommen – „außer, als ich eines Tages, ja, das war ganz schön seltsam ... Ach, was solls, erst mal machen wir ne Pause, das haben der Lutz und ich" – der Halbnackte hieß also Lutz – „uns verdient bei dem Haufen Arbeit und dem ganzen Schlamassel, du weißt ja, Udo, die Sache, die wir dir beim Lö erzählt haben, ganz schöner Mist das Ganze, was?"

Moosbach sah Paule verblüfft an. Die beiden schienen anzunehmen, dass er wusste, wovon sie sprachen. Grübelnd beobachtete er, wie Lutz zu der Kaffeemaschine schlurfte, die bei den Bohrmaschinen auf einem mit Ruß beschmierten Kühlschrank stand. Lutz nahm die Kaffeekanne, schüttete den schwarzen Inhalt in die Maschine und schaltete das Gerät ein. Moosbachs behagte diese Methode, kalten Kaffee zu erhitzen, ganz und gar nicht. Gleichzeitig waren ihm die beiden schrägen Typen sympathisch. Sie erinnerten ihn an alte Zeiten, und so ließ er sich von der mit Lack, Dampf und Metall geschwängerten Luft einlullen und lauschte dem Gluckern des Kaffees.

Während Lutz am Kühlschrank lehnte, bedeutete ihm Paule, auf einem weiteren Drehhocker Platz zu nehmen. Moosbach setzte sich. Nach und nach fing er immer mehr Erinnerungsfetzen von Montagnacht ein, die in seinem Kopf herumwirbelten wie die Staubpartikel in der Luft. Während die Kaffeemaschine die letzten Tropfen in die Kanne pumpte, fielen die Teile wie im Zeitraffer zu einem Mosaik zusammen.

Plötzlich sah Moosbach die nächtliche Szene vor sich, klar und deutlich und wie auf einem Fernsehbildschirm.

Moosbach sieht, wie er schwankend auf einem Barhocker sitzt. Mit den Armen stützt er sich auf die Theke, der Oberkörper ist vornübergebeugt, in der Hand hält er ein 0,25-l-Pilsglas. Der Wupperstrand hat längst geschlossen. Über ihm strahlt gelbes Licht. Es riecht seltsam. Wahrscheinlich sind die Essensgerüche und der Zigarettenqualm der letzten Jahrzehnte mit den Wänden verschmolzen.

Lö, der Wirt, steht hinter der Theke und stülpt zwei Biergläser über die Spülbürsten, der Schaum läuft über seine Hände. Die Ärmel des rotkarierten Hemds, das an der Brust aufgeknöpft ist, sind hochgekrempelt, Haare schimmern auf den Unterarmen. Der weiße Bart ist gestutzt.

Links von Moosbach ist ein Platz frei. Neben dem leeren Barhocker sitzen Lutz und Paule. Sie zünden sich Zigaretten an und erzählen, dass sie die „Kacke am Dampfen" haben, immer wieder verschwörerische Blicke austauschend. Klingt nach einem Geheimnis. Also drängen weder Moosbach noch der Wirt die beiden, fortzufahren. Lö hält die Gläser unter kaltes Wasser und stellt sie auf das Abtropfgitter.

Die Männer trinken schweigend ihr Bier.

Okay, sagt Lutz auf einmal, dem Lö könnten sie's ja erzählen. „Hauptsache, der Chef erfährt davon nix – und der Freund da vorne hält dicht, odda?"

Moosbach starrt auf Lutz' Kippe. Er kämpft gegen den Drang an, nach einer Zigarette zu fragen. Und schon erzählen die Kollegen, was los ist – abwechselnd, als hätten sie sich abgesprochen.

Ein wichtiger Kunde, den sie mit Landmaschinenmessern beliefern, wolle vorbei vorbeikommen, sagt Paule.

Der größte, der wichtigste Kunde, den es in der Branche überhaupt gibt, ergänzt Lutz. Es ist ein Kunde von Weltruf. Ein Kunde, der von weit weg kommt, aus dem Ausland. „Nach Deutschland, hierher, an diesen Ort am Arsch der Welt, in unsere kleine Klitsche."

Die Herren reisen stundenlang mit dem Flugzeug und übernachten in Hotels, fährt Paule fort, „nur, um zu sehen, wie wir arbeiten." Ob hier alles seine Richtigkeit habe. Ob sie Normen, Umwelt- und Sicherheitsstandards einhalten. „Ob dies, ob das. Ob, ob, ob." Nicht, dass sie nicht ordentlich arbeiten, „ja, nee, ganz im Gegenteil, der Chef passt da schon auf, jawoll." Aber all die Abkürzungen, all die Vorschriften – da gebe es inzwischen ja so viele von, da würde man ja ganz kirre, „wer soll denn da noch durchblicken?"

Okay, so große Betriebe, die kämen damit klar, meldet sich Lutz zu Wort. Denn die großen Betriebe, die stellen extra Leute ein, die sich nur um die Einhaltung von Vorschriften kümmern. „Aber wie solln das kleine Leute wie wir denn schaffen? Is doch schon genuch Arbeit, die Firma am Laufen zu halten! Aber das verstehn die Herrn da oben nicht." Weder die Herren, die die ganzen Vorschriften erfinden, noch die Herren, die dann plötzlich in teuren Anzügen auf der Matte stehen, um einen Haufen Zahlen zu prüfen, „und noch so'n paar andere Sachen."

Paule nickt Lutz zu. Der wird rot vor Stolz.

Manchmal hätten sie das Gefühl, sagt Paule, dass eine Verschwörung im Gang sei. „Ist so, als hätten sich die Leute da oben" – er zeigt mit dem Finger zu Decke – „gegen uns, die kleinen Leute" – er zeigt mit dem Finger auf seine Brust – „als hätten die sich gegen uns verschworen, um uns das Leben schwer zu machen – mit Steuern und was-weiß-ich für dies un jenes un so weiter und so fort." Andererseits gehe es den großen Firmen ja auch nicht gerade blendend. Aber für die interessiere man sich wenigstens. Mein Gott, was sind die Zeitungen voll mit Opel! „Also, nich, dass ihr mich falsch versteht, nix gegen Opel!", ruft Paule, die Hände abwehrend vor sich. In der Haut der Kollegen wolle er nicht stecken! Aber mal Hand aufs Herz: Wer interessiere sich denn für die vielen, kleinen Klitschen in Deutschland, die sich Tag für Tag durchboxen und nix erwarten, wenn sie vor der Pleite stehen, weil sie auch vorher nie Hilfe bekommen haben? „Nur den Großen", sagt Paule, „jaaa, *denen* hilft man! Aber wie gesagt", und die nächsten Worte sprechen Lutz und Paule im Chor: „Nix gegen Opel!"

Die Kollegen stoßen an und leeren ihre Gläser in einem Zug.

Plötzlich wirft Lutz Moosbach einen misstrauischen Blick zu. Ob er das denn eigentlich verstehen könne, was sie da erzählten, er sei doch Journalist.

„Jaaaa, Ju-naa-list, Reporter", lallt Moosbach und schwenkt sein Glas vor der Nase, „aber irgen'wie auch nich, hm, schwer zu sagen."

„Ja, wie jetzt, was solln das denn bedeuten?", fragt Lutz.

Moosbach leert sein Glas und fixiert Lö über den Rand. Drei Lös schauen ihn an. Dann nehmen die drei Lös ein abgespültes Glas vom Abtropfgitter und halten es unter den Zapfhahn.

Moosbach stellt sein Glas ab und kneift die Augen zu. Als er wieder aufschaut, steht nur noch ein Lö hinter der Theke.

Dann erzählt Moosbach seine Geschichte. Weil er zu viel getrunken hat, verwendet er Stichwörter anstelle von ganzen Sätzen. Massenentlassung. Über hundert Kollegen allein bei seiner Zeitung. Über tausend Journalisten in der Branche. Allein in diesem Jahr. Und das Jahr war erst ein paar Monate alt. Über tausend Journalisten, wiederholt er, alle gefeuert. Zeitungsbranche mies. Schwierige Situation. Internet. Sparzwang. Profit. Er auch arbeitslos. Aber irgendwie auch nicht. Er will ja als freier Journalist und überhaupt, das schafft er schon. Irgendwie. Aber jetzt Urlaub. Bei Freund. Hund aufpassen. Jan Falk. Kennen die beiden ja, oder?

Lutz und Paule lauschen. Über 1000 Journalisten verlieren in ein paar Monaten ihre Arbeit? Davon hören sie zum ersten Mal. Es gibt also Firmen, für die sich die Öffentlichkeit noch weniger interessiert als für sie? Bei Worten wie „Sparzwang", „Profit" und „arbeitslos" nicken sie heftig. *Jaaa*, sie wissen genau, wovon die Rede ist.

Aber Moosbach will zurück zu dem Thema, von dem Lutz und Paule gesprochen haben. Ja, er verstehe gut, wovon die beiden da reden. Wie schwierig das sei mit den vielen Vorschriften. Lö stellt ihm ein frisch gezapftes Pils auf einen neuen Bierdeckel.

Moosbach bewundert mit entzücktem Blick die perfekte Schaumkrone und trinkt. Was für eine Wohltat. Auch wenn das Sprachvermögen weiter schwindet.

Er komme aus Herdenkirchen, erzählt er. Ruhrpott. Vater bei Gießerei, er selbst später dort Lehrling. Damals hieß der Ausbildungsberuf „Schlohsseerr". Mein Gott, was sich da alles verändert habe, alles so „speznielI"!

Viele Jahre später, als er Journalist war, kam er kaum noch mit, wenn die Azubis ihm die Namen ihrer Ausbildungsberufe in den Block diktierten: „Das warn keine Berufe, das warn Auf-Säätzze, Dok-toor-Arbeiten!"

Paule und Lutz nicken heftig und leeren ihre Gläser ebenfalls.

„Tjaaaa", lallt Moosbach, in der Industrie werde alles immer „speeez-njie-ll-er", bei den Zeitungen werde aber alles immer „un-speznjie-ll-er". In den Redaktionen werden Eier legende Wollmilchsäue gezüchtet, will er sagen. Aber Wollmilchsau ist ein kompliziertes Wort. „Ei-er-le-gn-de-Moll-michn-Säue." Immer muss jeder alles können. Total krank. Die armen jungen Leute. Voll im Stress. Keine Zeit. Müssen immer überall gleichzeitig sein, fotografieren, schreiben, Videos drehen, sogar Logos müssen die entwerfen. Logos! „Was fürn Schwachsinn! Arbeiten die inner Werbung, oder was?" Dann brüllt er „Scheiß auf Logos! Scheiß Logos!" und haut auf den Tresen. Aber er beruhigt sich sofort wieder. Denn eigentlich hatten sie doch von was anderem gesprochen, denkt er verwundert. Er schaut Lutz und Paule an.

„Hm, hab'n Faden verlorn", sagt er und trinkt.

Der Wirt sagt die ganze Zeit kein Wort. Dafür haut er plötzlich eine Flasche Selbstgebrannten auf die Theke und nimmt vier Pinnchen vom Regal. Moosbach wundert sich, als Lutz, der eben auf die Toilette verschwunden ist, plötzlich hinter ihm steht (wo kommt der denn so schnell wieder her?), ihm auf die Schulter klopft und sagt „Du trinkst doch noch mit uns, Kollege?" Dann sinken Moosbachs Erinnerungen auf den Grund eines pechschwarzen Ozeans. Ein Wort hallt in seinem Kopf nach. Kollege. Kollege. Kollege.

Einmal Kollege, immer Kollege.

Moosbach saß da wie versteinert. Jetzt, wo der Erinnerungsfilm abgelaufen war, verstand er mit einem Mal den Ernst der Lage, in der sich die Kollegen befanden. Sein Kiefer klappte nach unten. Sein Blick fiel auf Lutz' Badehose, glitt auf seine Flip-Flops, wanderte über den Betonboden, auf dem keine einzige schwarz-gelbe Markierung zu sehen war, die den Laufweg hätte beschreiben müssen, und blieb am Durchbruch hängen, hinter dem sich das chaotischste Lager befand, das er je gesehen hatte.

Dann starrte er Paule mit offenem Mund an. Der hatte einen Hundeblick aufgesetzt und sah aus wie Zorro.

Moosbach schüttelte den Kopf.

„Da sitzt ihr ja ganz schön in der Scheiße."

„Tja, das kannste wohl laut sagen", erwiderte Paule und rutschte auf seinem Drehstuhl hin und her. Er deutete mit einer ausladenden Armbewegung in den Raum. „Du siehst ja, wie wir hier arbeiten. Wenn die Schlipsträger das sehen, ist es aus mit uns, halleluja, dann können wir dichtmachen."

Lutz räusperte sich. „Tja, Kollege, und das Beste kommt noch", sagte er und machte eine Pause, um die Spannung zu steigern. „Wir hatten gestern Krisensitzung. Mit dem Chef. Die Anzugträger haben sich gemeldet. Und jetzt halt dich fest: Die kommen schon nächste Woche, vielleicht schon am Montag."

„Du lieber Himmel!", murmelte Moosbach.

Das war wirklich bitter. Dieser Betrieb hatte keine Chance, bei einer Prüfung durchzukommen. Nicht in diesem Zustand. Selbst wenn Lutz in anständiger Arbeitskleidung aufkreuzen würde statt in Badeklamotten. Moosbach waren Sicherheitsvorschriften, Arbeitsabläufe, Markierungen und Zeichen in allen Formen und Farben dermaßen eingetrichtert worden, als er Lehrling war, dass er sie noch nach 30 Jahren auswendig hätte runterbeten können. Wenn schon damals Vorschriften existiert hatten, wie war es dann heute?

Lutz drehte sich um, schenkte Kaffee ein und reichte drei Metallbecher rum. Schweigend nippten die Männer an ihren Tassen. Moosbach tat, als würde er trinken. Dabei musste er aufpassen, dass er sich nicht am Henkel verbrannte. Seine Hände waren um einiges empfindlicher als die der Arbeiter. Er stellte die Tasse vor seine Füße auf den Betonboden.

Lutz brach das Schweigen. „Das Aufräumen allein wird schon hart genug, sach ich dir. Wir müssen ja auch weiterarbeiten, die anderen Kunden wollen nich warten. Aber das größte Problem, na, das is die Abluftanlage, sagt der Chef."

„Wieso?"

„Oben, im ersten Stock, da lackieren wir. Aber ist da irgendwo eine

Abluftanlage?“, rief Paule. „Nee, is sie nich! Die Abluftanlage ist das größte Problem – weil es gar keine Abluftanlage gibt!“

„Na, *das* ist wirklich ein Problem“, sagte Moosbach und faltete die Hände.

„Neue Abluftanlage? Viel zu teuer!“, erläuterte Lutz.

„Der Chef kann die nicht bezahlen“, schaltete sich Paule ein, „und wo sollen wir denn jetzt so einfach mal eben schwuppdiwupp jemanden herbekommen, der uns die Anlage einbaut! So schnell klappt das nicht, es sei denn …“ Paule lächelte verschmitzt. „Weißt du, der Chef ist gelernter Werkzeugmacher, der Lutz ist Schleifer, ich bin Schleifer. Also, wir sind keine Fachidioten oder so …“

Paule warf Lutz einen Zustimmung heischenden Blick zu. Der reagierte sofort, schüttelte heftig den Kopf und sagte: „Nee, nee! Keine Fachidioten!“

Zufrieden fuhr Paule fort: „Wir können so vieles, wir sind ja nicht auf den Kopf gefallen!“

„Genau, nicht auf den Kopf gefallen!“, brummte Lutz. Er hatte sich offenbar in Paules Echo verwandelt.

„Was ich damit sagen will“, sagte Paule und ließ Moosbach nicht aus den Augen. „So ein bisschen schweißen und so ist kein Ding, wenn wir den Laden für die Schlipsträger auf Vordermann bringen wollen. Trotzdem: So einer wie du kann uns helfen. Du bist Schlosser, du warst mal in einem großen Betrieb, ich würd mal sagen: *Du* kennst dich aus!“

Er wartete einen Moment, bis die Worte bei seinem Gegenüber angekommen waren. Als Moosbach begriff, was die beiden von ihm wollten, hob er abwehrend die Hände.

„Ich …“, setzte er an.

Er wollte sagen, dass es eine Ewigkeit her war, dass er seine Ausbildung zum Schlosser gemacht hatte, dass er kaum Berufserfahrung hatte, und was sollte das Ganze überhaupt, er hatte Urlaub, verdammt noch mal!

Aber Paule schnitt ihm das Wort ab.

„Ich hab mir da was überlegt.“ Der kleine Mann richtete den Zeigefinger auf Moosbachs Brust wie eine Pistole. Er sprach eindringlich auf ihn ein: „Ich glaub nicht an Zufälle, nein, es ist kein Zufall, dass du hier bist. Du kannst uns helfen. Und scheiß drauf, wie lang das mit deiner Ausbildung her ist“, schob er hinterher, als hätte er die Gedanken seines Gegenübers erraten. „Ein Mal Kollege – immer Kollege.“

* * *

Moosbach lief mit Zorro zu Jans Haus. Was hatte er sich denn da wieder aufgehalst! In den nächsten Tagen würde er sich nicht nur mit einer Frauenleiche herumschlagen müssen, die in seinem Kopf herumspukte, sondern auch noch in einer Klitsche malochen. Im Urlaub! Er konnte nicht nein sagen. Das war schon immer sein größtes Problem gewesen.

Aber wie hätte er nein sagen sollen?

Lutz und Paule schienen von dem Gedanken besessen zu sein, dass er ihnen aus dem Schlamassel helfen könnte. Die fehlende Ablüftung? Mit Sicherheit falle ihm da was Schlaues ein – er sei doch Schlosser! Besonders Paule war von Moosbachs Allmacht überzeugt. „Ich sehe auf den ersten Blick, wer was taugt und wer nich, da hab ich nen Riecher.“ Hatte Paule gesagt und sich an die Nase getippt.

Außerdem konnten die beiden in den nächsten Tagen jeden Mann gebrauchen, der es nicht nur verstand, gut anzupacken, sondern der vor allem eins tat: dichthalten. Wem konnte man schon trauen – außer guten Kollegen?

Moosbach musste zugegeben, dass ihm die Rolle des Retters schmeichelte, auch wenn er sich innerlich wand wie ein Aal. Aber der Anblick, den die beiden boten, hatte seine innere Abwehr durchbrochen. Wie Lutz dastand in Badehose und Flip-Flops, mit aufgerissenen Augen, die von Moosbach eine Antwort erwarteten. Und Paule, der auf dem Drehhocker herumrutschte und einen bittenden „Na, sag schon ja!“-Blick aufsetzte.

Verdammt, mussten jetzt eigentlich auch Aliens und Halbnackte so erpresserisch-hilflos gucken wie Zorro? Moosbach hatte ein heiseres „also gut“ gehustet und den Satz „Ich komm morgen – aber nicht zu früh“ hinterhergeschoben.

Vielleicht konnte er dann wenigstens ausschlafen. Vorausgesetzt, Zorro weckte ihn nicht. Er schielte auf den Pinscher, der neben ihm hertapste. Über zu wenig Auslauf konnte sich das Tier nicht beschweren. Sie waren seit über zwei Stunden unterwegs, wurde Zeit, sich auszuruhen.

„Herr Moosbach!"

Er fuhr zusammen. Frau Berkenkötter kam mit wehender Schürze aus dem „Wupperstrand" gelaufen, der Kies knirschte unter ihren Clogs. Zorro bellte und wedelte mit dem Schwanz. Moosbach zog die Leine an, damit der Hund die Wirtin nicht ansprang. Frau Berkenkötter machte unter dem Rundbogentor halt und hielt Zorro zur Begrüßung ihre Finger hin. Der schleckte sie ab.

„Ehr werdt et nit glöüwen, wer hie es!"

An ihren Schläfen perlten Schweißtropfen, ihr Gesicht war gerötet. Moosbach zog die Stirn kraus. Wie kam es eigentlich, dass er ausgerechnet an einem Ort gelandet war, der so klein und unscheinbar wirkte, aber vor Neuigkeiten förmlich platzte? Wäre er doch bloß nach Spanien ans Meer gefahren, wie normale Menschen auch!

Frau Berkenkötter erfüllte seinen stillen Wunsch nicht. In der Gaststube sitze ein Mädchen, das die Magda aus der Klinik kenne.

„Kömmt dat Weihtschen, das Mädchen, do op eimol derher!", rief sie und schlug sich auf den Oberschenkel. „Alsu, op den ierschten Bleck hann ech jo jedaiht, et hätt üöwerhoupt kein Heim – wegen dem strubbels Hoor on den düstern Klamotten. Äwwer op de Kopp jefallen es et nit!" Das Mädchen hatte der Wirtin erzählt, dass sich „et Magda" am Tag ihrer Entlassung mit jemandem treffen wollte – wahrscheinlich mit einem Mann.

„Nu stault öch dat ens vür!"

Die junge Frau hatte auf der Suche nach Antworten bei Ricky vorbeigeschaut und nach einem Tagebuch gefragt.

„Wat do wall drenne steiht?"

„Et Ricky" wusste allerdings nichts von einem Tagebuch.

„On nu hüört ens! Nu hann ech noch en Nöüegkeit!"

Frau Berkenköter hob den Zeigefinger. Sie habe sich mit Frau Bottke unterhalten. Die kenne der Herr Moosbach bereits. Das sei die

Frau mit der blauen Schürze, die am Gartenzaun vom Wupperstrand stand, als die Polizei „do wor. Met all den angern Pottkiekern“[7]. Die Bottke hatte erzählt, dass das Schneider-Haus dem Herrn Glienke gehöre – „dem Muffzoppen.“

„Dat alls hüör ech zum ierschten Mol, on ech kenn mech hie en der Jegend juot ut.“ Lore Berkenkötter klopfte sich an die Brust. „Seilen! Äwwer Herr Moosbach, nu kömmt doch eifach ens erenn! Et intressiert Sie doch secher ouch, wat ut dem arm Magda wuorden es, Se sind doch Journalest!“

Das letzte Wort zündete wie Dynamit, und Moosbachs innerer Schutzwall brach zusammen. Widerstand war zwecklos, Zorro und seine Neugier zogen ihn in die Gaststätte.

Die junge Frau saß an einem Eichentisch und strich sich eine verfilzte Haarsträhne aus dem Gesicht. Ihre Augen waren rot.

Moosbach nahm auf der rustikalen Bank gegenüber Platz und ließ die Leine locker, sodass Zorro zu dem Mädchen laufen und sie begrüßen konnte. Sie schien Hunde zu mögen. Sanna – so hieß „dat Weihtschen“, rutschte von der Bank, ging auf dem Boden in die Knie und streckte ihren Arm aus. Dabei sah sie dem Hund nicht in die Augen. Zorro schnüffelte an ihrer Hand. Sanna streichelte ihm über die Nase und kraulte seinen Kopf. Zorro stupste mit seiner Schnauze gegen ihr Kinn und fuhr mit der Zunge über ihre Wange.

Sanna lächelte traurig. Als sie wieder auf der Bank Platz nahm und Zorro neben ihr auf dem Boden sitzen blieb, spürte Moosbach einen Stich. Er war doch nicht eifersüchtig? Und noch dazu auf einen Hund?

Frau Berkenkötter brachte eine Schale Wasser und Leckerli.

„Liewe Jong!“, sagte sie, als Zorro ihr die Leckerli aus der Hand schnappte. Sie stellte die Wasserschale auf den Boden: „Die hät unserm Tasso jehüört, unserm liewen Hongk.“

Ein Schatten huschte über ihr Gesicht. Als sie jedoch sah, wie der Pinscher sich über das Wasser hermachte, erhellte sich ihre Miene. Sie setzte sich und schenkte für alle Mineralwasser ein, um dann er-

---

7 Pöttekieker: Neugieriger Mensch

neut ihren Standpunkt klarzumachen. Sie sei felsenfest überzeugt, dass Magda sich nicht umgebracht habe – dies umso mehr, seit sie Sanna am Gartentor aufgegabelt habe, als diese nach dem Besuch bei Ricky völlig aufgelöst durch die Hofschaft gelaufen war. Das geplante Treffen mit einem geheimnisvollen Unbekannten, die gute Stimmung, in der sich Magda befunden hatte, die Angst, die Frau Berkenkötter bei Frau Schneider bemerkt hatte – das seien doch alles Hinweise darauf, dass mehr hinter Magdas Geschichte steckte als ein Selbstmord.

Moosbach war da anderer Meinung. Es gab keinen klaren Anhaltspunkt für einen – ja – was eigentlich? Einen Mord? Die Wirtin und die junge Frau fantasierten sich da etwas zusammen. Es gab Vermutungen, keine Hinweise. Es war überhaupt nicht klar, was sie sich da zusammensponnen. Allerdings hatte auch er das Gefühl, dass irgendetwas nicht stimmte.

Das abgeschiedene Haus, perfekter Schauplatz für jeden Horrorfilm, die menschenscheue Art von der Großmutter wie auch von ihrer Enkelin. Hatte Großmutter Schneider bloß ein unauffälliges Leben geführt? Oder hatte sie sich vor jemandem versteckt? Moosbach hatte sein Leben lang im Dreck anderer gewühlt. Diese Gelegenheit wollte und konnte er nicht verpassen.

„Wissen Sie was?", sagte er. „Ich werde mal bei diesem Herrn vorbeischauen, Glienke hieß er, oder? Wenn die sich aus der Gemeinde kannten und ihm dann noch das Haus gehört, in dem die Frauen gewohnt haben, kann er uns sicher helfen." Sanna schaute ihn fragend an. „Ich bin Journalist. Da darf man Fremden Fragen stellen. Wenn du willst, kannst du mitkommen."

Die junge Frau strahlte über beide Ohren.

„Wir sagen, du bist meine Praktikantin", erklärte Moosbach. „Außerdem brauch ich jemanden, der auf mich aufpasst – wenn der Hund mich an der Leine hat."

Sanna lächelte, Frau Berkenkötter lachte und Zorro bellte.

Moosbach fühlte, wie eine zentnerschwere Last von seinen Schultern rutschte. Er bückte sich und streckte eine Hand nach Zorro aus. Der Hund machte ein paar Schritte auf ihn zu. Moosbach berührte die Schnauze mit der Spitze seines Zeigefingers, dann streckte er alle Finger aus. Er streichelte das glatte Fell mit der flachen Hand.

Zorro schloss die Augen.

***

Sie kamen in eine 50er-Jahre-Siedlung mit quadratischen Mietshäusern. Zitronengelbe und kirschrote Fassaden leuchteten durch den Nieselregen. Am Mittag hatte die Sonne eine ganze Stunde lang geschienen, sodass sie auf der Terrasse vom „Wupperstrand" zu Mittag gegessen hatten, wobei persönliche Dinge zur Sprache kamen. Lore Berkenkötter ließ sich über ihren verstorbenen Hund Tasso aus, und Sanna berichtete, dass sie mehr oder weniger obdachlos war.

Moosbach steuerte mit hochgezogenen Schultern auf den Eingang des Hauses zu, in dem Manfred Glienke lebte. Seine Hände steckten in den Hosentaschen. Sanna ging neben ihm her, mit Zorro an der Leine. Sie trug trotz des Regens nur einen dicken Strickpulli, keine Jacke. Die Nässe schien ihr nichts auszumachen.

Überhaupt fiel Moosbach auf, dass Sanna zufrieden zu sein schien, wie sie mit dem Hund daherlief. Wie ein vertrautes Paar sahen die beiden aus.

Moosbach drückte die Klingel. Ein barsches „Ja?", das wie „Hau ab!" klang, schepperte aus der Sprechanlage, sodass Sanna vor Schreck zurückwich.

„Wir sinds, Herr Moosbach und Frau Bergmann."

Der Türöffner summte. Sie traten ins Treppenhaus.

Frau Berkenkötter hatte Glienkes Telefonnummer herausgefunden, angerufen und nach einer einleitenden Plauderei den Hörer an Moosbach weitergereicht. Manfred Glienke war alles andere als begeistert, dass ein Reporter mit einer Praktikantin vorbeikommen wollte. Noch dazu mit Hund. Moosbach hatte für einen Moment bereut, dass sie sich nicht als entfernte Verwandte ausgegeben hatten. Andererseits: Wenn Glienke über Magdas Familie Bescheid wusste, würde er die Lüge wahrscheinlich schnell durchschauen.

Am Ende hatte Glienke dem Treffen zugestimmt. Unter der Bedingung, dass es nicht länger als eine Viertelstunde dauerte. Moosbach und Sanna waren mit dem Bus über eine Landstraße aus dem Tal heraus und hinauf ins höher gelegene Stadtgebiet gefahren.

Über rotbraune Holztreppen erreichten sie den ersten Stock. Der stechende Geruch von Reinigungsmitteln hing in der Luft. Das grelle Licht setzte eine gestrickte Eule aus Wolle in Szene, die an der Wand hing. Von den Fenstern liefen Regentropfen.

Glienke stand an der Türschwelle. Moosbach beobachtete mit wachsender Beunruhigung, wie Zorro die Ohren spitzte und sein Körper steif wurde. Jetzt begann er sogar zu knurren. Sanna zog die Leine an.

„Ist gut, aus!“, sagte sie und redete beruhigend auf den Hund ein.

Zorro verstummte. Seine Muskeln entspannten sich.

Was für ein Glück, dass Sanna dabei ist, dachte Moosbach. Er hatte Angst vor knurrenden Hunden. Er tat einen Schritt nach vorne, Sanna und Zorro blieben hinter ihm.

Er streckte Glienke die Hand zum Gruß entgegen. Aber der Mann nahm sie nicht an. Stattdessen starrte er den Reporter wütend an. Dabei füllte er den Türrahmen mit seinem prallen Bauch nahezu vollständig aus. Schlaff hingen seine glatt rasierten, ungesund blaulila gefärbten Wangen herab und zogen die Mundwinkel in die Tiefe. Brauen ragten wie Balkone über die verkniffenen Augen und bildeten einen Kontrast zum schütteren Haar. Überhaupt hatte die Natur den Mann, wie Moosbach feststellte, mit mancherlei ausgestattet, das ihm zu einem möglichst feindseligen Gesichtsausdruck verhalf. Vielleicht war es aber auch umgekehrt. Vielleicht glaubte Glienke, dass die Welt mit ihren Bewohnern ein Feind war, den es zu bekämpfen galt. Vielleicht hatte diese innere Haltung sein Gesicht über Jahrzehnte geformt.

Während sie sich im kalten Hausflur gegenüberstanden, malte Moosbach sich aus, wie Glienke seine Nachbarn beäugte und paranoide Fantasien entspann, die aufgrund seiner Unfähigkeit, mit jemandem auch nur ein offenes Wort zu wechseln, niemals ein Ende fanden. Er stellte sich vor, wie Glienke hinter einem Vorhang Nachbarn beobachtete.

Moosbach zeigte seinen Journalistenausweis und stellte sich als freier Mitarbeiter der „Neuen Rhein-/Neuen Ruhr-Zeitung“ vor. Glienke verzog keine Miene.

„Die Zeitung kennen Sie nicht?“, fragte Moosbach lächelnd. „Müssen Sie auch nicht, Solingen ist ja nicht direkt unser Verbreitungsgebiet. Allerdings haben wir für spannende Themen immer Platz. Und eine Tote im Fluss ist ein spannendes Thema. Nicht wahr, Frau Bergmann?“

Moosbach nickte Sanna aufmunternd zu. Die starrte Glienke entgeistert an. Er überlegte einen Moment. Moosbach war klar, dass das, was er da erzählte, ziemlicher Quatsch war. Er hatte noch nie für die NRZ gearbeitet. Aber selbst wenn Glienke bei der NRZ anrufen und nach ihm fragen würde, würde die Lüge kaum auffliegen. Dazu war die Zeitung zu groß, die Zahl der Redaktionen zu unübersichtlich. Abgesehen davon blickte nach den ganzen Fusionen und Stellenstreichungen doch nicht mal mehr die Belegschaft durch, wer denn nun alles für wen arbeitete.

„Das ist übrigens Frau Bergmann, meine Praktikantin.“

Glienke warf Sanna einen Blick zu, spitz wie ein Speer, und musterte sie von Kopf bis Fuß. Besonders ihre verfilzten Haare und die Doc Martens zogen seine Aufmerksamkeit an. Noch immer sagte er keinen Ton.

„Es ist wirklich sehr freundlich von Ihnen, dass wir kommen dürfen“, fuhr Moosbach unbekümmert fort. Er war es gewohnt, als Feind betrachtet zu werden. Er zog einen Block und einen Bleistift aus der Innentasche seiner Lederjacke. „Sie wissen ja, bei der Zeitung interessiert man sich sehr für Magda Albrecht, das tote Mädchen. Sie *müssen* natürlich nichts erzählen. Die Geschichte wird ja so oder so erscheinen, und dass die Verstorbene in Ihrem Haus gewohnt hat und in Ihrem Bibelkreis war, wissen wir ja bereits.“

Moosbach schaute Glienke in die Augen. Der hatte die Botschaft des letzten Satzes ganz sicher verstanden. Er *musste* reden – denn die Presse würde so oder so einen Artikel veröffentlichen. Ob er wollte oder nicht. Auch über ihn. Über den Bibelkreis. Über das Haus, das ihm gehörte und in dem zwei Frauen gewohnt hatten, die jetzt tot waren. Wenn da was im Argen lag, musste Glienke sich jetzt was einfallen lassen. Und reden. Um wenigstens ein wenig Einfluss zu nehmen auf das, was über ihn geschrieben würde. Um herauszufinden, was die Presse wusste. Und was nicht.

Moosbach hätte zwar niemals Glienkes Namen veröffentlicht, um dessen Privatsphäre zu schützen, selbst wenn er einen Artikel geschrieben hätte. Er hatte in seiner ganzen Laufbahn noch nie Bekannte verstorbener Menschen aufgesucht, um diese zu schikanieren, geschweige denn einen Artikel über sie zu schreiben – er war schließlich kein Witwenschüttler von der Bild-Zeitung. Aber das verriet er Glienke nicht. Je mehr er den Mann im Unklaren ließ, desto besser.

Für Glienke fühlte sich das wahrscheinlich an wie emotionale Erpressung.

Moosbach nannte es Recherche.

Der Mann wurde blass. Er trat zur Seite und murmelte etwas.

Sie traten in die Wohnung und liefen durch den Flur. Auf dem PVC standen drei Paar Schuhe, an der Wand gab es eine Garderobe, an einem der Haken hing ein Anorak.

Sanna erhaschte einen Blick in die Küche. Am Tisch stand ein einziger Klappstuhl.

Im Wohnzimmer nahmen sie auf einem moosgrünen Sofa Platz. Zorro setzte sich neben Sanna auf den Boden und ließ sich von ihr den Nacken kraulen. Er beobachtete hechelnd, wie Glienke sich gegenüber auf einen Stuhl setzte. Ein Holztisch mit cremeweißen Kacheln trennte ihn von den Besuchern.

Sanna fröstelte. Ob die Heizung ausgeschaltet war?

Die Wohnung wirkte auf sie beklemmend – trotz der geräumigen Zimmer und breiten Fenster. Vielleicht lag es an den Gardinen, die das spärliche Tageslicht nicht ins Zimmer ließen? Oder an dem Wohnzimmerschrank, der wie ein stummer Riese Wache hielt? Weder Fotos noch Bilder hingen an den Wänden. Die Regale des Schranks waren leer, abgesehen vom Fernseher in der Mitte.

Die Situation entspannte sich nicht.

Glienke verschränkte die Arme und taxierte seine Besucher von oben herab.

„Was wollen Sie?“, fragte er barsch.

Moosbach kam gleich zur Sache.

„Seit wann kennen Sie Magda Albrecht?“, fragte er.

„Lange. Aber das geht keinen was an.“ Glienke brüllte beinahe.

„Doch, das tut es“, fuhr Moosbach ungerührt fort, „es gibt Menschen, die glauben, dass Magda Albrecht sich umgebracht hat. Aber es gibt auch Menschen, die daran zweifeln.“

„Die Polizei?“

„Menschen, die ihr nahestanden. Wir wollen mehr über die Umstände erfahren und brauchen Informationen über ihr Leben. Von Leuten, die sie gut gekannt haben. Von Leuten wie Ihnen. Magda lebte mit ihrer Großmutter in einem Haus, das Ihnen gehörte. Sie waren befreundet?“

Beim Wort „befreundet“ schnaubte Glienke.

Der Mann hatte keine Freunde: Der Gedanke durchfuhr Sanna wie ein Blitz. Diese Wohnung schrie Einsamkeit. Sannas Angst vor diesem Mann, der sich da vor ihnen aufbaute, war wie weggeblasen. Stattdessen tat er ihr leid.

Eine Pause entstand.

„Ihr habt doch keine Ahnung …“

Glienke presste die Lippen zusammen und schüttelte den Kopf. Seine Augen starrten ins Leere. Noch eben hatte er aufrecht dagesessen, jetzt beugte er sich nach vorn und stützte die Hände auf die Oberschenkel.

„Ich habe Magdas Großmutter lange gekannt“, sagte er, ohne seine Besucher anzuschauen. „Unsere Eltern kommen aus Pommern, beide.“ Er hob den Blick und funkelte Sanna an. „Aber du hast sicher keine Ahnung, was Pommern ist?“, schnaubte er, „davon erzählen euch die Lehrer nichts … ihr …“

„… wir wissen, was Pommern ist“, lenkte Moosbach ein. „Ihre Eltern sind Vertriebene aus dem Osten, die nach dem Zweiten Weltkrieg nach Solingen gekommen sind?“

„Na, das, was von unseren Familien übrig war.“

„Was meinen Sie damit?“

„Sind Sie Psychiater?“

Moosbach ließ sich nicht aus der Ruhe bringen.

„Woher kannten Sie Frau Schneider?“, fragte er.

„Das ist eine lange Geschichte, die Sie nichts angeht.“ Glienke wandte sich erneut Sanna zu, einen stechenden Blick nach dem anderen aussendend. „Ihr jungen Leute habt doch keine Ahnung“, schimpfte er, „überhaupt keine Ahnung habt ihr! Frau Schneider und ich, die haben uns nach dem Krieg ins Waisenhaus abgeschoben! Hast du eine Ahnung, wie das war, hast du auch nur den Schimmer einer Ahnung?“

Moosbach griff erneut ein, bevor Sanna vor Unbehagen im Sofa versank.

„Sie meinen, Sie und Frau Schneider waren in einem Waisenhaus in Solingen?“

Glienke sah ihn an. „Hm, ja …“, war das Einzige, was er hervorbrachte.

„Und was geschah später?“

„Wie das halt ist im Leben“, murmelte Glienke, „irgendwann verliert man sich aus den Augen. Frau Schneider ist weggezogen, ich weiß nicht wohin.“

„Aber sie wohnte mit ihrer Enkelin in Ihrem Haus. Wie kam das?“

„Irgendwann kam sie halt wieder und brauchte eine Unterkunft. Sie hatte wohl irgendwo ihre Arbeit verloren und Geldsorgen. Da habe ich ihr geholfen. Mehr weiß ich nicht.“

Glienke wich Moosbachs Blick aus. Das machte Sanna stutzig. Da stimmte doch was nicht. Aus dem Augenwinkel sah sie, wie Moosbach ein Kreuz neben den letzten Satz auf seinen Block machte. *Mehr weiß ich nicht.*

„Sie meinen, Sie haben sich lange nicht gesehen – plötzlich steht Frau Schneider vor der Tür, und Sie stellen ihr einfach so Ihr Haus zur Verfügung?“

Moosbach sprach in sachlichem Tonfall, aber die Provokation war nicht zu überhören. Sanna rechnete damit, dass Glienke sie aus der Wohnung werfen würde. Stattdessen biss der Mann sich auf die Unterlippe und senkte den Blick, dass man seine Augen unter den Brauen nicht mehr erkennen konnte. Er ballte die Hände.

Was war hier los? Sie hatten damit gerechnet, einen Mann zu treffen, der von Schnüfflern wie ihnen genervt war, der ihnen aber vielleicht eine einfache Erklärung liefern konnte auf die Frage, mit wem sich Magda am Tag ihres Todes treffen wollte. Stattdessen kam dieser Mann schon nach wenigen Fragen ins Schleudern. Ihm stand die Panik im Gesicht geschrieben. Aber Panik weshalb? Hatte der Journalist in ein Wespennest gestochen?

„Ich weiß nichts. Lassen Sie mich jetzt in Ruhe. Bitte gehen Sie."

Das wars. Glienke erhob sich schwerfällig. Er wirkte erschöpft. Moosbach und Sanna standen ebenfalls auf.

„Wir haben Sie lang genug gestört", sagte Moosbach höflich, während sie durch den Flur gingen. „Wir haben nur eine letzte Frage: Wissen Sie, mit wem sich Magda Albrecht am Tag ihrer Entlassung treffen wollte?"

„Was weiß ich!", brummte Glienke, „aber fragen Sie doch mal den Pastor." Das Wort Pastor spuckte er auf den Boden.

Als sie aus dem Haus traten, rieb Sanna sich die Arme.

Zorro blickte Moosbach und die junge Frau abwechselnd an.

„Und jetzt?", fragte Sanna.

„... statten wir dem Pastor einen Besuch ab", antwortete Moosbach und trat von einem Bein aufs andere.

Er war unruhig, denn er kämpfte gegen das starke Bedürfnis an, zu rauchen, das ihn soeben wie aus heiteren Himmel befallen hatte. Glienke schürte seine Neugier, und die war mit einem Jagdtrieb verbunden, der jahrzehntelang von unvorstellbar vielen Zigaretten begleitet gewesen war.

Sanna öffnete auf ihrem Smartphone Googlemaps, um ihren Standort zu bestimmen. Sie zoomte in die digitale Karte und fand sofort das Gemeindehaus.

„Hier müssen wir her!", sage sie. „Es ist ganz in der Nähe."

Sie kehrten Glienkes Wohnung den Rücken zu und zogen los.

Glienke stand am Fenster und beobachtete durch einen Spalt zwischen Gardine und Vorhang, wie sich der Mann, das Mädchen und der Hund entfernten. Sie drangen weiter in das Siedlungsgebiet ein. Vielleicht gingen sie tatsächlich zum Pastor.

Plötzlich schrillte das Telefon.

Er fuhr zusammen. Zögernd ging er in den Flur. Mit jedem Klingelton beschleunigte sich das Pochen seines Herzens, bis er vor dem Gerät stand. Er wartete drei weitere Klingeltöne ab, nahm das Telefon von der Ladestation und drückte die grüne Taste. Er wollte seinen Namen sagen, aber seine Kehle war wie zugeschnürt. Er presste den Hörer ans Ohr, betete, dass seine Panik unbegründet war.

Doch die Stimme zerstörte seine Hoffnung.

„Haben Sie sich an unsere Vereinbarung gehalten?", fragte die Person mit eisiger Höflichkeit.

„Ja, natürlich", stammelte er.

„Das hoffe ich."

Das Grauen überwältigte ihn. Die Person wusste, dass er gerade besucht worden war. Ob sie seine Wohnung beobachtete? Er lauschte. Die Stimme sagte einen Augenblick lang nichts.

„Wohin gehen sie?"

Glienke erschrak erneut.

„Zum Pastor." Mehr brachte er nicht über die Lippen.

„Wir hören uns", sagte die Person und legte auf.

Das Gemeindezentrum war nur wenige Minuten entfernt. Rote Pflastersteine, in schwungvollen Mustern angeordnet, führten zu einem modernen Gebäude, das als Architekturbüro hätte durchgehen können – wäre auf der weißen Fassade des würfelartigen Komplexes nicht ein Kreuz angebracht gewesen, ein mindestens drei Meter hohes Kreuz. Das verwinkelte Dach bestand größtenteils aus Glas. Die Pforten der Eingangstür schmückte ein Zierbaum mit winzigen weiß-roten Blüten.

Auf Sanna machte das Gemeindezentrum einen freundlichen Eindruck. Allerdings hatte sie Hemmungen, unangemeldet bei einer wildfremden Person aufzukreuzen. Moosbach schien sich dagegen keinen Kopf zu machen.

Die Glastür war nicht verschlossen. Sie traten in eine Art Vorraum. Der himmelblaue Teppich sah aus wie neu.

Sanna schaute sich um. Das Gebäude war noch geräumiger, als es von außen den Anschein hatte. Schiebetüren aus hellem Holz bildeten auf der linken Seite eine Wand, davor standen eine Garderobe und eine Kübelpflanze mit glänzenden, dunkelgrünen Blättern. Geradeaus, auf einem marineblauen Sofa, über dem eine Leinwand mit abstrakten Mustern in Gelb-Orange hing, saßen zwei Mädchen. Sie waren in ein lebhaftes Gespräch vertieft und schenkten den Besuchern keine Beachtung. Rechts aus den Räumen drang Stimmengewirr.

Ob hier gleich ein Treffen stattfand?

Moosbach fragte die beiden Mädchen nach dem Pastor. Sie wurden in die erste Etage geschickt.

In einem Büro trafen sie auf einen gestressten, aber sympathischen jungen Mann, der sich als Tobias Rohsmann vorstellte. Sanna schätzte ihn auf um die dreißig.

Als Moosbach erzählte, dass sie die Umstände von Magdas Tod recherchierten, ließ sich der Pastor in seinen Bürostuhl fallen. Alle Farbe wich aus seinem Gesicht. Er bedeutete den beiden, vor dem Schreibtisch Platz zu nehmen. Es dauerte einen Moment, bis er sich gefasst hatte. Er zog seine Brille ab – ein einfaches Modell, das ihn wie einen Soziologie-Studenten aussehen ließ, schloss die Augen und rieb seine Nasenwurzel. Als ob er Tränen wegdrücken, sie davon abhalten wollte, aus den Augen zu fließen, dachte Sanna, und betrachtete seine gepflegten, schlanken Finger. Dunkelblonde, kinnlange Locken umspielten das jungenhafte Gesicht des Pastors.

Süßer Typ, dachte Sanna. Als sie merkte, wie sich ihre Wangen röteten, senkte sie beschämt den Blick und begann, Zorros Nacken zu kraulen. Der schloss die Augen und hechelte dankbar.

Sanna schaute vorsichtig auf. Der Pastor saß noch immer zusammengesunken auf seinem Bürostuhl. Dafür, dass Magda und ihre Großmutter so isoliert gelebt hatten, zeigten die Leute, die sie gekannt hatten, heftige Reaktionen, dachte sie. Sanna wusste nicht, was sie erwartet hatte. Vielleicht irgendeine Floskel („schlimme Geschichte, das Ganze, tut uns wirklich leid"), und dazu gefühlsleere Gesten. Stattdessen hatte Glienke sich seltsam verhalten. Und Tobias Rohsmann schien zutiefst erschüttert.

Ob der Pastor und Magda sich nahegestanden hatten? Ob er die Person war, mit der Magda sich kurz vor ihrem Tod hatte treffen wollen?

„Tut mir leid“, sagte der Pastor, nachdem er seine Brille wieder aufgesetzt hatte. Seine Stimme brach. Er räusperte sich. „Magdas Tod geht uns nahe, sie war ja lange in unserer Gemeinde.“

Er presste die Lippen zusammen.

„Erzählen Sie uns doch ein bisschen von Magda“, sagte Moosbach aufmunternd. Er hielt Block und Stift in der Hand. „Vielleicht zeigen Sie uns das Gemeindezentrum, und wir plaudern dabei.“

Gute Idee, dachte Sanna. Ein Spaziergang würde die Gesprächssituation entspannen, weil sie sich dann nicht so verhörartig gegenübersitzen würden wie hier im Büro. Auch Tobias Rohsmann schien erleichtert über den Vorschlag. Er sah nicht mehr ganz so blass aus.

Er führte seine Gäste durch die erste Etage, wo die Verwaltung untergebracht war. Die hellen Büros hießen einen willkommen, Aquarellzeichnungen mit Bibelsprüchen an ihrem Rand schmückten den Flur. Sanna blieb vor einer Herbstlandschaft stehen. Laubbäume leuchteten in hellem Rot, Gelb und Orange.

„Segnet, die euch verfolgen, segnet und fluchet nicht. (Römer 12,14)“, stand mit Tusche auf einem Pfad, der sich über einen Waldboden schlängelte.

Sanna verstand weder, was der Spruch mit Bäumen zu tun noch was das Wort „Römer“ zu bedeuten hatte. Trotzdem spürte sie, wie Gänsehaut über ihre Unterarme kroch.

Sie flüsterte: „Segnet, die euch verfolgen, segnet und fluchet nicht.“

Sie stellte sich vor, wie durch den Wald auf dem Bild gesichtslose Menschen hinter anderen Menschen herliefen. Die Szene erschien ihr absurd und schrecklich zugleich. Menschen, die hinter anderen herliefen. Was geschah, wenn die Verfolger die Gejagten einholten? Quälten sie sie? Töteten sie sie?

Und dann sollten die Opfer ihre Mörder segnen? Warum?

Sanna schaute sich um. Moosbach und der Pastor waren nicht zu sehen. Sanna lief ans Ende des Flurs, wo die beiden standen.

Der Pastor erzählte gerade, dass das Gebäude fünf Jahre alt war.

Vorher hatte sich die Gemeinde in einem Altbau versammelt, der in einem üblen Zustand gewesen war. An einer Stelle der Zimmerdecke war Putz heruntergekommen, sodass im Gemeinschaftsraum immer ein Eimer stand, in den das Wasser tropfte. Aber die Gemeinde hatte über die Jahre so starken Zulauf erhalten, dass ein Zentrum gebaut wurde.

„Unsere Brüder und Schwestern sind darüber sehr froh", sagte der Pastor. „Denn jetzt finden auch einzelne Gruppen zueinander. Unsere Gemeinde wächst immer weiter."

„Was denn für Gruppen?", fragte Moosbach.

Sie gingen die Treppe hinunter, in den Vorraum.

„Nun, so eine Gemeinschaft entsteht nicht von heute auf morgen, das ist ein langer Prozess", erzählte der Pastor.

Er hatte seinen Schwächeanfall überwunden und sprach ruhig und darauf bedacht, dass seine Gäste jedes Wort verstanden. Sanna entging allerdings nicht, dass in seiner Stimme hin und wieder ein leichtes Zittern schwang.

Sie erfuhren, dass die freikirchliche Gemeinde vor ein paar Jahrzehnten aus nur einer einzigen Bibelgruppe bestanden hatte. Mit der Zeit waren weitere Angebote entstanden – darunter auch eine Jugendgruppe, zu der Tobias Rohsmann stieß, als er 17 Jahre alt war. Von da an habe sein Leben sich um seinen Glauben gedreht. Er rief Freizeitcamps und eine Bibelgruppe für Jugendliche ins Leben, während er sein Theologiestudium absolvierte und Hilfsprojekte für Kleinbauern in Nicaragua und Ghana organisierte. Nachdem er einige Jahre als Jugendpastor gearbeitet hatte, wurde er im Mai 2010 zum Pastor ernannt.

Seitdem hatte sich viel im Gemeindezentrum getan.

Er zog eine Schiebetür auf, und sie traten in den Gemeindesaal.

„Seit wann kannten Sie Magda Albrecht? War sie in Ihrer Bibelgruppe für Jugendliche?"

Der Pastor blieb stehen und schaute über die Stuhlreihen nach vorn zu einem wuchtigen Holzkreuz, das vor der gewölbten, weißen Wand emporragte. Auf dem Sockel stand ein Strauß weißer Lilien. Ihr Duft hing schwer im Raum.

„Nein", antwortete Rohsmann leise. „Magda war im Bibelkreis, von dem ich vorhin erzählt habe – der Keimzelle von damals, aus der diese Gemeinde entstanden ist. Die anderen Gruppen hat Magda nicht besucht, nie."

Sie schritten langsam durch den Saal.

„Die Keimzelle – ist das Glienkes Bibelgruppe?", fragte Moosbach.

Sanna sah, wie der Mundwinkel des Pastors zuckte, er hielt den Blick starr auf das Kreuz gerichtet.

„Ja", antwortete er knapp.

Stille.

Moosbach räusperte sich.

„Tut mir leid, Herr Rohsmann", sagte er ruhig, „aber Sie vermitteln uns gerade den Eindruck, dass Sie sich mit Herrn Glienke nicht so gut verstehen?"

Sanna hielt den Atem an. Der Pastor starrte auf das Kreuz.

„Offen gesagt, ich kann das irgendwie verstehen", fuhr Moosbach versöhnlich fort. „Wir waren nämlich eben bei Herrn Glienke, und der scheint zum Lachen in den Keller zu gehen. War aber trotzdem interessant, was er so verraten hat."

Sanna hatte den Eindruck, dass dieser Satz alles in Eis verwandelte. Niemand sagte etwas. Schließlich wandte sich der Pastor seinen Besuchern zu.

„Hören Sie", begann er, brach aber gleich wieder ab. „Also", setzte er neu an und holte tief Luft. „Ich versuche, ehrlich zu sein. Ich weiß nicht, was Herr Glienke Ihnen erzählt hat, aber es ist völlig normal, dass in einer Gemeinde Menschen mit unterschiedlichen Auffassungen leben. Und nein, ich hatte kein Verhältnis mit Magda."

Seine Unterlippe bebte.

„Das ist in der Tat ziemlich ehrlich", stellte Moosbach fest. „Aber was Sie uns da erzählen, müssen Sie uns näher erklären: Glienke hat Ihnen also ein Verhältnis unterstellt?"

Er schlug vor, dass sie sich setzten. Sie nahmen in der ersten Reihe Platz. Moosbach saß in der Mitte, Zorro legte sich vor Sannas Füße auf den Teppich.

Der Pastor holte weit aus. Er sagte, dass Glienke „sehr konservative Werte“ vertrete. „Glienke ist ein Opfer des Krieges“, erklärte Rohsmann. „Man hat von ihm verlangt, hart zu sein, und an dieser Härte hält er immer noch fest, bis heute. Das gilt leider auch für gewisse Ansichten, die er vertritt.“ Glienke hatte den Bibelkreis gegründet, „damals, vor vielen Jahren“. Er hatte damit die lange Tradition der sogenannten „Erweckungsbewegung“ fortgeführt.

Der Bibelkreis war eine wichtige Säule in Glienkes Leben, wenn nicht sogar die einzige, vermutete der Pastor. „Kein Wunder, dass ihm die Veränderungen in der Gemeinde so schwerfallen“, seufzte er. „Aber Veränderungen sind nun mal nötig, auch wenn ich sehr bedaure, dass sie ausgerechnet die Leute vor den Kopf stoßen, die den Grundstein dieser Gemeinde gelegt haben.“

Ihn, den Pastor, habe es sehr beunruhigt, dass Glienke und dessen Anhänger sich abschotteten. Sie lehnten den Kontakt zu Gruppen aus der eigenen Gemeinde ab. Veranstaltungen, bei denen evangelische Gemeinden sich gemeinsam der Öffentlichkeit vorstellten, kamen überhaupt nicht infrage. „Ökumene“ war eins der Reizwörter schlechthin.

„Sie müssen wissen: Das Wort Katholik ist für Glienke ein rotes Tuch, Sie können sich das nicht vorstellen! Glauben Sie mir: Wenn Sie irgendetwas über den katholischen Glauben sagen, verlässt Glienke sofort den Raum.“

Interessant, dachte Moosbach. Was der Pastor da erzählte, ließ den Schluss zu, dass Manfred Glienke ein Dogmatiker war. Im harmlosen Fall. „Christlicher Fundamentalist“ war vielleicht der treffendere Begriff, wenn auch kein populärer. Moosbach hatte sich immer schon darüber gewundert, dass die Bevölkerung Fundamentalisten gegenüber erstaunlich tolerant gegenüber zu sein schien, besonders den christlichen, sofern keine körperliche Gewalt im Spiel war.

Er erinnerte sich an eine Praktikantin, die einen Artikel über einen Jugendgottesdienst geschrieben hatte – organisiert von einer bis dahin unbekannten Gruppe junger Christen. Sie fand es völlig okay, dass die Jugendlichen die Evolutionstheorie ablehnten – was sei schon dabei, wenn sie daran glaubten, dass Gott die Welt erschaffen habe –, Sex außerhalb der Ehe verpönten und Frauen, die abtrieben, verurteilten. Homosexualität war natürlich eine Todsünde.

Moosbach interessierte es, wie wohl diese Gemeinde zu diesen Themen stand. Aber jetzt war nicht der Zeitpunkt, darüber zu sprechen. Sie wollten über das tote Mädchen reden.

„Sie haben vorhin angedeutet, dass Glienke Ihnen ein Verhältnis mit Magda unterstellt hat."

Der Pastor nickte.

„Tja, ganz schön unentspannt, der Mann", seufzte Moosbach. „Aber wie wars denn nun wirklich? In welcher Beziehung standen Sie zu Magda?"

Der Pastor lehnte sich zurück und faltete die Hände im Schoß. „Ich habe Magda ziemlich spät etwas näher kennengelernt, das war in den letzten Monaten ihres Lebens", erzählte er. „Magda und ihre Großmutter lebten ja sehr abgeschieden, und in Glienkes Bibelkreis war ich nur selten. Ich bin Magda deshalb selten begegnet." Doch eines Tages hatte Magda ihn aufgesucht. „Ich glaube, es war das erste Mal, dass ich Magda sprechen hörte, sie war sonst immer sehr still, man könnte schon sagen stumm."

„Warum hat Magda Ihre Hilfe gesucht?"

„Die Krankheit ihrer Großmutter machte ihr sehr zu schaffen."

Tobias Rohsmann blickte zur Decke und verschränkte die Arme vor der Brust. Im Gemeindesaal war es so still, dass seine Stimme, obwohl sie so leise war, den Raum ausfüllte.

„Ich hatte im letzten Jahr erfahren, dass es Frau Schneider schlecht ging." Leute aus dem Bibelkreis hatten ihn angesprochen, weil sie sich Sorgen machten. Denn Frau Schneider wollte keinen Arzt aufsuchen. Wenn sie das Wort Arzt nur hörte, geriet sie in Panik. „Als ich das erste Mal Frau Schneider auf ihre Krankheit ansprach und sagte, dass sie Hilfe brauchte, dachte ich, sie fällt vor meinen Augen in Ohnmacht. Sie wurde weiß wie eine Wand und begann zu zittern." Am Ende konnte der Pastor sie dennoch überzeugen. Er empfahl eine Ärztin, die ebenfalls Gemeindemitglied war und von der er glaubte, dass sie mit Frau Schneider gut umgehen könnte. Tatsächlich ließ sich Frau Schneider von der Ärztin untersuchen. „Das war im letzten Sommer", sagte Tobias Rohsmann. „Aber da war es schon zu spät. Der Körper war schon voller Metastasen. Und dann ging es schnell."

Ein Palliativarzt war mal vorbei gekommen, um Magdas Großmutter zu Hause mit Medikamenten zu versorgen. Ansonsten hatte Magda darauf bestanden, die Pflege selbst zu übernehmen.

„Sie hat die schwere Bürde schließlich allein getragen und ihre Großmutter bis in den Tod begleitet. Das war sicher hart. Denn das Mädchen hatte niemanden. Niemanden."

Der Pastor sah Moosbach und Sanna abwechselnd an.

„Und auf der Arbeit?", fragte Sanna.

„Auf der Arbeit hatte Magda einen schweren Stand – wenn ich ihre Worte richtig interpretiert habe", antwortete der Pastor.

Magda hatte in einer Großküche in einem Altenheim gearbeitet, „hier, in Widdert, in der Nähe der Gemeinde." Dort hatte sie ihre Lehre gemacht. „Die Lehrstelle hatte ihr Herr Glienke besorgt – ich glaube, das hat sie mal erwähnt."

Moosbach sah Sannas gerunzelter Stirn an, dass das ihre Frage nicht beantwortete.

„Okay, ich sage es mal deutlicher", sagte der Pastor. „Ich vermute, dass Magda gemobbt wurde."

„Von wem?", fragte Sanna.

Der Pastor schaute auf seine Hände. Er spreizte die Finger.

„So genau hat Magda das nicht erzählt", sagte er. „Ich habe nachgefragt, wieder und wieder, aber Magda hat sich verschlossen. Sie war so voller Angst."

„Guten Morgen, Miststück."

Wie Pfeile schießen die Worte durch die Großküche, vorbei an Öfen, Spülbecken, Anrichten und Abzugsrohren aus Edelstahl, die im Licht der Neonröhren glänzen.

Magda hat gehofft, dass der Chef sie nicht bemerkt, als in die Großküche kommt.

Doch ihre Hoffnung ist vergeblich.

Seit halb sechs ist sie auf den Beinen. Es ist Dezember und sehr kalt. Überall ist es kalt, innen, außen, zu Hause, auf der Arbeit. Magda kann nicht sagen, dass *ihr* kalt ist. Sie hat eher das Gefühl, als habe sie sich in Kälte verwandelt, als sei sie die Kälte selbst.

Da ist zum einen das Haus, in dem sie mit der Großmutter lebt. Es lässt sich schwer heizen. Als die Großmutter noch nicht krank war, blieb die Ölheizung über Nacht ausgeschaltet, um zu sparen. Seit es der Großmutter so schlecht geht, machen sie zusätzlich den Brikett-Ofen an. Aber irgendwie wird es in dem Haus nicht warm.

Die Großmutter weigert sich, in ein Krankenhaus zu gehen. Die Ärzte können ohnehin nichts machen. Sie will zu Hause sterben. Will, dass Magda sie pflegt. Das hat sie nicht so direkt gesagt. Denn die Großmutter spricht nicht viel. Aber Magda versteht sie auch ohne Worte.

Ricky kennt die Großmutter noch nicht so lang – es ist erst ein halbes Jahr her, dass Ricky in den Bibelkreis kam und später, als die Großmutter so krank wurde, mit ins Haus zog. Ricky soll nur im Haushalt helfen, nicht bei der Pflege.

Die Großmutter versucht so selbstständig wie möglich zu sein. Trotz der Anstrengung, trotz der Schmerzen besteht sie darauf, sich ohne Hilfe zu waschen, allein anzuziehen und ihre Einlagen zu wechseln, Windeleinlagen. Solche trägt sie seit eh und je.

Denn früher im Heim, als die Großmutter noch klein war, da hatte sie als Strafe stundenlang nachts neben ihrem Bett stehen müssen – barfuß, auf dem eiskalten Boden. „Das hat mir die Nieren kaputtgemacht, das und noch ein paar andere Dinge!", hat die Großmutter oft geschrien, als sie noch genug Kraft für Wutanfälle hatte. „Du weißt ja gar nicht, wie gut du es hast!"

Im Heim, da habe die Großmutter Dinge erlebt, die sich Magda nicht vorstellen könne. Vielleicht komme daher der Krebs. „Aber nein", korrigiert sich die Großmutter, wenn sie auf ihre Krankheit zu sprechen kommt, am Krebs, an dem ist sie, die Magda, ganz allein die Magda schuld.

Magda soll dankbar sein, schimpft die Großmutter, denn der Magda gehe es gut.

Aber Magda geht es nicht gut. Immer hat sie Angst. Angst vor der Großmutter. Angst vor dem Chef, den sie jeden Morgen bei der Arbeit sieht.

Der Chef heißt Herr Schrader.

Jeden Morgen, wenn Magda aufwacht, verkrampft sich ihr Magen, und ihr wird übel. Sie zieht sich dann flink an – heute eine Strumpfhose, darüber eine Jeans, ein Unterhemd, ein langärmeliges Oberteil, Wollpulli und Mantel. Dann huscht sie die Treppe hinunter, am Wohnzimmer vorbei, in dem Ricky auf dem Sofa schläft, eingehüllt in Wolldecken. Magda frühstückt nicht, denn sie bekommt wegen der Übelkeit keinen Bissen runter. Sie öffnet die Tür und tritt in die Dunkelheit. Manchmal ist der Würgreiz so stark, dass sie sich draußen übergibt.

Ihr Mund ist trocken, der Hals kratzt, jeden Morgen.

Und jeden Morgen geht sie zu Fuß durch den Winterwald, lauscht angespannt, wie ihre Stiefel in die Schlammpfützen treten, bis sie auf die Landstraße gelangt. Sie geht zur Haltestelle. Dort nimmt sie den Bus nach Widdert.

Um 7 Uhr beginnt ihre Arbeit, sie betritt so geräuschlos wie möglich das Altenheim, kämpft gegen den Würgreiz an, den die Gerüche nach Krankheit und Desinfektionsmittel erneut in ihr auslösen, hält sich die Hand vor den Mund.

Im Personalraum zieht Magda ihre Alltagskleidung aus, tauscht sie gegen die Arbeitsbekleidung und dreht den Schlüssel im Schloss des Spinds, das allerdings nicht richtig schließt.

Das Herz pocht ihr bis zum Hals. Mit zitternden Fingern bindet sie sich ein Tuch um die Haare.

In den ersten Stunden, wenn Magda den Schmutz von den Tischen in den menschenleeren Gemeinschaftsräumen wischt, Böden putzt, Regale in den Zimmern entstaubt und Bäder reinigt, wird sie in Ruhe gelassen. Aber das beruhigt sie kein bisschen. Stattdessen steigert sich die Angst in den ersten drei Arbeitsstunden, immer weiter, und ist riesengroß, wenn Magda die Großküche betritt.

Es ist Punkt 10 Uhr. Ihr Kopf ist leer. Die Haut fühlt sich an wie ein feuchter Ledermantel, der jemand anderem gehört und der sich ohne Erlaubnis um ihre Gliedmaßen gelegt hat. Magda wundert sich, dass ihr Körper überhaupt funktioniert bei der Angst, die sie hat. Wie eine Uhr, die weiter und weiter tickt, ungeachtet dessen, was um sie herum geschieht.

Die Knie sind butterweich, aber die Beine gehorchen.

Magda schleicht mit gesenktem Kopf über die Schwelle in die Großküche, wie über eine wackelige Brücke, unter der ein Abgrund wartet, und die in einen verbotenen Raum führt, in dem sie niemand sehen darf. Ihr Blick ist auf die weißen, quadratischen Fliesen gerichtet. Sie hält den Atem an. Sie versucht, sich unsichtbar zu machen.

Die Methode hat sie zu Hause gelernt. Da ist eine Stimme in ihr, die glaubt, dass Unsichtbarkeit sie beschützen kann. Nicht immer, aber manchmal. Zum Beispiel, wenn Magda abends zu Hause die Treppe hinauf in ihr Zimmer schleicht und sich auf das Bett setzt, wo sie verharrt, ohne einen Mucks von sich zu geben, bis die Großmutter ins Bett gegangen ist. Wenn ihre Erinnerungen sie nicht täuschen, hat die Großmutter noch nie einen Wutanfall bekommen, wenn sich Magda so verhalten hat.

Nicht, dass Magda glaubt, die Großmutter sei böse. Ihre Schläge sind ja gerecht. Denn die Großmutter liebt Magda ja. Und wen man liebt, dem tut man nichts Unrechtes.

Magda bemüht sich, sich richtig zu verhalten. Was richtig und was falsch ist, das hat sie nur leider noch nicht verstanden. Einmal, da hat die Großmutter Magda verprügelt, weil sie das Abtrockentuch an den Haken gehängt hat. Ein anderes Mal, weil sie das Abtrockentuch über die Heizung legte. Schuld an den Prügeln ist Magda. Denn sie ist einfach zu dumm, das zu verstehen.

Es liegt an ihr.

Es ist ihre Schuld, ganz allein ihre Schuld.

Aber es tut trotzdem so weh.

„Guten Morgen, Miststück."

Die Worte des Chefs treffen mitten ins Herz. Magda möchte am liebsten weinen.

Sie stellt sich vor, wie die Sonne in den fensterlosen Raum scheint. Wie sie auf eine Kollegin zurennt, wie die Kollegin sich lächelnd zu ihr umdreht und sie mit offenen Armen empfängt. Wie sie ihr Gesicht in deren Schürze gräbt und wie warme Hände tröstend über ihr Haar streicheln.

„Guten Morgen, Miststück."

Niemand wird Magda in den Arm nehmen. Stattdessen huschen gesichtslose Gestalten wie Geister durch die blitzende Großküche – ganz in Weiß gekleidet, eingehüllt in weite Oberteile, Hosen, Tücher und

Hauben. Magda schaut auf ihre Arbeitsschuhe, zupft die Schleife ihres Haartuchs am Hinterkopf zurecht.

Sie hört, wie Männer und Frauen an ihr vorbeilaufen. Wahrscheinlich tragen sie Geschirr oder holen Zutaten für das Mittagessen. Während Schubladen über Stahlscharniere rollen, werden Türen geschlagen, klappern Teller und Tassen, klirrt Besteck. Die Belüftungsanlage dröhnt im Getümmel des emsigen Schaffens, umweht von jenem Geruch, der Großküchen eigen ist: Übergartes Essen, Bodenreiniger, heißer Dampf.

Wieder steigt die Übelkeit auf.

Magda lauscht. Versucht, zwischen dem Stapfen, dem Trippeln und Marschieren die Gefahrenquelle auszumachen.

Die Gefahr pirscht sich heran. Bis sie vor Magda stehen bleibt. Einen Meter entfernt. Niemand kann also behaupten, dass die Gefahr ihr zu nahe kommt. Dass sie sie anpackt. Magda wagt es nicht aufzuschauen.

„Du hast die Zimmer nicht ordentlich geputzt, Miststück."

Die Stimme ist nicht sehr laut, aber in ihr liegt eine Kraft, sodass sie alle Geräusche im Raum übertönt. *Alle hören, was er zu mir sagt,* denkt Magda. Sie alle hören es.

Das Rennen, Huschen und Klappern scheint sich einen Augenblick zu verlangsamen, dann beschleunigen sich die Geräusche wieder. Magda hält die Luft an, wünscht, dass ihr schwarz vor Augen wird. Aber ihr Körper tut ihr den Gefallen nicht. Er verharrt mit gekrümmtem Rücken. Magda bleibt nichts anderes übrig, als die Situation auszuhalten.

Denn was soll sie auch sagen?

Tief in ihrem Inneren weiß sie ja, dass sie schlecht ist und es nicht anders verdient hat. Trotzdem ist da die Hoffnung, dass jemand etwas sagt. Jemand, der eingreift, der vielleicht nur eine Sekunde lang glaubt, dass sie kein schlechter Mensch ist.

Manchmal hat Magda dieses Gefühl beim Seelsorger. Tobias, wie sie ihn nennen darf. Kann es sein, dass er anders über sie denkt als die anderen?

Der Gedanke ist trügerisch. Sie darf sich nicht an ihm festhalten, vielleicht ist der Gedanke kein Rettungsring, sondern eine Welle, die sie in die schwarze Flut reißt. Schließlich gab es noch nie jemanden in Magdas Leben, der sie gemocht hat. Das wird sich auch nicht ändern. Magdas

Kollegen beweisen es Tag für Tag, seit vier Jahren. Niemand greift ein. Und so steht Magda mutterseelenallein da, mitten unter den Menschen, wenn der Chef seine Pfeile abschießt und ihr das Herz zerfetzt.

„Du willst nicht mit mir sprechen, richtig?", sagt die Männerstimme freundlich. „Du sprichst nicht mit mir, weil du kein Benehmen hast, Miststück. Aber wir werden uns was überlegen, damit du dich künftig besser benimmst."

Herr Schrader ersinnt fast jeden Tag eine Strafarbeit, die Magda nach Feierabend verrichten muss. Blitzeblanke Töpfe erneut spülen, gewienerte Böden wischen oder Regale aus- und wieder einräumen. Aber das Schlimmste sind die Aufgaben in der Waschküche, wenn dort niemand mehr arbeitet. Wenn die Wäsche längst gewaschen, getrocknet und nach den Namen der Bewohner fein säuberlich in die Gitter-Regale sortiert ist. Denn durch den Keller schallt ein dumpfes, nicht enden wollendes Klopfen und versetzt Magda in Todesangst.

Ihr Chef weiß das. Strafarbeiten im Keller bereiten ihm deshalb besonderes Vergnügen.

Vor ein paar Tagen sollte Magda die unzähligen kleinen Kellerfenster einzeln putzen, nachdem der Chef sie eingesperrt hatte. Magda versuchte panisch, die Ursache des Klopfens herauszufinden, das immer weiter anzuschwellen schien. Waren das die Wasserleitungen? Eine Pumpe? Sie hatte eine solche Angst, dass sie fast wahnsinnig wurde. Sie stopfte sich Papiertücher tief in die Ohren, dass es wehtat, damit sie das Geräusch nicht so stark hörte, und rieb mit einem Mikrofasertuch so fest über die Scheiben, dass die fast aus den verbogenen Rahmen sprangen. Nach einer Stunde öffnete sich die Tür, und sie wurde von ihrer Pein erlöst.

Ihr Herz rast.

Sie spürt den Drang, sich ihrem Chef weinend vor die Füße zu werfen und ihn anzuflehen, bitte, bitte nicht der Keller. Aber sie weiß, dass das nichts bringt. Gerade dann würde er sie in die Waschküche schicken.

„Wir überlegen uns noch was, schaun wir mal", ruft Herr Schrader vergnügt, zwinkert einer Kollegin zu und geht pfeifend an Magda vorbei. *Lieber Gott, bitte nicht den Keller.*

Der Pastor seufzte und schloss einen Moment lang die Augen.

„Ich weiß nicht genau, was auf der Arbeit schiefgelaufen ist, aber ich habe das Gefühl, dass Magdas Leben eine unglaublich traurige Geschichte ist."

Das glaube ich auch, obwohl ich so wenig von Magda weiß, dachte Sanna. *Aber jetzt will ich wenigstens herausfinden, warum sie starb. Das bin ich ihr schuldig. Das sind wir ihr alle schuldig.* Ein Kloß kratzte in ihrem Hals. Sie musste sich beherrschen, nicht in Tränen auszubrechen, und biss sich auf die Zunge.

„Glauben Sie, dass Magda sich umgebracht hat?", fragte Moosbach.

Blässe überzog das Gesicht des Pastors.

„Was wollen Sie denn *damit* sagen?"

„Wir wissen, dass Magda Albrecht am Tag ihres Todes guter Dinge war. Sie wollte sich mit jemandem treffen. Wissen Sie, mit wem?"

„Sie wollte sich mit jemandem treffen?", stammelte der Pastor.

„Sie wissen nicht, mit wem?"

„Nein, aber, was ..."

„Finden Sie das seltsam?"

„Doch, aber ich verstehe nicht ..."

Magda hat sich nicht umgebracht, versteht ihr denn nicht?, wollte Sanna schreien, aber sie riss sich zusammen. Sie schluckte ein paar Mal, um den Kloß im Hals zu besänftigen.

„Erst mal glauben wir gar nichts", antwortete Moosbach ruhig. „Wir finden Magdas Verhalten einfach seltsam. Ja, Magda Albrecht hatte sich tatsächlich in einer schweren Krise befunden und musste deshalb in die Psychiatrie. Wir haben aber auch erfahren, dass sich die junge Frau erholt hatte und am Tag ihrer Entlassung gut gelaunt wirkte. Mag sein, dass sich Selbstmörder so verhalten – dass sie erleichtert sind, wenn sie ihre Entscheidung getroffen haben, nicht mehr weiterzuleben, dass sie sich vielleicht sogar hübsch anziehen und zurechtmachen. Aber was ist, wenn sich Magda Albrecht wirklich mit jemandem getroffen hat? Wenn wir wüssten, ob ein Treffen stattgefunden hat und vor allem mit wem, wären wir einen Schritt weiter. Dann könnte auch die junge Frau hier ..." – er zeigte auf Sanna – „... endlich mit der Geschichte abschließen."

„Nein", rief der Pastor kopfschüttelnd, „oh nein."

Er wandte sich Moosbach zu. Seine Stimme klang auf einmal schrill. „Ich weiß nicht, was Sie mir sagen wollen oder was Sie überhaupt von mir wollen! Sie sagen doch selbst, dass Magda in einer schweren Krise war."

„Sie glauben also, dass sie sich umgebracht hat?", fragte Sanna.

„Ehrlich gesagt: Ja", erwiderte er, aber es klang nicht wirklich überzeugt.

„Vielleicht finden wir ja doch noch ein paar eindeutige Hinweise", sagte Moosbach. „Zum Beispiel in Magdas Tagebuch. Vielleicht haben Sie recht, Herr Rohsmann, wahrscheinlich gibts auf alle Fragen ganz einfache Antworten. Die Realität ist ja meistens viel einfacher, als man denkt, nicht wahr?"

Ein Lächeln streifte Moosbachs Gesicht. Die Miene des Pastors blieb unverändert starr.

„Und wo ist dieses Tagebuch?", fragte Tobias Rohsmann steif.

„Keine Ahnung! Wir dachten, vielleicht wüssten Sie das?"

Der Pastor schüttelte den Kopf. „Ich hab keinen blassen Schimmer."

Moosbach wechselte das Thema.

„Sie wissen, dass Frau Schneider und Magda in Glienkes Haus gewohnt haben?" Der Pastor nickte. „Wissen Sie auch, wo die Frauen davor gelebt hatten?"

Rohsmann erzählte, dass die beiden Frauen vor vielen Jahren in Remscheid gewohnt hatten und nach Solingen gezogen waren, als Magda noch sehr klein gewesen war. „Aber das hat Ihnen Herr Glienke sicher schon erzählt. Er kommt ja auch aus Remscheid. Magdas Großmutter und er sind im selben Waisenhaus aufgewachsen."

„Woher wissen Sie das?", fragte Moosbach.

„Keine Ahnung, wie man das halt in der Gemeinde so erfährt – der eine erzählt was und das wird wiederum weitererzählt."

Sanna und Moosbach tauschten einen Blick aus. Sanna wusste, dass er dasselbe dachte wie sie. Glienke hatte gelogen. Er hatte mit einer ausweichenden Antwort den Anschein erwecken wollen, dass er und Frau Schneider in einem Solinger Waisenhaus gewesen waren. Remscheid hatte er nicht erwähnt. Aber warum?

„Sie sagten vorhin, dass Glienke etwas Interessantes erzählt hat", sagte der Pastor und rieb sich die Augen.

„Verraten, nicht erzählt", erwiderte Moosbach. „Glienke wirkte sehr aufgebracht über unseren Besuch. Wir hatten den Eindruck, dass er Angst hatte. Haben Sie eine Ahnung, wovor?"

„Glienke? Angst?", rief der Pastor. Er schüttelte den Kopf. „Ich habe absolut, absolut keine Ahnung, vor wem Herr Glienke Angst haben könnte. Die Magda, *die* hatte Angst! Aber doch nicht Herr Glienke!"

* * *

Nach dem Besuch beim Pastor rief Moosbach Lore Berkenkötter an. Die Wirtin bestand darauf, dass sie sich von ihrem Mann mit dem Auto abholen ließen, denn es fuhren nur selten Busse ins Tal. Außerdem lud sie Sanna und Moosbach zum Abendessen ein.

Sanna freute sich. Ihr grauste bei der Vorstellung, in die Wohnung ihrer Mutter zu müssen – in die verrauchte Enge, die erdrückende Stimmung, zu ihrem teilnahmslosen Bruder, für den sie nicht genug tat.

Lö Berkenkötter holte sie mit seinem Kombi ab. Zorro durfte im Kofferraum auf einer khakifarbenen Wolldecke Platz nehmen, die vorher Tasso gehört hatte, dem verstorbenen Hund der Berkenkötters. Wie Sanna erfuhr, war Tasso ein kontaktfreudiger, beliebter Hund gewesen, ein Berner mit schwarzem, gewelltem Fell, das immer glänzte. Sanna fand Berner mit ihren braunroten Stellen an den Läufen und über den Augen besonders schön. Die weißen Flecken auf der Brust sahen so herrlich weich aus.

Als sie am Wupperstrand ankamen, hatte die Wirtin bereits gedeckt. Es gab grünen Spargel, eingewickelt in Kochschinken, mit Salzkartoffeln und Sauce Hollandaise. Weil Sanna Vegetarierin war, gab es für sie eine Portion Spargel ohne Schinken. Lore Berkenkötter bedauerte, dass der Spargel nicht aus Solingen stammte, sondern „van woangersch her wor". „Der Winter wor su lang, on der Rejen hüört jar nit mieh op! Deswejen durt et mit der Ernte."

Sie setzten sich an denselben Tisch wie am Mittag. Zorro machte sich derweil über sein Essen her, das in zwei Näpfen auf ihn wartete.

Eine junge Kellnerin mit wasserstoffblondem Pferdeschwanz bediente die anderen Gäste, sodass Lore Berkenkötter sich mit an den Tisch setzen konnte. Sie wollte genau wissen, was Glienke und der Pastor erzählt hatten. Sanna taute immer mehr auf, und am Ende war sie es, die auf fast alle Fragen antwortete.

Moosbach stellte fest, dass die Wirtin gut zuhörte und treffende Fragen formulierte, auch wenn er sie nicht immer auf Anhieb verstand. Lore Berkenkötter hätte wahrscheinlich eine gute Journalistin abgegeben, dachte er, als er eine Spargelspitze abschnitt und mit einem Stück Schinken auf die Gabel spießte. Aber in der Generation der Wirtin hatten es nicht viele Frauen in den Journalisten-Beruf geschafft. Und solche, die Plattdeutsch sprachen, schon gar nicht.

Moosbach hob sein Bierglas und prostete Lö Berkenkötter zu.

Während der Autofahrt hatten sie nur wenige Worte gewechselt. Der Wirt redete kaum. In Gegenwart seiner Frau blieb er gänzlich stumm. Dafür verfolgte er mit wachem Blick das Gespräch und achtete auf die Bedürfnisse seiner Gäste. Kaum war ein Glas geleert, stand er auf, um es neu zu füllen, oder er streichelte Zorro, wenn sich der Hund neben dem Tisch erhob und Aufmerksamkeit einforderte.

Durch die Stube zogen Gerüche nach gebratenem Fleisch und Zwiebeln, und Gemurmel drang von den anderen Tischen herüber.

„Herr Glienke ist ein einsamer Mensch“, sagte Sanna auf einmal, während sie mit ihrer Gabel in der Sauce Hollandaise auf ihrem Teller herumrührte. „Ich glaube, er hat niemanden.“

„Wie kömmßte denn derdrop?“, fragte Lore Berkenkötter.

„In der Küche stand nur ein Stuhl, und …“

Weiter kam Sanna nicht. Ihre Stimme erstarb. Sie fuhr sich über die Augen. Lore Berkenkötter streckte ihren Arm über den Tisch und streichelte die Hand der jungen Frau.

Moosbach ließ seinen Blick zwischen den beiden Frauen hin- und herwandern. Wie unterschiedlich sie waren. Die eine trug eine weiße Schürze, die aussah, als sei sie eben erst gebügelt worden, die andere verfilzte Haare und einen schlabberigen Wollpulli. Jahrzehnte trennten sie. Und doch schien sich in den wenigen Stunden, die sie sich kannten, ein Netz der Vertrautheit um sie gesponnnen zu haben.

Als Lore Berkenkötter dann auch noch Grießbrei mit Himbeersauce aus der Küche holte, um Sanna aufzumuntern, strahlte Sanna die Wirtin an wie eine Göttin.

Um halb acht waren sie mit dem Essen fertig. Inzwischen waren fast alle Tische belegt, und der Geräuschpegel schwoll an. Die Sonne stand so tief, dass durch die Fenster goldene Lichtkegel auf die steif gebügelten Tischdecken fielen. Ein vereinzeltes Kinderlachen erklang.

Als Moosbach den letzten Schluck Bier kippte, bot die Wirtin Sanna an, bei ihnen im Gästezimmer zu schlafen: „Kengk, nu lot mech dir wenigstens hölpen! Wo de dir doch solche Müöh jibst, etwas über dat arm Magda rauszufinden!“ Und als Sanna die Einladung mit roten Wangen annahm, schob Lore Berkenkötter hinterher: „Böss doch ouch sun lief Drömmelschen.“

Moosbach trat aus der Gaststätte in die Abendluft und ließ sich vom Rosengarten umarmen. Lö und Sanna waren vor wenigen Minuten losgezogen, um mit Zorro eine Abendrunde zu drehen.

Moosbach schaute in den Himmel. Das Grau des Nachmittags war verschwunden. Blaue Flecken bahnten sich ihre Wege durch das helle Wolkenmeer, Sonnenstrahlen woben einen goldenen Schleier über die Beete.

Er hörte, wie jemand einen Wagen startete.

Moosbach sog die süße, regenfrische Luft ein.

Ihm ging es viel besser als gestern. Ja, vielleicht ging es ihm so gut wie schon seit Jahren nicht mehr.

Ihm kam eine Idee. Er wollte den Abend mit Patti Smith ausklingen lassen. Er würde sich eins ihrer Konzerte anschauen – mit „Dancing Barefoot“, oder, noch besser „Free Money“. Ja, Free Money, das war sein Lieblingssong, eindeutig. Wie ging der Refrain doch gleich? Er grub die Hände in die Taschen seiner Lederjacke, und zog, den Refrain summend, los.

* * *

Kaum jemand hatte die Frau wahrgenommen, die zwei Tische weiter gesessen hatte. Frau Berkenkötter hatte sie beiläufig gegrüßt und dann nicht weiter beachtet.

Nur Zorro interessierte sich für die Frau. Er drehte sich in ihre Richtung, denn ihr Geruch erinnerte ihn an etwas. Er schnüffelte, sprang auf seine Hinterbeine und wollte zu ihr tapsen. Doch da spürte er eine warme Männerhand im Nacken. Eine Hand, die ihn streichelte. Und die streichelnde Hand sorgte dafür, dass der Geruch der Frau aus seinem Bewusstsein verschwand.

Die Frau hatte sich einen Bauernsalat und ein Mineralwasser bestellt. Sie blätterte in einem Buch. Aber sie las nicht. Stattdessen hörte sie aufmerksam zu, worüber die vier Personen am anderen Tisch sprachen.

Nach über einer Stunde hatten die Leute das Abendessen beendet. Als die Wirtin abräumte, gingen der Mann mit dem Bart, die junge Frau und der Hund nach draußen. Auch eine Familie erhob sich und verließ die Gaststätte. Die Frau tat so, als gehöre sie zu der Familie und schloss sich an. Als sie durch den Vorgarten lief, sah sie über die Hecken, wie der Wirt, das Mädchen und der Hund links abbogen. Sie ging einige Meter in dieselbe Richtung, blieb dann aber vor dem Parkplatz stehen. Sie tat so, als warte sie auf jemanden. Als sie sah, wie der Mann mit den kurzen schwarzen Haaren und der Lederjacke aus der Tür trat, eilte sie auf den Parkplatz, setzte sich in ihren Wagen und fuhr zur Ausfahrt; dort hielt sie an und beugte sich über das Lenkrad. In der Windschutzscheibe brach sich das Abendlicht. Durch das Beifahrerfenster beobachtete sie, wie der Mann am Gartentor rechts abbog und die Straße entlanglief, die weiter in die Hofschaft führte. Sie würde schon herausfinden, in welchem Haus er wohnte. Das war ein Kinderspiel. Sie setzte den Blinker und trat auf das Gaspedal. Sie lächelte.

* * *

Moosbach hatte sich auf Patti Smith gefreut. Doch jetzt war er wütend.

Er hatte sich eine DVD über ein Konzert ausgesucht, das er mit Jan besucht hatte. 16 Jahre alt war er gewesen, als sie am 21. April 1979 mit der Bahn nach Essen gefahren waren, um eine der legendären „Rockpalast-Nächte" zu erleben, die im Westdeutschen Rundfunk übertragen wurden. Sechs Stunden lang hatten sie in der Grugahalle großartige Bands bewundert: die J. Geils Band, Johnny Winter – und eben: Patti Smith.

Jetzt hatte er eine halbe Stunde nur dafür gebraucht, um den DVD-Recorder und den Bildschirm einzuschalten und den richtigen Kanal zu finden.

Das Problem: Es fehlte der Ton! Verdammt.

Moosbach sandte vorwurfsvolle Blicke zu den lächerlich kleinen Boxen, die in den Ecken unter der Wohnzimmerdecke hingen. Sie hatten zweifellos eine Stange Geld gekostet. Trotzdem gaben sie keinen Piep von sich. Stattdessen schauten sie von oben auf ihn herab – wie zwei arrogante Zwerg-Roboter. Moosbachs Skepsis gegenüber Hi-Fi-Geräten im Schrumpf-Format war nie größer gewesen.

Wütend wandte er sich ab und wurde noch wütender, als er sah, wie Zorro aufrecht vorm Sofa saß und ihn aufmunternd anhechelte.

Moosbach gab ein Geräusch von sich, das an ein Knurren erinnerte, und starrte auf die federleichte Fernbedienung in seiner Hand. Die Knöpfe verdienten den Namen „Knopf" nicht. Die kaum fühlbaren Erhebungen schienen für Kinderhände gemacht, und die winzigen Symbole konnte er kaum entziffern. Was für ein Mist!

Eine besonders große Welle der Wut rollte heran und stürzte über ihm zusammen, sodass Moosbach ausholte, um die Fernbedienung aufs Parkett zu pfeffern. Doch so weit kam er nicht. Was daran lag, dass Zorro bellend aufsprang und ihn in die Hand zwackte. Erschrocken starrte Moosbach das Tier an. Zorro nahm zufrieden wieder auf seiner Decke Platz.

Moosbach ging Verwünschungen ausstoßend zur Telefonanlage, die neben dem Sofa auf einem Tischchen stand. Am Sockel klebte ein quadratischer Zettel mit der Telefonnummer des Hotels, in dem Jan wohnte.

Er wollte seinen Freund anrufen und sich das schicke Teil erklären lassen. Jan hatte erzählt, dass Ghana in derselben Zeitzone lag wie Westeuropa. Moosbach musste sich also keine Gedanken machen, dass er seinen Freund mitten in der Nacht weckte. Er wählte eine Vorwahl, mit der er preiswert ins Ausland telefonieren konnte. Eine freundliche Stimme meldete sich auf Englisch.

„Can I speak to Mister Falk?"

„Excuse me, Sir?"

„Can I speak to Mister Falk?"

„Ah, Mr Falk! Yes, one moment please."

Moosbachs Wangen wurden heiß. Er hasste es, Englisch zu sprechen. Er presste den Hörer ans Ohr. Im Hintergrund erklangen Schritte und Stimmgewirr. Und hörte er da etwa Meeresrauschen?

Jan meldete sich.

„Hello?"

„Hell … ähm, hallo Jan. Ich bins, Udo."

„Was? Ist was passiert?"

„Es ist alles okay mit Zorro", versuchte Moosbach seinen Freund zu beruhigen. „Ich ruf nur wegen einer Kleinigkeit an."

„Ah, okay. Was gibts?"

Moosbach hörte, wie sich Jan am anderen Ende der Leitung entspannte. Er stellte sich vor, wie sein Freund mit geöffnetem Leinenhemd auf einer Veranda am Meer saß, Gin Tonic trank und eine hübsche Frau am Nachbartisch anbaggerte. Auf Frauen wirkte Jan mit der sonnengebräunten Haut und den haselnussbraunen Augen wie ein Magnet.

„Es geht um deine Heimkino-Anlage. Sie gibt keinen Ton von sich. Ich bin fix und fertig."

Jan erklärte ihm in aller Seelenruhe die Bedienungsschritte. Moosbach bemühte sich, sie zu befolgen. Was nicht immer gelang.

„Die Taste unten links, nicht rechts", korrigierte ihn Jan.

„Das funktioniert nicht!", fluchte Moosbach, „so ein Scheiß!" Zorro sprang aufgeregt bellend um ihn herum und zwackte ihn schon wieder in die Hand. Der Hund dachte wohl, das sei ein Spiel. „Mistvieh!“, zischte er.

„Du musst nicht so fest auf die Tasten drücken“, riet Jan. „Das sind empfindliche …“

Weiter kam er nicht, da Moosbach den Rat befolgt hatte und ein ohrenbetäubender Lärm durch die Boxen krachte. Das Dolby-Surround-System funktionierte. Zorro verkroch sich winselnd, Moosbach brüllte „Oh nooo!“ und versuchte, die Lautstärke runterzudrehen.

Der Lärm ließ nach.

Jetzt lief die Titelmusik.

„Und sonst, wie läufts?“, fragte Jan. Sein lässiger Ton ließ darauf schließen, dass ihn Moosbachs Fluchen kein bisschen aus der Ruhe gebracht hatte.

Moosbach sagte „Ähm. Ähm, also.“ Stille am anderen Ende der Leitung. „Also …“ Er räusperte sich. „Ich habe eine Leiche gefunden.“ Es klang nach einem Geständnis, in der Art wie: Ich muss dir was sagen. Ich habe eine andere.

„Was?“, rief sein Freund ungläubig.

„Am Fluss“, ergänzte Moosbach knapp.

„Was?“, rief Jan erneut.

„Ähm, ich mein, Zorro hat sie gefunden, genau genommen.“

„Was? Wen?“

„Eine tote junge Frau.“

„Ach du liebe Scheiße, das gibts ja wohl nicht!“

„Tja, das kann mal wohl sagen.“

„Ach du Scheiße! Da muss ich mir sofort einen neuen Gin Tonic bestellen, und du, du holst dir jetzt ein Bier! Ich warte.“ Als sich Moosbach eine Flasche besorgt hatte, sagte Jan: „Und jetzt los, erzähl!“

Moosbach fasste die Ereignisse zusammen. Jan hörte schweigend zu und Moosbach erzählte, was er von Magda und ihrer Großmutter wusste. Er kannte die beiden nur flüchtig. Auch Jan hatte von Magdas Selbstmordversuch im Februar gehört. Deshalb ging er davon aus, dass sich die junge Frau umgebracht hatte.

„Ich fand die beiden immer etwas unheimlich – sowohl Magda als auch ihre Oma", sagte Jan. „Und dieses Haus! Echt gruselig!"

„Du warst auch schon mal da?"

„Wenn man unten an der Wupper lebt, muss man das Haus einfach kennen, der Rundwanderweg führt ja dran vorbei. Ich hab das Haus sogar mal fotografiert – letzten Herbst."

Es musste im November gewesen sein, erzählte Jan. Moosbach schielte rüber zum Fernseher, während sein Freund weit ausholte und haarklein erläuterte, weshalb ihn das Gebäude fasziniert hatte. Er sprach von einem „erschaffenen Organismus, der sich in die Landschaft fügte, der dem Verfall preisgegeben war und umringt wurde von der vor Kraft strotzenden Natur". Dann ging er dazu über, sich über die kniffelig zu bestimmende Belichtungszeit auszulassen. Spätestens jetzt kapierte Moosbach kein Wort mehr.

„Ist übrigens eins meiner besten Bilder", schloss Jan endlich. „Verrückt, oder? Da reise ich für meine Foto-Reportagen um die ganze Welt – und dann? Eins der schönsten Motive knipse ich vor meiner eigenen Haustür."

Moosbach brummte zustimmend.

„Schau dir das Foto an, dann weißt du, was ich meine. Es hängt im Arbeitszimmer."

Interessant, dachte Moosbach. Ein Foto vom Haus der Toten, die ausgerechnet *er* gefunden hatte, hing im Haus seines Freundes, wo ausgerechnet *er* die Stellung hielt. Das Arbeitszimmer befand sich im Anbau. Er hatte es noch nicht betreten, und deshalb kannte er das Foto noch nicht. Er würde es sich bestimmt noch anschauen. Aber jetzt war erst mal Patti Smith an der Reihe.

„Paralleluniversum", sagte Jan plötzlich.

„Wie?"

„Paralleluniversum."

„Ja, das hab ich schon kapiert", erwiderte Moosbach. „Ich weiß, was das Wort bedeutet! Aber was willst du mir damit sagen?"

„Ich meine: Das tote Mädchen und ihre Oma lebten in einem Paralleluniversum. Würde mich nicht wundern, wenn die irgendeiner Sekte angehören würden oder so was."

Moosbach trat von einem Bein aufs andere. Das Gespräch plätscherte ohne erkennbare Richtung vor sich hin. Leider begann Jan jetzt auch noch, Ratschläge zu erteilen.

„Ich will dir ja nichts sagen, aber ..."

Was kam jetzt?

„Du wolltest dich an der Wupper erholen. Und jetzt machst du einen auf Kriminalkommissar. Klingt ziemlich unentspannt, wenn du mich fragst."

„Hm."

„Aber ist deine Sache."

„Genau."

„Ich gebe dir einen Tipp", verkündete Jan, ohne auf Moosbachs Bemerkung einzugehen. „Mach eine Kanufahrt! Das ist echt *unglaublich!* Die Kanus fahren an Stellen entlang, wo man sonst nicht hinkommt. Was du da alles siehst, ist der *Wahnsinn*! Du wirst glauben, du hättest dich in einen Urwald gebeamt!"

Moosbach hatte zwar noch nie vorgehabt, sich in einen Urwald oder sonst wohin zu beamen, notierte aber trotzdem die Namen der Unternehmen, die Touren anboten. Konnte ja nicht schaden. Er versprach hoch und heilig, eine Kanu-Tour zu machen – wenn Jan von etwas überzeugt war, konnte man ihn nicht bremsen – und schaffte es tatsächlich, das Gespräch zu beenden. Er legte auf, setzte sich auf das Sofa und machte den Fernseher lauter. Zorro saß zu seinen Füßen auf einer behaarten Decke und leckte sich die Schnauze.

Während Moosbach das Konzert sah und hörte, fiel ihm ein Wort ein, das Jan hatte fallen lassen. Es stieß bewusste und unbewusste Gedanken an wie Kegel: *Paralleluniversum.*

TAG 3 – DONNERSTAG

9. MAI 2013 (am Vormittag)

Seinen dritten Urlaubstag begann Moosbach mit einem Telefonanruf im Bürgerbüro. Er saß in der Essecke. Auf dem Tisch stand eine Tasse dampfender Kaffee. Davor lagen ein Notizblock, ein Telefonbuch und die aufgeschlagene Tageszeitung.

Moosbach presste den Hörer ans Ohr.

Auf der ersten Lokalseite stand eine Meldung, die nichts Neues über Magdas Tod enthielt. Die Polizei äußerte sich weiterhin vage. Dass Magda Selbstmord begangen hatte, wurde weder bestätigt noch dementiert.

Mit dem Daumen knipste Moosbach auf dem Ende seines Kugelschreibers herum, sodass die Minenspitze vor- und zurückhüpfte. Ganz wie in alten Zeiten, dachte er. Nur, dass er nicht an seinem Schreibtisch in der Redaktion saß.

Eine Frauenstimme meldete sich. Moosbach erklärte, dass er auf der Suche nach einer Verwandten sei. Greta Schneider heiße sie. Sie wohne in Solingen.

Die Mitarbeiterin schaute nach.

„Tut mir leid, hier ist niemand unter diesem Namen gemeldet", antwortete sie.

„Vielleicht finden Sie den Namen der Enkelin? Magda Albrecht?", versuchte es Moosbach weiter.

Hier fand sich ein Eintrag: Hammerweg 1, 42657 Solingen.

Die Enkelin war gemeldet, die Großmutter nicht. An und für sich war das nichts Besonderes. Aber so ganz passte das nicht zusammen. Frau Berkenkötter hatte Frau Schneider als pflichtbewusste Person beschrieben. Ob sich eine solche nicht bei einer Behörde melden würde, obwohl sie sicher wusste, dass das gesetzlich vorgeschrieben war? Moosbach konnte sich das nicht vorstellen. Es sei denn, Frau Schneider hatte einen guten Grund gehabt, so unbemerkt wie möglich am Stadtrand zu leben.

Er fragte nach der Telefonnummer des Bürgerbüros in Remscheid und rief dort an. Hier waren jede Menge Schneiders gemeldet, aber von einer Greta Schneider und einer Magda Albrecht fehlte jede Spur.

„Wenn es lange her ist, dass die beiden hier gelebt haben, hat man sie aus unserem System gelöscht. Sie sind dann registerbereinigt“, erklärte die Mitarbeiterin.

„Kann man herausfinden, wann das passiert ist?“

„Man kann“, antwortete die Frau. „Aber das geht nicht am Telefon. Sie müssen hierherkommen, einen Antrag stellen – und vor allem einen guten Grund angeben, weshalb Sie diese Informationen brauchen.“

Moosbach bedankte sich und beendete das Gespräch. Er nippte an seiner Tasse und dachte nach. Einen Antrag würde er nicht stellen. Denn vielleicht fanden sie einfachere Mittel und Wege, mehr über die Toten zu erfahren.

Er ging mit Zorro spazieren. Danach machte er sich auf den Weg zu Lutz und Paule. Er ließ die Terrassentür offen, sodass der Hund jederzeit in den Garten konnte.

Der zweite Urlaubsjob wartete.

Als sich Moosbach der Firma Landmaschinenmesser Ohliger näherte, hörte er eine aufgebrachte Frauenstimme. In der Einfahrt stand der Gabelstapler. Die Garagentür stand offen. Zögernd trat er in den Lagerraum. Vor dem Chaos-Regal stand – mit dem Rücken zu ihm gewandt – eine Frau, die mit den Armen fuchtelte.

„So ein *Saustall!* Das mach ich nich mehr mit! Ich hätt euch das Lager niemals überlassen dürfen, niemals! Wir haben bald Betriebsprüfung – und dann? Willst du, dass wir den Laden dichtmachen? Willst du das? Willst du das?“

Ein bärtiger, kräftig gebauter Mann mit kurzen grauen Haaren stand neben der Frau und schaute betreten drein. Das Neonlicht erinnerte an die Beleuchtung in Umkleidekabinen – es machte blass und unterstrich jeden menschlichen Makel so deutlich wie nur möglich.

Mit einer hilflosen Geste bedeutete der Mann Moosbach, näher zu kommen. Die Frau drehte sich um. Schweißperlen standen auf der Stirn ihres runden, mit kurzen Locken umrahmten Gesichts. Sie war mindestens zwei Köpfe kleiner als der Mann. Sie hatte ein paar Kilo zu viel auf den Rippen, aber sie wirkte im knielangen Rock und dem gerade geschnittenen Haushaltskittel keineswegs dick – sondern kompakt und beweglich. Im ersten Moment schien sie etwas peinlich berührt darüber, dass eine unbekannte Person ihren Gefühlsausbruch miterlebt hatte. Doch dann gewann ihre Wut wieder die Oberhand.

„Wer is das denn jetzt schon wieder?", rief sie.

Das Gesicht des Mannes erhellte sich. „Sie sind doch der Kollege, der uns aus dem Schlamassel raushelfen will, oder?"

„Also, ja, aber wenn ich störe …"

Moosbach fühlte sich unwohl. Er war in einen Streit geplatzt.

„Nein, nein, Sie stören nicht." Der Mann trat auf ihn zu und hielt ihm die Hand hin. „Ohliger mein Name. Aber nenn mich einfach Helmut. Und das ist meine Frau, die Ingrid."

Frau Ohliger hatte sich offenbar beruhigt. Die Falten auf ihrer Stirn waren verschwunden.

„Sie sind Schlosser, stimmts?", fragte sie mit gerecktem Kinn.

Moosbach nickte. Wer war hier wohl der Chef?

„Komm, ich zeig dir alles", sagte Helmut. „Lutz und Paule sind schon an der Arbeit. Wir gehen allein, Ingrid – dann brauchen wir deine Zeit nicht weiter zu verschwenden."

Frau Ohliger schnappte nach Luft, um zu protestieren. Aber als ihr Mann ihr einen flehenden Blick zuwarf, schluckte sie ihre Worte hinunter.

„Nur eine Sache noch", sagte sie resolut und richtete einen Zeigefinger auf ihren Mann. „*Heute* helfe ich euch noch – aber *dann* bringt *ihr* das Lager in Ordnung. Verstanden?" Sie drehte sich um, kniete sich nieder und begann, die erste Reihe Lackdosen aus dem Regal zu räumen und in einen Karton zu stellen.

Sie gingen in den Nebenraum. Lutz und Paule saßen auf zwei Hockern, umgeben von Bunkern und Kisten, und sortierten undefinierbare Stahlobjekte mit einer Emsigkeit, die Moosbachs Misstrauen erregte. Beide trugen graue Hosen, T-Shirts und Schuhe mit Stahlkappen. Sie übten offenbar, sich an die vorgeschriebene Arbeitskleidung zu halten. Keine Flip-Flops weit und breit.

Lutz und Paule sahen auf und taten dabei eine Spur zu überrascht.

„Oh, hey, Chef!“, rief Paule mit übertriebener Freundlichkeit und schleuderte ein Teil in eine Kiste.

Es war offensichtlich, dass Lutz und Paule ihren Chef belauscht hatten, ohne einen Finger zu rühren. Wahrscheinlich waren sie zu ihren Plätzen gerannt, als sie gehört hatten, dass sich Helmut und Moosbach näherten, und hatten hektisch ihre Arbeit wieder aufgenommen. Eifrig zogen sie ein Stahlteil nach dem anderen aus einem Bunker, begutachteten es und warfen es in eine der Kisten.

Es handelte sich bestimmt um die größte Ausmistaktion, die je in diesem Betrieb stattgefunden hatte – und Moosbach war ihr Zeuge.

„Der Lutz und der Paule sind schon seit vier Stunden dran“, verkündete Helmut Ohliger stolz und rieb sich das bärtige Kinn. „Aber leider sind wir noch ganz am Anfang“, schob er seufzend hinterher.

„Hör mal, Helmut, wir brauchen mal eine Pause“, jammerte Paule und warf ein Stahlobjekt in eine Kiste, dass es schepperte.

Dass er seit einer halben Stunde eine inoffizielle Pause eingelegt und fünf selbst gedrehte Zigaretten geraucht hatte, musste der Chef ja nicht wissen. Pauls Stimmung war im Keller. Warum musste auch die Ingrid auftauchen und so einen Stress machen? Das konnte er einfach nicht verknusen. Die Ingrid hätte sie einfach in Ruhe lassen sollen. Aber nein, sie musste hereinspazieren und den Helmut zur Schnecke machen. Das alles nur wegen dem blöden Lager! Was hatten Frauen eigentlich für ein Problem mit dem Regal?

Auch die Frau Schneider hatte sich für das Chaos im Regal interessiert. Total seltsam war das. Die Frau Schneider kam ja immer nur für eine Stunde, um die Toilette zu putzen (war wahrscheinlich auch die Idee von der Ingrid). Aber ein Mal – wann war das eigentlich gewesen? Im Herbst? – da hatte er, der Paule, sie erwischt. Wobei, wusste er nicht so ganz. Er war nach draußen gegangen, um zum „Würth“ zu fahren, war aber zurückgekehrt, weil er seinen Schlüssel vergessen hatte.

Da stand die Frau Schneider nach vorn gebeugt vorm Regal, die Hände auf die Knie gestützt. Sie zuckte zusammen, als sie ihn bemerkte.

„Suchen Sie was?“, fragte Paule.

Nein, hatte die Schneider geantwortet. Und stammelnd gefragt, ob sie das Regal sauber machen sollte. Die Frage machte keinen Sinn. Schließlich war klar, dass sie nur die Toiletten putzen sollte. Vielleicht hatte sie was klauen wollen? Aber was wollte eine Frau schon in so einer Klitsche stibitzen – noch dazu aus *dem* Regal?

Weiter hatte Paule über Frau Schneiders Bemerkung nicht nachgedacht. Er war viel zu verblüfft gewesen, als er die Putze sprechen hörte. Sonst gab die ja keinen Ton von sich, von einer kaum hörbaren Begrüßung mal abgesehen.

„Das Regal sauber machen? Bloß nicht!“, hatte Paule erwidert.

Ordner, Kisten, Schleifringe und Lackdosen wurden einfach ins Regal geschoben, „aus und feddich“. Was bereits dort stand, wurde nach hinten gedrängt. Die Böden waren tief, da passte ordentlich was drauf.

Ob man denn da jemals was wiederfinden würde, fragte die Schneider so leise, dass Paule sie nur mit Mühe und Not verstand.

„An den Kram inna vordersten Reihe kommen wir dran“, erklärte er. „Aber was da in den hinteren Reihen für ein Krempel rumfliegt, weiß kein Mensch! Aber is ja auch wurscht, Hauptsache, der Laden läuft.“

Leider sah das jener Großkunde anders. Aber Stress machen half da doch auch nicht weiter. Und Ingrid machte Stress. Warum waren Frauen bloß so unentspannt? Der Chef war da ganz anders. Der ließ fünfe auch mal gerade sein. Jedenfalls, wenn die Ingrid nicht in der Nähe war.

Apropos entspannt. Paules Magen knurrte. Er hatte Schmacht. Höchste Zeit für eine Pause.

Ohne das Okay seines Chefs abzuwarten, stand er auf.

„Kollege, weißt du eigentlich, dass du immer im richtigen Moment aufkreuzt? Das nenn ich perfektes Timing“, rief Paule Moosbach zu. „Los, die Henkelmänner warten!“

Helmut wollte etwas sagen, ließ es dann aber bleiben und zuckte seufzend mit den Schultern.

Sie gingen in die erste Etage. Lutz und Paule liefen vor. Paule hüpfte singend die Stufen der Stahltreppe hoch, während er mit den Armen wedelte, Lutz stapfte pfeifend hinterher, seinen mächtigen Bauch vor sich herschiebend.

Sie betraten einen weiteren Arbeitsraum.

Hier oben war es wärmer als im Erdgeschoss, ansonsten gab es in den beiden Etagen viele Ähnlichkeiten. Auch hier zogen Gerüche nach Lacken, verbranntem Metall und Öl durch die Luft, auch hier stand links an der Wand ein Regal – und auch hier herrschte Chaos. Das Regal war bis auf den letzten Zentimeter gefüllt mit Kisten, Ordnern, Dosen und Schleifringen. Vor ihnen erhob sich ein offenbar selbst zusammengeschustertes Gebilde aus Stahl, Drähten und Kabeln, das danach aussah, als würde man einen Stromschlag bekommen, wenn man aus Versehen die falsche Stelle berührte.

Moosbach schoss das Wort „Induktionshärtemaschine" durch den Kopf. Er staunte darüber, wie viele Erinnerungen an seine Lehrjahre nicht verblasst waren.

Er erfasste die Arbeitsvorgänge auf einen Blick: In drei Stahlkisten, die vor der ausgeschalteten Maschine standen, lagerte Rohmaterial. Moosbach stellte sich vor, wie die Stahlteile in die Vorrichtung gefüllt wurden, von wo sie auf ein Laufband fielen. Dann würde jedes Teil zwischen zwei Glühfäden erhitzt werden und gehärtet ins Kühlbecken am anderen Ende der Maschine fallen.

Moosbach folgte den Männern in den Hauptraum.

„Hier arbeiten der Chef und ich", erklärte Lutz.

Ein Metallkasten nahm fast eine ganze Wand ein. Das war der Ofen. Das Laufband, das sonst Messerteile durch ihn hindurch beförderte, stand still.

Lutz und Helmut liefen zu zwei Doppelschleifmaschinen und zogen vier Stühle in die Mitte des Raums. Paule ging zu einem kleinen Ofen an der Fensterfront. Er öffnete die Tür und zog drei ovalförmige Henkelmänner heraus. Wieder musste Moosbach an seine Ausbildungszeit denken. Auch er hatte damals einen Henkelmann, in dem er jeden Tag sein Essen mitgebracht und erwärmt hatte. Er hatte gar nicht gewusst, dass die Blechbehälter noch immer benutzt wurden.

Er schaute sich um und versuchte, die Arbeitsschritte in die richtige Reihenfolge zu bringen. Das gestanzte Rohmaterial aus dem Erdgeschoss kam wahrscheinlich hier oben in den langen Ofen, um mit hohem Druck flachgepresst zu werden. Dann wurden die Teile in der Induktionsmaschine gehärtet, an den Doppelschleifmaschinen scharf geschliffen und in einem der Becken, die rechts in der Ecke standen, gewaschen. Und irgendwo wartete garantiert ein Lackbad.

Sein Blick wanderte zur Decke. An Haken, die an rechteckigen Stahlplatten befestigt waren, baumelten die zehn, vielleicht fünfzehn Zentimeter langen Landmaschinenmesser zum Trocknen. Auf einem Tisch stapelten sich Kartons. Dort wurden die fertigen Messer verpackt.

„Darf ich vorstellen? Unsere Abluftanlage“, verkündete Helmut feierlich und zeigte mit dem Löffel auf ein geöffnetes Fenster. Er hatte sich inzwischen hingesetzt und seinen Henkelmann auf dem Schoß.

Lutz und Paule gluckster.

„Hey, der war gut, Chef!“, rief Paule.

Helmut grinste breit und erinnerte Moosbach an einen Schuljungen, der stolz war, vor der Klasse einen guten Scherz gerissen zu haben.

„Verstehe“, murmelte Moosbach, rieb sich das Kinn und setzte sich neben Paule.

Der schaufelte eine undefinierbare, aber verdammt gut riechende dampfende Masse aus seinem Henkelmann auf einen Teller und reichte ihn Moosbach. Dem Geruch von handelte es sich um Bohnen mit Speck. Moosbach lief das Wasser im Mund zusammen. Er nahm einen Löffel. War das köstlich.

„Ich hol uns mal'n paar Hefeteilchen – du auch eins, Kollege?“, fragte Lutz.

Moosbach nickte mit vollem Mund. Lutz verschwand und kam mit vier Flaschen Pils zurück, die er mit dem Löffelende öffnete. Dann mampften die Männer schweigend ihr Mittagessen. Ihr Schmatzen und Schlucken und das Schaben des Bestecks füllten den Raum. Moosbach hätte fast den Teller abgeleckt, so sehr schmeckte es ihm. Als sie fertig waren, zündeten sich Lutz und Paule Zigaretten an.

„Da soll also die Abluftanlage hin, ja?“, fragte Moosbach.

Er nickte in Fensterrichtung und trank aus seiner Bierflasche.

„Du entscheidest", sagte Helmut. „Wenn du sagst: Da soll sie hin!, dann kommt sie auch dahin."

Lutz und Paule nickten synchron.

„Material: kein Problem", fuhr der Chef fort. An seinen Fingern zählte er auf: „Rohre, Ventilator, Schweißgerät – alles da!"

Moosbach dachte nach. Plötzlich wusste er, wie er die Abluftanlage bauen würde. Er sah jeden Arbeitsschritt genau vor sich, so, als hätte er einen Plan gezeichnet. Er schaute in die erwartungsvollen Gesichter.

„Ihr wisst, dass wir eine Attrappe bauen werden?"

Lutz und Paule schauten auf ihre Schuhe und drucksten vor sich hin.

„Wenn du Rettung in letzter Minute *so* nennen willst …", brummte Helmut.

„Ich will das nur klarstellen", sagte Moosbach. „Wir bauen eine Abluftanlage, die nur so tut, als ob sie funktioniert. Wenn die Prüfer verlangen, dass wir den Strom anstellen: tja, dann Prost Mahlzeit!"

Ihm fiel auf, dass er „wir" statt „ihr" gesagt hatte.

„Mal nicht gleich den Teufel an die Wand!", entrüstete sich Helmut und erntete zustimmendes Murmeln von Lutz und Paule. „Die wolln schon nicht, dass wir ihnen die Maschinen vorführen. Das sind Schlipsträger. Die wolln nur sehen, dass alles ordentlich aussieht – Schluss, aus, feddich."

„Okay", sagte Moosbach und fühlte, wie Frühlingsluft durchs Fenster zog. „Dann wolln wir mal."

* * *

Als sich Sanna der Klinik näherte, wurde ihr mulmig zumute. Ihre Schritte wurden langsamer, als sie den Weg betrat, der sich zwischen Rasenflächen über das Gelände schlängelte. Sie fühlte sich wie jemand, der in eine Sperrzone eindrang.

Drei Monate hatte sie in der Psychiatrie verbracht. Erst vorgestern war sie entlassen worden. Aber es kam ihr vor, als wäre es eine Ewigkeit her.

Sie hoffte, mit dem Personal sprechen zu können. Magda war bei Frau Hartung in Behandlung gewesen, einer Ärztin, die auch Sanna kannte. Vor allem aber wollte sie mit Frau Papantoniou reden, ihrer gemeinsamen Musiktherapeutin. Mit ihr hatte sich Sanna besonders gut verstanden.

Später wollte Sanna in ihre Ex-WG fahren, um noch einige Sachen zusammenzuräumen und den Großteil ihrer Klamotten nach Solingen zu schaffen. Das hatte sie vorhin mit Walli am Telefon besprochen. Er hatte ihr gesagt, dass Ela den ganzen Tag nicht zu Hause sein würde, was Sanna mehr als recht war. Sie wollte Ela auf keinen Fall über den Weg laufen.

Mit kurzen Schritten ging sie über das Kopfsteinpflaster. Sie begann zu schwitzen, sodass sie kurz anhielt, ihren Pulli auszog und um ihre Hüften band. Sie warf den Kopf in den Nacken. Der Wind trieb die Wolken über den Himmel, in rhythmischen Abständen blitzte die Sonne hervor.

Sanna kam an Gebäuden vorbei, die aus unterschiedlichen Bauphasen stammten. Backsteinhäuser standen neben schäbigen Pavillons, Jugendstilvillen gesellten sich zu Betonklötzen, die weit in den Himmel ragten. Gepflegte Blumenbeete empfingen die Besucher. Die Wipfel der Laubbäume raschelten.

Sanna hatte noch nie so viele Baumarten auf einem Fleck gesehen. Während ihrer Zeit in der Klinik hatte sie die Tafeln am Wegrand aufmerksam studiert. Sie blieb bei einem Baum stehen. Dunkelrote Blätter wuchsen an den herabhängenden Zweigen. „Hängende Blutbuche, Fagus sylvatica Pendula" las sie auf einem Schild.

Plötzlich hörte sie, wie sich ein Mann und eine Frau von hinten näherten. Die beiden unterhielten sich so laut, dass sie jedes Wort verstehen konnte.

„Ja, was soll das denn jetzt schon wieder?"

„Hab ich dir doch schon gesagt, verstehste das denn nich?"

„Ja, aber wieso denn jetz?"

„Hör ma, jetzt reichts mir aber …"

Sannas Knie wurden immer weich, wenn sie hörte, wie sich andere stritten. Sie versuchte nicht hinzuhören und die Wortfetzen vorbeiziehen zu lassen. Sie starrte auf das Schild, las den Namen immer wieder. Hängende Blutbuche, Fagus sylvatica. Hängende Blutbuche, Fagus sylvatica. Hängende Blutbuche, Fagus sylvatica.

Die Stimmen und Schritte entfernten sich.

Sanna steuerte auf ein Hochhaus zu – ein kantiger Riese, der sich vor ihr aufbaute. „Haus 8“ stand auf der Fassade. Draußen wimmelte es von Menschen. Sanna schaute sich um, sah aber keine bekannten Gesichter.

Am Eingang kam sie an einer Gruppe Raucher vorbei und wollte gerade ins Haus gehen, als jemand sie rief.

„Sanna!“

Sie wandte sich um.

Vor ihr stand Petra – eine Patientin, die Sanna gemocht hatte. Ihr strohblondes Haar stand in alle Richtungen ab und verströmte den Geruch von gewaltigen Mengen Haarspray.

„Ich ruf schon die ganze Zeit! Willst mich nich hören oder wie?“ Petra lächelte versöhnlich und zog heftig an ihrer Zigarette. Sie trug einen schimmernden, fliederfarbenen Trainingsanzug, der so aussah, als ob man einen elektrostatischen Schock verpasst bekäme, wenn man ihn anfasste.

„Biste wieder da?“, fragte sie.

„Nein, ich bin nur so mal vorbeigekommen“, sagte Sanna. „Ich muss hier ein paar Sachen erledigen.“ Sie hatte sich gar nicht überlegt, was sie verraten sollte, wenn sie Patienten begegnete, die sie kannte. Sollte sie die Wahrheit sagen?

„Wie gehts dir?“

„Och, das Übliche“, antwortete Petra und blies eine Rauchwolke aus. „Ich sollte eigentlich morgen entlassen werden, aber daraus wird wohl nix.“ Ihr Lächeln verschwand. Dafür legte sich ein Schatten auf ihr Gesicht. „Ich hatte gestern einen Zusammenbruch, weißt du? Mal wieder in Panik geraten. Bin wie irre übers Gelände gerannt. Plötzlich saß ich irgendwo zwischen zwei Bäumen und hab versucht, meinen Mann anzurufen. Ich wusste nicht mehr, wo ich war.“ Sie wischte sich eine Träne aus dem Augenwinkel. „Und ich dachte, ich hätte den Scheiß hinter mir.“

Sanna griff nach Petras Hand. Sie fühlte sich rau und warm an.

„Tja, was will man machen?", schluchzte die Frau. „Dieses Arschloch. Noch immer bestimmt er über mein Leben. Nach – all – den – Jahren."

Sie schnippte die Kippe auf den Boden und zertrat sie mit der Spitze ihres Turnschuhs. „Aber lass uns nicht über Arschlöcher reden. So viel Aufmerksamkeit haben die nicht verdient, oder? Erzähl doch mal, wie's dir geht."

Als Sanna nicht reagierte, sagte Petra: „Na, das klingt ja nicht so gut."

Nach einigem Zögern antwortete Sanna: „Magda ist tot."

Es war, als hörten alle Leute gleichzeitig auf zu reden. Die Stille war zum Zerreißen gespannt. Petra sah sie erstarrt an.

„Was sagst du da?", flüsterte sie.

Sanna erzählte kurz, was passiert war. Ihre Zweifel an Magdas Selbstmord ließ sie dabei aus. Sie wollte nicht in ein langes Gespräch verwickelt werden.

Petra reichten die spärlichen Informationen aus. Sie sah auf ihre Armbanduhr. „Ich muss los, hab ein Gespräch beim Psycho-Klempner."

Sie umarmten sich zum Abschied.

Sanna betrat das Haus und fuhr in den vierten Stock. Am Ende des Flurs öffnete sie eine schwere Glastür und betrat ihre alte Station.

Eine Wolke aus Krankenhausessensgerüchen waberte durch den Raum. Neben der Kochecke stand ein Wagen mit Tabletts, auf denen sich Geschirr mit Resten stapelte. Es war 12.30 Uhr. Das Mittagessen war längst vorbei. Nur wenige Patienten waren im Gemeinschaftsraum.

Am Ende eines langen Tischs spielten eine aufgekratzte Blondine und ein Mann mit fahler Gesichtsfarbe das Kartenspiel Ligretto. In atemraubender Geschwindigkeit deckte die Frau von ihrem Stapel eine Karte nach der anderen auf, während der Mann kaum hinterherkam.

Sanna kannte die Regeln. Sie hatte das Kartenspiel in der Klinik unzählige Male gezockt. Die Frau sah kurz auf, um Sanna freudestrahlend zu begrüßen, und knallte dann auch schon die nächste Karte auf den Tisch.

Sanna ging zum Personalbüro, um nach Frau Hartung zu fragen, aber die Tür war verschlossen. Auf einem Schild stand, dass Schichtwechsel war. Sie wusste, dass man nur in dringenden Fällen stören durfte. Deshalb verließ sie die Station, fuhr zurück ins Erdgeschoss und lief über das Gelände.

Die Musiktherapeutin arbeitete in einem anderen Haus.

Gerade, als Sanna an der Kantine vorbeikam und ihren Blick über die Leute gleiten ließ, die an den Holztischen der Terrasse saßen, trat Frau Papantoniou aus der Tür.

Sanna ging auf die kleine Frau mit den nussbraunen Locken zu. Die Therapeutin trug Jeans und einen eng anliegenden Kaschmir-Pulli. Sie hatte sich dezent geschminkt – mit Wimperntusche und rosa Lippenstift.

„Sanna!", rief Frau Papantoniou und freute sich sichtlich. „Wie geht es dir?"

„Okay, glaube ich."

Die Musiktherapeutin schien in Eile zu sein. Während sie sprach, lief sie über die Terrasse, um auf den Weg zu gelangen, der zum Pavillon führte, wo die Gruppentherapien stattfanden. Sanna nahm ihren Mut zusammen.

„Entschuldigung, aber kann ich Sie einen Moment sprechen? Es dauert auch nicht lang."

Frau Papantoniou öffnete den Mund, doch Sanna kam ihr zuvor.

„Es geht um Magda, Magda Albrecht, Sie erinnern sich? Sie ist tot. Und die Polizei ermittelt."

Die Therapeutin wurde blass. Sie blieb stehen. „Wie bitte?"

„Können wir irgendwo reden?", drängte Sanna. „Es dauert auch nicht lange."

Die Therapeutin zögerte. Nun gut", sagte sie. „Ich muss in 15 Minuten bei der Gruppentherapie sein, bis dahin habe ich Zeit, aber keine Minute länger. Wir spazieren zusammen zum Pavillon, und du erzählst mir alles."

Während sie durch den Park gingen, berichtete Sanna, was geschehen war. Sie tat weiter so, als ob die Polizei Zweifel an Magdas Selbstmord hätte. Sie erhoffte sich, dass dadurch die Therapeutin ihre eigene Suche nach Antworten nicht als Hirngespinst abtat.

„War die Polizei denn gar nicht hier?", fragte Sanna, als sie über einen Hügel liefen. Es roch nach Harz und feuchten Nadelhölzern.

„Falls die Polizei hier gewesen ist, hat sie mit großer Wahrscheinlichkeit nichts erfahren", erklärte die Therapeutin ruhig. „Ärztliche Schweigepflicht. Tote können nicht ihr Einverständnis geben, dass der Arzt Dritten sehr persönliche Dinge über sie erzählt. Und ohne Einverständnis gibts keine Auskunft."

Sanna öffnete vor Verblüffung den Mund.

„Okay, so ist es nicht immer", fuhr die Therapeutin fort. „Es kommt auf den Arzt an. Manche Ärzte kommen der Polizei bei ihren Ermittlungen entgegen, das hab ich schon erlebt. Aber wenns um psychische Erkrankungen geht, da rennt die Polizei ganz schnell vor eine Wand."

Sanna wollte protestieren. Ein Arzt wusste schließlich viel über seine Patienten. Und dieses Wissen durfte er der Polizei doch nicht einfach verschweigen, schon gar nicht, wenn die Todesursache ungeklärt war. Aber als Frau Papantoniou ihr einen vielsagenden Blick zuwarf, zählte Sanna eins und eins zusammen: Für eine Klinik war es bestimmt heikel, wenn eine Patientin einen Tag nach der Entlassung starb. Vorwürfe von Angehörigen waren nicht auszuschließen. Vielleicht würde es sogar zu Prozessen kommen. Kein Wunder, dass die Klinikleitung mauerte.

Das hieß aber auch, dass die Musiktherapeutin vorsichtig mit ihren Äußerungen war. Sanna dachte angestrengt darüber nach, was sie fragen sollte – und vor allem, wie sie die Fragen formulieren sollte.

Sie dachte an Udo Moosbach. Sie hatte seine Vorgehensweise beobachtet, als sie den Pastor und Herrn Glienke besucht hatten. Später hatte er ihr außerdem ein paar interessante Dinge verraten: Direkte Fragen waren gut und wichtig, hatte er erklärt, aber auch offene Fragen hatten etwas für sich. Man tat in dem Fall so, als wisse man etwas, was aber gar nicht der Fall war. Mit ein bisschen Glück traf man voll ins Schwarze und förderte Überraschendes zutage.

Sanna sah, wie Frau Papantoniou sie von der Seite beobachtete. Über ihr Gesicht huschten Lichtflecken.

„Du wünschst dir von mir Antworten. Dabei weißt du mindestens so viel über Magda wie ich. Vielleicht", sagte sie nachdenklich, „vielleicht weißt du sogar noch mehr, viel mehr."

„Aber Sie haben doch mit Magda gesprochen!", protestierte Sanna. „Sie muss Ihnen doch irgendwas Wichtiges aus ihrem Leben erzählt haben!"

„Und du, hast *du* denn nicht mit ihr gesprochen?", fragte die Therapeutin. Ein warmes Lächeln umspielte ihre Lippen. „Weißt du, manchmal erfahren die Patienten viel mehr voneinander, als das Personal je herausfindet." Als sie sah, dass Sanna einen Flunsch zog, sagte sie: „Ich verstehe, dass dir das nicht reicht."

„Am liebsten würde ich Frau Hartung fragen, die weiß bestimmt viel", erklärte Sanna. „Ich glaube, sie kennt Magdas Krankengeschichte ziemlich gut. Sie hat mit ihr ja die Einzelsitzungen geführt. Aber leider wird sie mir nichts verraten."

„Das ist richtig."

„Haben Sie mit Magda denn nie allein geredet?", bohrte Sanna.

„Doch, einmal", antwortete Frau Papantoniou. „Sie wollte mich nach einer Gruppentherapiesitzung sprechen, nachdem sie aus dem Raum gelaufen war. Erinnerst du dich?"

Magda steht hinter einem Xylophon aus Holz. Jedenfalls glaubt sie, dass man das Instrument so nennt. Sie hält zwei Holzstäbe mit seltsamen kleinen Bällen an den Enden.

Die Therapeutin hat erklärt, dass die Stöcke „Schlägel" heißen. Magda weiß nicht so recht, was sie mit den Schlägeln anfangen soll, und deshalb hält sie sie so locker zwischen Daumen und Zeigefingern, dass sie ihr beinahe runterfallen. Ihr Blick klebt auf den Klangplatten. Sie starren sie an.

Es ist so heiß, so schwül. Magda hebt vorsichtig den Kopf und lässt den Blick durch den Raum wandern, der wie ein Halbmond geformt ist. Die Instrumente sind im Kreis aufgebaut – ein Klavier steht da, zwei Gitarren warten in ihren Ständern, daneben hängt ein Gong, Trommeln in allen Formen und Größen stehen herum, auch ein Schlagzeug ist aufgebaut.

Es gibt noch viele weitere Instrumente, aber die kennt Magda nicht. Einige sehen aus wie Xylophone, mal sind sie kleiner, mal größer, mal haben sie Stäbe aus Holz, mal aus Metall, mal sind sie flach, mal rund. An einer Stange baumeln Metallröhrchen wie bei einem Windspiel.

Magda ist seit mindestens einem Monat in der Klinik, vielleicht auch schon länger, aber so genau weiß sie das nicht. Am Anfang war sie auf einer geschlossenen Station. Sie kann sich kaum erinnern, was dort passiert ist. Es war, als bewegte sie sich durch Nebel.

Dann kam sie auf eine andere Station.

Das Zimmer teilt sie sich mit einem Mädchen. Sie heißt Sanna und scheint nett zu sein. Aber vielleicht bildet sich Magda das nur ein.

Wenn sie an die Zeit zurückdenkt, bevor sie in die Klinik kam, beginnt ihr Herz zu rasen. Sie spürt unendliche Verzweiflung, es zieht so furchtbar in der Brust, sie kann dann kaum atmen.

Deshalb darf sie sich nicht erinnern.

Seit vergangener Woche nimmt sie an der Musiktherapie teil. Was Musiktherapie sein soll, weiß sie nicht. Überhaupt versteht sie vieles nicht. Das hat ihr am Anfang große Angst gemacht, aber langsam merkt sie, dass hier viele Leute nett sind, auch wenn sie niemandem trauen darf. Auf der Station sind alle freundlich, auch die Schwestern und Pfleger und die Frau, mit der sie ab und zu alleine in einem Raum sitzt und mit der sie sprechen soll. Wenn die Patienten morgens in einem Kreis sitzen und sagen sollen, wie sie geschlafen haben, akzeptieren es die Leute, wenn Magda nichts sagt.

Sie spricht nur selten. Wie soll sie reden, wenn sie niemandem trauen kann? Wenn sie nicht weiß, wie die Leute reagieren, wenn sie etwas sagt? Sie verbringt deshalb viel Zeit mit sich. Aber auch das ist nicht gut, weil der Kopf dann schlimme Bilder macht. Die Medikamente beruhigen sie, Gottseidank, und machen den Schlaf schwer und schwarz, sodass sie selten träumt. So hat sie weniger Angst vor dem Schlafen. Denn ihre Träume sind furchtbar.

Heute ist sie zum dritten Mal in der Gruppentherapie. Am Anfang saßen sie auf Stühlen. Magda saß neben Sanna. Daneben hat ein Junge Platz genommen, dessen Namen Magda nicht kennt, und neben ihm wiederum eine Frau, die Petra heißt, und dann war da noch eine andere Frau.

Die Therapeutin will, dass sie der Reihe nach sagen, wie sie sich fühlen. Als Magda an der Reihe ist, schnürte sich ihr Hals zusammen. Die Therapeutin fragt freundlich, ob sie Angst habe. Magda nickt, und ihr Hals weitet sich ein bisschen. Die Therapeutin fragt, ob die Angst mehr würde. Magda schüttelt den Kopf. Ob die Angst nachlasse. Magda nickt.

Die Frau fragt, ob sie sich mit den anderen ein Instrument aussuchen wolle. Magda nickt. Die Therapeutin erklärt, dass sie jetzt Musik machen würden. Gemeinsam. Dass alles erlaubt sei. Dass hier niemand etwas falsch machen könne. Dass jeder, auch Magda, jederzeit rausgehen dürfe. Dass man zurückkommen könne, wenn man es wolle.

Sie stehen auf. Die Patientin, deren Namen Magda nicht kennt, bleibt sitzen. Sanna geht zu einem der Xylophon-ähnlichen Instrumente. Petra stellte sich hinter eine Trommel, die mehr breit als hoch und auf einem Metallgestell befestigt ist. Der Junge nimmt eine Gitarre aus einem Ständer. Die Therapeutin setzt sich ans Klavier.

Magdas Blick huscht durch den Raum. Welches Instrument soll sie bloß wählen? Schließlich entscheidet sie sich für eins, das fast genauso wie Sannas aussieht. Allerdings sind Sannas Klangplatten aus Metall, Magdas aus Holz, und sie wirken klobiger.

Jetzt also steht Magda da und weiß nicht, wie sie die Schlägel halten soll. Was ist, wenn die anderen merken, dass sie das nicht weiß? Das Herz schlägt ihr bis zum Hals, und noch immer ist es so schwül, und jetzt sinken plötzlich ihre Arme herunter, die Schlägel poltern auf die Klangplatten und fallen zu Boden, und die Therapeutin steht vom Klavier auf und kommt auf Magda zu.

Magda wird eiskalt. Ihr Körper versteift sich.

Die Therapeutin lächelt, aber Magda weiß nicht, ob das ein gutes oder ein schlechtes Zeichen ist. Die Frau hebt die Schlägel auf und hält sie Magda hin, sie ist eine Armlänge von ihr entfernt. Die Therapeutin fragt, ob sie die Schlägel ein bisschen fester halten möchte. Magda nickt und nimmt diese mit zitternden Händen an.

„Gut", sagt die Frau freundlich, geht zurück zum Klavier und fängt an zu spielen.

Die Musik hört sich schön an, denkt Magda. Sie weiß nicht, dass Moll-Akkorde nach leisem Regen klingen, während Dur-Akkorde von der

Sonne erzählen. Aber sie nimmt wahr, dass ihr die Musik, die durch den Raum auf- und abschwingt, etwas mitteilen will.

Die Musik sieht Magda an. Und Magda sieht die Musik.

Nach und nach treten die anderen Instrumente dazu. Zuerst erklingt die Gitarre. Dann hört Magda Sanna spielen.

Doch plötzlich ist da die Trommel. Magda sieht, wie Petra auf die Trommel haut, immer fester, immer lauter. Hört nur noch die Trommel.

Bam. Bam. Bam. Bam. Bam.

Bam. Bam. Bam. Bam. Bam.

Etwas wird gegen eine Wand gehauen, jemand schreit um Hilfe, jemand lacht, jemand schreit um Hilfe, jemand lacht. Bam. Bam. Bam. Jemand schreit um Hilfe, schreit so laut, jemand lacht, lacht so laut, Körper gegen Wand, Kopf gegen Wand.

Kopf gegen Wand.

Kopf gegen Wand.

Plötzlich lösen sich Magdas Beine, sie kann laufen. Sie rennt aus dem Pavillon, raus, in die Luft.

Dort sind die Bäume.

„Als Petra die Trommel spielte, ist Magda aus dem Raum gerannt“, sagte Sanna nachdenklich.

„Die Trommel hat bei Magda eine Erinnerung hochgeholt, die tief verborgen lag“, erläuterte Frau Papantoniou. „Sie sagte mir in einem Nachgespräch, dass ihr das Trommelgeräusch große Angst gemacht hatte.“

„Aber was das für eine Erinnerung war, wusste sie nicht mehr genau?“

„Ich darf dir eigentlich nichts dazu sagen. Aber, okay, wir plaudern ja nur ein bisschen, oder?“ Die Therapeutin zwinkerte. „Ich glaube, dass es sich um eine sehr alte Erinnerung handelte, wahrscheinlich aus Magdas früher Kindheit. Das Trommelgeräusch war ein heftiger Reiz und hat sie mitten in eine bedrohliche Situation zurückversetzt.“ Frau Papantoniou hatte Magdas Ärztin von dem Vorfall berichtet. Sie vermutete, dass Magda schwer traumatisiert war und dass sie eine intensivere Betreuung brauchte. „Aber ich glaube, daraus ist nichts geworden. Dabei gab es bestimmt so einiges, das Magda hätte aufarbeiten müssen. Es gab Hinweise darauf, dass Magda schon als Kleinkind Gewalterfahrungen gemacht hat."

Schweigend gingen sie durch die feuchtwarme Luft.

„Magdas Leben muss die Hölle gewesen sein", sagte Sanna nach einer Weile. „Sie wurde von ihrer Großmutter geschlagen, von ihrem Chef gemobbt – und dann hatte sie auch noch so einen fiesen Bekannten, wer weiß, was der ihr angetan hat."

„Magda hatte also auch eine Großmutter?", fragte Frau Papantoniou überrascht. „Von der hat sie nie was erzählt."

Sanna wurde hellhörig. Was war *das* denn für eine Frage? Jetzt durfte sie auf keinen Fall erstaunt klingen. Also sagte sie so gleichmütig wie möglich: „Ja, sie hatte eine Großmutter. Aber was meinen Sie mit *auch?*"

„Na, du hast in deiner Aufzählung Magdas Mutter vergessen!", rief Frau Papantoniou und knuffte Sanna. „Wo bist du denn mit deinen Gedanken? Einfach die Mutter zu vergessen! Mit der lebte Magda doch zusammen!"

ZWEITER TEIL

IM FLUSS

„Wer Vater oder Mutter flucht,
der soll des Todes sterben.“

2. Buch Mose, Kapitel 21, Vers 17

Aus dem Tagebuch von Magda Albrecht (Auszüge)

Wenn du aber nicht gehorchen wirst der Stimme deines HERRN, deines Gottes, und wirst du nicht halten und tun alle seine Gebote und Rechte, die ich dir heute gebiete, so werden alle diese Flüche über dich kommen und dich treffen: Verflucht wirst du sein (...) Der HERR wird unter dich senden Unfrieden, Unruhe und Unglück in allem, was du unternimmst, bis du vertilgt bist und bald untergegangen bist um deines bösen Treibens willen, weil du mich verlassen hast. Der HERR wird dir die Pest anhängen, bis er dich vertilgt hat in dem Lande, in das du kommst, es einzunehmen. Der HERR wird dich schlagen mit Auszehrung, Entzündung und hitzigem Fieber, Getreidebrand und Dürre; die werden dich verfolgen, bis du umkommst. Der Himmel, der über deinem Haupt ist, wird ehern werden und die Erde unter dir eisern. (...) Statt des Regens für dein Land wird der HERR Asche vom Himmel auf dich geben, bis du vertilgt bist. Der HERR wird dich vor deinen Feinden schlagen. Auf einem Weg wirst du wider sie ausziehen, und auf sieben Wegen wirst du vor ihnen fliehen und wirst zum Entsetzen werden für alle Reiche auf Erden. Deine Leichname werden zum Fraß werden allen Vögeln des Himmels und allen Tieren des Landes, und niemand wird sie verscheuchen. (...)

Der HERR wird dich schlagen mit Wahnsinn, Blindheit und Verwirrung des Geistes. Und du wirst tappen am Mittag, wie ein Blinder tappt im Dunkeln, und wirst auf deinem Wege kein Glück haben und wirst Gewalt und Unrecht leiden müssen dein Leben lang, und niemand wird dir helfen." (5. Buch Mose, Kapitel 28, Vers 15–29)

Etwas Eisiges flattert durch meinen Körper, ich trage die Schuld, nicht SIE, ich bin Sünde, nicht SIE, SIE hat mich verleugnet, und man darf andere Menschen nicht verleugnen, so war es doch auch bei Petrus, drei Mal leugnete er Jesus, nachdem Gottes Sohn gefangen genommen wurde, aber bei IHR war das anders, SIE hatte von Beginn an IHRE Gründe, war-

um SIE mich leugnete, SIE hat all die Jahre nur versucht, mich von meinen Sünden zu befreien, vom Schmutz reinzuwaschen, zu waschen, zu waschen, zu waschen, mir die unsauberen Geister auszutreiben, ich weiß das alles, und doch sind da in meinem Herzen gotteslästerliche Gedanken, die ich nicht auszusprechen wage, Gedanken, die sich gegen SIE wenden wie erhobene, zornige Schwerter, bereit zu richten, ich träume entsetzliche Albträume, in denen sich Schlangen lautlos aus dem glitzernden Fluss erheben, riesig sind sie, wie sie aufrecht das Ufer entlanggleiten, ich beobachte sie, während ich mich hinter einem Baum verstecke, doch dann wenden sie ihre Köpfe in meine Richtung, ich kann den Blick nicht abwenden vor Grauen, und ich erkenne, diese Schlangen haben IHR Gesicht, sie gleiten auf ihren Schwanzspitzen auf mich zu, das eisige Wasser blitzt, eisig flattert es jetzt hinter meinen Ohren, die Zungen zischeln, und mich packt eine Sterbensangst, das Zischeln schwillt an, etwas Eisiges – und dies ist nicht nur Traum, denn in der Nacht, als SIE von mir ging, nachdem SIE ES mir gesagt hatte, da umzingelten die Schlangen plötzlich das Haus, sie wollten herein und mir den Weg versperren, da musste ich raus, ich hastete durch den Wald, rutschte auf Wurzeln aus, überall Zischeln und das Gleiten der Körper durchs Dickicht, und ich irrte in der Finsternis, die Hänge hoch, in der Furcht hinzufallen, mit Laub an den Händen aufzustehen, um zu sehen, dass die Blätter keine Blätter sind, sondern Ottern mit winzigen Gesichtern, mit IHREM Gesicht, dann kam ich zum Fluss, es ward hell, ich stand auf der Brücke und hielt mich am Geländer fest, und plötzlich sah ich keine Schlangen mehr, ich holte Luft, starrte auf das Wasser, aus dem sie gekommen waren, dachte, was wäre, wenn der Fluss nicht aus Eis-Wasser wäre, sondern sich verwandelte in einen Feuerfluss – in den das Böse geworfen würde – und es ward hell, und ich blickte zur Seite, da kam eine Frau auf mich zu (es war Ricky, aber ich erkannte sie nicht), ich blickte mich um, voll Angst, aber die Schlangen waren fort, und dann kam der Mann, auch ihn erkannte ich nicht, aber ich wandte mich ab und starrte auf das Wasser, Feuer-Wasser oder Eis-Wasser, Feuer oder Eis, Eis oder Feuer, und dann fuhren wütende Wagen mit schrillen Männern auf die Brücke, die so viele Wörter herumschleuderten und mich immer ansahen, flatternde Worte, flatternde Flügel, ich schloss die Augen, ich öffnete die Augen, ich wollte in den Fluss schauen, ob er zu Feuer ward, aber sie ließen mich nicht, und plötzlich, ja plötzlich vernahm ich sie wieder, die Schlangen zischelten aus der Ferne, Flattern in meinem Haar, so eisig, und in den Träumen besuchen sie mich aufs Neue, immer haben sie IHR Gesicht, und wer Gottes Geboten nicht folgt, den werden SEINE Strafen treffen, und sie werden furchtbar sein, denn der Lohn der Sünde ist der Tod, das ewige Gericht, und hinter dem linken Ohr, oben hinter der Spitze, da flattert's besonders heftig.

17. Februar 2013

Seit ein paar Tagen ist das Flattern verstummt, aber ich habe große Angst, dass es wiederkommt, die Frau sagt, ich soll schreiben, das hilft, sagt sie, ich schreibe aus der Bibel ab, seitenweise, aus den Evangelien, aus dem Brief des Paulus an die Römer, seinen Brief an die Korinther, die Offenbarung, die Bücher Mose, aus dem Buch des Propheten Daniel – ja, nicht nur im Neuen, auch im Alten Testament lese ich, es steht doch alles darin, alles, alles steht in der Heiligen Schrift, alles in dem einen Buch, das mich nie allein gelassen hat, sieht die Frau nicht, dass längst, längst alles gesagt wurde?

20. Februar 2013

Ich glaube, das Flattern ist nun wirklich fort, ich habe nicht mehr von den Schlangen geträumt, sodass ich inzwischen ein paar Stunden am Stück durchschlafen kann, und ich beobachte jeden

Tag, wie sich meine Erinnerungen sachte aus ihren Nebelkörpern schälen, in der Landschaft in mir, auf dem mit Asche bedeckten Acker, noch lässt der Wind die Schwaden um die Erinnerungen wirbeln wie hauchdünne Schleier, aber ich glaube, dass sie ihre Hüllen in den nächsten Tagen abstreifen und klar hervortreten werden, während die Sonne am Himmel durch die Wolken bricht, und dann werden sie ihren Marsch über verdorrte Erde antreten, ich habe Angst vor den Erinnerungen, ich darf nicht daran denken, was SIE mir erzählt hat, es ist zu schlimm. Um mich abzulenken, klammere ich mich an die Worte der Heiligen Schrift wie an Ringe, halte ihr kühles Eisen an meine fiebrigen Wangen – im Anfang war das Wort und es erklingt in alle Ewigkeit.

23. Februar 2013

Ich weine oft. Die eitlen Gedanken sind keine so große Sünde wie die, die in meinem Kopf gegen SIE anschreien. Und so versuche ich, die eitlen Gedanken erstarken zu lassen, damit sie die besiegen, die sich gegen mein Blut richten.

Sieben Mal habe ich heute gelesen, wie die Sünderin in der Stadt war und wie sie hörte, dass Jesus bei einem Pharisäer im Hause an einem Tische saß, brachte sie ein Gefäß mit Salbe „und trat hinten zu seinen Füßen und weinte und fing an, seine Füße zu netzen mit Tränen und mit den Haaren ihres Hauptes zu trocknen, und küsste seine Füße und salbte sie mit Salbe". (Lukas, Kapitel 7, Vers 38.)

Ich lese diese Zeilen immer und immer wieder und weine. Ich weiß, dass ich eine Sünderin bin, vergib mir meine bösen Gedanken, die sich gegen mein Fleisch richten, ich werde alles tun, um sie auszumerzen, auszurotten wie alles Unreine in mir, an mir: „Wenn wir sagen, wir haben keine Sünde, so verführen wir uns selbst, und die Wahrheit ist nicht in uns. Wenn wir aber unsere Sünden bekennen, so ist er treu und gerecht, dass er uns die Sünden vergibt und uns reinigt von aller Untugend." (1. Brief des Johannes, Kapitel 1, Vers 8-9)

24. Februar 2013

Die Erinnerungen haben ihre Hüllen abgestreift. Jetzt kommen sie auf mich zu. Ich habe Angst. Denn es gibt nur den einen Weg: „Ich bin der Weg und die Wahrheit und das Leben; niemand kommt zum Vater denn durch mich", sagt Jesus Christus. (Johannes, Kapitel 14, Vers 6) Und: „Wer nicht mit mir ist, der ist wider mich." (Matthäus, Kapitel 12, Vers 31)

26. Februar 2013

Gottes Wort wurde für mich aufgeschrieben, sagte der Pastor, als ich nach der Arbeit zu ihm in die Gemeinde geflohen bin, weil ich so verzweifelt war – heimlich, denn SIE durfte es nicht wissen. SIE mag den Pastor nicht. 40 Menschen, sagte er, haben die Bibel geschrieben, nachdem Gott zu ihnen gesprochen hatte. Jene Menschen schrieben SEINE Worte auf – für die Armen, die Blinden, die Lahmen, die Schwachen, die Gehörlosen, die Sünderinnen. „Sie schrieben SEINE Worte für dich auf", sagte der Pastor. Denn „die Starken bedürfen keines Arztes, sondern die Kranken." Und so war Jesus „gekommen, die Sünder zu rufen und nicht die Gerechten". (Markus, Kapitel 2, Vers 17). „Die Tauben macht er hören und Sprachlose reden." (Markus, Kapitel 7, Vers 37) Jesus, sprach der Pastor, kann uns aus der Finsternis holen. Wenn wir uns ihm zuwenden. Aber was ist, wenn ich in der Finsternis verharren will, um den Erinnerungen zu entkommen? Wenn ich taub bleiben will und stumm und blind?

Wende ich mich dann ab von Gott?

Sie haben mich gewarnt! Nur Gottes Wort zählt, sagten sie.

Alle Bücher außer der Bibel sind Gift. Wer nicht für Jesus ist, ist gegen ihn.

Aber der Pastor spricht anders als sie. „Fürchte dich nicht." Diesen Satz liest der Pastor immer vor, wenn wir uns treffen.

Fürchte dich nicht.

Fürchte dich nicht.

Fürchte dich nicht.

Gibt es einen Satz, der häufiger in der Heiligen Schrift zu lesen ist als dieser? Ich halte mich an ihm fest, ich brauche nur ihn, den einen, wenn die Erinnerungen kommen – und sie werden bald da sein.

28. Februar 2013

Im Gebet stelle ich mir vor, wie der Herr Jesus vor mir steht. Auf dem Feld, den Wind in seinem Haar. In der Ferne, am Horizont, wo die glühende Sonne sich aus der verdorrten Erde erhebt, schreiten die Erinnerungen. Seine Gesichtszüge verschwimmen, aber ich glaube, er lächelt. Was will er mir sagen?

Fürchte dich nicht.

Ein Mann, drei Worte, zwei Hände. Ich kann es nicht wirklich begreifen – aber mehr brauche ich nicht.

30. Februar 2013

Ich bewundere Gottes Sohn von Tag zu Tag mehr. Warum hilft er den Menschen, nach all dem, was sie ihm antaten? Weil seine Liebe unendlich ist. Deshalb nahm er unsere Sünden auf sich und starb für uns am Kreuz von Golgatha. Wie viel Stärke ist in seinen Worten, wenn er am Kreuz sagt „Herr, vergib ihnen, sie wissen nicht, was sie tun?" Und um die neunte Stunde schrie Jesus laut „Mein Gott, mein Gott, warum hast du mich verlassen!" (Matthäus, Kapitel 27, Vers 46)

Mir fließen stumme Tränen über taube Wangen. Der Herr Jesus weiß um das Leiden, er weiß, wie sich das anfühlt, die Schmerzen, der Spott, der Hohn, die Verleugnung, die Schande. Im Anfang war das Wort, und seine Worte klingen für alle Zeiten. Mein Gott, mein Gott, warum hast du mich verlassen?

6. März 2013

Es wird langsam heller. Ein schwarzer Schleier rutscht von meinem Geist. Ich glaube, sie sind da.

13. März 2013

Frau Schmidt sagt, dass ich durch die Medikamente ruhiger geworden bin. Ob ich besser schlafe, fragt sie, ob ich seltener Angst habe. Ich nicke. Die Angst ist zwar immer noch da und manchmal reißt sie ihr Maul auf, aber sie verschlingt mich nicht. Fürchte dich nicht. Ein Mann, drei Worte, zwei Hände.

18. März 2013

Alle denken, ich bin hier, weil M. gestorben ist. Aber das stimmt nicht. Ich habe niemandem erzählt, was sie mir verraten hat – auch nicht Frau Schmidt.

19. März 2013

Ich bin auf eine andere Station gekommen. Ich teile mir das Zimmer mit einem Mädchen, sie heißt Sanna. Sie lächelt mich an. Aber man kann nie wissen. Sobald sie oder die anderen merken, wie schlecht ich bin, werden sie schlimme Dinge zu mir sa-

gen. Mich schlagen. Das ist früher oder später immer passiert. Andererseits, denke ich, hat Frau Schmidt mich weder verhöhnt noch geschlagen. Auch der Pastor hat mir niemals wehgetan.

Frau Schmidt sehe ich nicht mehr. Ich habe eine neue Ärztin, sie heißt Frau Hartung.

Ich bleibe oft stumm, aus Angst, dass unsaubere Worte über meine Lippen kriechen. Frau Hartung sagt, es gibt nichts Richtiges oder Falsches. Das verunsichert mich noch mehr. Denn in der Bibel, da steht alles ganz klar, ich glaube jedes Wort, so wie sie es mir beigebracht haben, denn wie kann man an die Bibel glauben, wenn man sie nicht beim Wort nimmt?

„Was aus dem Menschen herauskommt, das macht den Menschen unrein; denn von innen, aus dem Herzen der Menschen, kommen die bösen Gedanken, Unzucht, Dieberei, Mord, Ehebruch, Habsucht, Bosheit, List, Schwelgerei, Mißgunst, Lästerung, Hoffart, Unvernunft." (Markus, Kapitel 7, Vers 20-22)

Und in der Bibel steht geschrieben: Du sollst Vater und Mutter ehren. Und wer ihnen flucht, der soll des Todes sterben.

27. März 2013

Vor ein paar Tagen dachte ich, ich müsste sterben. Ich muss manchmal in einen Pavillon, zu den Instrumenten. Dort arbeitet eine Frau, sie ist freundlich. Das Entsetzliche passierte, als Petra auf die Trommel schlug, dieses Geräusch ... Diese Bilder in mir, sie sind echt ... Ein Kopf haut gegen eine Wand, etwas Hartes, ein Körperteil, immer fester, und niemand hilft ihr – auch ich nicht.

11. April 2013

Ich habe es ihr gesagt. Dass SIE meine Mutter war. Ich kann nicht glauben, dass ich das getan habe, dass ich das Wort aufschreiben kann. Mutter. Ich sprach es nicht direkt aus. Ich bat Frau Hartung, Fragen zu stellen. Ich nickte oder schüttelte den Kopf. Frau Hartung erriet es. Dann fragte sie mich, was ich fühle. Ich sagte, dass ich mich schäme. Dass ich mich ekele. Schließlich liegt es an mir.

Warum?, fragte Frau Hartung.

Weil ich schuld bin, weil ich es schon immer war.

Ich weinte.

Dann war Frau Hartung auf einmal ganz anders als sonst. Nicht mehr wie eine Ärztin.

„Ich sage dir jetzt was, Magda. Hörst du zu?“, sprach sie. „Du hast keine Schuld. Gar keine Schuld. Daran, dass deine Mutter dich ihr ganzes Leben lang belogen hat, trägst du keine Schuld.“

Jesus, die Erinnerungen und ich bilden einen Kreis. Mein Acker liegt noch immer brach, und ich kann nicht glauben, dass es jemals regnen wird, und selbst wenn, wird die Erde das Wasser nicht aufnehmen können, so ausgezehrt ist sie – aber über uns scheint die Sonne und Stare kreisen hoch oben in der Luft.

Sie war meine Mutter, das ist erst der Anfang.

Und die Stare: Sie sind Boten eines gewaltigen Schwarms.

TAG 3 – DONNERSTAG

9. MAI 2013 (am Nachmittag)

Sanna konnte es nicht fassen. Magda hatte bei ihrer Mutter gelebt! Und niemand hatte es gewusst. Selbst Herr Glienke und der Pastor dachten, dass Magda keine Mutter hatte. Jedenfalls hatten sie das behauptet.

Sannas Gedanken rasten ihr kreuz und quer durch den Kopf. Was die Musiktherapeutin ausgeplaudert hatte, bedeutete einen Durchbruch. Andererseits stiftete die neue Information Verwirrung. Denn wer war Magdas Mutter? Sanna tippte auf Greta, Magdas angebliche Großmutter. Ricky wirkte zu jung.

Ihre Gedanken verstrickten sich zu einem Netz, während Sanna durchs Treppenhaus zur Wohnung ihrer Düsseldorfer Ex-WG polterte.

Nach dem Gespräch mit Frau Papantoniou hatte sie weder Frau Berkenkötter noch Herrn Moosbach erreicht. Deshalb hatte sie an ihrem alten Plan festgehalten, war völlig aufgewühlt in die Straßenbahn gestiegen und zu ihrer Ex-Wohngemeinschaft gefahren, um ihre Sachen zu holen.

Sie kam außer Atem an, drehte den Schlüssel im Schloss und platzte in ihr ehemaliges Zuhause. Sie eilte durch den Flur in ihr Zimmer und schenkte Walli, der aus der Küche geschlurft kam, keine Beachtung. Sanna wollte diesen Besuch so schnell wie möglich hinter sich bringen. Sie wollte ihren Kram packen und dann nichts wie raus hier. Fort von diesem Ort, an dem sie nicht willkommen war, und dorthin, wo man sie brauchte.

Sanna stopfte einige Klamotten in einen Trekkingrucksack. Bücher, die ihr besonders am Herzen lagen (darunter der „Steppenwolf" von Hermann Hesse), packte sie in zwei Jutebeutel, die restlichen schmiss sie in ein paar Kartons, die sie sonst für Krimskrams benutzte. Sie riss das Laken von der Matratze, zog die Bezüge von Kopfkissen und Bettdecke und presste die schmutzige Wäsche in einen Karton.

Als sie die Kartons in einer Ecke gestapelt hatte, trat Sanna zur

Fensterbank, auf der Tontöpfe mit Kräutern standen. Zum Abschied strich Sanna mit ihren Fingern über die eiförmigen Blätter einer Zitronenmelisse. Dann drehte sie sich um und raffte so viele ihrer Habseligkeiten zusammen, wie sie tragen konnte.

Walli stand im Türrahmen wie ein Fragezeichen auf zwei Beinen und brachte nur unbeholfenes Gemurmel zustande.

„Den Rest hole ich demnächst ab, machs gut", war alles, was Sanna Walli zu sagen hatte, bevor sie mit ihrem Trekkingrucksack und zwei Jutebeuteln im Flur verschwand.

Sanna nahm eine Straßenbahn zum Bahnhof Flingern. In der Zeit schaffte sie es, Frau Berkenkötter zu erreichen. Sie vereinbarten, sich gemeinsam am Solinger Hauptbahnhof zu treffen und zum Polizeipräsidium Wuppertal zu fahren, um die Beamten über Magdas verworrene Familiengeschichte zu informieren. Außerdem stellte die Wirtin klar, dass Sanna mindestens so lange bei den Berkenkötters wohnen würde, bis das Rätsel um Magdas Tod gelöst wäre.

Die Straßenbahntüren öffneten sich und Sanna wankte beladen hinaus. Es hatte zu regnen begonnen, und die Henkel, die sie sich um die Hände gewickelt hatte, damit die Beutel nicht über den Boden schleiften, schnürten ihr die Finger ab. Die Rucksackgurte schnitten in ihre Schultern.

Sanna lief über die Straße unter eine Betonbrücke. Auf der gegenüberliegenden Straßenseite sah sie zwischen vorbeisausenden Autos und donnernden Lkw einen alten bärtigen Mann, der vor der Brückenwand auf dem Pflaster saß. Auf dem Bürgersteig, auf dem Sanna ging, kauerte ein jüngerer Mann. Sie steuerte auf ihn zu. Als sie sich näherte, entdeckte sie, dass aus einer Mütze vor ihm ein paar Centstücke aufblitzten. Neben dem Mann hatte sich ein Hund auf einer karierten Decke zusammengerollt. Das Tier schaute traurig zu ihr auf, die Schlappohren hingen herab. Sein schwarzes Fell sah verfilzt aus.

Wahrscheinlich war es ein Hovawart.

Sanna blieb stehen. Sie schwitzte und war in Eile, aber sie konnte sich nicht von dem traurigen Hundeblick lösen – auch dann nicht, als sie die Stimme des alten Manns durch den Tunnel schallen hörte.

„So'n Arschloch, hackt dem jefällichst den Kopf ab, wie sich dat jehört, anni Wand stellen sollte man den!"

Sanna hörte, dass der Regen immer stärker wurde und außerhalb der schützenden Brücke auf den Asphalt prasselte. Sie ließ die Taschen auf den Boden gleiten, stellte den Rucksack ab und wühlte in einem Fach. Sie zog ihr Portemonnaie raus und kramte einen Euro hervor.

„Danke", sagte der Mann, als die das Geld in seine Mütze legte. Er saß im Schneidersitz auf dem Pflaster, in einen knöchellangen Mantel gehüllt. Seine Hände lagen auf den Marschriemen und Metallschnallen, die am Spann seiner Stiefel glänzten. Den Kopf hatte er nach vorn geneigt, sodass seine schwarzen Haare sein Gesicht verdeckten.

„Bitte", sagte Sanna.

Sie hockte sich hin, um den Hund am Kopf zu kraulen. Der schloss die Augen und hechelte. Schließlich riss sie sich von dem Tier los, wuchtete den Rucksack auf ihre Schultern, sagte „Auf Wiedersehen!" und ging hoch zum Bahnsteig.

Das Mädchen sagte „Auf Wiedersehen!" und ging hoch zum Bahnsteig.

Sascha sah von den meisten Leuten, die vorbeigingen, nur die Schuhe. Oder ihre Hunde.

Als sich das Mädchen jedoch hingehockt hatte, um seine Lady zu streicheln, hatte er durch die Haarsträhnen gespäht, um einen Blick auf ihr Gesicht zu erhaschen. Sie sah jung aus. Und traurig. Und sie hatte seine Lady gestreichelt.

Seine Lady hatte sicher Hunger. Sascha kramte in seiner Manteltasche, zog ein Plastiksäckchen hervor und löste das Gummiband. Er nahm wahr, dass seine Beine vom langen Sitzen eingeschlafen waren und sein Hals schmerzte. Schwerfällig beugte er sich nach vorn und schüttete Trockenfutter auf den Boden, über das sich seine Lady sofort hermachte. Vor einigen Wochen hatte eine Wohltätigkeitsorganisation Tierfutter gesammelt und an Obdachlose und ihre Hunde verteilt. Sascha hatte einen Sack Trockenfutter erhalten.

Die Spende lagerte in einer leer stehenden Fabrik, im Proberaum von seinem Kumpel Gonzo – in derselben Ecke, in der er die Nächte auf einer Doppelmatratze verbrachte.

Allein. Seitdem Ricky verschwunden war.

Wie heftig es auf einmal regnete. Sascha hob den Kopf und beobachtete, wie das Wasser von der Eisenbahnbrücke auf die Straße stürzte. Es würde nicht mehr lange dauern, dann würden Bäche über den Gehweg fließen und die Decke seiner Lady durchnässen. Es hatte Zeiten gegeben, da wäre ihm das völlig egal gewesen. Aber das hatte sich geändert – auch wenn ihn eine Wolke der Hoffnungslosigkeit umgab; auch wenn er Tag für Tag einen unsichtbaren Fels auf dem Rücken trug, der ihm seinen schleppenden Gang verlieh; auch wenn er Ricky noch so sehr vermisste.

Sascha stand auf, schüttete das Geld aus der Mütze in seine Manteltasche, nahm Lady bei der Leine und packte die Wolldecke. Er ging die Treppe einige Stufen hoch und kauerte sich an die Seite, sodass die Leute, die vom Bahnsteig kommen würden, genug Platz hatten, an ihm vorbeizugehen. Er legte die Decke vor sich auf eine Stufe. Lady nahm Platz, kratzte sich mit einer Pfote den Hinterkopf und rollte sich zusammen.

Die enge Treppe war ein ungünstiger Platz zum Betteln. Hasteten die Leute vorbei, um die Straßenbahn zu bekommen, bot sich selbst Leuten, die Geld in seine Mütze werfen wollten, kaum eine Gelegenheit anzuhalten, geschweige denn, nach Kleingeld zu suchen.

Sobald der Regen nachließ, würde er zum Café um die Ecke gehen, wo es der Ladenbesitzer gut mit ihm meinte. Wenn die Mittagszeit vorbei war, bekam seine Lady dort einen Napf Futter, ihm spendierte man einen Teller Suppe und Brot.

Sascha starrte auf die Rinnsale, die inzwischen über den Bürgersteig flossen, und lauschte dem Plätschern.

Der Regen regierte diesen Frühling.

Es war der erste Frühling ohne Ricky seit acht Jahren.

Sie hatten sich auf der Platte kennengelernt, am Düsseldorfer Hauptbahnhof.

Sie waren beide total unten gewesen. Er war auf Schore, sie auf

Pola. Ricky hatte sich ihre Herzklappen mit der Ersatzdroge kaputtgeschossen. Gemeinsam hatten sie entgiftet, immer wieder. Immer wieder waren sie rückfällig geworden. Aber beim vierten Mal hatten sie es gepackt. Der Polamidon-Entzug war für Ricky viel schlimmer gewesen als für Sascha der Heroin-Entzug. Und der war schon die Hölle. Erst nach einem halben Jahr war alles Pola aus Rickys Körper raus, und ihre Waden schmerzten nicht mehr so entsetzlich, sodass sie wieder laufen konnte.

Seitdem hatten sie bestimmte Gegenden gemieden. Was ein Kraftakt war. Man konnte überall auf alte Bekannte stoßen.

„Haut doch einfach ab, Mann! Irgendwohin in die Pampa“, hatte Gonzo geschimpft.

„Welche Pampa meinst du'n, Mann?“, hatte Ricky gefragt.

„Na, was weiß ich? Pampa is Pampa! Kann doch nich so schwer sein!“

In Düsseldorf würden sie es niemals schaffen, clean zu bleiben, hatte Gonzo behauptet. Aber dann hatten sie es geschafft. Bis heute. Vorausgesetzt, dass Ricky seit ihrem Verschwinden nicht wieder drauf war. Das war leider sehr unwahrscheinlich. Sascha hatte zwei Theorien, die Rickys Verschwinden erklärten. Entweder waren bei Ricky mit einem Knall alle Sicherungen rausgeflogen, und sie hatte sich irgendwo was besorgt. Oder sie hatte ganz einfach Pech gehabt und war zur falschen Zeit am falschen Ort gewesen, wo sie der Versuchung nicht hatte widerstehen können. Vielleicht war sie inzwischen tot. Menschen wie Ricky starben, ohne dass die Welt davon Notiz nahm.

Dass Sascha clean war, hatte er Gonzo zu verdanken. Gonzo hatte ihm ein letztes Mal erlaubt, in seinem Proberaum zu pennen, sodass er sich mit Ricky vom Rest der Welt abschotten und gewissen Personen aus dem Weg gehen konnte.

„Wenn ihr Scheiße baut, ich schwör, das ist das letzte Mal, dann trete ich euch so dermaßen in den Arsch, dann verpisst ihr euch – und kommt nie wieder, kapiert?“

Gonzo war einer der Menschen, die von Sascha bitter enttäuscht worden waren. Die Sascha ausgenutzt, belogen und beklaut hatte, immer wieder. Jahrelang.

Eine Erinnerung schlüpfte ab und zu unter den Mauern der Verdrängung durch, in Saschas Bewusstsein. Eine alte Schulfreundin, die Sascha eines Winterabends auf der Straße aufgelesen und zu sich nach Hause gebracht hatte, hatte ihm Essen gekocht und ihm einen Schlafplatz angeboten. Dann hatte sie mit ansehen müssen, wie er sich vor ihren Augen einen Schuss setzte. Sascha wusste, dass es für Menschen, die kein Heroin nahmen, ein Albtraum war, diesem Akt der Selbstzerstörung beizuwohnen. Aber ihm war das so was von scheißegal gewesen. In jener Nacht hatte er 200 Euro aus ihrer Geldbörse geklaut und war abgehauen.

Sascha war klar, dass er vor ein paar Jahren alles für Schore getan hätte, alles. Und er würde sofort wieder alles für die Droge tun, falls er rückfällig werden würde. Sascha fragte sich manchmal, ob es Zufall war, dass er für Drogen noch nie jemanden umgebracht hatte.

Er beugte sich nach vorn, um Lady im Nacken zu kraulen, und lauschte. In diesem Moment gab es nur seine Lady und ihn – und das Plätschern des Regens.

Lady kam in ihr Leben, als Gonzos Nachbarin starb und die Hündin hinterließ. Gonzo hatte es irgendwie angestellt, dass das Tier bei Ricky und Sascha wohnen durfte.

Jenen Tag hatte Sascha noch glasklar vor Augen.

Als er damals in die feuchte Fabrikhalle seines Freundes trat, riss sich Lady von der Leine und stürzte auf Ricky zu. Ricky krümmte sich vor Krämpfen auf der schweißnassen Matratze, vollgepumpt mit Schmerzmitteln, neben ihr stand ein vollgekotzter Eimer. Ihr letzter Klinikaufenthalt lag eine Woche zurück. Ihr beißender Körpergeruch hätte jedem Menschen Übelkeit verursacht. Nicht so Lady. Die Hündin hüpfte auf Rickys Schoß und leckte ihr das Gesicht. Ricky war so gerührt, dass ihr Tränen über die Wangen strömten. Ihre bläulich schimmernde Haut, die über ihren spitzen Wangenknochen sonst wie zum Reißen gespannt war, erschlaffte und ihre harten Gesichtszüge verwandelten sich in die eines Mädchens. Sascha fiel neben seiner Freundin auf die Knie und schlang seine Arme um Ricky und die schwanzwedelnde Lady.

Sascha kehrte zurück in die Gegenwart, als er etwas Nasses auf seiner Wange fühlte. War es eine Träne? Oder ein Regentropfen, der seinen Weg zu ihm gefunden hatte?

Er schluckte und stand auf. Er ging runter auf den Gehweg und schaute nach links, in die Welt jenseits der Brücke. Sie war in gleißendes Licht getaucht. Er wandte sich ab. Das Plätschern war fast verstummt. Die Schauer waren vorüber.

Lady sprang die Treppe hinunter und blickte erwartungsvoll zu ihm auf. Sie wedelte mit dem Schwanz.

„Ist ja gut, wir gehen gleich“, sagte Sascha und strich ihr über den Kopf. „Aber, hörst du? Die Bahn fährt ein. Die warten wir noch ab, und wenn die Leute weg sind, gehen wir was essen, okay?“

Sascha und Lady setzten sich hin, als die S-Bahn mit quietschenden Bremsen zum Stehen kam.

Die S-Bahn hielt mit quietschenden Bremsen am Bahnsteig, die Türen öffneten sich und Sanna stieg ein.

* * *

Ceylan Karadeniz, 41 Jahre, Kriminalkommissarin des KK 11 und zuständig für Tötungs-, Brand- und Waffendelikte, saß an ihrem Schreibtisch. Sie hatte ihre Besucher in ihrem 9,90 Quadratmeter großen Büro mit dem einstudierten Satz „Vielen Dank für Ihren Besuch. Sie haben Informationen, die Sie uns mitteilen wollen?“ empfangen und deren Personalien aufnehmen wollen, als ein Dröhnen einsetzte, das sich anhörte, als würde das Wuppertaler Polizeipräsidium in den nächsten Sekunden einstürzen.

Die Bauarbeiten hatte vor zwei Monaten begonnen, schienen nie wieder aufzuhören und bescherten der Belegschaft Kopfschmerzen.

Eine erschöpfte Bürokraft war an diesem Morgen über den schlecht ausgeleuchteten Flur im zweiten Stock geschlurft und war vor dem Zimmer ihrer Kollegin stehen geblieben. Die Kommissarin ließ die schwere Holztür häufig offen. Denn die Wärme des schlecht isolierten Gebäudes staute sich in den engen Büros.

„Ich halte das nicht mehr aus. Meine Aspirin sind alle“, hatte ihr jene Kollegin ohne Gruß zugeraunt, hatte die Augen geschlossen und war mit gebeugtem Rücken über das farblose Linoleum von dannen gezogen. Die Kollegin erinnerte die Polizeibeamtin in diesem Moment an Marvin, jenen depressiven Roboter aus „Per Anhalter durch die Galaxis". Das war neben „Dinner For One" einer der Filme, über die Ceylan Karadeniz lachen konnte, ohne skeptisch ihre linke Augenbraue hochzuziehen.

Ihren Sinn für Humor hegte sie wie ein Betriebsgeheimnis. Wie die meisten ihrer persönlichen Ansichten. Zu häufig in ihrem Leben hatte sie entrüstetes Kopfschütteln geerntet – meistens von Lehrern mit linksradikaler Vergangenheit oder von türkisch-nationalistischen Verwandten. Vor allem, als sie als junge Frau die Entscheidung getroffen hatte, Polizistin zu werden, dafür ihre türkische Staatsbürgerschaft aufgab und nach ihrer Ausbildung zu aller Entsetzen auch noch in einem ehemaligen Nazi-Bau ihren Dienst antrat. Ausgerechnet.

Vom ersten Arbeitstag an war Ceylan Karadeniz davon überzeugt, dass der Präsidiumsbau einen Atomkrieg unbeschadet überstehen würde und höchstens die Milchglasfenster mit ihren Deutschland-Adlern zu Bruch gehen würden. Doch die Sanierungsarbeiten hatten ihren Glauben an die Stabilität des Hauses vernichtet. Karadeniz hatte das Gefühl, jeden Tag ein kleines Erdbeben zu erleben.

Wie jetzt. Das Dröhnen ging über in ein Schrillen.

Von 1936 bis 1939 hatten die Nazis das rechteckige Gebäude errichtet, dessen Fenster an die Schießscharten einer mittelalterlichen Burg erinnerten. Danach hatte die Gestapo ihren „Dienst aufgenommen". Wie sie an so einem Ort arbeiten könne, also gerade sie, nein, das sei doch allerhand! Solche Äußerungen hörte die Beamtin immer wieder. „Wie meinen Sie das?", fragte sie dann.

Na, also die Folter, die Schutzhaft und die Deportationen, die von hier aus beschlossen worden waren! Männer, Frauen, Kinder! Und Sie als Türkin, nun ja, Sie wissen schon …

Nein. Ceylan Karadeniz wusste nicht. Eisern hielt sie an ihrer Frage fest. Und wurde nicht müde, sie zu stellen.

„Wie meinen Sie das?"

Karadeniz hatte an Führungen teilgenommen, in denen sie mehr über die Nazi-Verbrechen, den klassizistischen Funktionalstil und über die Architektur erfahren hatte, in der sich Besucher nicht nur wie verlorene Würmer fühlten, sondern ab und zu auch tatsächlich verloren gingen. Denn die ums Eck verlaufenden Gänge mit über 300 Büros verwirrten ungemein, wenn man nicht wusste, dass das Gebäude, von oben gesehen, aus wie eine liegende Acht aussah.

Das Präsidium dokumentierte seine Vergangenheit.

Was sprach dagegen, hier zu arbeiten?

Das Schrillen setzte für wenige Sekunden aus, dann durchdrang ein rasantes Pochen das Präsidium. Jetzt war es so weit. Ihre linke Augenbraue hob sich, ihre Lippen kräuselten sich. Das hieß: Alarmstufe Rot.

Die Besucherschar, die vor ihr auf provisorisch zusammengetragenen Stühlen eng beieinandersaß, blickte nicht genervt, sondern verblüfft bis erschrocken drein. Wahrscheinlich ob der Arbeitsbedingungen einer Polizeibeamtin im gehobenen Dienst, die sich mit den zwei Worten „Lärm" und „Enge" prägnant zusammenfassen ließen. Das kleine Zimmer war 90 Zentimeter größer als die Mindestgröße und war angefüllt mit Akten. An dem einzigen freien Platz an der Wand hing ein Stadtplan, auf dem rote Fähnchen die Orte markierten, wo Unbekannte in den letzten zwei Monaten Autos in Brand gesetzt hatten.

Die Kommissarin nutzte den Moment des Lärms, um ihre Besucher zu betrachten. Links saß ein Mädchen mit verfilzten Haaren, das offenbar einer alternativen Szene angehörte – wie alt mochte sie sein? Zwanzig? Sie presste die Zeigefinger auf die Ohren und starrte unter den Schreibtisch. Dorthin hatte sich der behaarte Gast verzogen und fiepte. Neben dem Mädchen saß ein schmuddelig gekleideter Mann von kleiner, sehniger Statur. Die dunklen Haare waren kurz geschnitten, schafften es aber trotzdem irgendwie, zerzaust auszusehen. Die abgewetzte Lederjacke sah lässig aus – ob das so eine Jacke war, wie sie damals die 68er-Spontis trugen? –, aber auf der Cordhose und seinen Händen bemerkte die Kommissarin ölige Flecken. Ob er Mechaniker war?

In der Mitte hatte eine ältere Dame mit glühenden Wangen und kräftigen Oberarmen Platz genommen. Sie schaute die Kommissarin verdutzt an. Wahrscheinlich, mutmaßte Karadeniz, hatte die Besucherin einen beleibten Mann mit Halbglatze und Zigarre erwartet, anstelle einer Frau, die zudem auch noch Türkin war. Der vierte Gast, ein bärtiger Herr, war offenbar ihr Gatte. Er hatte sich auf dem Stuhl zurückgelehnt und die Arme vor der Brust verschränkt. Mit gerunzelter Stirn starrte er zur Decke, als ob er darauf wartete, dass sich dort oben Risse auftun und Zement herabrieseln würde.

Das Schrillen verstummte. Sie waren erlöst.

Ceylan Karadeniz horchte, ob ein neues Geräusch über sie hereinbrechen würde. Als dies nicht der Fall war, rieb sie sich die Schläfen, unterdrückte einen Seufzer, fischte einen Bleistift mit Härte 2B aus einem Halter, der aussah wie ein überdimensionaler Anspitzer, und schaute alle der Reihe nach an. Ohne ein Wort über die Bauarbeiten zu verlieren, sagte sie: „Bevor wir uns unterhalten, möchte ich Ihre Namen, Adressen und Telefonnummern notieren, unter denen Sie erreichbar sind. Bitte zeigen Sie mir Ihre Personalausweise."

Die Besucher taten, was von ihnen verlangt wurde, auch wenn ihre Ungeduld sichtbar wuchs. Die ältere Dame rutschte auf ihrem Stuhl hin und her. Ceylan Karadeniz schrieb alle Daten von den Ausweisdokumenten in Druckbuchstaben ab und ergänzte sie mit Informationen, die die Besucher ihr auf ihre Fragen gaben. Als sie fertig war, überflog sie ihre Notizen:

> *Susanne Bergmann, genannt Sanna, geboren am 04.01.1992 in Solingen, zuletzt wohnhaft in Düsseldorf, aktuell ohne festen Wohnsitz, keinen festen Arbeitsplatz, schläft vorübergehend bei Mutter oder → Berkenkötters. Berkenkötter, Hannelore, nennt sich Lore (spricht starkes Platt), geboren 07.05.1943, Solingen, verheiratet mit Lothar Berkenkötter (H. nennt ihn Lö???) – Lö und Lore??!*

Karadeniz presste die Lippen aufeinander, um ein Schmunzeln zu unterdrücken.

(H. nennt ihn Lö???) – Lö und Lore??!, geboren 10.02.1940, Solingen, H. und L. Berkenkötter wohnhaft Schleifersweg 2, Solingen, betreiben Gaststätte Am Wupperstrand.
Udo Moosbach, geboren 10.03.1963, Herdenkirchen, wohnhaft Wilhelmgasse 42, freischaffender Journalist, vorübergehend wohnhaft bei Freund Jan Falk, Schliepen 2, Solingen, mit → Zorro, Hund.

Ceylan Karadeniz blätterte die Seite des DIN-A4-Blocks um. „Na, dann schießen Sie mal los", sagte sie.

Alle Blicke richteten sich auf den Mann, der wie ein Mechaniker aussah, aber in Wirklichkeit Reporter war. Herr Moosbach räusperte sich.

„Nun ja, das ist alles ein wenig verzwickt", begann er. „Vor ein paar Tagen, wahrscheinlich zwischen Montagabend und Dienstagmorgen, starb in Solingen ein Mädchen: Magda Albrecht. Es gibt Leute, die annehmen, dass sich das Mädchen umgebracht hat, vielleicht auch die Polizei. Aber wir glauben das nicht. Wir haben einige Dinge herausgefunden, die uns ziemlich stutzig machen."

Er straffte die Schultern. Seine Augen fixierten das Gesicht der Kommissarin. „Wir vermuten, dass Magda Albrecht nicht mit ihrer Großmutter zusammenlebte – was alle glaubten. Was die ganze Nachbarschaft glaubte, zu der übrigens auch Herr und Frau Berkenkötter gehören." Er deutete mit der Hand auf das Ehepaar. „Etwa siebzehn Jahre lebte die junge Frau in ihrer Nähe – und alle dachten, dass sie mit ihrer Großmutter in einem Haus wohnte. Warum? Weil ihnen das die angebliche Großmutter vorgeschwindelt hatte. Auch die Polizei ist wohl auf den Schwindel reingefallen, vielleicht sogar Magda selbst. Wir behaupten: Magda Albrecht lebte all die Jahre mit ihrer Mutter zusammen – einer Frau, die sich für ihre Großmutter ausgab. Siebzehn Jahre lang."

Herr Moosbach berichtete außerdem, dass Magda Albrecht nach dem Tod ihrer Mutter?/Großmutter? einen Zusammenbruch erlitten hatte und in eine Klinik gekommen war.

Ceylan Karadeniz, die seit Dienstag für den Todesfall zuständig war, kannte vieles, was der Mann ihr da berichtete, bereits aus den

Berichten – auch Magdas Krankengeschichte. Denn am Tag der Klinik-Einweisung war – ein üblicher Vorgang – die Polizei verständigt worden.

„Sanna Bergmann, die junge Frau neben mir", fuhr der Journalist fort, „hat sich mit Magda Albrecht ein Zimmer in der Klinik geteilt. Sie sagt, dass sich Magda am Tag ihrer Entlassung, das war am Montag, hübsch gemacht hat. Sie ist sich sicher, dass Magda sich mit einem Mann treffen wollte." Moosbach mutmaßte, dass das Klinikpersonal gewusst haben musste, dass Magda bei ihrer leiblichen Mutter lebte. „Darüber muss Magda mit den Ärzten oder Therapeuten gesprochen haben." Herr Moosbach hielt inne, bis Karadeniz alles notiert hatte.

„Hier ist unsere Theorie", fuhr er fort. „Wenn das Personal im Bilde war, aber die anderen Menschen, mit denen Magda Kontakt hatte, nicht, dann könnte es durchaus sein, dass Magda selbst noch nicht lange wusste, wer die Frau, mit der sie lebte, eigentlich war. Es ist zum Beispiel denkbar, dass sie die schmerzhafte Wahrheit erst in der Nacht des Todes ihrer Mutter erfahren hat und dann zusammengebrochen ist."

Stimmt, dachte Karadeniz, diese Theorie war denkbar. Aber leider waren das auch viele andere Theorien.

„Wir möchten wissen: War Greta Schneider tatsächlich Magdas Mutter, wie wir vermuten? Zweitens: Mit wem wollte sich Magda Albrecht am Tag ihrer Entlassung treffen? Und drittens: Wer ist eigentlich Magdas Vater?"

Es war, als hielten alle die Luft an, um die Bedeutung dieser Sätze zu erfassen. Dann sagte Moosbach: „Wir bitten Sie, dass Sie die Identitäten der Frauen, die im Haus von Magda Albrecht lebten, prüfen. Magda lebte mit zwei Frauen zusammen, Greta Schneider – und Ricky, das ist eine ehemalige Drogenabhängige, die im Haushalt half."

Als er geendet hatte, bedankte sich Karadeniz dafür, dass er seine Vermutungen geäußert hatte. Sie wurde sofort von Frau Berkenkötter unterbrochen.

„Vermutungen?", rief die. „Dat Weiht leffden bei sinner Motter, nit bei sinner Omma! Johrendag hant wer dat jedaiht, enee, on dann es de Omma de Motter!"

Frau Berkenkötter hob eine Faust, ließ sie aber sofort wieder sinken, als sie den Blick der Kommissarin bemerkte.

„Ich werde Ihre Informationen überprüfen", sagte diese ungerührt, ohne ein Wort verstanden zu haben. „Bitte warten Sie einen Moment."

Sie erhob sich, zog einen Ordner aus dem Regal, der Unterlagen über Magda Albrechts Tod enthielt – Daten zur Einweisung, Totenschein, Sterbeurkunde, Berichte der Kriminalwache – und verließ das Büro.

Sie lief zwei Räume weiter. Karadeniz war sich im Klaren darüber, dass diese Situation ungewöhnlich war. Es war weder üblich, dass eine Kommissarin persönlich Hinweise von Bürgern entgegennahm – Folge des Personalmangels – noch, dass Informationen nach Dienstschluss umgehend überprüft wurden. Schon gar nicht, während die Besucher noch im Büro nebenan saßen. Aber sie spürte Pflichtgefühl und Zeitdruck. Denn wenn an den Vermutungen etwas dran war, musste sie verhindern, dass die Leiche der jungen Frau, die derzeit im Kühlraum eines Bestattungsunternehmens lagerte, unter die Erde kam. Der Körper musste mit richterlichem Beschluss zur Obduktion freigegeben und ins rechtsmedizinische Institut Düsseldorf transportiert werden. Wenn es nicht schon zu spät war.

Sie klopfte und trat ins Büro von Ines Hüttenpohl, einer Kollegin, die trotz Feierabend noch am Computer saß. Ines schaute über den Rand ihrer Brille. Meist schob sie Überstunden, ohne jemals einen Klagelaut von sich zu geben und ohne jemals die Stöckelschuhe auszuziehen, so sehr ihre Füße während des stundenlangen Sitzens auch anschwollen und schmerzten.

„Könntest du bitte ein paar Hinweise überprüfen? Es ist eilig."

Ceylan Karadeniz schielte auf die Porzellanschale auf dem Schreibtisch, in der sich selbst gemachte Pralinen zu einer Pyramide auftürmten, die Ines nach Feierabend zauberte und am nächsten Tag ins Präsidium brachte. Dafür erntete Ines, Fachangestellte im Kriminaldienst, allerdings nicht nur dankbare, sondern auch neidische Blicke – denn trotz ihrer Körpermasse von 120 Kilo verputzte sie ihre Walnuss-Aprikosen-Pralinen oder Orangen-Ingwer-Trüffel mit Begeisterung.

Karadeniz schilderte knapp den Sachverhalt. Zunächst verlangte sie Daten über Greta Schneider.

Ines Hüttenpohl machte sich Notizen. Es würde sicher schwer sein, jetzt noch jemanden im Solinger Standesamt zu erreichen, aber sie würde das schon hinkriegen.

Ceylan Karadeniz überflog erneut den Bericht der Kriminalwache. Über viele Seiten nannten ihre Kollegen Fakten über Leiche und Fundort. Es gab kein Anzeichen dafür, dass ein Verbrechen vorlag.

Im zweiten Teil folgte der subjektive Bericht. Hier wurden die Eindrücke derjenigen wiedergegeben, die in einer Beziehung zur Toten gestanden hatten.

Es ging los mit Herrn Moosbach. Gleich nachdem er die Leiche gefunden und die Polizei verständigt hatte, hatte die Kriminalwache vermutet, dass es sich bei der Toten um Magda Albrecht handeln könnte. Denn jene Haushaltshilfe, die mit Magda zusammenwohnte, hatte einige Stunden zuvor eine telefonische Vermisstenmeldung aufgegeben, auf die man – aufgrund ihrer Krankengeschichte – sofort reagiert hatte. Es hatte akute Suizidgefahr bestanden.

Als die Beamten mit dem Reporter am Fundort sprachen, hatte sich ihre Vermutung gefestigt. Es folgte ein Gespräch mit Frau Berkenkötter, dann der Besuch bei der Haushaltshilfe in Magda Albrechts Zuhause. Die Wache zeigte der Haushaltshilfe Fotos der Leiche. Sie erkannte Magda Albrecht und äußerte sich bestürzt.

Die Kollegen ließen sich den Personalausweis der Haushaltshilfe zeigen. Er war seit zehn Jahren abgelaufen. Ein Sachverhalt, der zur Lebensweise der Frau passte, befanden die Beamten. Dem Dokument zufolge hieß die Haushaltshilfe Ricarda Scholz, geboren am 10.08.1978 in Düsseldorf. Als zuletzt eingetragener Wohnsitz war eine Adresse angegeben, von der Ceylan Karadeniz wusste, dass sie in Düsseldorf-Oberkassel lag – einem Stadtteil, in den Menschen zogen, die mindestens sehr gut verdienten und auf einen repräsentativen Wohnort Wert legten. Ricarda Scholz gab an, dass dies die Adresse ihrer Eltern war. Sie selbst habe seit vielen Jahren keinen festen Wohnsitz und schlafe „mal hier, mal da“. Die Kollegen bohrten weiter. Die 34-Jährige druckste herum, gab dann aber an, dass sie nach diversen gescheiterten Versuchen, von der Heroin-Ersatzdroge Polamidon loszukommen, Düsseldorf verlassen habe und durch einen Zufall in Solingen gestrandet war. Über einen Bekannten habe sie Anschluss an einen Bibelkreis gefunden, wo sie Greta Schneider und deren Enkelin kennengelernt habe. So sei eins zum anderen gekommen.

Ricarda Scholz erklärte, dass sie nach dem Tod der Frauen nicht wisse, wie es mit ihr weitergehen würde. Greta Schneider habe ihr ein wenig Bargeld hinterlassen. Aber sie wisse nicht, ob sie in dem Haus wohnen bleiben könne, sie wisse ja noch nicht einmal, wem das Haus gehöre. Sie habe eine „eher praktische Beziehung" zu den beiden Frauen gehegt und sich nicht „in deren Angelegenheiten gemischt".

Ob Magda Albrecht Verwandte habe, wollten die Kollegen wissen. Denn jemand musste für die Bestattungskosten aufkommen. Ricarda Scholz gab an, dass Magda Albrecht keine Verwandten oder Bekannten gehabt hatte. Großmutter und Enkelin hätten nur in besagtem Bibelkreis verkehrt. Der Leiter des Bibelkreises hieß Herr Glienke und ihm – wie die Beamten später herausfanden – gehörte das Haus, in dem die Frauen gelebt hatten.

Die Kriminalwache hatte Manfred Glienke an jenem Morgen umgehend aufgesucht. Seine Personalien: Geboren am 03.03.1948 in Köslin/Koszalin, wohnhaft im Elsterweg 71, Solingen. Dem Bericht ließ sich entnehmen, dass der Mann kooperativ war. Glienke gab an, dass er sich um den Nachlass der alten Greta Schneider gekümmert habe, als diese starb. Er wolle nun auch die Bestattung des Mädchens organisieren. Die Polizisten gaben ihm die Kontaktdaten des Bestattungsunternehmens, das die Leiche abgeholt und nach Wuppertal in einen Kühlraum gebracht hatte.

Ceylan Karadeniz legte die Seiten beiseite und ließ sich von Ines Blätter reichen, die der Drucker inzwischen ausgespuckt hatte.

„Hier, das wird dich interessieren", sagte Ines.

Karadeniz sah es auf einen Blick: In der Sterbeurkunde jener Frau, die sich als Magda Albrechts Großmutter ausgegeben hatte, stand nicht Greta Schneider – sondern Greta Albrecht. Geboren am 04.07.1948 in Remscheid, zuletzt wohnhaft in der Winterberger

Straße 23, Remscheid, Familienstand: ledig, Tod festgestellt am 04.02.2013, 9.05 Uhr, Hammerweg 1, 42699 Solingen. Greta Albrecht hatte unter einem falschen Namen gelebt.

Karadeniz blickte von den Papieren auf und starrte ihre Kollegin an, die das Telefon unters Ohr geklemmt hatte und eine E-Mail schrieb.

Sie stellte sich vor, wie am Todestag von Greta Albrecht Bestatter und Notarzt eingetroffen waren. Wahrscheinlich hatte die Haushaltshilfe sie verständigt. Weil es sich um einen normalen Todesfall gehandelt hatte, war bestimmt alles schnell gegangen. Man hatte den Tod festgestellt und nach dem Ausweis der Toten verlangt. Wahrscheinlich hatte Ricarda Scholz die Dokumente weitergereicht, ohne einen Blick auf sie zu werfen. Warum sollte sie auch? Weil Bestatter und Notarzt die Tote nicht näher gekannt hatten, war ihnen nichts Ungewöhnliches am Namen aufgefallen. Dass später der Kriminalwache keine Unstimmigkeit mit Greta Albrechts Namen aufgefallen war, konnte daran liegen, dass der Name Albrecht im Zusammenhang mit Greta ganz einfach nicht gefallen war, als sie die Nachbarschaft befragt hatten.

Die Solinger Sterbeurkunde belegte außerdem: Greta Albrecht hatte ihrem Personalausweis nach zuletzt in Remscheid gelebt. Sie war nicht in Solingen gemeldet gewesen.

Auch im alten Kinderausweis von Magda Albrecht, das ging aus archivierten Daten der Behörden hervor, wurde Remscheid als Wohnort angegeben. In Magdas Personalausweis hingegen stand die korrekte Solinger Adresse: Hammerweg 1. Allerdings war das Mädchen erst spät als Solinger Einwohnerin registriert worden: am 10.07.2009, damals musste sie sechzehn Jahre alt gewesen sein. Grund dafür war der Beginn ihrer Ausbildung.

Denn wie Ines Hüttenpohl herausfand, hatte Magda Albrecht im August 2009 eine Ausbildung zur Hauswirtschafterin in einem Altenpflegeheim begonnen.

„Für eine Ausbildung braucht man eine Steuer-Nummer“, erläuterte Ines. „Die erhält man automatisch vom Finanzamt, sobald man in einer Stadt gemeldet ist.“

„Magda hat sich also melden *müssen*“, sagte Karadeniz.

Ines Hüttenpohl telefonierte mit dem Remscheider Einwohnermeldeamt. Als sie aufgelegt hatte, fasste sie die Informationen zusammen, ohne von ihren Notizen aufzusehen: „Am 20. September 1996 hat das Finanzamt die Lohnsteuerkarte an Greta Albrecht per Post zugestellt, das machen die jedes Jahr so. Aber in dem Fall kam die Sendung zurück: Empfängerin verzogen. Neuer Wohnsitz: unbekannt. 1997 sind Greta und Magda Albrecht dann registerbereinigt worden. Auf Deutsch heißt das: Sie wurden aus dem öffentlichen Register gelöscht und galten nicht mehr als Einwohnerinnen der Stadt Remscheid."

Karadeniz überlegte einen Moment. Ines sprach ihre Gedanken aus: „Greta und Magda Albrecht haben Remscheid 1996 verlassen – und zwar vor dem 20. September. Und wenn die Angaben von den Leuten, die bei dir gerade im Büro sitzen, stimmen, sind die beiden Frauen unmittelbar danach an die Wupper gezogen."

„Und dort haben sie gelebt", ergänzte die Kommissarin. „Siebzehn Jahre, ohne sich zu melden – bis Magda ihre Ausbildung begann."

Die Frauen schwiegen.

Konnte es sein, fragte sich die Kommissarin, dass Greta Albrecht es einfach versäumt hatte, sich und ihre Tochter in der neuen Heimatstadt zu registrieren? Vielleicht hatte sie später Sorge, ein Bußgeld zahlen zu müssen, und hatte das Versäumte deshalb nicht nachgeholt? Allerdings gab es auch eine andere Möglichkeit: Greta Albrecht war mit ihrer Tochter untergetaucht.

Der Laserdrucker summte. Ein Fax trudelte ein. Ines Hüttenpohl rollte mit ihrem Stuhl zum Gerät, nahm die Blätter heraus und überflog sie.

„Ein Fax vom Remscheider Standesamt", murmelte sie und reichte der Kommissarin die Papiere. „Genauer gesagt: Das ist ein Auszug aus Magdas Geburtenbuch."

Auf dem Papier stand es schwarz auf weiß: Greta Albrecht war die Mutter von Magda Albrecht. Sie hatte das Kind in Wuppertal zur Welt gebracht.

Karadeniz schüttelte den Kopf. Was veranlasste eine Mutter bloß dazu, ihre Tochter als ihre Enkelin auszugeben? Hatte Greta Albrecht ein Verbrechen begangen? Oder fürchtete sie sich vor jemandem? Ihr Arbeitsalltag hatte sie gelehrt: Starb ein Mensch, gab es dafür meistens einen einfachen, naheliegenden Grund. Morde mit komplizierten Hintergrundgeschichten, wie man sie aus Kriminalromanen kannte, hatte sie noch nie erlebt. Andererseits gab es Todesfälle, die ungeklärt blieben. Und an der Familiengeschichte von Magda Albrecht war etwas faul. Fragen waren offen. Fragen, die sie als Kommissarin beantworten musste. Das war ihre Pflicht.

Ceylan Karadeniz trug ihrer Kollegin auf, weitere Anrufe zu erledigen. Sie erfuhr, dass die Beisetzung für kommenden Samstag auf einem Solinger Friedhof geplant war. Sie rief die Staatsanwaltschaft an. Der Leichnam musste bleiben, wo er war, damit, falls nötig, weitere Untersuchungen vorgenommen werden konnten.

Bis dahin gab es viel zu tun. Sie würde alle Unterlagen noch einmal sorgfältig lesen. Dann würde sie entscheiden, ob eine Untersuchungskommission eingerichtet werden musste.

Jetzt musste sie sich um ihre Besucher kümmern. Sie holte aus der Personalküche zwei 1,5-Liter-Flaschen Wasser, auf die sie Plastikbecher stapelte, und marschierte zurück in ihr Büro. Fragende Gesichter sahen ihr entgegen. Die Zimmertemperatur war gestiegen, das Fenster beschlagen.

„So, dann machen wir mal weiter", sagte Ceylan Karadeniz, während sie sich zwischen den Stühlen hindurchzwängte, um zu ihrem Schreibtisch zu gelangen. Sie stellte Flaschen und Becher ab, goss den Besuchern Wasser ein, stellte das Fenster auf Kipp und nahm Platz. Ein erfrischender Windstoß zog mit dem Verkehrslärm ins Büro.

„Schließen Sie einen Mord aus?", fragte Moosbach.

Karadeniz ärgerte sich. Immer diese Journalisten, die einen festnageln wollten! Sie bedachte Moosbach mit einem ihrer langen, tiefen Blicke, mit denen sie – ob gewollt oder nicht – schon viele Männer verunsichert hatte. Aber dieser Mann zuckte nicht mit der Wimper. Zu ihrer eigenen Verblüffung gefiel ihr das.

„Wir überprüfen Ihre Informationen. Das ist leider alles, was ich sagen darf." Karadeniz strengte sich an zu lächeln.

„Ich möchte Sie bitten, mir jetzt alles über Magda Albrecht und ihre – wie Sie vermuten – Mutter zu erzählen", sagte sie und betete insgeheim darum, dass Frau Berkenkötter wenigstens ein bisschen Deutsch sprechen würde. Sonst säßen sie noch morgen früh hier. Sie wandte sich an den Journalisten.

„Sie sind ja offenbar gut im Bilde. Ich schlage vor, dass Sie erst mal alles erzählen, was Sie wissen. Und Sie", die Kommissarin ließ ihren Blick über die anderen schweifen, „Sie melden sich bitte, wenn Sie etwas ergänzen oder richtigstellen möchten." Das Schweigen deutete sie als ein Ja. „Herr Moosbach, bitte!", sagte sie und richtete ihre dunklen Augen auf den Mann mit der Lederjacke.

Moosbach erzählte eine Stunde lang. Die Kommissarin unterbrach ihn nur selten. Im Stillen hegte er Bewunderung für diese Frau, die nicht den gängigen Schönheitsidealen entsprach, aber den Raum mit ihrer Präsenz ausfüllte. Sie wirkte kräftig, aber keineswegs dick – obwohl sie wahrscheinlich einiges mehr wie er auf die Waage brachte.

Wie alt sie wohl sein mochte? Vierzig? Vielleicht war sie sogar älter und sah nur wegen ihrer glatten, olivfarbenen Haut jünger aus. Ob sie Kraftsport betrieb?

Moosbach hätte sich nicht gewundert, wenn sich unter dem marineblauen Jackett, das aus der Herrenabteilung stammen konnte, trainierte Oberarme steckten. Ihr kantiges Gesicht wurde von dunklen Locken umrahmt. Über ihren schwarzen, wachen Augen sprossen Brauen, die wahrscheinlich noch nie in Form gezupft worden waren. Ausgeprägte Wangenknochen erhoben sich neben der markanten Nase, und die Lippen verzogen sich vermutlich nie zu einem kokettierenden Lächeln.

Sie wirkte wild und feinsinnig zugleich. Das faszinierte ihn. Moosbach beobachtete, wie ihre Hand über das Papier glitt. Ihm fiel auf, dass sie keine Ringe trug. Dafür nutzte sie einen Bleistift der Härte 2 B.

Dieses Detail verwirrte Moosbach einen Moment lang so sehr, dass er beinahe den Faden verlor. 2 B. Als Journalist hatte er jahrzehntelang diese Bleistifthärte benutzt. Ein 2 B-Bleistift kratzte weder über das Papier, noch zeichnete er zu dicke Linien, die leicht verwischten. Und dann noch dieser witzige Bleistifthalter …

Als Moosbach seinen Bericht beendet hatte, war es 18 Uhr. Er spürte, wie sich die Müdigkeit in ihm ausbreitete wie flüssiges Blei, aber der Kommissarin war keine Erschöpfung anzusehen. Sie klappte den Notizblock zu.

„Das reicht für heute", sagte sie und stand auf. „Ich danke Ihnen, dass Sie den weiten Weg zu unserem Präsidium auf sich genommen haben." Das klang etwas steif, aber Moosbach meinte, eine gewisse Dankbarkeit herausgehört zu haben. „Ich begleite Sie jetzt noch zum Ausgang. Um diese Uhrzeit ist der Pförtner nicht mehr da. Ich lasse Sie raus."

Sie gingen in den ersten Stock und traten in eine Vorhalle. Die Luft war angenehm kühl, LED-Lampen von Lüstern, die wie Adventskränze aus Edelstahl aussahen, erleuchteten den Raum. Auch der Mosaik-Steinboden und die Glastüren, durch die man ins Treppenhaus gegenüber gelangte, verliehen der Halle etwas Festliches und bildeten einen Kontrast zu dem Gang des KK 11 mit seinen Büros und dunkelgrünen Türrahmen, die an stramme Wachposten erinnerten.

Moosbach kannte den Bau. Er hatte mal an einer Führung teilgenommen, denn Gebäude hielt er für lehrreicher als Geschichtsbücher. Bei ihrer überstürzten Ankunft heute war keine Zeit gewesen, der Architektur Beachtung zu schenken. Doch nun, wo sie das Gespräch mit der Kommissarin hinter sich hatten, spürte er eine gewisse Faszination in sich aufsteigen. Er richtete seinen Blick auf eines der Wandbilder, die von einer Glasplatte beschützt wurden. Er blieb stehen und überflog den Ausstellungs-Text. „Die Alte Zeit" und „Die Neue Zeit" lauteten die Titel der großformatigen Werke eines Historienmalers, die 1999 bei Restaurierungsarbeiten entdeckt und freigelegt worden waren. Moosbach ließ seinen Blick über die Szenen schweifen. Drei Ritter saßen auf ihren Pferden, die Banner von Grafschaften des Bergischen Lands haltend. Sie erinnerten an die Schlacht von Worringen im Jahr 1288, als sich die Grafschaften mit der Stadt Köln gegen den damaligen Erzbischof verbündet hatten. Auf dem Wandbild „Die Neue Zeit" waren drei Reiter in Uniformen zu sehen. Ihre Gesichter konnte man nicht erkennen. Sie standen für SS, Wehrmacht und Polizei. Eine alte Verheißung, dargestellt mit der

Schlacht von Worringen, hatte ein Historiker bei der Führung erläutert, fand in der „neuen Zeit" ihre Erfüllung – im Nazi-Staat, im Tausendjährigen Reich. „Im Wahnsinn der Nazis", hatte Moosbach in Gedanken ergänzt.

Er schaute sich um. Die anderen waren bereits durch die Glastüren im Treppenhaus verschwunden. Er beeilte sich, um sie einzuholen, aber als er an der mächtigen Treppe angekommen war, deren Holzgeländer sich spiralförmig abwärts wand, hielt er erneut inne. An der weiß verputzten Wand hing ein Marmorrelief, das athletische Männerkörper bei Sportübungen zeigte, unten wurde eine eiserne Heizkörperverkleidung von zwei Löwen-Leuchtern bewacht.

Moosbach dachte, dass er das perverse Denkgerüst der Nazis niemals verstehen würde, aber dass ein innerer Zwang ihn immer wieder dazu brachte, es aufs Neue zu versuchen – im vollen Bewusstsein darüber, dass jene Vermengung von Ästhetik und Grausamkeit bei ihm nicht nur Entsetzen, sondern auch Faszination auslöste. Er schritt einige Stufen hinab und betrachtete die Milchglasscheiben, die die Außenwand schmückten. Sie bargen – wie er wusste – ein kaum sichtbares Detail. Er bückte sich, die Hände auf die Oberschenkel gestützt, um sie näher anzuschauen: Der eingravierte Deutschland-Adler war gut erkennbar, aber die Hakenkreuz-Reste, die man vergeblich versucht hatte wegzukratzen, konnte man nur sehen, wenn man dicht genug dran war. Zufrieden rieb er sich das Kinn. Er fühlte sich wie ein Kind, das sich freute, einen Fisch in einem Teich entdeckt zu haben.

„Herr Moosbach? Alles in Ordnung?"

Moosbach sah nach unten. Dort standen die anderen, umgeben von Pfeilern aus Granit, und schauten zu ihm hoch. Sanna ahnte offenbar, dass er etwas entdeckt hatte, und hüpfte mit Zorro die Stufen hoch.

„Was ist los?", fragte sie und betrachtete mit gerunzelter Stirn die Scheibe.

Zorro hob hechelnd den Kopf, so, als verlange auch er eine Erklärung.

„Hier", erklärte Moosbach und fuhr mit der Fingerspitze über die zerkratzten Hakenkreuze. „Siehst du, was das ist?"

Sanna brauchte einen Moment, bis sie begriff. „Ist das …? Krass!", rief sie.

„Du weißt, dass das Präsidium von den Nazis erbaut wurde?", fragte Moosbach.

Ihr Gesichtsausdruck zeigte, dass das nicht der Fall war. Ihre Lippen formten erneut das Wort „krass". Aber sie sprach es nicht aus. Plötzlich stand Frau Karadeniz hinter ihnen.

„Die berühmten Hakenkreuze!", rief sie. „Und? Wollen vielleicht auch Sie wissen, wie ich es schaffe, in einem Gebäude mit dieser Vergangenheit zu arbeiten?"

Um ein Haar wäre sie rot geworden, so überrascht war sie von sich selbst, dass eine persönliche Frage wie diese aus ihr herausgeplatzt war. So etwas passierte ihr nie. Aber da war etwas an der Art, wie die drei – der Mann, das Mädchen und der Hund – vor ihr standen und die Milchglasscheiben bestaunten. Dieses Staunen. Ohne es zu wissen, hatten sie in ihr eine Tür geöffnet.

„Nö! Wieso sollte ich so was fragen?", murmelte der Reporter und drehte sich mit einem verschmitzten Lächeln zu ihr um. „Ist doch'n spannender Arbeitsplatz!"

* * *

Moosbach saß in der Abenddämmerung auf einem Klappstuhl. Pflanzendüfte und der eigenwillige Geruch des Flusses hüllten ihn ein, während seine Hand eine Flasche mit Lös selbst gebrautem Bier umklammerte. Neben ihm auf der Terrasse stand ein Kasten mit den braunen Halbliterflaschen, die beim Öffnen so herrlich ploppten. Bügelverschlüsse waren doch was Feines!

Er nahm einen großzügigen Schluck und beobachtete Zorro, der über den Rasen wuselte und mit der Schnauze den Boden erkundete. Was der Hund da roch, blieb Moosbach ein Mysterium. Gleichzeitig spürte er, wie sich ein unsichtbarer Faden zwischen ihm und dem Tier spannte. Vielleicht waren sie sich ähnlicher, als er dachte?

Wie oft hatten ihn Leute – dazu zählte insbesondere eine überschaubare Anzahl an Lebensgefährtinnen – verständnislos angeschaut, wenn er sich in ein Thema verbissen hatte, sodass er über Wochen kaum ansprechbar war? Wie ein Hund, der eine Spur verfolgte, die für Außenstehende unsichtbar blieb.

Moosbach fröstelte. Der Jogging-Anzug, in den er sich nach einer Reinigungsprozedur und einem Abendessen im Wupperstrand geworfen hatte, schützte ihn nicht ausreichend vor der feuchten Abendluft.

Er zog die Kapuze über den Kopf und schaute über Wildblumen und Sträucher auf die Wupper.

Die Sonne war fast untergegangen. Es würde nicht mehr lange dauern, dann würde die Dunkelheit Jans Backsteinhaus umschließen und nur noch das Rauschen des Flusses würde zu hören sein. Moosbach spürte, wie sich sein innerer Strom beruhigte und gemächlicher dahinfloss.

Seine Augenlider wurden schwer.

Eigentlich hatte er vorgehabt, Jan anzurufen. Er war vorhin in das Arbeitszimmer seines Freundes gegangen, das sich im Nebengebäude befand, hatte sich das Foto von Magdas Haus angeschaut und beschlossen, es in vergrößerter Ansicht unter die Lupe zu nehmen. Jan konnte ihm sagen, wo das Foto gespeichert war und ob er seinen Computer benutzen durfte.

Aber er würde den Anruf auf morgen verschieben. Für heute hatte er genug getan. Außerdem hatte er eine interessante Frau getroffen.

Der letzte Satz verschwamm, als die blaue Stunde ihren Schleier aus Licht und Dunkelheit über die Welt legte und Moosbach durch die Terrassentür wankte, gefolgt von Zorro. Gemeinsam trotteten sie ins Schlafzimmer, wo Moosbach in weißer Bettwäsche versank und Zorro sich neben ihm auf dem Boden einrollte.

TAG 4 – FREITAG

10. MAI 2013

Sanna schlug die Augen auf. Sie lag auf dem Rücken. Sachte drehte sie den Kopf und betrachtete die scharlachroten Vorhänge, die im Wind sanft gegen die Fensterbank schlugen. Die Morgensonne brachte den Stoff zum Schimmern und tauchte das Zimmer in ein orangerotes Licht.

Durch das offene Fenster hörte Sanna die Wupper fließen. Sie lauschte, wie eine Autotür geöffnet und zugeschlagen wurde, dann heulte ein Motor auf, Reifen knirschten auf Kies und entfernten sich.

Sanna schloss die Augen und rieb ihren Rücken an der Matratze. Die Nacht im Gästezimmer der Berkenkötters, das sich im ersten Stock eines Fachwerkhauses neben dem Wupperstrand befand, hatte gutgetan. Zum ersten Mal seit langer Zeit fühlte sie sich ausgeschlafen. Sie gähnte, setzte sich auf und lehnte sich an das mit Blumenschnitzereien verzierte Kopfteil des Eichenbetts.

Einen Moment lang saß sie einfach da und lauschte dem Fluss. Dann stand sie auf, wusch sich im Gäste-WC und zog sich eine Stretchjeans, einen moosgrünen Kapuzenpulli und ihre Stiefel an.

Als sie in das Treppenhaus trat, hörte sie die Dielen unter dem weinroten Teppich knacken, der Geruch von frisch gemahlenen Kaffeebohnen und Hefeteig wehte zu ihr hoch. Sehnsucht überfiel sie. Sehnsucht nach einem heilen Ort. Und damit der Wunsch, für immer in diesem Fachwerkhaus wohnen zu dürfen, das aus allen Poren so herrlich nach Heimat duftete – ein Ort, an dem sie willkommen war. Gleichzeitig durchfuhr sie die Erkenntnis, dass der Wunsch sich nicht erfüllen ließ. Das schmerzte.

Sie ging runter ins Erdgeschoss. Aus der Küche drangen aufgeregte Stimmen und Geschirrklappern. Sie schob die Tür auf und blieb wie angewurzelt stehen.

Irgendetwas stimmte nicht.

Am rechteckigen Holztisch in der Mitte der Küche saßen Herr

Moosbach, zwei Damen, die Sanna nicht kannte, der Pastor und Herr Berkenkötter. Der Pastor starrte auf seine Tasse, ansonsten waren alle Augen auf Sanna gerichtet. Auch Frau Berkenkötter, die vor der Anrichte stand, starrte Sanna mit aufgerissenen Augen an. Ihr Gesicht war voller roter Sprenkel. Über einem kurzärmeligen Kleid mit Blümchenmuster trug sie eine Latzschürze, in der Hand schwenkte sie eine Thermoskanne wie eine Waffe. Auf der Arbeitsplatte hinter ihr lag ein Backblech, das mit einem Geschirrtuch abgedeckt war, daneben gurgelte die Kaffeemaschine.

Zorro trabte über die Fliesen und beschnupperte Sannas Hand. Seine Zunge fuhr über ihre Finger.

„Kengk, wat Schreckliches es passiert!“, rief die Wirtin und machte eine auslandende Bewegung mit der Kanne.

„Herr Glienke ist tot“, ergänzte Moosbach und verschränkte die Arme. „Wahrscheinlich hat er sich umgebracht.“

* * *

Ceylan Karadeniz war noch nie in einer Wohnung gewesen, die so wenig über ihren Bewohner verriet. An den Wänden hingen weder Bilder noch Fotos, und der Wohnzimmerschrank war nahezu leer. Bis auf zwei Folien.

Ihre Kollegen von der Spurensicherung, die noch dabei waren, die letzten Abdrücke zu untersuchen, hatten Beweismittel in Beutel gesteckt und beschriftet. Die Kommissarin verteilte die Tüten auf dem Wohnzimmertisch mit spitzen Fingern, die in schwarzen Handschuhen steckten. Ihr Blick wanderte über Greta Albrechts Testament, ein verblichenes Foto und einen ausgeschnittenen Zeitungsartikel.

Als Erstes nahm sie sich das Testament vor. Mit einer Pinzette zog sie es aus dem Beutel und las. Greta Albrecht hatte Glienke beauftragt, ihren Nachlass zu regeln. Sie wollte nicht, dass „Fremde sich in fremde Angelegenheiten einmischen“, schrieb sie mit einer Handschrift, die so gestochen war, dass sie von einem Computerprogramm hätte stammen können. „Ich beauftrage Manfred Glienke, alles zu regeln, ohne Dritte einzubeziehen.“

Das Erbe war überschaubar. 2.500 Euro sollten an Magda gehen, 500 Euro erhielt Glienke, die Hausangestellte Ricarda Scholz sollte 200 Euro bekommen. Greta Albrecht bat Glienke darum, sich an ihre Vereinbarung zu halten und Magda Wohnrecht auf Lebzeit zuzugestehen.

Auffällig war der distanzierte Tonfall. Greta Albrecht erwähnte Magda nicht mehr als nötig. Das Wort „Tochter" kam kein einziges Mal vor.

Karadeniz steckte das Testament in den Beutel, legte es zurück auf den Tisch und überflog den Zeitungsartikel. Das Papier war vergilbt. Es handelte sich um einen Nachruf aus dem Jahr 1962, der in einem Remscheider Lokalblatt erschienen war. Er erinnerte an eine Nonne, die in einem Kinderheim in Remscheid gearbeitet hatte. Herr Moosbach hatte gestern nebenbei erwähnt, dass Glienke und Greta Albrecht in einem Heim aufgewachsen waren. Vielleicht war jene Nonne eine wichtige Bezugsperson der beiden gewesen?

Die Kommissarin schaute sich das verblichene Foto an. Sie erkannte die verschwommenen Umrisse eines Mannes in Uniform. „1940, Onkel Hans" hatte jemand mit spitzer Schrift an den Bildrand geschrieben.

Karadeniz verglich die Schrift mit der von Glienkes Personalausweis und Abschiedsbrief. Die Schriften ähnelten sich sehr.

Sie legte alles zurück, behielt den Beutel mit dem Abschiedsbrief aber im Auge. Kollegen vom Kriminaldauerdienst hatten ihn heute früh auf dem Schlafzimmertisch neben einem Schlafmittel-Fläschchen gefunden, nachdem sie die Feuerwehr alarmiert hatten, damit diese sich gewaltsam Zutritt verschaffte. Besorgte Gemeindemitglieder hatten die Polizei verständigt, nachdem Glienke nicht beim Bibelkreis erschienen war.

Karadeniz hatte den Abschiedsbrief seit ihrer Ankunft bereits viele Male gelesen, und noch immer konnte sie sich von dem Schriftstück nicht losreißen: „Erst sie, dann ich, ich halte das nicht mehr aus", stand da mit Kugelschreiber quer über einen Notizblock geschrieben. Wer war mit „sie" gemeint? Magda und ihre Mutter?

Sie starrte auf die Folie mit dem Brief.

Der Notarzt hatte einen „nicht natürlichen Tod“ festgestellt. Er vermutete, dass sich Glienke mit einer Überdosis Schlafmittel umgebracht hatte. Fremdeinwirkungen hatte er nicht feststellen können.

Aber das war noch nicht das Ende vom Lied. Denn jetzt stand fest: Sie würde eine Untersuchungskommission bilden. Glienkes Abschiedsbrief und die Unstimmigkeiten im Fall von Magda Albrecht reichten dazu aus. Der Rechtsmediziner würde sowohl Glienkes als auch Magdas Leiche untersuchen, und auch auf ihre Kollegen und Kolleginnen wartete jede Menge Arbeit. Sie würden viele Gespräche führen müssen. Am besten noch heute. Ihr Handy klingelte. Karadeniz hob ab. Es war der Reporter.

* * *

Die Kommissarin ging Moosbach nicht aus dem Kopf und noch dazu tierisch auf die Nerven. Konnte Frau Karadeniz ihnen nicht wenigstens ein bisschen über Glienkes Ableben verraten? Den Anruf vorhin hätte er sich sparen können.

Auch Magdas ehemaliger Arbeitgeber und Schulleiter wollten mit ihnen nicht sprechen. Sie waren bestimmt schon von der Polizei kontaktiert worden und hatten kein Interesse, auch noch neugierigen Journalisten-Fragen zu beantworten.

Inzwischen saßen sie seit über einer Stunde in der Küche der Berkenkötters, tranken Kaffee bis zum Exitus – Moosbach fragte sich, wann der Erste wegen einer Koffein-Überdosis rückwärts auf die Fliesen kippen würde – und drehten sich im Kreis. Dass Glienke sich umgebracht hatte, hatten sie von Frau Dahlmann erfahren. Heute früh hatte sie mit dem Pastor die Wohnung des Vermissten aufgesucht und die Polizei alarmiert. Nachdem Glienke tot im Bett gefunden wurde, hatte der Pastor Frau Dahlmann nach Hause fahren wollen. Auch sie lebte in der Hofschaft an der Wupper, und so kam eins zum anderen. Frau Dahlmann stieß auf Frau Bottke. Beiden Frauen war Moosbach am Dienstag nach dem Leichenfund begegnet, wobei ihm Frau Bottke besonders gut in Erinnerung geblieben war: Sie war jene selbst ernannte Ordnungshüterin, an der sich niemand vorbeischlich, schon gar nicht eine Nachricht. Frau Bottke hatte Frau Dahlmann und den Pastor zu Frau Berkenkötter geschleppt, und Frau Berkenkötter hatte Moosbach angerufen. Der war gerade dabei gewesen, für die Ablüftungsattrappe der Firma „Landmaschinenmesser Ohliger“ ein Loch in die Wand zu hauen, und eilte nach einer schnellen Dusche herbei.

„Schreecklich das Ganze, ja?“

Frau Dahlmann, die neben Moosbach saß, wiederholte diesen Satz immer wieder, während sie den Kopf schüttelte und eine Faust auf den Mund presste. Sie zog das „e“ in die Länge und schob jedes Mal ein völlig überflüssiges „ja?“ hinterher. In dem kurzen „ja?“ lag etwas Gehetztes, beinahe Aggressives. Das stresste Moosbach, der nun besonders heftig gegen seinen Schmacht kämpfte, noch mehr.

„Ganz schreecklich, ja?“

Moosbach sah Frau Dahlmann von der Seite an. Ihr graues Haar, das sie an den Seiten mit zwei Spangen über die Ohren geklemmt hatte, betonte ihr Mausgesicht unvorteilhaft und hing so steif, dass es sich keinen Millimeter bewegte. Alles an ihr sah grau und beigefarben aus, wobei sich Moosbach fragte, ob Beige überhaupt eine Farbe war.

„Ne, is dat wat! Drei Menschen dut! Und dat bei uns, Lore, hättest du dat jedacht?“

Frau Bottke überragte sie alle. Ihr Gesicht, in das Wind und Wetter über Jahrzehnte Furchen und Falten geschnitzt hatten, erinnerte an eine Vulkanlandschaft. Gemeinsam mit Frau Berkenkötter übernahm sie das Reden für alle gleich mit. Sie warfen sich Wörter wie Pingpong-Bälle zu – unterbrochen von Frau Dahlmann, die „Ist das schreecklich, alles schreecklich, ja?“ rief. Der Pastor – blass, gebeugt – zeigte keinerlei Regung, und auch Sanna starrte ins Leere.

Zwischendurch entflammten kleine Dispute über Schuld und Moral. Frau Bottke war der Meinung, dass Frau Albrecht „ne ordentliche Frau wor!“.

„Nee, nee, nee!“, widersprach Lore Berkenkötter. „Die hät su jedonn, äs wör ehr Kengk nit ehr Kengk! Et Magda, *dat* wor arm, nicht die Schnei…, ähm Albrecht!“

Moosbach hörte irgendwann nicht mehr zu. Frau Dahlmann holte ihn zurück in die Gegenwart, als sie begann, unverständliche Wörter zu flüstern. Moosbach beobachtete mit wachsender Beunruhigung, wie sich in ihrem Mausgesicht eine Verwandlung vollzog, als Frau Bottke Mutmaßungen über Frau Albrechts Überforderung mit ihrer Mutterrolle anstellte und Wörter wie „Abtreibung“ und „Kinderklappe“ fallen ließ. Frau Dahlmann zog die Augenbrauen zusammen, spitzte die Lippen, und in ihren Augen, die sie auf die Keksdose in der Mitte des Tischs richtete, entfachte sich ein Feuer. Moosbach rückte seinen Stuhl nach hinten.

Frau Bottke sprach weiter. „Wattu auch vonner Frau Albrecht hältst, Lore, ich bleib dabei: Die Albrecht wor'n arm Fräuken! Wir wissen nicht, warum sie jedonn hat, wat sie jedonn hat! Lass uns die arm Frau nicht schlecht machen – so lang wir nicht wissen, wat da eigentlich los wüör!“

„Hilde“, rief Frau Berkenkötter, „nu denk doch mal an et Magda! Die Frau hat dat Kengk als ihr Enkelkind utjejeben! Wie kann man denn sowat machen! Niemand hätt sich füör dat arm Kengk interessiert, auch nicht wir!“

Und so weiter und so fort. Herr Berkenkötter stand schweigend auf, füllte einen Napf Wasser und stellte ihn vor Zorro auf den Boden. Moosbach verschränkte die Arme hinter dem Kopf und sah hinüber zu Sanna. Die beobachtete mit gerunzelter Stirn ihren Zeigefinger, der auf der Tasse herumtippte.

Plötzlich verstummten die Frauen und schauten ungläubig drein – so, als ob sie sich darüber wunderten, dass ihnen nichts mehr einfiel, was sie noch sagen könnten. Hoffentlich würden sie alles nicht noch einmal wiederholen, bat Moosbach bei sich. Um das zu verhindern, wollte er irgendeine Plattitüde von sich geben, als sich Sanna meldete.

„Eigentlich ist es doch gut, dass die Polizei ermittelt – das wollten wir doch, oder?“, fragte sie.

„Ja, Kengk, natürlich is dat juot!“, entgegnete die Wirtin.

„Aber ich bin mir nicht sicher, ob die Polizei so ermittelt, wie es uns gefällt“, schaltete sich Moosbach ein. Sanna zog die Stirn kraus. „Ja, es stimmt, die Polizei ist hellhörig geworden, als der Riesenschwindel aufflog, den Frau Albrecht betrieben hat. Aber ich bin mir nicht sicher, ob sie Magdas Tod am Ende nicht doch als Selbstmord abtun werden. Wir schließen nicht aus, dass jemand Magda umgebracht haben könnte. Das halten die bestimmt für ein Hirngespinst."

Frau Dahlmann schaute ihn schockiert an.

„Mord?", flüsterte sie.

„Vielleicht ja. Vielleicht war es Mord."

Moosbach spürte, wie das Misstrauen gegenüber Staatsdienern an seinen Eingeweiden noch heftiger nagte als sonst. Sie mussten etwas tun. Aber was?

„Ich seh das jenauso", sagte Frau Bottke. Sie hatte die Arme vor ihrem mächtigen Busen verschränkt. „Die Polizei wird das nich ernst nehmen, sach ich euch!"

„Jenau!", rief Frau Berkenkötter und schwang den Zeigefinger.

„Ich glaube, dass es Zeitverschwendung ist, wenn wir uns an Leute wenden, mit denen die Polizei mit Sicherheit sprechen wird", sagte Sanna. „Die werden uns doch sowieso abwimmeln."

„Wat schlägst de dann füör, Kind?", fragte Frau Berkenkötter.

Sanna sah nachdenklich aus. „Die ganze Heimlichtuerei hat vor vielen Jahren angefangen, und zwar in Remscheid", sagte sie. „Vielleicht sollten wir da anfangen, wo alles begann. Vielleicht sollten wir als Erstes herausfinden, warum Frau Albrecht mit Magda aus Remscheid weg ist. Vielleicht ist das der Knackpunkt."

„Ja, aber darüber haben wir doch schon geredet!", rief Moosbach. Seine Stimme klang schrill. „Wir wissen nichts – weder, wo Magdas Mutter gewohnt, noch, wo sie gearbeitet hat, noch, wo sie mit Glienke in einem Heim war, falls das überhaupt wichtig ist."

Das waren alles Dinge, die die Polizei – im Gegensatz zu ihnen – in kurzer Zeit herausfinden könnte. Das ärgerte ihn.

„Ich finde, Sanna hat recht", sagte der Pastor plötzlich und hob seinen glasigen Blick. „Vielleicht bringt es ja was, in der Vergangenheit der beiden zu suchen."

Sie überlegten noch eine Weile hin und her und beschlossen, nach Remscheid zu fahren. Moosbach schlug vor, im Stadtarchiv vorbeizuschauen. Er versprach sich nicht sonderlich viel von der Idee. Aber wenigstens taten sie etwas, und er konnte endlich mal wieder in Papier wühlen. Sie verabschiedeten sich.

Erst, nachdem alle Gäste die Küche verlassen hatten, ging Sanna zur Tür. Da hörte sie die Wirtin.

„Psst, Stüppken!“

Sanna drehte sich um.

„Komm, Stüppken, ich will dir wat zeigen!“

Frau Berkenkötter stand mit glänzenden Augen vor der Arbeitsplatte und winkte sie heran.

„Lurens, schau mal“, sagte die Wirtin und hob mit spitzen Fingern das Geschirrtuch vom Backblech hoch. „Hefezopp – et es für dich, Kengk!“

Sanna beugte sich über den Hefeteig, der zu einem dicken Zopf geflochten war. Der Duft stieg ihr in die Nase.

„Bisschen Eijeel, paar Mandeln drop – und schwupps, ab in den Ofen. Und wenn de wieder da bis, na, wat meinste, wat es dann zum Essen jewt!“

Kuchen. Für Sanna. Einfach so. Sannas Augen füllten sich mit Tränen. Sie hielt die Hand vor ihre bebenden Lippen und wandte sich ab. Sie hielt die Luft an und spürte, wie ihre Wangen zu glühen begannen.

„Kengk, wat haste denn?“, fragte Frau Berkenkötter bestürzt.

Sanna fühlte, wie sich eine warme Hand auf ihre Schulter legte. Sie wollte sich zusammenreißen, aber es gelang ihr nicht. Als Frau Berkenkötter sie in die Arme schloss und ihren Kopf sanft an ihre Brust drückte, wo die Schürze so herrlich nach Butter und Hefe roch, rannen Tränen über Sannas Gesicht.

„Ach, Stüppken, lewes Kengk“, der warme Atem der Wirtin streifte Sannas Wange, „sach blüöß, dir hat noch nie jemand nen Kuoken jebacken!“

Die Worte waren lieb gemeint, aber leider stachen sie in eine offene Wunde. Sanna heulte auf.

„Ach liewes Stüppken, glöüw mir, et wird alles juot!“, rief die Wirtin und rieb Sanna heftig den Rücken, „bei so nem Hefezopp – da kann nur alles juot werden, oder?“

* * *

Ceylan Karadeniz stand mit Kollege Schulze auf dem Treppenabsatz vor einem Mietshaus an der Winterberger Straße 23 in Remscheid. Sie drückte den ersten von sechs Klingelknöpfen. In dem rechteckigen Nachkriegsbau, der an einer Hauptverkehrsstraße lag, hatten Greta und Magda Albrecht gewohnt. Die Kommissarin hörte, wie hinter ihr Autos über die Straße schossen. Der Geruch von Abgasen klebte in der Luft und vermischte sich mit dem Duft eines einsamen Fliederbuschs, dessen lila Blüten über das Treppengeländer baumelten. Kein Windhauch war zu spüren. Die Mittagssonne wurde stark. Die Kommissarin ärgerte sich, dass sie unter ihrem Sakko kein T-Shirt trug. Das langärmelige weiße Baumwollhemd war eindeutig zu warm.

Sie blickte hoch zu Schulze. Auch der wirkte nicht sonderlich entspannt. Aber das tat er eigentlich nie.

Er trat von einem Bein aufs andere und musterte mit gerunzelter Stirn die mintgrüne Fassade. Das triste Innenstadtviertel hatte durchaus ein wenig Farbe verdient, dachte Karadeniz, aber der Anstrich verfehlte leider sein Ziel und verströmte bestenfalls den Charme eines Operationssaals. Der Putz blätterte ab, und jemand hatte unterhalb der Fenster des ersten Stocks einen schwarzen Schriftzug quer über die Fassade gesprüht.

„Was soll das denn bloß heißen?"

Schulze zeigte auf die Schrift. Wegen seiner hervorstehenden Augen, die immer ein bisschen erstaunt dreinblickten, erinnerte er die Kommissarin an ein neugieriges Kind. Ein Kind, das in einem zu groß geratenen, schlaksigen Körper steckte.

„Ich tippe auf ‚Motherfucker' – und du?", antwortete Karadeniz trocken und drückte einen weiteren Klingelknopf, in der Hoffnung, dass endlich jemand aufmachen würde.

„Motherfucker? Echt?", rief Schulze und rieb sich das glatt rasierte Kinn. Nach einigem Nachdenken sagte er: „Mo-ther-fu… Stimmt, jetzt, wo du's sagst!" Sein Staunen schlug um in Empörung. „Ach du Schande, wenn die wirklich motherfucker meinten, haben die glatt das *c* vergessen! Und nicht nur das … Lass mal sehen." Er las den Schriftzug, lautlos, seine Lippen formten langsam die Silben. *Mo-Ther-Fu-Cker.* „Mein Gott, du hast recht! Und bei mother fehlt das *h.* Moterfuker steht da. Ich meine: Was ist schlimmer? Dass die nicht wissen, wie man mother schreibt? Oder keine Ahnung haben, wie man fucker buchstabieren soll!"

Karadeniz erwiderte nichts. Dritter Versuch. Erste Etage, Wohnung rechts. Verdammt, war das warm. Und schon wieder keine Reaktion. Sie klingelte erneut. Wohnung erste Etage, links. „Herzog" stand auf dem Namensschild der weißen Plastikklingel. Die Sprechanlage knackte.

„Ja?", erklang eine zitternde Frauenstimme.

„Guten Tag, Frau Herzog", meldete sich die Kommissarin. „Wir sind von der Polizei Wuppertal und brauchen Ihre Hilfe. Es geht um eine ehemalige Nachbarin. Dürfen wir hereinkommen?"

Die Sprechanlage gab keinen Mucks von sich.

„Hallo? Frau Herzog?"

Wieder nichts. Plötzlich summte der Türöffner. Karadeniz und Schulze traten in den Flur. Keine Deko hing an den Wänden, dafür glänzte der Steinboden, als sei er eben erst gewischt worden. Sie gingen in den ersten Stock. Karadeniz trat an die Haustür. Sie war einen Spalt geöffnet. Eine Metallkette blitzte im Hausflurlicht. Dahinter flackerte der Blick einer Frau. Die Kommissarin schätzte sie um die siebzig. Die Haare ähnelten dem Flaum eines Kükens. Insgesamt erinnerte sie Karadeniz an ein Tier, das sich hinter einem Busch versteckt, um von dort aus den Feind zu beobachten.

Die Kommissarin suchte Augenkontakt, doch als sich ihre Blicke trafen, schlug die Frau die Augen nieder. Sie stellte sich vor und hielt ihre Polizeimarke vor den Spalt. Die Dame nickte, machte aber keine Anstalten, die Tür zu öffnen.

„Wir sind gekommen, um etwas über eine Frau zu erfahren, die hier vor siebzehn Jahren mit ihrer Tochter gelebt hat", fuhr Karadeniz fort. „Es geht um Greta Albrecht und ihre Tochter Magda. Kannten Sie die beiden?"

Frau Herzog nickte. „Ja", sagte sie leise.

„Frau Herzog, ich muss Sie jetzt bitten, die Tür zu öffnen und uns hereinzulassen.“

Ihre Stimme klang ruhig, aber bestimmt. Die Tür wurde geschlossen und die Kette entfernt. Dann öffnete sich die Tür. Karadeniz und Schulze traten in das Halbdunkel eines schmalen Flurs. Der Geruch von Kohl und Hackfleisch wallte ihnen entgegen. Frau Herzog tauchte hinter der Tür auf und schloss sie so behutsam, als sei sie aus Glas. Sie wandte sich um und starrte ans Ende des Flurs. Aus einem Zimmer ertönte eine Männerstimme.

„Haste das Pack etwa reingelassen?“

Die zierliche Frau fuhr zusammen. Zaghaft setzte sie sich in Bewegung. Sie gingen an der Küche vorbei ins Wohnzimmer. Trotz der breiten Fenster lag der Raum in gedämpftem Tageslicht. Die braungrünen Vorhänge waren zum Teil vorgezogen, und auch die mit Frühlingsmustern verzierten Gardinen verhinderten, dass viel Sonne hereindrang. Karadeniz sah, dass die Scheiben beschlagen waren. Die Luft hing im Raum, als sei seit Wochen nicht gelüftet worden. Unter den Kohlgeruch mischte sich der von Urin. Ihr Blick streifte die dunklen, von schwarzen Maserungen durchzogenen Holzmöbel, die ihren Beitrag zur beklemmenden Stimmung leisteten. Der Hausherr saß in der Mitte des Raums im Rollstuhl und schimpfte, während seine rechte Faust auf- und absauste und auf die Wolldecke schlug, die seine Oberschenkel bedeckte. Seine Linke umklammerte die Fernbedienung für den Fernseher, der in der Ecke auf einem Tischchen stand. Die Adern an seinen Schläfen traten hervor.

„Dass du dieses Pack, und dann in meinem Haus, was fällt Ihnen ein, hier …“

„Guten Tag, Herr Herzog“, unterbrach ihn Karadeniz.

Sie zog zwei Stühle, die am Esszimmertisch standen, an den Lehnen heran, setzte sich, eine Armlänge Abstand wahrend, und bedeutete Frau Herzog, neben ihr Platz zu nehmen. Schulze würde stehen bleiben, um das Geschehen und die Reaktionen der Personen aus der Distanz zu beobachten. Karadeniz sah Herrn Herzog in die Augen. Er starrte sie mit offenem Mund an.

„Vielen Dank, dass Sie uns helfen.“

Sie zog Block und Bleistift aus ihrer Sakkotasche, ohne den Blickkontakt zu unterbrechen. Die gelb gesprenkelten Augäpfel des Mannes taxierten sie. Geplatzte Adern schimmerten durch seine Haut, die an Pergamentpapier erinnerte, das zu reißen drohte.

„Vor siebzehn Jahren lebte in diesem Haus eine Frau namens Greta Albrecht. Kannten Sie diese Frau? Herr Herzog, Sie zuerst bitte."

Er schnaubte.

„Das ist keine Antwort."

„Hm", knurrte der Mann und stieß säuerlichen Mundgeruch aus. An seiner Schläfe pochte eine Ader.

„Ich interpretiere das als ein Ja", sagte Karadeniz. „Und Sie, Frau Herzog, darf ich fragen, wo die beiden in diesem Haus wohnten?"

„Ähm, also."

Die Stimme der Frau versagte. Sie räusperte sich und begann, ihre Fingerknöchel zu kneten, während ihr Blick zu ihrem Mann huschte. Der stierte die Kommissarin weiter an. Karadeniz nickte Frau Herzog aufmunternd zu.

„Ja, also, die beiden wohnten auf unserer Etage."

Die Frau sprach hastig, als wollte sie die Sätze so schnell wie möglich hinter sich bringen.

„Dass du mit so einer Kana…"

„Herr Herzog."

Herr – Herzog. Diese beiden Worte genügten, um den Mann zum Schweigen zu bringen.

„Frau Herzog, wissen Sie, seit wann die beiden hier lebten?"

„Hm … also, das weiß ich nicht genau. Frau Albrecht lebte bereits hier, als mein Mann und ich einzogen."

Die Kommissarin notierte.

„Das war – wann?"

Frau Herzog überlegte einen Moment.

„Das muss vor zweiundzwanzig Jahren gewesen sein. Ja, so lange leben wir schon hier."

In ihrer Stimme schwang Bedauern.

„Kannten Sie Greta Albrecht und ihre Tochter gut?", fragte Karadeniz.

„Nein, also eigentlich nicht. Wenn überhaupt, haben wir uns im Flur getroffen oder hinten im Hof, wenn ich den Müll runtergebracht habe. Wir haben kaum miteinander gesprochen."

„Aber gehört haben wir sie, diese Schlampe, eine Schlampe war das!", schnaubte Herr Herzog und fuchtelte mit der Faust, die so klein wirkte wie die eines Kindes. Die Geste hatte etwas Groteskes, wenn nicht sogar Tragisches.

„Was meinen Sie damit?"

„Na, dass die olle Schlampe solch einen Radau gemacht hat, dass wir unser eigenes Wort nicht mehr verstehen konnten, eine Unnnverschämtheit, so eine Unnnverschämtheit, du erinnerst dich doch auch, Inge, erzähl du's ihr!"

Nachdem er zu Ende gebrüllt hatte, schnappte Herr Herzog nach Luft, sein Atmen rasselte. Seine bevorzugte Kommunikationsform raubte ihm die letzten Reserven. Frau Herzog schaute ihn hilflos an.

„Was meint Ihr Mann damit, Frau Herzog?"

„Also …"

Die Frau rutschte auf dem Polster hin und her.

„Ja?", hakte Karadeniz nach.

„Frau Albrecht war viel arbeiten. Pünktlich um halb sieben ging sie jeden Morgen aus dem Haus, daran erinnere ich mich noch. Ja, sie war immer sehr pünktlich. Sie putzte auch immer zuverlässig den Flur, da hatte sie immer einen festen Tag und eine feste Uhrzeit, auch daran erinnere ich mich. Mit der hatten wir nie Schwierigkeiten, was Putzpläne anging, wissen Sie, es gibt ja Mieter, da läuft das ganz anders."

Frau Herzog schaute die Kommissarin an, offenbar in der Hoffnung, eine Geste der Zustimmung zu bekommen, was Putzpläne und unsaubere Mieter anging. Sie hatte aufgehört, ihre Knöchel zu bearbeiten, und nestelte nun an einem vergoldeten Ehering.

„Wir hatten eigentlich nie Probleme mit ihr …"

„Bis – was?", half Karadeniz nach.

Herr Herzog zischte Wörter, die wie „Schlampe" und „Unverschämtheit" klangen. Zu einer weiteren Schimpftirade fehlte ihm die Kraft. Frau Herzog schaute ihren Mann an, als vergewissere sie sich, dass er nicht wieder beginnen würde zu schreien. Dann ging sie auf die Bemerkung ein.

„Bis, also … Einmal hatte Frau Albrecht Besuch. Das ist nicht oft vorgekommen, müssen Sie wissen, also, jedenfalls haben wir das nie mitbekommen."

Frau Herzog verstummte und wurde rot. Daumen und Zeigefinger drehten den Ehering hin und her.

„Was war daran so besonders?"

„Die Lautstärke." Frau Herzog biss sich auf die Unterlippe.

„Die Lautstärke? Was meinen Sie damit?"

„Es war halt sehr laut", erwiderte Frau Herzog beinahe trotzig und verschränkte die Arme. Unter ihrer lachsfarbenen Strickjacke zeichneten sich Oberarmmuskeln ab.

Sie ist stärker, als es den Anschein hat, dachte die Kommissarin. Die Pflege eines Menschen kostete Kraft.

„Der Schlampe hätten wir das Maul stopfen sollen!", rief Frau Herzogs Gatte, von der Energie gepackt, die sein Zorn freisetzte. Dann überfiel ihn ein heftiger Hustenanfall ein. Langsam wurde es Karadeniz zu bunt.

„Sie haben soeben ein Ereignis erwähnt, an das Sie sich offenbar gut erinnern und das Ihnen wichtig vorkommt. Wovon sprechen Sie?", fragte sie streng.

„Ein Mann war bei ihr", antwortete Frau Herzog knapp. „Und dann wurde es laut. Unsere Schlafzimmer grenzen aneinander."

Langsam dämmerte der Kommissarin, wovon die beiden sprachen. Hatte Greta Albrecht lauten Sex gehabt und ihre Nachbarn verärgert? Du liebe Zeit, wollte sie so was wissen?

„Wir haben an die Wand gehämmert, damit sie endlich die Klappe hält, die alte Schlampe, war ja nicht auszuhalten", schimpfte Herr Herzog.

Das reichte. Karadeniz hatte genug vom Privatleben der Verstorbenen gehört. Sie nickte und wechselte das Thema.

„Hat Greta Albrecht irgendwann mal so getan oder etwas gesagt, das bei Ihnen den Eindruck erweckte, dass Magda nicht ihre Tochter wäre?"

Frau Herzog riss die Augen auf. „Was? Nein, also warum sollte eine Mutter denn so was tun?"

„Warum glauben Sie eigentlich, dass Magda ihre Tochter war?"

Frau Herzog sah entgeistert drein.

„Nun ja", stammelte sie, „einige Zeit, da ist Frau Albrecht nicht arbeiten gegangen, das haben wir mitgekriegt, weil manchmal, da ist Frau Albrecht einkaufen gegangen, wenn sie eigentlich auf der Arbeit hätte sein sollen. So ein paar Monate lang war sie viel zu Hause. Bis dann ein Mann kam, das fällt mir jetzt ein, wo wir drüber sprechen. Ich hatte angenommen, dass der Mann sie in ein Krankenhaus gebracht hat oder so was. Denn es war so: Frau Albrecht hatte einen dicken Bauch, und der Mann und sie gingen weg. Und als Frau Albrecht wiederkam, hatte sie ein Baby bei sich. Ich fand das natürlich seltsam. Denn Frau Albrecht war ja nicht mehr die Jüngste. In dem Alter ein Kind? Na ja, aber in der heutigen Zeit wundert mich eigentlich nichts mehr …"

Die Kommissarin zog ein vergrößertes Foto von Manfred Glienke aus der Tasche, das von seinem Personalausweis stammte.

„War das der Mann, der Frau Albrecht abgeholt hat?", fragte sie.

Frau Herzog starrte auf das Bild.

„Ja, das war er." Verwundert schaute sie die Kommissarin an. „Warum fragen Sie das?" Und mit einer verschmitzten Neugier, die Ceylan Karadeniz überraschte, fragte sie: „Was ist denn eigentlich mit Frau Albrecht und Magda?"

Die Polizistin berichtete, dass alle drei Personen tot waren – die Albrechts und der Mann auf dem Bild – und dass sie in diesem Zusammenhang Routinefragen stellen musste.

„Wissen Sie, wo Greta Albrecht gearbeitet hat?"

Karadeniz kannte die Antwort von den Behörden. Sie stellte die Frage nur, um zu prüfen, was Frau Herzog wusste. Außerdem hoffte sie, eine Kette von Erinnerungen in Bewegung bringen zu können. Aber Frau Herzog verneinte.

„Ich weiß kaum etwas über sie", sagte sie. „Sie war eine stille Frau, nicht wahr, Karlheinz? Das war sie doch, und sie hat sich auch nicht verabschiedet, als sie weggezogen sind, sie und ihre Tochter, wie soll ich sagen, die waren auf einmal weg – von einem auf den anderen Tag, puff!"

Frau Herzog öffnete die Faust wie ein Zauberer, der einen Gegenstand hat verschwinden lassen, und sah die Kommissarin mit großen Augen an.

„Aber gewundert haben wir uns nicht, nicht wahr, Karlheinz? Hier im Haus kommen und gehen die Leute, und man macht sich keine Gedanken warum und weshalb. Wir stecken ja nicht die Nase in der anderer Leut' Sachen."

„Gibt es denn jemanden, der Ihnen einfällt, der mehr über die Albrechts wissen könnte?"

Wieder huschte Frau Herzogs Blick zu ihrem Mann.

„Eigentlich nicht. Die anderen Bewohner leben noch nicht so lange hier. Außer Frau Henrichs, die fällt mir noch ein, oben im zweiten Stock rechts, ja, die hat die beiden gekannt, fragen Sie doch die."

Ceylan Karadeniz stellte noch ein paar Fragen, dann verabschiedete sie sich.

Nachdem die Polizei gegangen war, schloss Ingeborg Herzog die Tür. Ihre Hand umklammerte den kühlen Messinggriff. Sie rührte sich nicht. Hinter ihrer Stirn setzte ein Pochen ein. In ihrem Magen dehnte sich ein Loch aus, das zu einem Krater wachsen wollte.

„Was machste da so lange, Inge?", schrie Karlheinz. „Du quatschst doch nicht etwa noch immer mit der Kanakenbraut? Dass du die reingelassen hast, wie konntest du nur, und was sollte das überhaupt? Jetzt haben wir schon Kanaken bei der Polizei, was sind das für Idioten, die so ein Gesocks einstellen? Ich sach ja, mit unserem Land gehts bergab … Inge? Inge! Was machste da so lange?"

Die Worte schienen durch den Flur zu ihr zu schwimmen, wie durch einen Tunnel, der unter Wasser lag.

„Nein", flüsterte sie, sie schluckte, damit sich ihre Kehle nicht mehr so trocken anfühlte, dann rief sie lauter „nein – ich meine, ich komme schon, Karlheinz!"

Das stimmte nicht. Denn ihr Körper regte sich nicht. Immer noch stand sie da, vor der Tür, den Kopf gebeugt, den Blick auf die

Hand gerichtet, die wie ein wunderlicher, fremder Gegenstand auf der Klinke lag. Die Polizistin war schuld – am Loch in ihrem Magen und auch an dem Gefühl, in einem Unterwasser-Tunnel gefangen zu sein. Die Polizistin hatte eine unangenehme Erinnerung geweckt.

„Menschenskind, was soll das? Wo bleibst du? Inge?“

Sie schloss die Augen. Ihre innere Mauer verwandelte sich in eine Holzwand. Die Erinnerung sickerte durch – wie Wasser, das durch Ritzen tröpfelt und das Holz morsch macht, bis es das Haus flutet.

An jenem Abend hatte Greta Albrecht gegen die Wand geschlagen und geschrien.

Karlheinz und sie hatten gerade „Wetten, dass …?“ geschaut. Wegen es Lärms konnten sie kaum ein Wort verstehen. Karlheinz hatte den Fernseher lauter gestellt, und als das nichts nutzte, war er ins Schlafzimmer marschiert und hatte mit der Faust gegen die Wand gehämmert. Damals saß er ja noch nicht im Rollstuhl, der Schlaganfall lag noch in weiter Zukunft.

„Schnauze, halt noch mal verdammt die Schnauze!“, hatte er gebrüllt, was Ingeborg Herzog zwar etwas peinlich war, aber nun ja, wenn sie drüber nachdachte, war es ja sein gutes Recht sich zu beschweren – bei dem Krach!

Danach wurde es ruhiger. Karlheinz kam mit knallrotem Kopf zurück, holte sich in der Küche ein Bier und setzte sich zurück in den Fernsehsessel. Er schimpfte noch ein wenig über Frau Albrecht, aber Ingeborg Herzog hörte nicht zu. Sie saß stumm auf dem Sofa und fragte sich, ob ihre Nachbarin nicht vor Lust geschrien hatte – sondern vor Angst?

Hatte Greta Albrecht um Hilfe gerufen?

Die Frage stieg in ihr auf, jetzt, in diesem Moment, in dem sie an der Tür stand, die Hand um die Klinke. Sie strebte nach oben, wie eine Luftblase an die Oberfläche eines von Schlamm getrübten Teichs.

Ingeborg Herzog kannte die Antwort.

Sie schluckte sie herunter wie bittere Medizin. Sie fühlte, wie sich das Loch im Magen langsam zusammenzog. Sie hatte den Krater besiegt. Das Wasser zog sich zurück, die Luftblase löste sich auf. Der

Tunnel verwandelte sich in den Wohnungsflur. Ingeborg Herzog schaute über die Schulter. Ihre Hand löste sich von der Klinke.

„Inge? Kommste endlich?"

„Ja, Karlheinz, natürlich. Ich will nur noch eben in die Küche, aufräumen."

„Wie, haste das denn nicht vorhin schon gemacht? Wie lahm biste denn?"

„Die Polizei ist doch gekommen, Karlheinz, die Küche sieht vielleicht aus!" Sie zupfte Flusen von ihren Ärmeln. „Willst du noch was von dem Vanillepudding? Wir haben keinen Himbeersirup mehr, aber vom Vanillepudding ist noch was übrig."

„Nee, lass mich bloß in Ruhe mit dem Zeug!"

„Gut, Karlheinz, ist gut."

„Ist gut? Meinste, du musst mit mir reden wie mit einem Behinderten, meinste, ich bin total bescheuert?"

„Aber nein, Karlheinz", rief Ingeborg Herzog, „natürlich meine ich das nicht."

Sie schob die Metallkette in die Schiene, drehte sich um und ging in die Küche. Das dreckige Geschirr wartete. Außerdem war noch was von den Kohlrouladen übrig. Die wollte sie in den Kühlschrank stellen. Für heute Abend.

Aber nein, Karlheinz, natürlich meine ich das nicht.

* * *

Der Lesesaal des Stadtarchivs Remscheid war was Feines. Moosbachs Blick wanderte über die roten Regale, die vor den strahlendweißen Wänden in die Höhe ragten, und musterte anerkennend die Akten und Bücher. Ein vertrauter Geruch schwebte in der Luft. Der Duft von Papier. Moosbach hielt den Atem an – in der Hoffnung, den Papiergeruch in sich einschließen und mit sich herumtragen zu können.

Es war keine Viertelstunde her, da hatte er noch voller Missmut und Zigarettenschmacht seinen Opel Astra in eine Parklücke gezwängt und war um ein Haar in ein Golf-Cabriolet geknallt. Doch als er mit Sanna und Zorro das restaurierte Bauwerk betreten hatte, war seine schlechte Laune verflogen.

Sie waren an einem Ort, wo man Papier ehrte. Das machte alle Zweifel am Sinn dieses Besuchs wett.

Nun warteten sie auf die Archivarin.

Moosbach lauschte den Geräuschen: leise Schritte, Rascheln von Seiten, Flüstern, hin und wieder ein Räuspern oder Husten. Zwischendurch heulte ein Kopierer auf.

Er sah Sanna von der Seite an. Sie saß neben ihm am Tisch, umklammerte Zorros Leine und starrte auf die Wendeltreppe, die auf eine Empore führte. Ihre Augen waren gerötet, seit sie Solingen verlassen hatten.

Sie beugte sich zu Zorro hinab und streichelte seinen Kopf. Verfilzte Haarsträhnen lugten unter ihrer Kapuze hervor. Der Hund schloss die Augen, hob die Schnauze und hechelte.

Moosbach schaute zu den Rundbogenfenstern. Sonnenstrahlen fielen auf die hellen Fliesen. Er blinzelte. Ein warmer Windstoß streifte sein Gesicht. Irgendwo stand ein Fenster offen.

Sanna hatte auf der Autofahrt stillschweigend sein Fluchen ertragen. Was sie wohl von ihm dachte? Ob sie ihn für einen frustrierten alten Knacker hielt?

Vielleicht war es mal an der Zeit, dass er etwas an seinem Verhalten änderte, dachte er. Dass er versuchte, seine Launen in den Griff zu bekommen. Er konnte sich ein Beispiel an Sanna nehmen. Immerhin hatte sie den Mut besessen, sich in einer Klinik Hilfe zu holen. Ein Schritt, den die meisten Menschen nicht wagten. Schon gar nicht, wenn sie einsam waren. Und das war Sanna. Er hatte noch kein einziges Mal erlebt, dass sie mit jemandem telefoniert oder Nachrichten geschrieben hatte.

Die Archivarin kam um die Ecke. Sie schob einen Holzwagen, auf dem sich sechs Zeitungsbände stapelten.

„Hier, das wars fürs Erste!“, sagte sie.

Moosbach stand auf und half beim Abladen. Sie hievten die marmorierten Pappbände vom Wagen und verteilten sie auf zwei Tische. Moosbach bemerkte einen dezenten Parfumduft. Verstohlen sah er die Frau von der Seite an und warf einen Blick auf ihr Namensschild. „Frau Steinbeck“, las er.

Frau Steinbeck war schlank und mindestens 1,80 groß. Ihr blondes Haar hatte sie zu einem strengen Zopf gebunden. Moosbach schätzte sie Ende vierzig, und er fragte sich, ob die Zahl der Frauen, die mit dem Alter immer schöner wurden, in letzter Zeit rapide angestiegen war.

„Das ist alles, was ich finden konnte“, sagte die Historikerin mit glockenheller Stimme und sah Moosbach mit ihren hellblauen Augen unverwandt an.

Er musste an die Kommissarin denken. Die Klangfarbe ihrer Stimme war so ganz anders – dunkler, dichter, wie Samt. Er spürte ein Kribbeln.

„In den Bänden sind die Lokalzeitungen chronologisch abgeheftet“, erklärte Frau Steinbeck.

Sie lächelte Sanna an, die sich nicht vom Fleck gerührt hatte und immer noch etwas bedrückt dreinschaute.

„Hier“, sagte Frau Steinbeck aufmunternd und legte Sanna ein Stück Papier auf den Tisch. „Ich hoffe, dass ich Ihnen damit bei Ihrer Hausarbeit helfen kann.“

Moosbach spürte einen Stich. Ihm tat es leid, dass sie Frau Steinbeck bei ihrer Ankunft angelogen hatten. Sanna hatte gestammelt, als sie die erfundene Geschichte, die sie kurz vorher besprochen hatten, vorgetragen hatte. Aber sie hatte überzeugend geklungen.

Sanna sagte, dass Moosbach ihr Onkel war. Er half ihr bei ihrer Hausarbeit. Sanna sei Schülerin und wolle für ein Projekt etwas über die Situation von Heimkindern in Remscheid erfahren. Zu wissenschaftlichen Zwecken. Sie würde nichts darüber in die Öffentlichkeit bringen. Sanna sei auf diese Idee gekommen, weil sie zwei Verwandte habe, die in Heimen gelebt hatten, die aber leider kürzlich verstorben seien. Sie wolle das Schicksal dieser beiden Personen unter die Lupe nehmen. Leider wisse sie nicht, in welchen Einrichtungen die beiden gelebt hatten.

Mit der Lüge hatte Moosbach sicherstellen wollen, dass er – je nachdem, was sie herausfanden, und je nachdem, welche Sorte von

Archivar sie vor sich sitzen hatten – keine Einverständniserklärung von Hinterbliebenen besorgen musste.

„Zu den Namen, die Sie mir gegeben haben, habe ich nichts in unseren Karteikarten gefunden", erläuterte Frau Steinbeck. „Es gibt nichts unter den Stichwörtern ‚Greta Albrecht', ‚Greta Schneider' oder ‚Manfred Glienke'." Sie blickte Sanna und Moosbach abwechselnd an. „Aber zum Stichwort ‚Kinderheim' habe ich was gefunden. Auf diesem Zettel", sie legte ein Stück Papier auf den Tisch, „habe ich die Erscheinungsdaten von 17 Zeitungsberichten notiert, die zum Stichwort Kinderheim zwischen 1949 und 1964 erschienen sind. Diese Erscheinungsdaten können Sie nachschlagen."

Frau Steinbeck unterstrich die goldfarbenen Jahreszahlen auf einem Buchrücken mit dem Zeigefinger. „In diesem Band befinden sich zum Beispiel die Ausgaben des Remscheider Tagesanzeigers von 1949 und 1950."

Der Pastor hatte ihnen den Geburtstag von Frau Albrecht verraten: 4. Juli 1948. Als Ausgangspunkt für ihre Recherchen hatten sie das Jahr 1949 gewählt. Damals hatte der Remscheider Tagesanzeiger, wie die Archivarin erklärte, wieder erscheinen dürfen. Nach Kriegsende hatten die Alliierten die Zeitung einige Zeit verboten.

Sie grenzten ihre Suche ein. Frau Steinbeck hielt es für unwahrscheinlich, dass Greta Albrecht über ihr 20. Lebensjahr hinaus unter staatlicher oder kirchlicher Obhut gelebt hatte.

„Ich gehe davon aus, dass Sie über Frau Gretas erste Lebensjahre nicht viel erfahren werden. Denn in Remscheid gab es zu der Zeit kein spezielles Heim für Säuglinge und auch kein Heim, das Säuglinge aufgenommen hätte", erklärte Frau Steinbeck. „Selbst wenn Greta Albrecht bereits als Säugling in ein Heim gekommen wäre – dann nicht in Remscheid. Allerdings hatten wir Heime für Kinder und Jugendliche, und zwar mindestens zwei. Auch wenn Sie nicht direkt etwas über Greta Schneider herausfinden, bin ich mir sicher, dass Sie die Zeitungsberichte interessant finden werden. Manchmal lohnt es sich, zwischen den Zeilen zu lesen."

Frau Steinbeck sah lächelnd auf Sanna herab, die sich den Zettel genommen hatte und die Zahlen studierte. Zorro hatte seinen Kopf auf ihren Oberschenkel gelegt. Als die Historikerin sich verabschieden wollte, schaute Sanna auf.

„Mir ist noch eine Idee gekommen", rief Sanna „Ich weiß, der Name Schneider ist weit verbreitet. Aber könnten Sie nach dem Stichwort ‚Schneider' suchen – für die Jahre 1949 bis 1969?" An Moosbach gewandt, sagte sie: „Ich weiß nicht, ob das was bringt, es gibt ja so viele Schneiders. Aber vielleicht haben wir ja Glück."

Moosbach nickte.

„Das ist eine gute Idee", sagte er und glaubte, in Sannas Augen ein Leuchten zu sehen.

Ging doch. Er musste kein frustrierter alter Mann sein. Frau Steinbeck lächelte ihn an. Moosbach schoss das Blut in die Wangen. Er räusperte sich verlegen.

„Nur weil Schneider ein geläufiger Name ist, heißt das nicht, dass wir in unserem Archiv viele Schneiders finden", sagte Frau Steinbeck. „In anderen Worten: Wenn ich im Archiv nach dem Namen Schneider suche, ist es nicht so, als würde ich ein gigantisches Telefonbuch durchforsten. Unsere Informationen sind nicht vollständig. Uns liegt nur ein Ausschnitt vor."

Zorro hob den Kopf.

„Ich dachte, in einem Archiv findet man immer alles", sagte Sanna.

Frau Steinbeck schmunzelte, ohne überheblich zu wirken. Die Lachfältchen um ihre Augen traten hervor – wie kleine Sonnen, dachte Moosbach.

„Viele Leute denken, dass in einem Archiv die Wahrheit haust, dass hier alle Informationen aus allen Zeiten zu finden sind – und dass sie bloß ein Stichwort liefern müssen und – zack – haben sie die Information, nach der sie suchen." Sie schnippte mit dem Finger. „Das ist aber nicht der Fall. Ein Archiv ist kein neutraler Ort. Zunächst lagert hier nur eine bestimmte Anzahl an Dokumenten. Von denen wiederum wurden nicht alle Wörter, die in ihnen vorkommen, als Stichwörter erfasst und in Karteien hinterlegt. Als Archivar trifft man eine Auswahl."

„Und wie macht man das?", fragte Sanna.

„Stellen Sie sich vor, Sie sind Archivarin, und Sie lesen alle

Zeitungsausgaben aus dem Jahr 1921. Einige Artikel handeln von einem Kinderheim. Also schreiben Sie auf eine Karteikarte mit dem Stichwort ‚Kinderheim' die entsprechenden Daten der Artikel. Sie lassen allerdings die Daten von Artikeln weg, in denen das Kinderheim nur am Rande erwähnt wird. Das heißt: Selbst wenn wir viele Berichte hätten, in denen das Wort Stichwort oder Schneider vorkommt, ist es fraglich, ob wir sie alle fänden – denn sie wurden von den Archivaren nicht alle in die Kartei aufgenommen."

Sanna starrte den Zettel an. Moosbach sah, dass sich ihre Wangen gerötet hatten, in ihren Augen stand Neugier. Ihre Unsicherheit schien verflogen.

„Im Fall Schneider ist es nicht schlecht, dass wir kein Telefonbuch studieren müssen", fuhr Frau Steinbeck munter fort. „Vielleicht finden wir nur eine überschaubare Menge an Zeitungsberichten – aber vielleicht eine, mit der wir dann tatsächlich was anfangen können."

Mit diesen Worten verabschiedete sie sich. Moosbach sah ihr nach, dann machten sie sich an die Arbeit. Sie entschieden sich, dass Sanna die ersten acht der insgesamt siebzehn Zeitungsausgaben durchforsten sollte. Um die anderen würde sich Moosbach kümmern. Er nahm am Tisch gegenüber Platz, auf dem drei Bände warteten.

Sanna zog den ersten Band vom Stapel und schlug den Pappdeckel um. Eine Geruchswolke von klammem Papier stieg ihr in die Nase. Vor ihr lag eine vergilbte Titelseite des Remscheider Tagesanzeigers – der ersten Ausgabe, die im Jahr 1949 erschienen war. Sanna befeuchtete ihren Zeigefinger und blätterte die Seiten um, bis zum 14. November 1949.

„Acheson in Bonn jubelnd begrüßt" stand auf der ersten Seite. Wer um alles in der Welt war das? Sie las weiter. „Prof. Heuss regt kulturellen Austausch mit USA an / Dank des Bundeskanzlers für die amerikanische Hilfe", stand im Vorspann. Sanna verstand immer noch kein Wort. Sie hätte gerne weitergelesen, um mehr zu erfahren, aber das Layout schreckte sie ab. Jemand hatte die Fotos vergessen. Breite Spalten, in denen eine beachtliche Textmenge in kleinster Schrift eingepfercht war, beherrschten das Papier.

Sie staunte. Hatten die Leute das alles früher wirklich gelesen? Der bloße Anblick der vielen Wörter machte sie schwindelig. Sie blätterte weiter, bis sie beim Lokalteil angelangt war. Auch hier gab es keine Fotos, nur Text. Aber die Überschriften waren interessant. Hier stand, was die Remscheider vor fast 65 Jahren bewegt hatte.

Ein gewisser Professor Mehrtens sprach von einer „Todeserklärung". Lange, verschachtelte Sätze erzählten von einer „Fluchtlinienfestsetzung" – was auch immer das sein sollte. Es ging anscheinend um einen Umbau, der die Remscheider Alleestraße betraf – eine „historische Straße, die seit Jahrzehnten dem Hauptgeschäftsverkehr zu dienen bestimmt war und somit zur ausgesprochenen Einkaufsstraße geworden ist". Das las sich wie ein wissenschaftlicher Aufsatz. Mit Mühe verstand sie, dass jener Professor sowie ein Syndikus namens Dr. Kloppelmann (wer oder was war ein Syndikus? Und was sollte dieser Name? War das ein Witz?) Gegner des Umbaus waren.

Ihr Interesse an dem Geschwafel schwand und sie blätterte weiter. Auf der zweiten Lokalseite berichtete ein Autor über eine Großveranstaltung der Polizei, die das Ansehen der Beamten in der Bevölkerung heben sollte. Es handelte sich erstaunlicherweise um ein Saufgelage.

„Polizei – einmal ganz anders" stand da, und weiter: „Die Polizei ist an allem schuld. Am schlechten Verkehr, den Einbrüchen und Diebstählen, den Unfällen und – an meinem dicken Kopf. Das konnte nicht ausbleiben. ‚Drei für eine Mark', drei Schnäpse also. Nein, über die Preise ist nichts zu sagen; sie waren zivil bei aller Uniformierung in dieser Nacht."

Auf der dritten Seite stieß Sanna auf den Artikel, den die Archivarin notiert hatte. „Zu wenig Platz für Kinder" stand in der Überschrift. Sanna beugte sich über die winzige Schrift. Sie las, dass es damals viele „hilfsbedürftige Kinder" in Remscheid gegeben, aber die Zahl der Heime nicht ausgereicht hatte. Die Kleinen waren entweder Waisen oder stammten von Eltern, „denen das Jugendamt das Sorgerecht entzogen hatte", wie der Autor schrieb.

Sanna musste an den Geschichtsunterricht von damals denken. Sie hatte teilnahmslos dagesessen, in Verwunderung darüber, was die

Zahlen und Ereignisse, die ihr Lehrer vortrug, mit ihr zu tun haben sollten. Die Jahre 1933 bis 45 waren ihr wie unter einer Glasglocke vorgekommen – abgekoppelt vom Rest der Geschichte, abgekoppelt von ihr selbst.

Und nun las sie einen Artikel aus dem Jahr 1949.

Vielleicht gingen Epochen und Jahre ineinander über, vielleicht war der Lauf der Geschichte ein sich immer wandelnder Fluss. Vielleicht war sie Teil des Flusses, vielleicht schwamm sie mittendrin.

Sanna spürte, wie Gänsehaut über ihre Unterarme kroch. Durch diese Erkenntnis gewann der Artikel an Bedeutung. Selbst wenn er nichts über Magdas Mutter verraten sollte, so hatte sie doch ein Dokument vor sich, das mit allem und jedem in Zusammenhang stand – auch mit ihr selbst.

1949. Was wusste sie eigentlich über dieses Jahr? Nichts. Nur, dass 1949 nicht weit entfernt von 1950 lag. Die runde Jahreszahl flimmerte auf und versetzte ihrer Fantasie einen Stoß. Sanna fühlte, wie sie in einen Tagtraum sank.

Sie hatte eine Glasglocke vor sich. Ihr Gesicht näherte sich dem Glas. Winzige Figuren saßen an einem Frühstückstisch. Plötzlich fingen sie an, sich zu bewegen. Die Glasglocke wuchs, auf einmal stand Sanna darin.

Von einer Tür aus beobachtete sie das Geschehen, das sich in einer Küche zutrug. Eine hübsche Frau schenkte ihrem lächelnden Ehemann Kaffee aus einer Porzellan-Kanne ein. Der Mann hatte seine schwarzen Haare zur Seite gekämmt. Die Pomade brachte sie zum Glänzen. Er trug einen grauen Anzug. Zwischen seinen weißen Zähnen steckte eine Zigarre. Sein Grinsen wirkte dadurch noch breiter.

Zwei pausbackige Kinder strahlten die Mutter an wie eine Heilige. Auf einer Tischdecke mit gestärkten Bügelfalten standen ein Korb mit dampfenden Brötchen und eine Vase mit Goldrand. Die Frisur der Frau erinnerte Sanna an die von Schauspielerinnen aus alten Filmen. Die kastanienbraunen Haare waren gescheitelt und fielen glatt herab, das untere Drittel war gelockt. Das türkisfarbene, hochgeschlossene Sommerkleid betonte die Figur, ein Gürtel umschloss die schlanke Taille. Sanna stellte sich vor, wie der Rock, der wie ein Dreieck abstand, im Tanz wirbelte. Das Strahlen der Frau erhellte den ganzen Raum.

Plötzlich ein Husten.

Sanna zuckte zusammen, die Glasglocke löste sich auf. Sie schielte zu Herrn Moosbach am Tisch gegenüber. Er hielt eine Hand vor dem Mund und schien gegen einen Hustenreiz anzukämpfen, während er mit geröteten Augen auf den aufgeschlagenen Zeitungsband starrte.

Vorhin war er zu schnell gefahren, hatte einen blinkenden Bus überholt, der an einer Haltestelle ausscherte, und hatte beim Parken dann auch noch fast einen Golf gerammt. Seine schlechte Laune hatte ihr Angst gemacht.

Aber als sie das Archiv betreten hatten, war der Journalist wie ausgewechselt gewesen. Sanna nahm sich vor, seine Stimmungsschwankungen nicht so ernst zu nehmen. Das würde ihr schwerfallen, aber sie würde es versuchen. Der Gedanke, dass Herr Moosbach sonst freundlich war und sie ernst nahm, würde ihr helfen.

Sanna wandte sich dem Artikel zu.

Ein Fabrikant wollte eine Stiftung gründen, las sie, um einen Neubau für hilfsbedürftige Kinder zu finanzieren. Das lobte der Autor in höchsten Tönen. Außerdem erwähnte er eine Einrichtung, das St.-Antonius-Kinderheim am Remscheider Stadtrand, das von katholischen Nonnen geleitet wurde. Offenbar gab es ein Heim für Jungen und eins für Mädchen. „Es ist unbestreitbar, dass unsere Schwestern all ihre Liebe und Fürsorge aufwenden, um unsere armen Kinder, die Ärmsten der Armen, zu tüchtigen Bürgern zu erziehen. Aber die insgesamt 100 Betten für Jungen und Mädchen reichen nicht. Wie auch unser Dezernent bei dem gestrigen Treffen betonte …"

Von einer Greta Schneider oder einem Manfred Glienke war nicht die Rede. Sanna stöberte in den anderen Zeitungen. Es kam ihr vor, als suchte sie auf einem Dachboden nach einem Schatz. Das Ganze wurde immer aufregender.

Es faszinierte sie, wie sich das Layout mit der Zeit änderte. In der Ausgabe vom 9. August 1956 prangten auf der ersten Seite zwei Fotos, wenn auch nicht groß. Ein Grubenunglück zog ihre Aufmerksamkeit an. 261 Bergleute waren „750 Meter unter Tage" eingeschlossen, neun hatte man retten können. Die Grube befand sich in einem Ort, der Marcinelle hieß. Andere Artikel berichteten von einem weiteren Unglück und über einen Kirchentag. In Cali – einer Stadt in Kolumbien, wie Sanna erfuhr – hatte es eine Explosion gegeben. Wahrscheinlich waren 1.800 Menschen gestorben. Außerdem wollte ein Herr Nasser aus Ägypten nach Moskau reisen, und auf Zypern hatte es Hinrichtungen gegeben. Junge Untergrundkämpfer waren erhängt worden.

Sanna lief ein Schauer über den Rücken.

Der Lokalteil hatte Heiteres zu berichten. Die Autoren schwärmten von warmen Sonnentagen, ein Fußballverein feierte 25-jähriges Bestehen und ein „Marktbericht für die Hausfrau" schilderte in verblüffender Ausführlichkeit die Preise von Butter, Käse, Eiern, Fleischsorten, Seefisch, Kartoffeln, Gemüse und Obst. Sanna stolperte über die Arbeitslosenzahlen: Damals waren nur 136 Männer ohne Arbeit. Bei den Frauen waren es viel mehr, nämlich 588.

Plötzlich fand sie ihn.

„Neues Dach für Kinderheim" lautete der Titel auf einer hinteren Seite. Auf dem Schwarz-Weiß-Foto stand ein Dutzend Leute herum – darunter ein Geistlicher, einige Nonnen sowie Männer, die Anzüge oder Handwerkerkleidung trugen.

Fast wäre es eins jener stinklangweiligen Gruppenfotos gewesen, wäre da nicht ein Mädchen mit blonden, geflochtenen Zöpfen gewesen. Ein Mann mit Mütze und Weste – das weiße Hemd hatte er bis über die Ellenbogen gekrempelt – hockte mit einem Knie auf dem Boden vor der Kleinen und lächelte schief in die Kamera. Im Hintergrund war ein Gebäude zu erkennen.

Der Mann und das Mädchen gaben sich die Hand. Hinter ihnen stand eine hagere Gestalt in schwarzem Anzug und mit Hut, rechts daneben ein älterer Mann – wohl ein Geistlicher, mit eng sitzender Jacke und weißem Kragen – in einer Pose, als wolle er den Händedruck segnen. Das Mädchen hatte den Kopf gesenkt. Eine beleibte Nonne in einem schwarzen Ordenskleid und weißer Spitzhaube stand hinter ihr, die Hände auf den Schultern des Kindes.

Die Gesichter verschwammen auf der verblichenen Zeitungsseite. Im Bildtext stand:

> *Pastor Cornelius Engelhardt und Schwester Klara danken ihrem Wohltäter Paul Breitkopf, Inhaber der Gesenkschmiede Schmitz & Söhne. Seine großzügige Spende machte es möglich, dass die Mädchen vom St.-Antonius-Kinderheim endlich ein neues Dach über dem Kopf haben. Dachdeckermeister Fritz Sander (vorne) und seine Männer leisteten ganze Arbeit. Darüber freut sich besonders die kleine Greta. Nachdem das Mädchenhaus ausgebessert wurde, ist nächste Woche das Jungenhaus an der Reihe: In dem Gebäudekomplex, der auf der anderen Seite des Ackers liegt, sollen Fenster saniert werden.*
>
> *Foto: T. Sennewald*

Greta. Sanna konnte es nicht fassen. Ihr Herz schlug wild. Was für ein Zufall! Ja, es gab sicher viele Mädchen mit dem Namen Greta. Aber vielleicht war das tatsächlich die Frau, nach der sie gesucht hatten. Sie hob den Kopf.

„Ich hab was!", rief sie.

„Oh!" Herr Moosbach schaute auf.

Er kam zu ihr rüber und setzte sich neben sie. Sanna fuhr mit dem Finger über die Bildlegende. Sie hielt die Luft an, während er las. Zorro, der sich auf dem Boden eingerollt hatte, sprang auf und schob sich zwischen Sanna und den Journalisten. Seine Schnauze ragte über die Tischkante, als wolle er lesen, was da in der Zeitung stand.

„Das ist ja was!", rief der Journalist und haute mit der flachen Hand auf den Tisch.

Zorro bellte und wedelte mit dem Schwanz. Herr Moosbach strahlte.

„Fein gemacht!", sagte er. Als er sich über den Artikel beugte, um alles noch mal zu lesen, murmelte er: „Wirklich. Wirklich fein gemacht."

Er bekam nicht mit, wie Sannas Wangen glühten, als ihn der Zeitungsbericht in die Vergangenheit katapultierte.

Es ist der 8. August 1956.

Greta starrt auf das Kopfsteinpflaster. Ihr Herz rast. Ob es gleich aufhört zu schlagen? Dann wäre alles vorbei. Endlich. Um sie herum sind große Menschen. Ein fremder Mann hat ihre Hand genommen. Darf er das? Oder soll sie ihre Hand wegziehen?

Greta hält die Luft an.

Sie spürt Schwester Klaras Atem im Nacken, riecht ihn, heiß und sauer. Finger krallen sich in ihre Schultern. Ihr Körper spannt sich wie ein Bogen. Aus Angst vor dem, was noch folgen mag. Denn in der Vermehrung von Schmerz hat die Schwester Übung – im Namen des Vaters, des Sohnes und des Heiligen Geistes.

Heimkinder sind Sünder, zetert die Nonne oft. Sie sollen Gott fürchten, denn der Lohn der Sünde ist der Tod, das ewige Gericht. Sie sollen dankbar sein, dass „Abartige" wie sie leben dürfen, allen voran die „sexuell Abartigen".

„Vor wenigen Jahren, ja, da wurdet ihr noch alle weggemacht!", schreit Schwester Klara bei kleineren Vergehen. Zum Beispiel, wenn ein Mädchen beim Abwasch einen Teller fallen lässt oder beim Schrubben weint, weil die Knie vom Rutschen auf den rauen Fliesen bluten. Oder wenn ein Mädchen nicht genug Kraft hat, die nassen Laken zur Schleudertrommel zu tragen und sie über den Boden des Waschhauses schleifen lässt. Oder beim Bügeln eine Falte verursacht.

„Wers nicht glaubt: Im Kalmenhof, ja, ja, im Kalmenhof, da haben sie solche wie euch vertilgt, ausgerottet! Asoziale Ballastexistenzen! Otterngezücht!"

Ballastexistenzen. Otterngezücht.

Wenn die Schwester schimpft, spritzt Spucke durch ihre auseinanderstehenden Schneidezähne. Manchmal senkt sie die Stimme und betont jedes Wort:

„Und dann. Kommen eure Seelen. In die. Hölle. Und. Was meint ihr. Was. Da. Mit euch. Passiert?"

Asozial. Otterngezücht. Hölle.

Im Anfang war das Wort, und die Wörter hallen in Gretas Kopf, suchen sich ihren Weg, schwappen nach vorn in ihr Bewusstsein, peitschen gegen die Stirn wie wilde Wellen. Auch jetzt.

Asozial. Otterngezücht. Hölle.

Weil die Wellen wieder um sich schlagen, bekommt Greta nicht viel mit von dem, was auf dem Hof gerade passiert. In diesem Augenblick, als der fremde Mann ihre Hand hält. Die Angst hüllt sie ein wie eine Unwetterwolke, den Boden spürt sie nicht.

Otterngezücht.

Greta hat Angst vor Schlangen.

Hölle.

Greta hat panische Angst vorm Jüngsten Gericht – dem Tag, an dem die Toten aus den Gräbern steigen. Dann wartet auf die einen das ewige Leben an einem Ort des Lichts, auf die anderen aber das Gericht Gottes und Strafen in der Finsternis. Ob Gott sie in die Dunkelheit verbannt?

Asozial.

Eisenklauen schrauben sich um die Schultern, noch mehr Wort-Wellen schwappen ans Ufer.

Hölle.

Greta ist Schmutz, sie ist verdorben wie alle Mädchen im St.-Antonius-Kinderheim, in ihnen liegt nicht nur die Möglichkeit zu sündigen, nein, sie sind Sünde, allein dadurch, dass sie auf der Welt sind.

Sie hält weiter die Luft an, und ihr Körper verwandelt sich in ein Brett. Wenn Strafe naht, atmet Greta so lange nicht, bis sie schwarze Flecken sieht. Zwei Mal hat sie es geschafft, in Ohnmacht zu fallen. Es ist einer der Tricks, den sich die Mädchen heimlich erzählen, manchmal schreiben sie sie auf Zettel, die sie im Schlafsaal herumreichen. Das ist gefährlich. Die Augen und Ohren der Schwestern sind überall.

Greta wartet auf die erlösende Ohnmacht, doch Schwester Klara kommt ihr dazwischen. Ihre Fingernägel graben sich durch die Träger des Kleides, durchs weiße, von Stärke erstarrte Hemd, in die Haut. Schmerz macht wach.

Plötzlich ist alles vorbei.

Der Fotograf hat das Foto gemacht.

Der Fremde lässt Gretas Hand los und tätschelt ihre Wange. Die Gruppe löst sich auf, Stimmen tanzen durch die Luft, Wörter wirbeln auf. Aber Greta versteht nicht, wovon sie reden. Die Wörter dringen nicht zu ihr. Herzpochen, Rauschen im Kopf.

„Schwester Klara, kommen Sie mal kurz?"

Die Stimme von Pastor Engelhardt. Die Finger lösen sich von den Schultern, und Greta sieht der Nonne nach, wie sie über den Hof schwebt.

Auf einmal bemerkt sie das schöne Wetter. Die Sonne scheint, am blauen Himmel sind nur wenige Wolken-Tupfer. Aber Greta ist eiskalt.

Die Männer stehen in kleinen Gruppen auf dem Hof herum und zünden sich gegenseitig Zigaretten an. Der Fotograf lacht und schlägt sich auf den Oberschenkel. Pastor Engelhardt lächelt und fährt sich mit dem Fingern verlegen über die Oberlippe. Schwester Klara steht neben ihm mit einer Miene aus Eisen.

Aufbruchstimmung. Die Männer ziehen zur Mauer, die das Heim umschließt. Oben ringelt sich Stacheldraht. Händeschütteln, das Lupfen von Hüten. Dann schreiten sie durchs Tor. Für sie ist es selbstverständlich, dass es offen steht, und den Pfeilen obendrauf schenken sie keine Beachtung.

Greta versucht zu verstehen. Warum diese Männer? Warum durfte sie ein Kleid anziehen anstelle des grauen Kittels, der so entsetzlich kratzt, und eine Bluse mit Puffärmeln und Lackschuhe? Warum das Foto?

Sie hütet sich davor, den Mund aufzuschließen.

Dass Fragen verboten sind, haben ihr die Nonnen eingeprügelt, vor zwei Jahren, am ersten Tag. Bis heute weiß Greta nicht, warum sie nicht bei ihrer Mutter leben darf. Und warum sie ihre Mutter seitdem nicht mehr gesehen hat. Sie denkt manchmal an die Siedlung mit den Häusern, die aussehen wie Schuhkartons mit grünen Fensterläden. Dort haben sie früher gelebt. Draußen spielte sie mit vielen Kindern auf dem Rasen am Waschhaus. Greta kann sich kaum an ihre Mutter erinnern, aber dafür an die strahlenden Laken, die sich an den Leinen im Wind blähten. Die Frau, die ihre Mutter war, sprach nicht viel. Arbeit. Das war eins der wenigen Wörter, die ab und an durch die karge Wohnung schwirrten.

Eines Tages kam eine Frau. Nachdem sie mit Gretas Mutter gesprochen hatte, musste Greta mit der Unbekannten in die Stadt. Sie gingen in ein Gebäude mit langen Gängen, wo keine Kinder waren. Hinter einem Schreibtisch saß ein Mann. Aus seinem Mund quollen merkwürdige Wörter. Sie klangen wie „unehrlich", „Iwan" und „voller Mund".

Dann ging alles ganz schnell. Wenige Tage später kam die fremde Frau wieder und holte Greta ab. Das Letzte, was Greta von ihrer Mutter sah, war, wie sie mit versteinertem Gesicht an der Tür stand und winkte – wie eine Puppe, die mechanisch den Arm hebt und senkt.

Die Mutter hatte Greta keinen Abschiedskuss gegeben.

Greta sagte die Busfahrt über keinen Ton. Erst als sie im Kinderheim angekommen war und eine Nonne sie in den Schlafsaal geführt hatte – mit einem Teil für die jüngeren und einem für die älteren Mädchen – traute sie sich zu reden. Die Schwester hatte gerade den Koffer auf das Bett gelegt, als Greta fragte: „Wann darf ich wieder zu meiner Mama? Und wer ist Iwan?"

Die Nonne fuhr herum, ihre Augen funkelten unter der Spitzhaube. Dann hagelte es Ohrfeigen.

„Mund halten! Du hast nichts zu sagen! Gewöhn dich dran!", zischte sie und rauschte mit wehendem Ordenskleid aus dem Saal. Greta sank auf ihrem Bettchen zusammen und weinte bis zum nächsten Morgen.

Nun sieht Greta, wie die Männer durch das Eisentor gehen. Der Mann, der ihre Hand gehalten hat, winkt ihr aus der Ferne zu, dann zieht er mit den anderen Männern fort. Pastor Engelhardt schließt die Pforten, legt die Kette an und dreht den Schüssel.

Plötzlich kommen die Mauern näher, der Stacheldraht dreht sich um die eigene Achse, bäumt sich auf. Greta fasst sich an den Hals, schnappt nach Luft, ein Schrei.

Da saust Schwester Klaras Hand herab, Greta stürzt, wird aber sogleich wieder nach oben gerissen. Ihre Wange brennt, auf dem rechten Ohr wummert der Schmerz.

„Was sollen die Leute denken?", flüstert Schwester Klara, „Psychopath!"

Greta riecht den strengen Schweiß der Nonne, ihr wird übel. Sie schafft es, den Brechreiz zu unterdrücken.

Das klappt nicht immer. Zum Beispiel beim Mittagessen, wenn es fettige Suppe gibt, in der Schweineborsten schwimmen. Wie viele Mädchen muss sich Greta oft schon nach dem ersten Löffel übergeben. Dann muss sie die Suppe mit dem Erbrochenen essen. Als eine Schwester mitbekam, wie Greta in die Toilette kotzte, kam sie in die Kabine – denn keine der Türen kann man abschließen – drückte ihren Kopf in die Toilettenschüssel und zog ab.

Aber merkwürdig, heute ist etwas anders als sonst, denkt Greta, während Schwester Klara sie am Ärmel über den Hof schleift, auf den Steinboden wirft, ihr Kleid, Bluse und Lackschuhe vom Leib reißt und den Kittel über ihren mageren Körper zerrt. Es ist das erste Mal, dass ihr eine Ohrfeige Erleichterung verschafft hat.

Sanna blätterte weiter. Es folgten weitere Artikel über fehlende Unterkünfte für Waisen und „schwer Erziehbare", manchmal tauchten Spendenfotos auf. Aber niemand erwähnte noch einmal das Mädchen namens Greta.

Zwischen einem Artikel über einen Trickdieb („Arbeit scheute er ganz besonders") und einer „vollautomatischen Waschanlage" für Züge der Deutschen Bundesbahn („Deutsche sind relativ sauber"), blieb Sanna an einem Nachruf für eine Mitarbeiterin des St.-Antonius-Kinderheims hängen. „Heim trauert um Schwester Ursula", lautete die Überschrift des Artikels vom 4. August 1962. Eine Nonne mit Spitzhaube blickte Sanna aus einem passbildgroßen Foto an. Ihre Augen versanken im runzeligen Gesicht.

Sanna las:

Vor wenigen Tagen verstarb Schwester Ursula, langjährige Mitarbeiterin des St.-Antonius-Kinderheims. Das teilte die Heimleitung gestern mit. „Wir sind alle sehr bestürzt, dass eine unserer erfahrensten Schwestern von uns gegangen ist", erklärte Pastor Cornelius Engelhardt. Ein Unfall auf dem Heimgelände, das ein Jungen- sowie ein Mädchenhaus umfasst, sei Ursache des plötzlichen Todes der 63-Jährigen. Details wollte die Leitung nicht nennen. Ein Fremdverschulden sei ausgeschlossen.

36 Jahre lang hatte Schwester Ursula sich in der katholischen Fürsorgeeinrichtung für ihre Zöglinge hingebungsvoll aufgeopfert. Schwester Ursula wurde am 2. Februar 1899 in Bergisch Gladbach geboren. Sie stamme aus bescheidenen Verhältnissen und sei früh in die „Obhut Gottes" gekommen, schreibt Pastor Cornelius Engelhardt in einem

Nachruf. Ihre Kindheit und Jugend habe Schwester Ursula größtenteils in einem katholischen Mädchenheim in ihrer Heimatstadt verbracht. Später habe sie sich dazu entschieden, ihr Leben Gott zu weihen und Nonne zu werden. 1926 trat Schwester Ursula ihren Dienst im St.-Antonius-Kinderheim in Remscheid an. Seitdem war sie unermüdlich im Einsatz, sowohl im Mädchen- als auch im Jungenhaus. „Hunderte von Kindern werden sich in ewiger Dankbarkeit an ihre Liebe und Fürsorge zurückerinnern", so der Pastor. „Denn Schwester Ursula hat sich stets bemüht, ihre Zöglinge zu tüchtigen Menschen zu erziehen."

Dieses hohe Ziel stehe ganz in der Tradition der Einrichtung: Schließlich werden im St.-Antonius-Kinderheim die Mädchen im Hauswirtschaften geschult – hervorzuheben ihr Einsatz in der heimeigenen Großwäscherei –, die Jungen arbeiten in der Landwirtschaft. „Alle Tätigkeiten bereiten sie auf ein sinnerfülltes Leben in der Gesellschaft vor – dank der Tatkraft von Mitarbeiterinnen wie Schwester Ursula", schließt der Pastor. „Wir werden ihren Namen in Ehren halten."

Schwester Ursula ist die Schlimmste. Selbst die Mädchen, die die Jüngeren im Duschraum quälen, fürchten sie. Albträume von der Frau, die an einem nebelverhangenen Januartag vor zwei Jahren vom Jungen- ins Mädchenhaus wechselte, plagen sie.

Es gibt einen Raum im Keller des Nebengebäudes, den die Mädchen das „Ursula-Zimmer" nennen. Es liegt am Ende des Gangs, in dem gelb flackerndes Licht Schattengestalten auf dem rissigen Putz tanzen lässt.

Schon immer haben die Mädchen Angst vor dem Keller. Hier unten gibt es seit jeher auch das „Besinnungszimmer". Es wartet auf unartige Mädchen, die sich nicht an den bis auf jede Minute durchgetakteten Tagesablauf halten, die immer wieder ausscheren, Haken schlagen wie Hasen auf der Flucht, die mit kleinen Gesten rebellieren. Ob beim Mangeln, wenn sie sich Verbotenes zuflüstern, wenn sie Zettel mit Hilferufen an die Welt draußen senden, indem sie sie in die Taschen der auf Kante gebügelten Herrenhemden stecken, oder beim Beten das „Amen“ nicht mitsprechen. Mädchen, die es wagen, Fragen zu stellen. Die vielleicht sogar Pläne schmieden, um auszubrechen. Oder eine der größten Sünden überhaupt begehen: den Versuch, sich umzubringen.

Das Besinnungszimmer ist ein dunkler Raum, wo ein Brett mit kratzender Wolldecke, ein Eimer für die Notdurft und eine Emaille-Schüssel warten. Eine Kette hängt an der Wand. Daran muss man ziehen, wenn die Wächterin, die vor der Tür lauert, den Eimer leeren soll. Viele Mädchen weinen, andere schlagen ihren Kopf gegen die Wand oder starren hoch zu einem Loch, das daran erinnert, dass es ein „da draußen“ gibt. Viele ritzen Botschaften ins Brett oder in die Wand. Aber ihre Hilferufe haben keine Stimme, die ihre Schreie die Kellertreppe hinauftrüge, die über Mauern hinweg über die Felder zöge, hinein in die Stadt, in die Ohren von Menschen, die ein Herz haben, die ihnen helfen würden.

Wer im Besinnungszimmer übernachtet – manchmal ist es eine Nacht, oft aber sind es auch drei oder vier Nächte –, der lernt den Duschraum gegenüber kennen. Auch hier gibt es keine Kabinen-Türen, damit den Augen der gottesfürchtigen Wächterinnen nichts entgeht. Das Besondere ist das Becken aus Stein. Wenn die Mädchen schreien oder schlagen, werden sie ins Eiswasser getaucht. Dann kommen sie zur „Besinnung“, sagen die Nonnen. Die unreinen Geister fahren aus.

Vor zwei Jahren dachten die Mädchen noch, dass das Besinnungszimmer der finsterste Ort des Heims wäre. Aber das stimmt nicht. Wer ins „Ursula-Zimmer“ kommt, ist wirklich verloren.

Es liegt ganz hinten im Verlies. Die älteren Mädchen lieben es, den Kleinen Angst zu machen, indem sie sagen: „Morgen, da kommst du ins Ursula-Zimmer!“ Sie beobachten mit Genugtuung, wie die Kleinen anfangen zu weinen und dafür Schläge von den Nonnen kassieren. Dabei jagen ihre eigenen Worte ihnen einen Schauer über den Rücken.

Vom Ursula-Zimmer wissen die Mädchen wenig. Denn wer aus diesem Zimmer zurückkehrt, den umgibt eine Mauer des Schweigens. Manchmal kommt man nie mehr zurück.

Manfred Glienke ist einer der Menschen, die das Ursula-Zimmer kennen. Heute macht er sich auf den Weg zu dem gefürchteten Ort.

Aber nicht, weil ihn dort Strafe erwartet.

Sondern weil er dort sauber macht.

Es ist sechs Uhr morgens, ein Juni-Tag im Jahr 1962. Manfred Glienke läuft am Kartoffelacker entlang. Es riecht nach feuchter Erde und Gewitter. Er schaut auf. Aschfarbene Wolkenreihen ziehen in gleichmäßigen Abständen vorüber. Wie ein Acker aus Wolken. Sein Blick gleitet herab und fährt über das Feld. Aus den Erdbuckeln sprießen Kartoffelpflanzen mit weiß-gelben Blüten. Es gibt Leute, die zahlen dem Bauern Geld, damit sie sich daraus Brautsträuße binden lassen.

Manfred spürt das Bedürfnis, auf eine Blüte zu spucken und zu sehen, wie der Schnodder abtropft. Aber er hält sich zurück. So wie er es immer tut.

Im Frühjahr und Sommer muss Manfred mit den anderen Jungs in Kolonnen auf das Kartoffelfeld, um die kranken Stängel auszureißen. Sie tragen dabei keine Handschuhe. Deshalb bilden sich Blasen und Striemen auf ihren Händen. Während die Jungs die Zähne zusammenbeißen, impft ihnen Herr Wiegand ein, nach dem Kartoffelkäfer Ausschau zu halten. Er ist der „Aufpasser" des Bauern, der die Ländereien des Heimstifts bestellt. Wiegand warnt vor dem Schädling, seine Augen sind rot geädert und weit aufgerissen, er schwenkt den Zeigefinger. Manfred schwört sich in so einem Moment, dass er niemals, niemals Bescheid geben wird, sollte er befallene Blätter entdecken – selbst wenn er eine Belohnung dafür erhielte.

Sollen die Pflanzen doch verrecken.

Manfred sieht auf seine Füße herab, wie sie in klobigen Holzschuhen über den Boden eilen, und fühlt die Gänsehaut auf den Beinen. Er trägt an diesem kühlen Morgen eine kurze Hose und Kniestrümpfe.

Er tritt gegen einen Klumpen, die Erde zerstäubt.

Manfred hasst diesen Ort. Er hasst den Gestank, den Schmutz, er hasst es, auf Kühe aufzupassen, vor allem dann, wenn Regen auf die Weiden prasselt und er keinen Schutz hat außer einer Strohmatte, unter die er sich kauert, er hasst die Gänse, denen würde er am liebsten die Hälse umdrehen, er hasst den Schlachthof mit seinem bestialischen Gestank.

Hass ist leichter zu ertragen als Zuneigung.

Zuneigung bringt nichts als Schmerz.

Noch vor ein paar Jahren hatte er sich hin und wieder mit Tieren angefreundet. Das war ein großer Fehler. Von einem Ferkel, mit dem Manfred damals spielte, fehlte auf einmal jede Spur. Und von einem Kalb fand er eines Tages die blutigen Überreste. Sie lagen im Staub vorm Schlachthaus, die Fliegen schwirrten um sie herum.

Manfred Glienke hofft, dass er das Heim bald verlassen und eine Lehre anfangen darf. Am liebsten würde er Elektriker werden – wie sein Onkel Hans. Besser gesagt, wie jener Mann aus dem blassen Erinnerungsfetzen, jener Mann, den Manfred für seinen Onkel Hans hält und den er seit zehn Jahren nicht gesehen hat. Ganz bestimmt ist Onkel Hans ein begabter Elektriker. Einer von der Sorte, die schon als Kind die Armbanduhren ihrer Väter auseinanderbauen und wieder zusammensetzen. Wenn eine trügerische Erinnerung aufsteigt und Manfred weismachen will, dass Onkel Hans meistens mit einer Schnapsflasche am wackelnden Küchentisch saß, anstatt zu arbeiten, dann weiß er, was zu tun ist. Er steckt die Erinnerung in eine dunkle Schublade. An dem Trugbild sind ganz sicher die Nonnen schuld!

Ja, Elektriker werden wie Onkel Hans, das wäre es! Leider weiß er, dass dazu seine dürftige Schulbildung nicht ausreichen wird. Nur wenige Stunden am Tag sind die Jungs in der Heimschule, wo sie ein bisschen Rechnen und Schreiben lernen. Die meiste Zeit schuften sie auf den Feldern, wo der Bauer außer Kartoffeln auch Weizen, Roggen, Hafer und Rüben anbaut. Sie misten Ställe aus, melken Kühe oder zerkleinern mit der nigelnagelneuen Häckselmaschine Stroh auf eine Länge von zehn Zentimetern. Meistens ist es Manfred, der das zu Viehfutter zerkleinert, muffiges Stroh in einer Schubkarre zum Vieh bugsiert.

Widerlich.

Manfred starrt auf das backsteinrote Gebäude, das sich in der Ferne hinter Mauern erhebt. Der Gewittergeruch lässt nach, der Wind fegt über die Felder. Schwere, feuchte Erde überall.

Manfred beißt sich auf die Unterlippe. Wieder kommt ihm Onkel Hans in den Sinn. Und sein Traum von einer Lehre. Hätte er eine Lehrstelle, könnte er dem Heim entkommen und den widerlichen Frauen in ihren wallenden Gewändern, die die Schuld dafür tragen, dass um seinen Körper eine zweite Haut gewachsen ist – eine ledrige Haut des Ekels.

Manfred beschimpft die Weiber im Stillen mit Wörtern, die er von älteren Jungs aufgeschnappt hat. Nachts steigen Fantasien in ihm auf, sie beruhigen ihn und helfen beim Einschlafen. Er stellt sich vor, wie er die Nonnen lebendig pfählt. Wie er die Pfähle mit den schreienden Weibern in Reih und Glied auf dem Acker aufrichtet. Wie er dabei pfeift und sich die Mütze in den Nacken schiebt. Wie ein in der Luft kreisender Bussard nach unten schnellt, um einer Nonne ein Auge auszupicken. Er stellt sich vor, wie er sich auf den Acker setzt, um ihnen in der Abendsonne beim Verrecken zuzuschauen – den zuckenden, nackten Leibern mit Spitzhauben.

Ein Lächeln streift Manfreds Gesicht, als sein Blick über die Blüten wandert. In seinen Träumen, denkt er, verwandelt sich der verhasste Acker in einen Ort der Rache.

Manfred darf niemanden von diesen Gedanken erzählen. Nicht, dass die Nonnen seine Entlassung verhindern und ihn, wenn er älter ist, in ein Heim für schwer erziehbare Jungs stecken, in einer Stadt irgendwo im Bergischen Land.

Manfred übt sich im Schweigen und in einer unterwürfigen Körperhaltung. Beides hilft zu überleben.

Manfred gehorcht. Er widerspricht niemals.

Der Lohn für seinen Gehorsam ist seine Sonderstellung bei den Nonnen. Sie bedeutet, dass Manfred Aufgaben übernehmen darf, die ihm Freiräume geben. Alle zwei Wochen darf er jeden Dienstag nach dem Mittagessen zur Apotheke laufen, um Medizin abzuholen. Manchmal muss er dort auch „Missgeburten" abliefern, die der Bauer in einem Säckchen sammelt. Missgeburten heißen schlechte Roggenkörner, die ein bisschen Geld einbringen, wenn man sie an die Apotheke verkauft. Die Apotheker verwandeln die Missgeburten in Salbe.

Meistens holt Manfred Medizin ab. Er kann sich die Namen auf den Etiketten nicht merken. Aber er weiß, wie einige Arzneien eingesetzt werden. Wie die anderen Jungs bekommt er abends ein Medikament, das ihn schläfrig macht. Außerdem gibt es da noch Arzneien gegen „Schwachsinn". „Gebt ihm was gegen Schwachsinn", hört er die Schwestern manchmal sagen, wenn ein Junge durchdreht.

Der Fußweg zur Apotheke dauert 25 Minuten. Es fährt kein Bus.

Manfred muss die Landstraße entlanglaufen und durch eine Siedlung. Weil alle Leute aus der Siedlung wissen, dass er in einem Heim lebt, ist der Weg nicht ungefährlich. Kinder werfen oft Steine nach ihm oder rufen Wörter. Zwei Mal wurde er von einer Gruppe Jungs verprügelt. Mit blau geschlagenem Auge und blutender Nase kehrte er ins Heim zurück, wo ihn eine Tracht Prügel von den Nonnen erwartete.

Aber niemals wehrt sich Manfred. Er sagt kein Wort.

Das ist seine Stärke. Deshalb behält er die Sonderstellung und darf weiter den Apothekendienst schieben.

Manfred hat begriffen, dass die Medizin wertvoll ist. Davon ahnen die Nonnen nichts, denn sie halten Manfred für zurückgeblieben, weil er so selten spricht und für sein Alter, er ist vierzehn, ziemlich klein ist. Und so kommt es, dass es Manfred geschafft hat, bei jedem Botengang aus jedem Döschen eine Tablette zu klauen und aus jedem Fläschchen eine winzige Menge Flüssigkeit zu träufeln. Er sammelt die Tabletten in einer kleinen Dose und die Flüssigkeiten in einem Fläschchen, die er im Abfall gefunden hat. Die beiden Behältnisse bewahrt er hinter einem losen Stein in einer Mauer auf – in dem Kabuff, wo Schrubber und Putzmittel lagern, die er oft holen muss.

Denn auch Putzen gehört zu den Aufgaben seiner Sonderstellung. Genauer gesagt: Manfred beseitigt Spuren.

Er wischt menschliche Flüssigkeiten in Duschkabinen oder in den Kellerzellen des Jungenheims auf, wo Monster Ursula ihre Zöglinge bestraft. Seit aber Monster Ursula im Mädchenheim arbeitet, muss Manfred immer öfter zur anderen Seite des umzäunten Ackers laufen, um dort in den Kellerräumen eines Nebengebäudes sauber zu machen.

Er kennt sich deshalb bestens auf dem ganzen Gelände aus. Er hat es sogar geschafft, mit Mädchen Kontakt aufzunehmen. Ihm ist es sogar gelungen, einem Mädchen ein halbes Fläschchen Medizin zu überbringen. Dass er im Besitz eines Schatzes ist, hatte sich zuvor im Stille-Post-Verfahren herumgesprochen. Nach einem Gottesdienst in der Kapelle, bei dem die Jungen auf der linken, die Mädchen auf der rechten Seite sitzen, hat ihm ein Mädchen einen Zettel in die Hand gedrückt. Ihr Blick war wie aus zersprungenem Glas. Zwei Tage später, nach einem Botengang im Mädchenhaus, legte Manfred ein Fläschchen unter den Stein in einem

Salatbeet, um das sich das Mädchen täglich kümmern muss. Warum er dem Mädchen den Gefallen tut, weiß Manfred nicht. Wahrscheinlich handelt er aus Hass auf die Weiber, aus dem Wunsch, ihnen eins auszuwischen. Er hat die Kontrolle.

Einen Tag später war jenes Mädchen tot.

Sie hatte ihr Ziel erreicht.

Die Nachricht sprach sich herum, aber niemand kam auf die Idee, dass Manfred dem Mädchen geholfen haben könnte. Manfred hatte dem Mädchen geraten, den Inhalt der Flasche in ein Glas zu füllen und die leere Flasche in den Abfällen zu vergraben. Die Spur zu ihm verschwamm.

Manfred ist sich sicher, dass die Nonnen keine Untersuchungen vornehmen. Stirbt ein Mensch im St.-Antonius-Kinderheim, lautet die Todesursache „unbekannt". Die Nonnen sind Meisterinnen im Vertuschen. Auf die Backsteinmauern ist Verlass. Sie halten dicht. Kein Mucks dringt nach außen.

Seit dem geglückten Selbstmord flehen immer mehr Mädchen Manfred um Medizin an. Aber Manfred bleibt vorsichtig. Er stiehlt nach jedem Botengang nur winzige Mengen aus den Fläschchen und Döschen. So dauert es mindestens ein halbes Jahr, bis eine Erlösung versprechende Dosierung beisammen ist.

Manfred Glienke ist jetzt am Mädchenhaus angekommen. Er läuft um die Mauern mit dem Stacheldraht, auf die andere Seite, zum Tor. Dort läutet er die Glocke. Schwester Klara stapft über den Hof, sie öffnet und führt ihn wortlos zum Nebengebäude, das im Schatten des Haupthauses zu schrumpfen scheint. Sie schließt eine Eisentür auf und tritt nach ihm ein. Sie dreht den Schlüssel im Schloss der Kellertür.

„Eine halbe Stunde", zischt sie.

Manfred nickt, auf den Saum ihres Gewands starrend, das sich ruckartig zurückzieht. Die Eingangstür schlägt zu. Manfred steht im Dunkeln, denn es gibt keine Fenster im Erdgeschoss. Er fühlt, wie sich die nach Schimmel riechende, kühle Luft um seine Haut legt und in seine Anziehsachen dringt. Er tastet nach einem Schalter und dreht ihn. Eine Glühbirne an der Decke leuchtet auf und taucht den Flur in fahles Licht.

Einen Moment überlegt Manfred, ob er im ersten Stock herumzuschleichen soll. Dort sind fünf Räume, sie dienen als Übergangsquartier für verhaltensgestörte Mädchen, die schon älter sind und die in Anstalten kommen sollen, sobald ein Platz frei wird. In Einzelzimmern werden die Mädchen an die Betten gefesselt – bis man sie abholt.

Manfred entscheidet sich gegen den ersten Stock. Würde er erwischt, wäre er seine Sonderstellung los. Ein Risiko geht er nur ein, wenn es ihm besonders viel Genugtuung verschafft. Wie das Überbringen von Medizin.

Manfred geht die Steintreppe herab. Es ist kälter als im Erdgeschoss und riecht noch strenger nach Schimmel. Die Zeiten, in denen Manfred Angst vor Kellern hatte, sind vorbei. Inzwischen sind sie Teil seines Reichs. Er kennt jeden Winkel, jeden losen Stein, der sich für Verstecke oder Botschaften eignet.

Manfred zerrt einen Eimer, eine Glasflasche Essig, einen Holzschrubber, einen müffelnden Aufnehmer und ein Handtuch aus dem Kabuff. Er geht den Gang entlang, über ihm flackert das Licht. Er biegt links ab in den Duschraum, füllt den Eimer mit kaltem Wasser, gibt Essig hinzu und lässt den Aufnehmer hineingleiten. Er schaut dem Schrubbtuch dabei zu, wie es lautlos im Wasser versinkt. Mit dem Handtuch über der Schulter, dem Eimer in der einen und dem Schrubber in der anderen Hand kehrt er zurück in den Gang.

Manfred wirft einen kurzen Blick auf die Zellentür des Besinnungszimmers gegenüber und zieht weiter. Der Gang knickt einmal nach rechts ab, dann nach links. Manfred steuert auf das Ende zu. Er ist angekommen.

Überall herrscht der Schimmelgestank, aber an dieser Stelle, vor dem Eingang des Ursula-Zimmers, ist er besonders intensiv.

Manfred stellt den Eimer ab, sodass Wasser überschwappt, und lehnt den Schrubber an die Wand. Er drückt den Knauf nach unten und öffnet die Tür. Er schaltet das Licht an. Aus Gewohnheit kneift Manfred die Augen zu. Er hat zwar schon viele schlimme Dinge gesehen, aber braucht trotzdem diesen Moment, diesen einen, um sich auf das, was er sehen wird, vorzubereiten. Er macht einen Schritt über die Schwelle, die Tür hält er mit ausgestrecktem Arm von sich. Im Gang warten Eimer und Schrubber wie stumme Begleiter.

Manfred zwingt sich, die Augen zu öffnen. Sein Blick ertastet den Raum. Heute klebt besonders viel geronnenes Blut an den grünen Fliesen, denkt er, und auf dem Boden hat sich eine Pfütze gebildet. Wahrscheinlich ist es Pisse. Ein Stofffetzen hängt vom Haken an der Decke.

Manfred wagt nicht zu atmen, auch dann nicht, als er sich über den Eimer beugt. Er weiß: Das Schlimmste in diesem Zimmer ist nicht der Anblick. Es ist der Gestank.

Seine Hände tauchen ein ins Essigwasser, sie ziehen das Tuch durch die Flüssigkeit, dann heraus, tauchen es wieder ein, holen es erneut heraus, um das Wasser in Strömen abfließen zu lassen, das Platschen hallt durch den Raum, sie wiederholen diese Bewegungen immer und immer wieder, bis sie das Tuch endgültig aus dem Wasser holen und auswringen. Manfred holt durch den Mund Luft und klatscht den Aufnehmer gegen die Wand. Er beobachtet, wie sich das Essigwasser mit dem Blut mischt und die Fliesen herabrinnt.

Es ist Gretas Blut.

Greta sitzt auf dem Bett. Ihre Zunge ertastet die Löcher im Mund. Sie schmecken nach Blut. Mindestens ein Zahn fehlt. Sie weiß nicht, wie viel Uhr es ist. Sie weiß nicht, wo sie ist. Vielleicht in einem Einzelzimmer? Oder einer Zelle?

Sie horcht. Keine Stimmen weit und breit.

Sie sieht nichts. Das eine Auge ist so stark geschwollen, dass sie es nicht öffnen kann. Das andere Lid hebt sie ein wenig, sodass sie durch den Spalt blinzelt. Der Schmerz: wie ein Stromschlag.

Sie beißt sich auf die Zunge.

Mit schmerzverzerrtem Gesicht sinkt sie seitlich auf die Wolldecke, die Metallfedern quietschen. Sie winkelt die Beine an. Die Oberschenkel presst sie aufeinander, obwohl das besonders schmerzt. Sie will nicht an das denken, was zwischen ihren Beinen ist. Allein die Vorstellung, dass sie Beine hat, lässt ihr Herz rasen, treibt den Atem an, schneller, heftiger.

Erst der Hotelbesitzer, dann Schwester Ursula.

Ein Tag. Gestern, da …

Denk nicht dran, denk nicht dran, denk nicht dran!, schreit eine Stimme im Kopf, sie will den Kopf abschalten, die Bilder stoppen, die aufblitzen wie in einem falsch zusammengeschnittenen Film, sie will, dass ein schwarzes Standbild im Kopf auftaucht und für immer, immer bleibt.

Greta hat das Bedürfnis zu weinen. Aber die Tränen dringen nicht durch die brennenden Lider, es fühlt sich an, als fließen sie rückwärts. Im Hals wächst ein harter Stein.

Plötzlich bricht der Damm, und die Bilder beginnen zu fließen – zwar nur für einen Augenblick. Aber für Greta fühlt es sich an wie die Ewigkeit.

Der Film zeigt Greta vor einem Schieferhaus. Ein Hotel. Irgendwas mit „Linde" steht auf dem Schild über der Tür. Hier soll Greta ab jetzt leben und arbeiten – von sieben Uhr morgens bis 22 Uhr abends. Auch an den Wochenenden.

Greta spürt ein vergessenes Gefühl. Freude. Wie ein Pflänzchen streckt die Freude ihre zarten Blätter aus und kitzelt Gretas Herz. Linde. Das riecht nach Frühling.

Plötzlich steht Greta im Flur.

Es stört sie nicht, dass der Hotelbesitzer sie mit eigenartig glänzenden Augen ansieht, während seine hagere Ehefrau neben ihm steht, mit einer Miene aus Stein und einem Tablett in den Händen, auf dem sich Weinkelche aneinanderreihen, die so blank poliert sind, dass sie im Licht des Lüsters funkeln. Greta erwartet keine Freundlichkeit. Hauptsache, sie muss nicht mehr ins Heim zurück. Ihr Herz überschlägt sich fast, als sich Schwester Klara, die sie hierher begleitet hat, umdreht, das Haus verlässt und die Tür zufällt.

Aber Greta hat sich geirrt. Das Hotel ist kein Fahrschein in die Freiheit. Sondern in die Hölle.

Greta sieht sich dabei zu, wie sie aus der Küche geht. Der Hotelbesitzer hat sie in sein Büro rufen lassen, nachdem sie zwei Stunden lang Geschirr, Pfannen und Töpfe geschrubbt hat. Seinen Namen konnte Gretas Gedächtnis löschen. Aber nicht seine Stimme – sie klingt viel zu hoch für einen Mann, fast schrill. Und der Geruch: Zigarrenrauch und Rasierwasser.

Was Greta noch nicht weiß, ist, dass die Gerüche und die Stimme sie bis an ihr Lebensende verfolgen werden, und immer dann, wenn sie ähnliche Geräusche und Gerüche wahrnehmen wird, wird sie das Gefühl haben, zu sterben. Ihr wird die Luft wegbleiben und niemand wird sie verstehen. Niemand.

Plötzlich spult sich der Film rasend schnell vor.

Der Schreibtisch aus Teakholz breitet sich vor Greta aus wie ein Fußballfeld. Verschwommenes Fensterglas. Zwischen den Beinen entfacht sich ein Feuer, Greta verbrennt von hinten und innen heraus. Plötzlich umringen sie Häuser. Sie weiß nicht, wo sie ist, sie weiß nicht, wie sie hierherkam. Sie schreit, sie weint, reißt an ihrem Haar.

Ein Polizeiauto. Das Eisentor mit den Pfeilen. Ohrfeigen im Hof.

Dann das Ursula-Zimmer.

Fliesen.

Hände.

Greta übergibt sich über den Bettrand. Sie hört, wie die Magensäure auf den Boden spritzt. Ihr Hals brennt.

Plötzlich füllt das ersehnte Standbild die Leinwand.

Gretas Kopf dreht sich zur Decke, sie streckt die Beine aus.

Sie nimmt zur Kenntnis, wie sich eine Tür öffnet. Wie jemand in den Raum tritt. Etwas neben ihr Bett stellt. Der Geruch von fettiger Suppe. Die Schritte entfernen sich. Die Tür geht auf und zu.

Greta denkt: Nicht Ursula, nicht der Mann aus dem Hotel sind böse. *Sie* trägt die Schuld für das, was geschehen ist. Sie war schon immer Schmutz und Sünde, so haben es ja die Nonnen gesagt, wie kann es anders sein.

Greta greift nach ihrem Haar. Die Hand reißt am Zopf, doch kein Haar löst sich. Gemeinsam sind die Haare stark. Sie müssen einzeln gebrochen werden – und zwar, wo sie am verwundbarsten sind. Gretas Finger fahren über die Kopfhaut, tasten umher, ziehen und zupfen. Da. Zwei Fingerspitzen packen ein Haar knapp über der Wurzel. Sie reißen. Ein Ziepen. Das Haar ist raus. Dann noch eins und noch eins. Die Hand schafft ein paar Haare auf einmal – gut, denkt Greta. Und bald, bald, denkt sie, bin ich aus diesem Zimmer raus. Dann werde ich mich waschen. Gründlicher denn je, härter denn je. Die äußeren, körperlichen Strafen der Nonnen wird sie in ihrem Inneren fortsetzen.

Das ist wahre Buße.

Anderthalb Monate später, am 3. August 1962, trifft sich Greta mit einem Jungen in der Wäscherei.

Angeblich heißt er Manfred. Die meisten nennen ihn „den Boten".

Ihre Schicht ist vorbei, die Arbeit in der Wäscherei getan. Das Herz schlägt Greta bis zum Hals, während sie sich hinter einer Dampfmangel versteckt. Sie hockt auf dem Steinboden, hört, wie sich die drei Meter lange Walze immer schwerfälliger dreht. Gleich wird sie zum Stillstand kommen.

Greta lauscht den eilenden Schritten. Hin und wieder hört sie eine der Schwestern schreien, aber die Worte kann sie nicht verstehen. Das Rauschen und Schleudern der Waschtrommeln, das Dröhnen der Walzen, das Schlagen der Lederriemen: Sie übertrumpfen fast alle menschlichen Geräusche. Der Geruch von Lauge, Bleiche und Stärke ist so stark, dass Greta ihre weiße Schürze über Mund und Nase hält. Die Zunge klebt am Gaumen, der Mund fühlt sich an wie zugenäht.

Was passiert, wenn jemand erfährt, dass sie sich mit dem Jungen trifft? Daran darf sie nicht denken.

Die Liesl hat Greta darum gebeten, das Fläschchen zu besorgen. Greta hatte einfach bloß stumm dagestanden und genickt, während Liesl sprach.

Jetzt ist Greta voller Angst.

Die Maschinen werden leiser, Schritte entfernen sich. Die Walze dreht sich ein letztes Mal, dann hält sie zischend an.

Greta beobachtet, wie zwei Füße vor der Mangel stehen bleiben. Über den Holzschuhen bewegt sicht ein Ordenskleid. Gretas Herz pocht so laut, dass sie Angst hat, dass die Nonne es hören könnte. Diese kratzt an der Walze, die Maschine wackelt. Wahrscheinlich entfernt sie ein Stück Wäsche, das hängen geblieben ist. Dann verschwinden die Füße aus Gretas Blickfeld.

Sie horcht. Stille. Die Mädchen und die Nonnen haben die Wäscherei verlassen.

Seit vier Wochen ist Greta als Plätterin eingeteilt. Tag für Tag steht sie im Raum nebenan an einem der Bügeltische, um Herrenhemden, Röcke, Blusen oder Nachthemden zu glätten, oft bügelt sie auch Spitzen von Kopfkissen nach, die nicht ordentlich genug durch die Mangeln gezogen wurden.

Schwester Simone hat sie in die neuen Aufgaben eingewiesen – fünf Tage, nachdem Greta das Krankenzimmer verlassen hatte.

„Auf den Bügeltischen müssen immer, ich sage, *immer* Molton- und Nesseltücher liegen."

Das hatte die Schwester gleich als Erstes gesagt, ohne Gretas geschwollenem Gesicht oder ihrem Hinken Beachtung zu schenken. Dann hatte sie alle Gegenstände heruntergerattert, mit denen Greta von da an arbeiten sollte: Die elektrischen Bügeleisen, die das Heim vor wenigen Monaten angeschafft hatte, die Ärmelbretter zum Bügeln von langen oder gekräuselten Ärmeln, den Plättwachs, mit dem man die Sohlen der Eisen einreibt, die Manschettenklammern, Kragensteifen und Kragenknöpfe, die Ständer zum Aufhängen der gebügelten Wäsche, Schüssel, Schwamm, Maßband und Stecknadeln …

Eine Stimme in Gretas Kopf sagt „Im Juni, da …", aber nein, denkt Greta, „Manschettenklammern, Kragensteifen und Kragenknöpfe, Manschettenklammern, Kragensteifen und Kragenknöpfe …"

Greta fällt es leicht, sich Informationen zu merken. Aber dass sie gut in etwas ist, darf sie nicht zeigen.

Ohne ein Wort zu sagen, steht sie da und hört zu.

Auch, wenn die Nonnen mit der Ausstattung prahlen: „Jaaa, die Wäscherei ist *sehr* modern, ihr könnt Gott danken, dass ihr so was Anständiges lernen dürft – das habt ihr gar nicht verdient!" Oder damit, dass immer mehr Leute ihre Wäsche der der zum Heim gehörenden Wäscherei anvertrauen. Ein Fahrer holt die Kleidung, Bezüge und Laken der Kunden ab und liefert sie in der Annahme ab. Dort hat Greta als Erstes gearbeitet, bevor sie die anderen Abteilungen kennenlernen sollte. Das war vor einem Monat. Greta wog die Wäsche, trug das Gewicht ins Wäschebuch ein und zählte die Stücke. Jeder Kunde bekam eine eigene Nummer.

Jener entsetzliche Tag im Juni änderte alles.

Nachdem Greta aus dem Krankenzimmer entlassen worden war und in die Plätterei wechseln musste, brannte sich eine Nummer in ihr Bewusstsein wie ein Siegel: 56. Die 56 gehört einem Hotel mit „Linde" im Namen. Weiter kommen Gretas Gedanken nicht, wenn sie die Zahl 56 auf einem Zettel sieht, der mit einer Nadel an der Wäsche steckt, denn sie lässt die Gedanken nicht weiterfahren, sie stoppt sie wie einen Zug, der an einer Schranke hält.

56.

Die Zahl grinste Greta auch heute wieder von einem Herrenhemdkragen aus an. Mit zitternden Händen entfernte sie das Papier, um das Bügeleisen über den befeuchteten Knopfstreifen gleiten zu lassen. Links nach rechts. Links nach rechts. Links nach rechts. Die Zahl flackerte weiter vor ihren Augen.

56. Sechsundfünfzig.

Greta bügelte den Kragen, immer wieder, auch, als er schon von beiden Seiten trocken war. Sie glättete den Rücken, bügelte die Ärmel, legte die Falten, faltete das Hemd zusammen. Steckte den Zettel zurück an den Kragen. Als sie sich mit der Nadel in den Finger stach, starrte sie entsetzt auf die Fingerkuppe. Bloß kein Blut. Doch der Kragen blieb unversehrt.

Greta bügelte noch mehr Hemden, noch mehr Zahlen. 64, 11, 88, 104, 12, 8, 17. Aber die Zahl 56 bleibt, wie heißer roter Siegelwachs.

56.

Greta hockt noch einige Minuten lang hinter der Walze, dann erhebt sie sich. Gebückt schleicht sie seitwärts, stellt sich zwischen zwei Mangeln, macht einen Schritt vorwärts, späht in den Raum. Vor der Wand gegenüber stehen Falttische mit Leinentüchern, rechts ist der Raum zu Ende. Abblätternder, türkisfarbener Putz gähnt sie an. Ihr Blick schweift in die andere Hälfte des Saals. Mattes Tageslicht dringt durch die beschlagenen Scheiben, verschmilzt mit dem Dampf, der durch den Saal schwebt. Durch die Schwaden sieht Greta die Waschtrommeln, die in Hufeisenform vor den Wänden stehen. An der Decke hängt eine komplizierte Konstruktion mit Rädern. Von da aus verlaufen straff gespannte Lederriemen nach unten, sie sind an die Trommeln angeschlossen. Nur noch eine Trommel, links von der Tür, ist in Betrieb. Die Räder an der Decke drehen sich, die Riemen schlagen und schnalzen.

Alle anderen Maschinen stehen still.

Die Tür geht langsam auf. Gebannt schaut Greta zu, wie ein Junge hereinschleicht. Der Bote. Sie hat keine Ahnung, wie er es geschafft hat, sich unbemerkt hierherzustehlen. Die kleinen Mädchen glauben, dass er sich unsichtbar machen kann. Deshalb ist ihnen dieser Junge nicht geheuer. Niemand möchte ihm zu nah kommen.

Lautlos schließt er die Tür. Durch den Dampf läuft Greta zu ihm. Es kommt ihr unwirklich vor, und einen Augenblick lang vergisst sie, wo sie ist, und es ist, als laufe sie über ein in Nebel gehülltes Feld.

Sie hat nicht viel Zeit. Zwischen Feierabend und Abendessen liegen zwanzig Minuten. Sie darf nicht zu spät kommen, das würde auffallen.

Greta bedeutet dem Jungen, sich mit ihr zwischen zwei Trommeln zu zwängen. Für den Fall, dass jemand hereinkommt, haben sie ein Versteck.

Als sie sich gegenüberstehen, sagen sie kein Wort.

Der Junge hat schwarze Haare. Aus der kurzen Hose ragen dürre Beine. Wie Greta trägt er Holzschuhe. Er vermeidet es, ihr in die Augen zu sehen, seine Lider flattern, die Pupillen huschen umher. Er zieht ein Fläschchen aus der Hosentasche und reicht es Greta. Da hört sie voller Entsetzen, wie die Tür aufgerissen wird und krachend ins Schloss fällt. Greta zuckt so zusammen, dass sie das Fläschchen fallen lässt. Es zerspringt. Greta und der Junge starren sich an. Wer auch immer gerade hereingekommen ist, wird das Klirren gehört haben. Die Gewissheit schneidet wie ein Schwert. Dann geht alles sehr schnell.

Schwester Ursula steht vor ihnen. Sie schnaubt vor Wut. Sie will sich auf Greta und den Boten stürzen, aber es fällt ihr schwer, ihre Leibesfülle zwischen die Trommeln zu zwängen. Der Junge taumelt rückwärts zur Wand und zieht Greta an ihrer Schürze mit sich. Dann eilen sie hinter den Trommeln Richtung Tür, der Junge voran. Der wenige Platz zwischen Maschinen und Wand macht ihnen keine Probleme. Flink hüpfen sie über Riemen und Rohre, verfolgt von Schwester Ursula und ihren Verwünschungen, bis sie vor der Waschtrommel stehen, die noch nicht ausgestellt ist. Der Bote dreht sich zu Greta um, in seinem Blick: Angst. Die beiden wissen: Die Lederriemen werden von einer enormen Kraft angetrieben. Wer von ihnen mitgerissen wird, ist verloren, deshalb dürfen sie sie auf keinen Fall berühren.

Gerade als Schwester Ursulas Hand hervorschnellt, huschen sie hinter die Waschmaschine, laufen dicht an der Wand entlang, ohne die Riemen zu berühren, und sind am Ausgang.

Plötzlich Schreie. Schreie, die schlimmer sind als alles, was Greta jemals gehört hat. Etwas fällt dumpf auf den Boden. Und noch etwas. Dann klatscht etwas Schweres auf Metall. Das Kreischen verstummt.

Sie stehen da wie eingefroren. Der Junge – er hält immer noch Gretas Schürze umklammert – dreht sich langsam zu ihr um. Er öffnet den Mund, will etwas sagen. Greta beobachtet, wie er erst den Kopf hebt und zur Decke schaut, dann wandert sein Blick nach unten. Seine Pupillen weiten sich, sein Gesicht wird kalkweiß. Er lässt die Schürze los. Greta kann nicht anders, sie muss sich auch umdrehen, muss wissen, was da hinter ihnen ist. Noch ehe ihr Verstand begriffen hat, welche Körperteile da verstreut herumliegen, erbricht sie sich.

Manfred reagiert schnell. Er reißt Greta die Schürze vom Leib, wischt das Erbrochene auf, schafft sie aus der Wäscherei, kehrt ins Jungenhaus zurück und tut, als sei nichts geschehen. Und er erkennt, dass er sich geirrt hat. Er hatte immer geglaubt, dass der Anblick einer toten Nonne ihn friedlich schlafen lassen würde. Aber dem ist nicht so. Die Erinnerung raubt ihm den Schlaf. Für immer.

Sanna und Moosbach standen auf. Da kam Frau Steinbeck herbeigeeilt. Sie hatte eine Klarsichthülle in der Hand und lächelte. Lauwarmer Wind zog durch den Raum, irgendwo raschelte Papier. Moosbach kam es so vor, als verursache die Archivarin den sanften Windstoß. Er rieb sich den verspannten Nacken. Sein Rücken tat vom krummen Sitzen weh, aber er war guter Stimmung.

„Sind Sie weitergekommen?“, fragte Frau Steinbeck, die Hülle an die Brust gedrückt.

„Also, ich glaube, ein bisschen schon“, antwortete Sanna.

Sie trat von einem Bein aufs andere. Ihre Wangen glühten noch immer. Das Zeitungslesen war für sie wohl eine spannende Sache. Das freute Moosbach.

„Ja, wir sind weitergekommen“, sagte er und nickte Sanna zu, „und zwar nicht nur ein bisschen.“

Das war eine Frage der Perspektive. Sie hatten nicht viel über Greta Albrecht herausgefunden, aber sie waren an einem Ort, der nach Papier und Sommer roch. An einem Ort, der ihnen beiden guttat. Was wollten sie mehr?

„Sie wollten, dass ich nach dem Namen Schneider schaue“, sagte Frau Steinbeck. „Für die Jahre 1949 bis 1969 gibt es da einiges, aber keiner der Artikel steht in Verbindung mit einem Kinderheim. Mir ist dann aber eingefallen, dass die Lokalpresse vor ein paar Jahren oft über das St.-Antonius-Kinderheim berichtet hat."

Sie zog einige Blätter – Kopien von Zeitungsartikeln – aus der Hülle und legte sie nebeneinander auf den Tisch. „Ich habe die zeitliche Begrenzung bis zum Jahr 1969 aufgehoben und in unserer Kartei von 1949 bis heute nach Berichten zum Stichwort Kinderheim gesucht. Gefunden habe ich besonders viele Artikel aus dem Jahr 2007, die ausführlichsten habe ich eingescannt und ausgedruckt." An Sanna gewandt sagte sie: „Die werden dir bei deiner Hausarbeit bestimmt helfen. Manchmal geht doch nichts über eine gut sortierte Kartei." Sie lachte. „Du hattest mich neugierig gemacht, Sanna. Deshalb habe ich diese Artikel überflogen. Und weißt du was? In einigen kommt tatsächlich eine Frau Schneider vor. Ich glaube, in diesem hier zum Beispiel ..." Frau Steinbeck tippte auf zwei Seiten, die in der Mitte lagen.

Moosbach setzte sich wieder. Der Artikel war am 10.07.2007 im Remscheider Tagesanzeiger erschienen.

„Im Keller gefoltert", las er laut vor. „Ehemalige Heimbewohner berichten über immer neue Details."

Der Bericht war verkleinert, sodass der Text auf zwei DIN-A4-Blätter passte. Der Artikel musste eine Doppelseite im Tageszeitungsformat gefüllt haben. So viel Platz widmeten Lokaljournalisten nur Themen, die auf großes öffentliches Interesse stießen.

Sanna setzte sich neben Moosbach und stützte – wie er – die Ellenbogen auf den Tisch. Beide beugten sich über das Papier. Die Historikerin stand hinter ihnen, während sie lasen.

Menschen, die bis Anfang der 70er-Jahre im St.-Antonius-Heim gelebt hatten, berichteten von Gräueltaten, die das Personal an ihnen verübt haben sollte. Die Verfasserin des Berichts hatte Zeitzeugen befragt.

Moosbach warf einen Blick auf die Autorenzeile: „Von Inge Radtke" stand dort. In glasklaren Sätzen, in denen maximal ein Nebensatz vorkam, schilderte die Journalistin Szenen, die sich vor Jahrzehnten abgespielt haben sollten. Glaubte man den Zeitzeugen, hatten sich die Schwestern der Kindesmisshandlung, des sexuellen Missbrauchs und der Folter schuldig gemacht – über Jahrzehnte.

Allerdings stand die Remscheider Einrichtung, die Mitte der 80er-Jahre geschlossen wurde, mit ihren Verbrechen nicht allein da. Inge Radtke nahm Bezug auf einen Bericht aus einem großen deutschen Magazin. Hier kamen ehemalige Heiminsassen aus den unterschiedlichsten Regionen Deutschlands zu Wort.

Der Artikel hatte eine Lawine losgetreten. Überall meldeten sich Menschen, die ihr Schweigen brechen und über ihre traumatischen Erlebnisse sprechen wollten. Die Misshandlungen hatten sich insbesondere in den 50er- und 60er-Jahren zugetragen. Runde Tische und Initiativen wurden gegründet, die sich für die Entschädigung der Opfer einsetzten. Auch in Remscheid hatten sich ehemalige Heimkinder zu einem Verein zusammengeschlossen, dem „Wir vom St.-Antonius-Kinderheim e.V.". In der Bevölkerung fanden sie Mitstreiter, die sich für sie einsetzten. Und plötzlich stand er da – der Name, nach dem sie suchten:

> *„Früher war es üblich, dass Mädchen und Jungen aus den Heimen als Arbeitskräfte eingesetzt wurden – auch meine Eltern haben hin und wieder ehemalige Heimkinder bei sich beschäftigt", erinnert sich Sophie Schneider (55), Gründungsmitglied des Vereins „Wir vom St.-Antonius-Kinderheim e.V.". Sie sei damals noch ein Kind gewesen. „Ich werde die jungen Frauen und Männer, die zu uns kamen, nie vergessen. Ich verdanke ihnen viel. Die Haushaltshilfen, die bei uns arbeiteten, haben mich mit großgezogen, auf mich aufgepasst. Und die Jungen halfen meinem Vater auf dem Hof." Im Haus der Schneiders hätten es die ehemaligen Heimkinder „gut gehabt", sagt Sophie Schneider. „Sie bekamen ein eigenes Zimmer und durften mit uns am Tisch essen. Aber ihre Gesichter – die waren oft so traurig, selbst wenn sie lachten. Jetzt weiß ich warum." Sophie Schneider blickt zu Boden und reibt sich die Augen. „Es ist einfach so grauenvoll – hätte ich das doch al-*

les früher gewusst." Die Mutter zweier erwachsener Söhne wünscht sich, dass die Vergangenheit ans Licht kommt. „Ich bin überzeugte Christin und kann es nicht ertragen, dass im Namen Gottes solche Gräueltaten verübt wurden. Ich fordere, dass sich der Träger des Heims zu seinen Verbrechen bekennt und bei den Opfern entschuldigt."

Sophie Schneider. Konnte es sein, dass Greta Albrecht sie gekannt hatte? Hatte sie in der Familie der Schneiders als Haushaltshilfe gearbeitet? Hatte sie sich als Teil der Familie gefühlt und später deren Namen angenommen, als sie – warum auch immer – untergetaucht war? Oder war der Name Schneider einfach nur praktisch gewesen, weil er so weit verbreitet und unauffällig war?

Als Moosbach den Artikel zu Ende gelesen hatte, lehnte er sich zurück und verschränkte die Arme. Sanna war noch nicht so weit. Er beobachtete, wie ihr Blick über das Papier glitt. In ihrem Gesicht lag Fassungslosigkeit darüber, dass eine moralische Instanz derartige Verbrechen begehen konnte.

Moosbach dachte, dass es eigentlich kaum etwas gab, das ihn fassungslos machte. Hatte er sich jemals darüber gewundert, wenn ein freundlicher Nachbar sich vor Gericht als Psychopath entpuppte, der Kinder missbrauchte?

Nein. Denn nichts war, wie es schien.

Das hatte ihn seine Arbeit gelehrt. Charme, berufliche Erfolge und öffentliches Ansehen konnten in Sekunden von der Fassade eines Menschen bröckeln, wenn Hässliches an die Oberfläche drang. Vorausgesetzt: Man schaute hin. Und gerade das weigerten sich viele Menschen zu tun.

Einmal war Moosbach durch eine Reihenhaus-Siedlung zu einem Interview-Termin spaziert. Sein Weg führte durch einen Vorgarten, wo ein Sprinkler-Aufsatz feine Wasserfontänen über den glatten Rasen und die Stiefmütterchen verteilte. Eine lächelnde, gut aussehende Frau in einem wehenden Sommerkleid erwartete ihn an der Tür. Als sie an dem ovalen Esszimmertisch aus Nussbaumholz Platz nahmen, warf Moosbach einen Blick durch die Verandatür. Kinder turnten hinter dem Haus auf einer quietschbunten Schaukel herum.

Dann begann das Interview. Denn jene Mutter war aktives Mitglied einer Neonazi-Partei.

Als Moosbach später einen Artikel über die Rolle von Frauen in rechtsextremen Szenen veröffentlichte, hatte das für die von ihm Interviewte keine Konsequenzen. Sie blieb weiterhin beliebtes Vorstandsmitglied des Kindergartens – die Elterninitiative wollte nichts von ihrer politischen Gesinnung wissen. Auch in der Reihenhaus-Siedlung blieb der Mutter ihr Ruf als hilfsbereite Nachbarin erhalten.

Sanna richtete sich auf. Sie hatte zu Ende gelesen.

Moosbach und Sanna gingen nach draußen, um zu telefonieren. Dort störten sie niemanden.

Mit Sannas Smartphone suchten sie nach der Telefonnummer von Sophie Schneider auf telefonbuch.de. Sie wurden nicht fündig: zu viele Schneiders und keine Sophie. Die Telefonnummer des Vereins „Wir vom St.-Antonius-Kinderheim e.V." fanden sie dagegen schnell heraus, sie stand im Impressum der Webseite. Aber als sie den Vorsitzenden anriefen, wollte der die Telefonnummer von Sophie Schneider nicht herausrücken. Er würde Frau Schneider anrufen und Sannas Handy-Nummer weitergeben. Frau Schneider könne sich dann ja melden.

„Das dauert mir alles zu lang", murmelte Moosbach, als Sanna aufgelegt hatte.

Er trat von einem Bein aufs andere und schaute den Bürgersteig entlang. Einige Meter vor ihnen stützte sich eine alte Frau, die einen Rauhaardackel an der Leine führte, auf einen Holzstock. Der Hund hob das Bein und pinkelte gegen die Mauer des Stadtarchivs. Ein Imbiss verströmte Döner-Geruch.

Moosbach seufzte. Er hob den Kopf und blinzelte. Über den Himmel zogen Wolken wie zerpflückte Watte.

Er wandte sich Sanna zu.

„Wir rufen den Remscheider Tagesanzeiger an", sagte er und zog sein Handy aus der Brusttasche. „Diktier mir mal die Nummer."

Sanna googelte die Telefonnummer und las sie vor. Zorro schaute derweil der alten Frau und dem Rauhaardackel nach. Seine Leine hing um Sannas Handgelenk.

Moosbach wählte. Eine Frauenstimme meldete sich und stellte ihn zur Redaktion durch. Er wurde mit einem Mann verbunden. Moosbach fragte nach Frau Radtke. Dann setzte eine nervige Melodie ein – irgendein klassisches Stück, das von einem Computer imitiert wurde und in Moosbachs Ohren schmerzte.

„Radtke!"

Eine Frauenstimme feuerte den Namen durch die Leitung wie eine Ladung Schrot und klang danach, als habe ihre Besitzerin seit dem zehnten Lebensjahr täglich eine Packung „Roth-Händle" geraucht – eine Zigarettenmarke, die in Moosbachs Jugend wegen ihrer Stärke als „Lungentorpedo" oder „Roter Tod" die Runde gemacht hatte.

„Hallo, Frau Radtke. Moosbach hier, Udo Moosbach. Herdenkirchener Tageblatt."

Er schilderte in wenigen Sätzen, wonach sie suchten. Er blieb bei der Wahrheit. Denn dieser Frau konnte man nichts vormachen, so viel war klar. Sie gingen dem Todesfall einer jungen Frau aus Solingen nach, der sie stutzig machte, erzählte Moosbach. In dem Zusammenhang nahmen sie die Vergangenheit von zwei Bekannten des Mädchens unter die Lupe, die ebenfalls verstorben waren. Dabei seien sie auf das St.-Antonius-Kinderheim gestoßen und wollten eine Frau Schneider kontaktieren.

„Das ist ein weit verbreiteter Name, und vielleicht suchen wir eine Nadel im Heuhaufen", sagte Moosbach, „aber weil Sie eine Frau Schneider in einem Ihrer Berichte über Missstände im Kinderheim zitiert haben, vielleicht könnten Sie …"

„… einfach so mir nichts dir nichts die Telefonnummer rausrücken, oder wie?"

„Ehrlich gesagt: Ja, das dachten wir. Vielleicht können Sie uns auch nur einen Tipp …"

„Ach, lass den Quatsch!", unterbrach ihn die Journalistin.

„Wie meinen Sie …?"

„… das mit dem ‚Sie'. Lass den Quatsch mit dem Siezen. Dass man das einem Mann in deinem Alter sagen muss, Menschenskind, man hört doch, dass du keine zwanzig mehr bist, wir sind doch Kollegen!", schimpfte die Frau.

Moosbach entspannte sich. Inge Radtke hatte kein Problem damit, dass er sie um Hilfe bat. Sie regte sich bloß übers Siezen auf. Das war schon mal ein guter Anfang.

„Der Unfug, der hier in den letzten Jahren in den Redaktionen passiert, is nich mehr feierlich", empörte sich Inge Radtke. Ihre Stimme knarzte. „Ich sach dir, ich wär schon längst gegangen, aber mit Anfang fünfzig den Job schmeißen? So irre bin ich nun auch wieder nich. Also. Erstens. Siezen geht gar nicht! Du bist doch nicht eins der verhuschten, jungen Dinger, die hier bei uns in der Redaktion kuschen und sich ducken und das Wort Gewerkschaft noch nich mal buchstabieren können. Nee, so einer bist du nicht, das hör ich durchs Telefon! Zweitens: Ich geb dir die Telefonnummer. Du sagst aber nicht, dass du die von mir hast. Lass dir was einfallen. Warte."

Moosbach hörte, wie die Frau den Hörer beiseitelegte und sich hustend entfernte. Sanna sah ihn ratlos an. Er nickte ihr zu und hielt einen Daumen hoch.

Inge Radtke meldete sich zurück. „Noch dran, Kollege?"

„Ja."

„Ich hab hier eine Liste mit Leuten, die ich damals interviewt habe, und die Kontaktdaten."

„Starke Geschichte, das Ganze", warf Moosbach ein, obwohl er sicher war, dass Inge Radtke auf Komplimente pfiff. Überraschenderweise ging die Reporterin darauf ein.

„Ja, das sach ich dir!", erwiderte sie. „Du glaubst ja gar nicht, was die Leute mir alles erzählt haben. Damit hätte ich ein Buch füllen können. Die Kirchen, aber auch viele staatliche Fürsorgeeinrichtungen werden da noch ordentlich was aufarbeiten müssen – aber bis es so weit ist, du weißt schon. Mit der Vergangenheit tun sich ja immer alle so unglaublich schwer! Mein Gott, ich kann das ja zum Teil verstehen, an die eigenen Leichen im Keller will ich ja auch nich ran, aber warum müssen die sich immer alle so winden wie die Aale? Das macht doch alles immer nur noch schlimmer!"

„Tja, viele Leute tun gern so, als seien die 50er-Jahre eine unglaublich tolle Zeit gewesen, die mit der Zeit vor 1945 rein gar nichts zu tun hatte."

„O ja, tolle Zeit, die 50er, ha! Die Blütezeit des Spießertums, und manchmal glaub ich, wir erleben gerade so was wie ihre Wiederauferstehung. Aber genug. Ich gebe dir jetzt die Nummer von der Schneider. Hast du was zu schreiben?"

Moosbach notierte die Telefonnummer auf seinem Block, das Handy zwischen Kopf und Schulter geklemmt.

„Du hättest die Nummer ohnehin rausgekriegt. Ich will dir nur das Rumtelefonieren ersparen." Sie wechselte das Thema. „Du hast gesagt, dass ihr euch ein paar Todesfälle genauer anschaut. Um wen gehts?"

War ja klar, dass die Journalistin keine Information rausgeben würde, ohne im Gegenzug Antworten zu verlangen. Moosbach nannte die Namen: Magda Albrecht, Greta Albrecht und Manfred Glienke. Alle zuletzt wohnhaft in Solingen. Es folgte Stille am anderen Ende der Leitung.

„Hallo? Bist du noch dran?"

„Also, ja", antwortete Inge Radtke zögernd. Ihre Stimme klang auf einmal weicher. Moosbach hörte, wie sie Luft holte. Dann sagte sie: „Das ist wirklich ein seltsamer Zufall."

Moosbachs Nerven spannten sich.

„Wie meinst du das?", fragte er.

„Von diesem Herrn Glienke habe ich noch nie was gehört, den kenne ich nicht", sagte die Journalistin. „Aber diese Frau Albrecht. Das ist echt ein Ding! Eine Frau Albrecht hat mich vor vielen Jahren angesprochen. Sie wollte mich treffen und mir was erzählen. Es sei etwas sehr Wichtiges, sagte sie. Und: Sie hatte eine Heidenangst."

„Wie? Wann war das?", fragte Moosbach.

„So genau kann ich das aus dem Stegreif nicht sagen. Ich war damals an einer Geschichte dran, es ging um Klebstoff."

„Klebstoff?"

„Ja, Klebstoff. Womit man so alles zu tun hat in einer Lokalredaktion, was?" Inge Radtke seufzte. „Bürgermeister, Unfälle und

Hundescheiße – darüber hab ich wohl am häufigsten geschrieben in meinem Leben, ganz schön irre!"

„Du hast die Artikel über angebliche Grippewellen im Herbst, angebliche Killerbienen-Schwärme im Sommer und angeblich entzückende Muttertagsgeschenkideen im Frühjahr vergessen."

„Und die bekloppten Katzen, die sich auf Dächer verirren, um dann mit Tatütata gerettet zu werden."

„Um dann auf Seite eins zu landen."

Sie lachten. Sanna sah Moosbach entgeistert an, mit der Frage auf der Stirn, über was um Himmels Willen die beiden da redeten. Moosbach nahm den Gesprächsfaden wieder auf.

„Es ging also um Klebstoff."

Inge Radtke räusperte sich.

„Ja, ein Arbeiter hatte sich bei mir gemeldet. Er musste jeden Tag an einer Maschine stehen, an der seit einiger Zeit ein neuer Klebstoff eingesetzt wurde." Der Arbeiter hatte erzählt, dass er und seine Kollegen über Kopfschmerzen klagten, einer hatte Nasenbluten bekommen. Die Männer hatten sich an den Betriebsrat gewandt. Sie forderten, den Klebstoff untersuchen zu lassen, weil sie glaubten, dass die Lösungsmittel die Probleme verursachten. „Aber der Betriebsrat hat nicht so reagiert, wie die Kollegen sich das gewünscht hatten. Die Vertreter erklärten auf einer Betriebsversammlung, der Klebstoff sei ungefährlich, und das wars dann, Thema erledigt."

„Und du bist dem nachgegangen?"

„Nur am Anfang. Ich hab einen Bekannten, der für eine Uni-Klinik arbeitet. Ich hab ihm das Etikett des Klebstoffs geschickt." Der angehende Wissenschaftler hatte einen Chemiker aus einem Forschungsinstitut gefragt, ob es Langzeitstudien zu dem Klebstoff gebe. Er tat so, als bräuchte er die Informationen für seine Forschung. „Das Ergebnis: Es gab keine Langzeitstudien. Man wusste also nicht, wie ein Mensch auf die Lösungsmittel reagieren würde, wenn er sie jahrelang aus kurzer Entfernung einatmete."

„Und was hatte das mit Frau Albrecht zu tun?"

„Nachdem mein Bekannter mir die Info gesteckt hatte, besuchte ich den Betrieb. Das war einer meiner weniger erfolgreichen Tage."

„Und dort bist du auf Frau Albrecht gestoßen?"

„Ja, sie arbeitete als Sekretärin im Chef-Büro. Mir ist sie zunächst überhaupt nicht aufgefallen."

„Du warst bei ihr im Büro?"

„Ich saß beim Chef im Büro, Frau Albrecht arbeitete im Vorzimmer. Ich sprach mit dem Chef und dem Vorsitzenden des Betriebsrats. Grandios, was? Betriebsrat und Chef an einem Tisch! Klasse! Das nenn ich mal ein unbefangenes Gespräch! Danach durfte ich durch den Betrieb laufen und mit den Arbeitern sprechen. Allein. Hat aber nix gebracht. Kein Mensch wollte mir ins Gesicht schauen, geschweige denn ein Wort mit mir wechseln. Sogar der Arbeiter, der mich angerufen hatte, tat so, als kenne er mich nicht. Als mir klar war, dass die alle Angst hatten, ihre Jobs zu verlieren, und ich meine Zeit verschwendete, bin ich raus auf den Hof. Hab mir eine Kippe angesteckt. Weil es anfing zu nieseln, hab ich mich am Kantineneingang untergestellt und überlegt, ob ich drinnen einen Kaffee trinken sollte. Damals gabs ja noch kein Rauchverbot, Mann, was wünsche ich mir manchmal die verqualmten Buden zurück! Und wie ich so dastehe, kommt Frau Albrecht um die Ecke."

Moosbach drückte sein Handy fest ans Ohr.

„Ich wusste erst nicht, wer da vor mir steht. Die Frau schien ziemlich aufgeregt. Ich hielt sie erst für eine Arbeiterin, sie hatte so was Verhärmtes an sich. Aber die Frau trug keinen Kittel wie die Arbeiterinnen, sondern ein ultrakonservatives Kostüm – so eins mit Rock, der über die Knie hängt. Dann ging mir auf, dass da vor mir die Sekretärin stand, auf die ich vorher kaum geachtet hatte. Ich wundere mich noch immer darüber, dass die Frau mir im Büro kaum aufgefallen war. Denn die Albrecht war alles andere als ein schmächtiges Persönchen, die war kräftig gebaut, größer als ich. Ich dachte: Bingo! Hier steht die Sekretärin vom Chef. Und Chef-Sekretärinnen sind hervorragende Quellen, solange sie nicht verknallt sind. Vielleicht redet die mit dir, denk ich, aber mit Reden war nix." Greta Albrecht hatte der Journalistin einen Zettel in die Hand gedrückt, „bitte" geflüstert und einen Zeigefinger vor den Mund gehalten. „Wie die mich ansah! Die hatte echt Panik!" Dann war die Frau zurück ins

Hauptgebäude gelaufen. „Ich stand da, total baff! So was ist mir echt noch nie passiert, noch nie!"

„Was stand denn auf dem Zettel? Weißt du das noch?"

„Ja, aber warte", sagte Inge Radtke. „Ich such den Zettel raus, dauert nicht lang. In nem gut sortierten Haushalt geht nix verloren."

Moosbach stellte sich vor, wie die Kollegin einen Schrank öffnete, aus dem ihr Aktenordner entgegenfielen, dann wahllos in ein Regal griff und einen Stapel Papier herauszog. Nach wenigen Minuten meldete sie sich zurück.

„Sagte ich schon, dass ich Aktenordner liebe? Und Klarsichthüllen – ich liebe Sichthüllen!" Inge Radtke las vor: „Ich habe wichtige Informationen. Bitte treffen. Morgen, 19 Uhr, in Ihrer Redaktion. Bitte." Eine Pause entstand. Dann sagte die Reporterin: „Dacht ich mirs doch: Ich habe tatsächlich das Datum auf den Zettel notiert! Junge, was bin ich doch für eine Korinthenkackerin!"

„Und was für ein Datum steht da?"

„Dienstag, 9. Juli 1996", antwortete Inge Radtke.

„Einen Tag später wollte sie dich also treffen", sagte Moosbach langsam. „Und lass mich raten: Frau Albrecht ist zum Treffen nicht erschienen. Du hast sie auch nie wiedergesehen."

„Du sagst es! Sie ist verschwunden. Wie vom Erdboden verschluckt."

20. April 2013

Ich bin Gott begegnet. Ich kann nicht glauben, dass das mir passiert ist, mir, dem schlechten Menschen mit den bösen Gedanken, aber ich bin wiedergeboren, ich bin im Licht, ich atme es durch jede Pore. Gestern gingen Sanna und ich durch den Park, die Luft duftete nach Frühling. Die Bäume sind Riesen, so stark, sie kratzen fast am Himmel, viele Bäume und Sträucher blühen – gelb, rosa – und überall Grün. Dann kamen wir zu dunklen Tannen. Ich wollte schnell an ihnen vorbei, sie machen mir Angst, und wir bogen um die Ecke. Dort stand er: der Gold-Baum. Sanna und ich schauten uns an. Dann taten wir einen

Schritt über das Geländer auf den Rasen, wir schoben die Gold-Arme beiseite und traten unter den Goldmantel. Und dann kam ER. Gott. Ich stand unter dem Gold und durch das Gold strömte noch mehr Gold, mir wurde ganz warm, Licht, überall funkelndes, warmes Licht, Gott war gekommen, um mich in seine Arme zu schließen und mich mit seinen goldenen Armen zu streicheln. Ich bin IHM begegnet. „Siehe, ich stehe an der Tür und klopfe an; wenn jemand meine Stimme hört und die Tür öffnet, zu dem werde ich hineingehen" (Offenbarung 3, Vers 20). Jetzt weiß ich, dass er mich niemals verlassen wird – ja, dass er mich niemals verlassen hat. Ich hatte mich von IHM abgekehrt, nicht ER von mir. Doch ich habe zu IHM gefunden, weil er mir ein Zeichen gab, und ich wandte mich ihm zu, ich überwand die Gräben, die uns trennten, und ich höre Jesu Worte überall um mich herum klingen wie eine leise Melodie: „Gott ist nicht ein Gott der Toten, sondern der Lebendigen" (Matthäus, Kapitel 22, Vers 32). Fürchte dich nicht.

* * *

Ceylan Karadeniz beobachtete, wie sich zehn Kollegen und Kolleginnen um den langen Tisch drängten. Sie stammten aus Wuppertal, Remscheid und Solingen und waren für die Kommission hinzugezogen worden.

Im Besprechungsraum hatten die Handwerker heute eine Wand herausgerissen. Plastikplanen, Steine und Staub beherrschten das Zimmer, sodass sie ins Büro der Pressestelle ausweichen mussten. Das war immerhin doppelt so groß wie Karadeniz' Büro, aber trotzdem zu klein.

Die Enge war schuld an jenen Gerüchen, die ihre unsichtbaren Fäden durch den feuchtwarmen Raum zogen. Je dichter sie ihr Netz spannen, desto mehr roch es nach Schweiß und Kaffee. In dieser Reihenfolge. Sie hatten heute unter Zeitdruck gearbeitet. Das hinterließ Spuren.

Schulze kam mit zwei Stühlen herein. Die Metall-Lehnen baumelten um seine Ellenbogen, während die Polster gegen seine Beine stießen. Er hatte Schweißperlen auf der Stirn. Sarah Kron und Harald Stube rückten auseinander, sodass Schulze die Stühle zwischen ihnen abstellen konnte. Schulze und Diringer nahmen Platz. Es vergingen weitere Minuten, in denen Stühle nach hinten und zur Seite geschoben wurden, bis alle Beamten halbwegs nebeneinander statt übereinander saßen. Vom Lärm wurden sie verschont. Es war später Freitagnachmittag, und die Bauarbeiter waren nach Hause gegangen.

Zwei silberne Thermoskannen wurden herumgereicht und Kaffeebecher gefüllt. Außerdem fielen bewundernde Bemerkungen über die Pralinen des Tages, die Ines Hüttenpohl in drei Glasschälchen gefüllt hatte. Sie standen auf dem Tisch und zogen gierige Blicke auf sich. Harald Stube durchbrach die höfliche Zurückhaltung als Erster und machte den Anfang. Der untersetzte Kollege beugte sich vor und nahm sich eine quadratische Praline mit weißer Schokolade. Auf der Spitze thronte ein Rosenblatt aus Zucker. Mit ausladenden Kaubewegungen verspeiste er die Süßigkeit. Seine Augen verrieten die Konzentration, mit der er die Zutaten erkundete. Ihm entging niemals ein Detail. Schon gar nicht, wenn es ums Essen ging.

„Und, was war das für eine?“, fragte Sarah Kron, die gegenüber saß und ihn gespannt beobachtete. Eine dicke Haarsträhne hatte sich aus ihrem Zopf gelöst und baumelte über ihrer Schläfe.

„Himbeertraum schwimmt in Rosenwasser“, zitierte Ceylan Karadeniz lakonisch. Sie saß mit verschränkten Armen am oberen Ende des Tisches. „Die Zutaten: Himbeeren, weiße Kuvertüre, Sahne, Rosenblütenwasser.“

Alle Augen richteten sich auf die Vorgesetzte. Interessant, womit man die ungeteilte Aufmerksamkeit auf sich ziehen kann, dachte die Kommissarin.

„Dir entgeht gar nichts, was?“, fragte Harald Stube, und verschluckte sich an seinem Himbeertraum.

„Mein Büro liegt gleich neben dem von Ines“, entgegnete Karadeniz. „Da lernt man so einige Pralinen-Rezepte auswendig – ob man will oder nicht.“

„Vor allem aber bekommt man viele ab!“, rief Sarah Kron. Ihre

Oberlippe zuckte verschmitzt, und in ihren Augen blitzte eine Idee auf, doch Stube kam ihr zuvor.

„Hiermit beantrage ich ein neues Büro“, nuschelte er mit erhobenem Zeigefinger, die andere Hand hielt er vor den Mund, während er Pralinen-Reste von den Schneidezähnen leckte. „Egal wo! Hauptsache, ich bin in der Nähe von Ines, wenn die Bauarbeiten vorbei sind.“

„Das wollen wir mal sehen!“ Sarah Kron schnappte sich eine schwarze Praline mit einer Walnuss obendrauf, hielt sie zwischen zwei Fingern demonstrativ in die Höhe – wie Beweismaterial, über das sie einen Vortrag hielt – und sah ihrem Kollegen warnend in die Augen. „Dein Büro neben dem von Ines? Ha! Wenn du *das* tust, hast du mindestens *alle* Frauen gegen dich.“ Sie riss die Augen dramatisch auf: „Frauen als Feinde? Ganz übel!“ Sie warf sich die Praline in den Mund und erntete ein paar Lacher. Karadeniz seufzte.

„Ja, ja, Frauen als Feinde zu haben ist in der Tat gefährlich, da kann ich ein Lied von singen“, stöhnte Diringer und rieb sich die Schläfen. Über die Bemerkung mochte niemand lachen, denn jeder im Raum wusste, dass Diringer mit seiner Frau einen erbarmungslosen Scheidungskrieg führte. „Abgesehen davon“, sagte er, „wird das mit deinem Büro-Wechsel so oder so nix. Denn die Bauarbeiten werden niemals vorbei sein.“

„Na, dann zieh ich eben trotzdem um“, trällerte Stube unbekümmert, schob sich eine neue Praline in den Mund und zwinkerte seiner Chefin zu. Ceylan Karadeniz seufzte erneut. Inzwischen waren die Schälchen leer – bis auf eine einsame weiße Praline mit einer Schicht Johannisbeergelee.

Cassis-Domino auf Vanilleganache, dachte sie, aber sie sprach den Namen nicht aus. Es reichte. Sie faltete die Hände auf dem Tisch und schaute in die Runde.

„Fangen wir an“, sagte sie.

Augenblicklich wurden Schultern gestrafft, Blöcke, Dokumentenstapel und Stifte zurechtgelegt. Dann ging es los. Als Erstes sprachen sie über Manfred Glienke. Harald Stube hatte heute im Umfeld des Verstorbenen ermittelt.

„Bis wir den Obduktionsbericht bekommen, dauert es noch ein bisschen“, erklärte er. „Zurzeit deutete aber alles auf einen Selbstmord hin.“ Glienke hatte sich offenbar mit einem Medikament umgebracht, das ein Arzt ihm jahrelang verschrieben hatte. „Ich hab versucht, mit Angehörigen zu sprechen. Aber ich konnte keine ausfindig machen. Hängt vielleicht mit Glienkes schwerer Kindheit zusammen.“

Den Großteil der Informationen hatte Stube von Behörden erfahren. Demnach war Glienke in einem Remscheider Heim aufgewachsen. Später, als Jugendlicher, lebte er eine Zeit lang bei einer Familie, die einen Bauernhof besaß. Die Familie hieß Schneider. Glienke hatte keinen Schulabschluss. „Er hielt sich mit Gelegenheitsjobs über Wasser. Die Arbeitgeber wechselten ständig.“ Manfred Glienke war Ende zwanzig, als er von Remscheid nach Solingen zu seinem Onkel zog – „dem einzigen Verwandten, der uns bekannt ist“, sagte Harald Stube. Die beiden Männer wohnten in einer Siedlung im Stadtteil Widdert. Nach wenigen Monaten zog Glienke ein paar Häuser weiter in seine jetzige Wohnung. Als sein Onkel starb, erbte er ein Haus an der Wupper. „Das stand leer. Bis zu jenem Tag, als die Albrechts dort einzogen.“

„Unheimliches Gebäude!“, warf Sarah Kron ein, die sich über die Albrechts erkundigt hatte. „Das Haus ist so düster und in einem miesen Zustand. Feuchte Wände und so. Kein Wunder, dass Glienke in seiner Mietwohnung geblieben ist.“ Sie schüttelte sich.

„Glienke hat eine lange Krankengeschichte“, fuhr Stube fort. „Die Zeiträume, in denen er nicht zur Arbeit kam und sich krankmeldete, wurden immer länger – vor allem ab seinem 35. Lebensjahr nahmen seine Arbeitsausfälle rapide zu. Seine gesundheitlichen Probleme waren vielleicht ein Grund, weshalb er nie lange bei einem Arbeitgeber blieb.“

„Woran litt er?“, fragte die Kommissarin.

„An einem ganzen Haufen von Symptomen.“ Stube blätterte in den Krankenkassen-Unterlagen, bis er zur gewünschten Seite kam. Daran klebte ein Zettel mit handschriftlichen Notizen. „Zusammengefasst kann man sagen: Glienke litt an einer Herz-Erkrankung, Rückenschmerzen und schweren Schlafstörungen. Alle Symptome wurden mit Medikamenten behandelt. Über die Jahre muss Glienke ein paar Tonnen Arzneimittel zu sich genommen haben.“ Mit 52 Jahren wurde Glienke Frührentner. „Seine Rente fiel ziemlich mager aus. Ich habe mich gefragt, wie er mit dem Geld über die Runden kommen konnte. Aber er scheint das geschafft zu haben. Er lebte, soweit wir wissen, auf kleinem Fuß. Kein Auto, keine Reisen, keine auffälligen Kontobewegungen.“

„Wieso hat er das Haus nicht verkauft, wenn er so knapp bei Kasse war?“, fragte Sarah Kron.

„Vielleicht hat er daran gehangen“, antwortete Harald Stube. „Es hat schließlich seinem Onkel gehört.“

Die Kommissarin stellte noch ein paar Fragen. Dann wandten sie sich den Albrechts zu. Ceylan Karadeniz fasste die Erkenntnisse der Besuche zusammen, die sie mit Schulze heute Mittag unternommen hatte. Sie holte aus, um sich Schritt für Schritt an den Tag heranzutasten, an dem Frau Albrecht untergetaucht war. Sie berichtete, dass Greta Albrecht und Manfred Glienke nicht nur im selben Jugendheim gelebt hatten, sondern später auch als Arbeitskräfte auf demselben Bauernhof eingesetzt waren. Albrecht hatte parallel ihren Schulabschluss nachgeholt und über Umwege eine Stelle in einer Remscheider Firma gefunden.

„Schulze und ich waren bei Frau Albrechts ehemaligem Arbeitgeber“, sagte Ceylan Karadeniz. „Metall verarbeitende Firma, typischer Betrieb für unsere Region.“ Der Chef behauptete, Frau Albrecht nicht zu kennen. Das war glaubhaft, denn er war erst später in die Firma gekommen. „Aber die Chefsekretärin, sie heißt Frau Wróbel, kannte Frau Albrecht. Frau Albrecht war in ihren Augen eine hervorragende Mitarbeiterin.“ Frau Albrecht hatte anfangs als Aushilfe in der Personalabteilung gearbeitet. Obwohl sie keine Ausbildung hatte, erledigte sie ihre Arbeit so gut, dass sie immer weiter befördert wurde – „bis sie in der Chef-Etage landete, als Sekretärin“, sagte Karadeniz. „Dort blieb sie. Bis zu jenem Tag, an dem sie verschwand.“

„Und über ihr Verschwinden hat sich niemand gewundert?“, fragte Stube.

„Oh, doch, gerade das ist ja das Interessante“, erwiderte die

Kommissarin. „Frau Wróbel sagt, dass sie eines Tages ins Büro vom Personalchef gerufen wurde. Der fragte sie, ob sie den Job von Frau Albrecht übernehmen wolle, Frau Albrecht arbeite ab sofort nicht mehr in der Firma. Frau Wróbel war in dem Moment wohl ziemlich verdattert, sagt sie. Einerseits freute sie sich über das Angebot, andererseits machte sie sich Sorgen. Auf die Frage, ob Frau Albrecht krank sei, hat sie keine Antwort erhalten. Der Personalchef sagte keinen Mucks."

„Irgendeine Begründung muss es doch gegeben haben", warf Stube ein. „Du kannst doch nicht einfach so aus einem Betrieb verschwinden."

„Frau Wróbel sagt, dass der Personalchef mit der Zeit Andeutungen machte. So entstand der Eindruck, dass Frau Albrecht etwas Illegales getan und man sie aus der Firma geschmissen hatte. Frau Wróbel kann sich das bis heute nicht vorstellen. Sie hat sich vorhin ziemlich aufgeregt, als wir mit ihr sprachen. Frau Albrecht war ihr großes Vorbild, sagt sie – eine Frau, die es geschafft hatte, sich mit Fleiß nach oben zu arbeiten."

„Und dann wurde ihr guter Ruf von einem Tag auf den anderen zerstört", schloss Schulze.

Karadeniz überging die Bemerkung.

„Es gerieten weitere Gerüchte im Umlauf, und die ließen kein gutes Haar an Frau Albrecht. Es war wohl so, als könnte sich schlagartig niemand mehr an ihre guten Seiten erinnern."

„Was für Gerüchte?", fragte Sarah Kron.

„Das Übliche. Frau Albrecht soll ihrem Chef nachgestellt oder Geld abgezweigt haben, indem sie seine Unterschrift gefälscht hatte. Eine Tatsache, die den Gerüchten Aufwind gab, war, dass Frau Albrecht ein paar Jahre vor ihrem Verschwinden für einige Monate nicht zur Arbeit gekommen war. Das war wohl ungewöhnlich, da Frau Albrecht sich sonst nie krankgemeldet hatte."

„Und? Ist was an den Gerüchten dran?", hakte Stube nach.

„Das konnten wir noch nicht überprüfen", antwortete die Kommissarin, „aber wir können es nicht ausschließen. Eine Theorie ist: Frau Albrecht beging damals tatsächlich eine Straftat. Als sie auffliegt, stellt ihre Firma sie frei und tut so, als sei nichts geschehen. Der Chef stellt keine Strafanzeige. Was wiederum den Schluss zulässt, dass jenes Verbrechen der Firma geschadet hätte, wenn es ans Licht gekommen wäre."

„Und warum verließ Frau Albrecht die Stadt und tauchte in Solingen unter? Warum gab sie ihre Tochter als ihre Enkelin aus?", fragte Diringer.

„Nehmen wir einmal an, Frau Albrecht hat ein Verbrechen begangen", erwiderte Karadeniz. „Dann ist die Tatsache, dass sie aus Remscheid weggezogen ist, logisch. Vielleicht fürchtete sie, dass ihr Vergehen weitere Kreise ziehen würde. Vielleicht hatte sie Angst, dass sie keinen Job mehr finden würde oder – noch schlimmer – ins Gefängnis müsste. Remscheid ist keine große Stadt, da sprechen sich solche Dinge schnell herum. Je nachdem, wie schwerwiegend ihr Verbrechen war, ist es nachvollziehbar, dass sie untertauchte ..."

„... und dass sie eine der wenigen Personen um Hilfe bat, zu denen sie Kontakt hatte", ergänzte Stube. „Glienke und Albrecht kannten sich ja offensichtlich schon sehr lange."

„Und sie hatten so einiges gemeinsam", sagte Ceylan Karadeniz. „Beide lebten zurückgezogen, beide waren – zurückhaltend ausgedrückt – menschenscheu. Psychologen würden vielleicht sogar sagen: soziophob. Außerdem hingen beide derselben Glaubensgemeinschaft an. Sie waren Mitglieder einer freikirchlichen Gemeinde, erst in Remscheid, später in Solingen. Wie auch immer: Greta Albrecht zog in Glienkes Haus nach Solingen und war von da an fast unsichtbar."

„War Glienke vielleicht Magdas Vater?", fragte Sarah Kron, „wurde das schon überprüft?"

„Ja, so was haben wir auch schon vermutet", sagte Karadeniz. „Wir haben einen Vaterschaftstest veranlasst, aber das Ergebnis kommt wahrscheinlich erst am Montag."

Sie erzählte, dass eine Nachbarin beobachtet hatte, wie Greta Albrecht eines Tages von Glienke abgeholt worden war und wie sie einige Tage später wiederauftauchte: mit einem Kind.

„Wir nehmen an, dass Glienke Greta Albrecht nach Wuppertal in ein Geburtshaus begleitet hat", berichtete Schulze. „Er muss sich als

Freund ausgegeben haben. Denn im Geburtenbuch wird er nicht erwähnt. Vater unbekannt, steht dort."

„Wieso Wuppertal?", fragte Sarah Kron.

„Es handelte sich um ein evangelisch-freikirchliches Geburtshaus", erläuterte Ceylan Karadeniz. „Mag sein, dass das der Grund war. Frau Albrecht brachte Magda übrigens am 15.01.1993 zur Welt – drei Jahre vor ihrem Verschwinden."

„Klingt alles ganz schön geheimnisvoll: Erst ein Kind zur Welt bringen – angeblich ist der Vater unbekannt – und dann wenige Jahre später nach Solingen ziehen, ohne dass es jemand mitbekommen darf", warf Sarah Kron ein.

Einen Moment lang sprach niemand. Harald Stube schaute ernst drein. Sein Blick klebte an einer leeren Glasschale und sein Finger spielte an der Unterlippe. Dann schaute er ans andere Ende des Tischs zu seiner Vorgesetzten.

„Hab ich das richtig verstanden? 1993 kam Magda Albrecht zur Welt? Und 1996 tauchte Greta Albrecht unter?"

Karadeniz nickte. „Frau Wróbel hat für uns in ihren Unterlagen nachgeschaut: Sie erhielt ab August 1996 ein höheres Gehalt – von dem Moment an, als sie Frau Albrechts Stelle übernahm." Folglich war Frau Albrecht an einem Juli-Tag nicht mehr zur Arbeit erschienen. „Ihre Wohnung hat Albrecht spätestens im September 1996 verlassen." Das wussten sie nicht vom Vermieter. Es hatte Eigentümerwechsel gegeben und Unterlagen waren verloren gegangen. Dafür hatte ihnen die Stadtverwaltung helfen können: Am 20. September 1996 war Greta Albrecht die Lohnsteuerkarte fürs kommende Jahr zugestellt worden. „Das Dokument kam zurück. Seitdem war sie nicht mehr dort gemeldet."

Stube bohrte weiter: „In welchem Zeitraum hatte sich Frau Albrecht eigentlich krankgemeldet?"

Karadeniz antwortete, ohne einen Blick auf ihre Notizen zu werfen: „Die Personalabteilung sagt: Frau Albrecht fehlte vom 1.10.1992 bis 18.01.1993."

„Und am 15.01.1993 kam Magda zur Welt." Stube blickte in die Runde. „Wusste Frau Wróbel, dass Frau Albrecht ein Kind hatte?"

„Nein“, antwortete Karadeniz. „Sie fiel aus allen Wolken, als sie von uns erfuhr, dass Frau Albrecht eine Tochter gehabt hatte.“

„Es sieht also ganz danach aus, dass Frau Albrecht ihre Schwangerschaft ihren Kollegen gegenüber erfolgreich verschwiegen hat“, meldete sich Schulze. „Frau Albrecht hat sich in den letzten drei Monaten ihrer Schwangerschaft krankgemeldet und niemandem von der Geburt erzählte. 1996 macht sie sich dann vom Acker. Da ist Magda drei Jahre alt.“

„So eine Geheimniskrämerei muss doch ihre Gründe haben“, schlussfolgerte Sarah Kron.

„In der Tat. Deshalb sitzen wir ja hier“, entgegnete Karadeniz. „Du bist dran, Sarah.“

Sarah Kron schenkte sich ein Glas stilles Wasser ein und erzählte, was sie mit einem Kollegen über die Albrechts herausgefunden hatte. Ihre Recherche konzentrierte sich auf Solingen. Greta Albrecht war nach ihrem Umzug weder krankenversichert – ein komplizierter Vorgang, den die Sarah Kron nicht näher erläuterte – noch hatte sie ein Konto. Falls sie ihren Lebensunterhalt selbst bestritten hatte, dann über Schwarzarbeit. Dass Glienke ihr ausgeholfen hatte, war bei seiner kleinen Rente unwahrscheinlich.

Kron berichtete von ihrem vergeblichen Versuch, mit Ricarda Scholz Kontakt aufzunehmen. Heute Vormittag hatte die Spurensicherung das Albrecht-Haus versiegelt, nachdem Glienke tot aufgefunden und die Kommission gegründet worden war. Schon allein deshalb hatte Kron mit Ricarda Scholz sprechen wollen. Sie hatte ihr empfehlen wollen, sich einen anderen Schlafplatz zu suchen. Denn das Wohnen in dem versiegelten Gebäude war jetzt nur noch mit großen Einschränkungen möglich. Einzig das Wohnzimmer durfte betreten werden.

„Die hat sich bestimmt aus dem Staub gemacht“, sagte Diringer abfällig. „Ex-Junkies suchen das Weite, sobald sie das Wort Polizei hören.“

„Mag sein“, erwiderte Sarah Kron, ohne auf den Kommentar einzugehen. „Ricarda Scholz“, sagte sie und ließ den Namen einen Moment lang nachklingen, „Ricarda Scholz haben wir eine Nachricht hinterlassen, mit der Bitte, sich umgehend zu melden. Soviel wir wissen, hat sie kein Handy."

Auch ein Besuch bei Gemeindemitgliedern hatte keine neuen Erkenntnisse gebracht. Die Leute hatten nichts zu berichten, was die Kriminalwache nicht bereits am Dienstag herausgefunden hatte. „Was Interessantes haben allerdings ein Arzt und eine Ärztin erzählt." Über den Bestatter hatte die Beamtin Kontakt zu dem Palliativmediziner herstellen können, der die Medikamente verschrieben hatte, die Magda ihrer Mutter in den letzten Monaten ihres Lebens verabreichte.

„Wie hat sich Frau Albrecht die Arztbesuche denn leisten können?", fragte Schulze. „Sie war doch nicht krankenversichert."

„Tja, auch in diesem Fall hat Frau Albrecht geschwindelt", antwortete Sarah Kron. „Sie hat dem Arzt gesagt, sie wäre privat versichert. Die Rechnungen wurden ihr geschickt, und dann haben die Albrechts bar bezahlt. Nebenbei bemerkt ist sie bestimmt ähnlich vorgegangen bei Arztbesuchen, als Magda noch ein Kind war. Das Personal hat sich da nichts bei gedacht, denn solange die Rechnungen beglichen wurden, war ja alles in Ordnung."

„Von wie viel Geld sprechen wir hier?", fragte Stube.

„Von einer Stange Geld", sagte Sarah Kron. „Allerdings ist es noch im Rahmen. Es ist gut möglich, dass Frau Albrecht Geld gespart hatte und damit die Kosten decken konnte. Es fielen schließlich überwiegend Kosten für Medikamente an, weniger für Untersuchungen."

Sarah Kron erzählte, dass die Arbeit des Palliativarztes neben dem Ausstellen von Rezepten aus einem einzigen Hausbesuch bestanden hatte – zu Beginn der Pflegephase, um Magda zu zeigen, wie sie die Arzneimittel verabreichen sollte. „Dort ist ihm der Verdacht gekommen, dass Frau Albrecht nicht versichert war. Er behauptet, dass er den Albrechts seine Hilfe angeboten habe. Für Hausbesuche hätten sie nichts zahlen müssen. Aber er sei bei den beiden Frauen vor eine Mauer gerannt. Greta und Magda Albrecht haben jegliche Hilfe abgelehnt. Es bestand also auch hier kein näherer Kontakt, und so war es auch nicht verwunderlich, dass Ricarda Scholz nach Frau Albrechts Ableben den Notruf betätigt hat, statt den Arzt anzurufen."

„Aber du hast eben auch eine Ärztin erwähnt", sagte Stube. „Was ist mit der?"

Frau Albrecht hatte vergangenen Sommer eine Ärztin aufgesucht, berichtete Sarah Kron. „Sie war es, die den Krebs diagnostiziert hat." Den Kontakt hatte ein Gemeindemitglied vermittelt. „Die Ärztin erinnert sich gut an Frau Albrecht, denn die Umstände waren alles andere als normal. Erstens hatte sich Frau Albrecht unter höllischen Schmerzen in die Praxis geschleppt, anstatt den Notarzt zu rufen, und als das Wort Krankenhaus fiel, geriet sie völlig außer sich." Die Ärztin kannte derartige Reaktionen von Patientinnen aus Kriegsgebieten, in denen sie einige Jahre im Einsatz gewesen war. Deshalb vermutete sie, dass Frau Albrecht schwer traumatisiert war. Darauf deutete ebenfalls hin, dass Frau Albrecht sich zunächst nicht untersuchen lassen wollte. „Es ist wohl nicht übertrieben zu behaupten, dass Frau Albrecht vor Berührungen Todesangst hatte, sagt die Ärztin." Die Medizinerin hatte es trotzdem geschafft, ihre Patientin zu beruhigen und zu untersuchen – wenn auch nur oberflächlich.

Offenbar litt Frau Albrecht unter einer aggressiven Krebsart. „Wahrscheinlich war ihr Körper schon voller Metastasen." Die Ärztin empfahl eine Fachklinik. Aber Frau Albrecht weigerte sich mit Händen und Füßen. Das Einzige, worauf sie sich einlassen wollte, waren schmerzlindernde Medikamente – „was wohl auch nicht die schlechteste Wahl war, angesichts der düsteren Prognose". Die Ärztin stellte Kontakt zu einem Hospiz her, worauf der Besuch des Palliativmediziners folgte. „Den Rest der Geschichte kennen wir."

„Tischte Frau Albrecht auch der Ärztin die Lüge auf, sie sei privatversichert?", fragte Diringer.

Sarah Kron nickte.

„Und wieder zahlte sie bar?"

„So ist es."

Diringer schüttelte den Kopf.

„Aber auch hier sprechen wir von einer einzigen Untersuchung. Einen Klinikaufenthalt hätte sich Frau Albrecht nicht leisten können, ohne dass ihre Lüge aufgeflogen wäre – jedenfalls nicht, solange sie nicht irgendwo einen Schatz vergraben hatte."

„Wieso tut sich ein Mensch so was an?", fragte Stube. Seine Betroffenheit stand ihm deutlich im Gesicht geschrieben. „Ich meine: Da ist man krank, schwer krank – aber man will sich nicht helfen lassen. Warum?"

Die Kollegen schwiegen. Eine Thermoskanne gab ein Zischen von sich. Karadeniz räusperte sich.

„Danke, Sarah, das ist erst mal genug. Jetzt machen wir mit Magda Albrecht weiter. Diringer, was hast du über das Mädchen herausgefunden?"

Ihr Kollege rieb sich die Stirn. Auf seinem Handrücken kräuselten sich rote Haare. Nervös blätterte er in seinen Kopien. Schatten hingen unter seinen Augen. Als er mit seinem Bericht begann, verhaspelte er sich und bildete verschachtelte Sätze, die er nicht zu Ende brachte. Irgendwann kriegte dann aber doch noch die Kurve und fasste zusammen, was er mit einem Kollegen in Erfahrung gebracht hatte – sowohl in den Schulen, die Magda besucht hatte, als auch bei ihrem ehemaligen Arbeitgeber. Hier dasselbe: Alle befragten Personen waren davon ausgegangen, dass das Mädchen unter der Obhut ihrer Großmutter aufgewachsen war.

„Der Leiter der Grundschule geriet fast außer sich, als wir ihm von dem Schwindel erzählten", sagte Diringer. „War gar nicht so leicht, den wieder ruhig zu kriegen."

Die Art, wie er das sagte, verriet kein Mitgefühl, sondern Verachtung. Sarah Kron rollte die Augen. Diringer schien den stummen Protest nicht zu bemerken. Unbekümmert fuhr er fort.

„Die Sekretärin sollte sämtliche Unterlagen zusammensuchen, die im Zusammenhang mit Magda Albrecht standen. Da stand es dann schwarz auf weiß: Die Albrecht hat die Schule knallhart belogen."

Diringer reichte Karadeniz zwei Kopien.

„Das eine ist Magdas Kinderausweis. Darin stand die Remscheider Adresse, aber das wunderte niemanden. Das andere ist eine Vollmacht, die Frau Albrecht bei Magdas Einschulung einreichte. Sie hat behauptet, dass sie von Magdas Mutter stammte. Wir haben die Handschrift mit der des Testaments verglichen. Es handelt sich mit hoher Wahrscheinlichkeit um die Schrift der Albrecht."

„In anderen Worten", meldete sich Stube, er spielte inzwischen mit einem Kugelschreiber, „Frau Albrecht unterschrieb im Namen einer Mutter, die in Wirklichkeit sie selbst war."

„So ist es."

„Gibt es denn Anzeichen dafür, dass das arme Mädchen wusste, wer ihre Mutter war?"

„Der Direktor holte Gretas Klassenlehrerin, eine Frau Schwarzmann", antwortete Diringer seinem Kollegen. „Die ist felsenfest davon überzeugt, dass Magda immer von ihrer Oma sprach, niemals von ihrer Mutter."

„Ist der Klassenlehrerin irgendetwas Ungewöhnliches aufgefallen?", fragte Karadeniz.

„Frau Schwarzmann meint, dass Magda eine durchschnittliche Schülerin war. Unauffällig, schüchtern. Kann sich wohl kaum jemand an sie erinnern, aber Frau Schwarzmann blieb das Mädchen im Gedächtnis, weil es einen Vorfall gab. Magda hatte einen Aufsatz geschrieben, der vor Blut nur so triefte. Sie beschrieb Folterszenen – und das in der zweiten Klasse."

„Aber so was ist doch alles andere als unauffällig!", rief Kron.

„Das fand die Schwarzmann auch", erwiderte Diringer, „deshalb suchte sie das Gespräch mit der Albrecht."

„Und dann?"

„Nichts! Die Albrecht hinterließ einen guten Eindruck. Frau Schwarzmann nahm an, dass die Großmutter gut für ihre Enkelin sorgte, nachdem sich die Mutter aus dem Staub gemacht hatte. Schwarzmann belehrte die Albrecht darüber, dass Magda keine Filme sehen dürfe, die nicht für Kinder bestimmt seien, und die Albrecht beteuerte, dass sie in Zukunft besser aufpassen würde. Das wars dann. Der Schwarzmann wars ganz schön peinlich, dass sie auf den Schwindel reingefallen ist. Die ist fast im Boden versunken."

Nachdem Diringer von seinem Besuch in Magdas Realschule berichtet hatte – hier gab es keinerlei Erkenntnisse – wollte Karadeniz wissen, wie es beruflich mit Magda weiterging. Ihr Kollege berichtete, dass Magda Albrecht ihre Ausbildung zur Hauswirtschafterin im Herbst 2009 angetreten hatte. „Von da an war Magda bei den

Behörden registriert – mit allem Pipapo, Personalausweis, Steuernummer, Konto, Krankenversicherung und so weiter. Ihre Mutter lebte weiterhin in einer Art Paralleluniversum."

„Eigentlich besteht doch gar kein Zweifel daran, dass sich Frau Albrecht all die Jahre versteckt hat", schlussfolgerte Sarah Kron. „Wir wissen nur nicht, vor wem oder was."

Diringers Lippe zuckte. „Ich glaube, wir haben es hier mit einer knallharten Betrügerin zu tun – einer Frau, die Dokumente fälscht und Behörden belügt. Wer weiß, was die für Dreck am Stecken hat!"

Die Kriminalkommissarin schaute von der Vollmacht auf. „Du warst heute auch im Altenheim. Was sagen die Mitarbeiter?"

„Ich fürchte, das lässt sich schnell beantworten."

Diringer hatte mit der Geschäftsführung gesprochen sowie mit Magdas Küchen-Chef und zwei Kolleginnen. Wieder das Übliche: Magda war unauffällig und still. Nichts weiter. Niemand schien das Mädchen näher gekannt zu haben.

„Und wie waren so die Reaktionen?"

Der Polizeibeamte lehnte sich zurück und verschränkte die Arme. „Sagen wir mal so: Es schien niemand besonders traurig darüber zu sein, dass Magda tot ist. Der Küchen-Chef, ein Herr Schrader, war eigentlich der Einzige, der wenigstens ein bisschen was erzählt hat." Magda war schusselig, behauptete er, manchmal kam sie zu spät oder ließ Geschirr fallen. „Aber er hat wohl dafür gesorgt, dass das niemand sonst mitbekam. Er hat Magda beschützt. Ich nehme ihm das ab, das ist so ein Typ, der Ärger lieber auf die eigene Kappe nimmt, als dass seine Leute einen auf den Deckel kriegen." Auf Diringers Gesicht breitete sich ein Grinsen aus. Karadeniz hob fragend die Brauen. „Sorry, ich musste gerade an diesen Schrader denken", gluckste ihr Kollege, „den hättet ihr mal erleben sollen! Als ich gehen wollte, hat der einen Witz nach dem nächsten gerissen. So ein Witzbold ist mir echt noch nie begegnet!"

* * *

Waffelduft wehte durch den Biergarten, als Moosbach mit einem Glas Bier in der Hand runter zum Ufer schlenderte. Alle Tische waren besetzt, und von überall her drangen Stimmen zu ihm, darunter die von Sanna, die sich bei Kaffee und Hefezopf angeregt mit der Wirtin unterhielt.

Moosbach ließ den Trubel hinter sich. Er wollte für einen Moment allein sein.

Am Ende des Gartens hielt er an. Vor ihm wiegten sich Lavendelbüsche und hüfthohe Rosenstauden im Wind, dahinter führte die aus Natursteinen bestehende Böschung zum Fluss. Moosbach trank und fühlte die Wärme der Sonne auf seinem Gesicht.

Das Wasser roch frisch. Außerdem fiel ihm auf, dass das Flussrauschen jetzt alle Geräusche übertönte, so, als würden die Stimmen, die den Garten eben noch gänzlich gefüllt hatten, von den Wellen sanft fortgerissen. Auch seine Gedanken trug der Strom auf angenehme Weise fort.

Plötzlich sah er, wie sich dem Ufer ein Kanu näherte. Im Boot saßen zwei Männer mit Schwimmwesten, das Orange leuchtete in der Sonne. Der eine schien jung zu sein, so um die zwanzig Jahre, soweit Moosbach das aus der Entfernung erkennen konnte, der andere war in seinem Alter. Links hinter dem Gartenzaun hielt das Kanu.

Neugierig beobachtete Moosbach, wie die Männer das Kanu an einem Pfahl festbanden und sich geschickt aus dem Boot auf die Bretter schwangen, die als Anlegestelle dienten. Sie zogen ihre Westen aus und warfen sie ins Kanu. Dabei sahen sie aus wie Vater-und-Sohn-Models aus einer Anzeige für Jack Wolfskin. Über einen Trampelpfad liefen sie zum Zauntor und traten in den Garten.

Der Ältere lachte Moosbach an, als ob sie sich seit einer Ewigkeit kennen würden, der Jüngere marschierte neben ihm her. Sie grüßten freundlich und gingen hoch zu den Tischen.

Moosbach sah ihnen nach. Hatte er den Älteren nicht schon einmal gesehen? Er beobachtete, wie sich Lore Berkenkötter von ihrer Bank erhob. Ihre Stimme schallte durch den Garten.

„Herr Arndt!“, rief sie, „Herr Arndt, na, öch hann ech jo alt lang nit mieh jesenn! Twei mol Früöhjohrsch-Pannkuoken – wie emmer, stemmt et?“

Wenige Minuten später saß Moosbach mit Zorro und Sanna beisammen, während Stefan Arndt – so stellte die Wirtin den Kanuten vor – mit seinem Sohn einen Tisch weiter auf Pfannkuchen wartete. Frau Berkenkötter hatte sie miteinander bekannt gemacht und erfolgreich in ein Gespräch verwickelt.

„Ech sach öch jet: Der Herr Arndt on sinne Jong leben erst seit anderthalb Jahren hier, aber die kennen die Wupper besser als jeder andere van us – emmer sind se en ihrem Bötschen ongerwejes.“

„Na ja, das würd ich nicht so direkt sagen“, widersprach Stefan Arndt lächelnd. In seinen Mundwinkeln bildeten sich Grübchen.

„Aber es gibt keinen besseren Platz zum Kanufahren als den hier – oder, Papa?“

Der Junge schaute seinen Vater Zustimmung suchend an. Stefan Arndt nickte.

„Ja, das stimmt! Die Wupper ist wunderbar fürs Kanufahren, einfach herrlich, der Fluss. Und Sie, Herr Moosbach?“, fragte er, „wohnen Sie auch hier in der Nähe?“

Moosbach öffnete den Mund, aber Frau Berkenkötter kam ihm zuvor.

„Och, Herr Arndt, Sie glauben jo nit, wat unsrem Herrn Moosbach hie passiert es!“, rief sie. „Der hät ne Leiche jefunden, hie en der Nähe, am Uower – die Leiche von der armen Magda! Ehr haat doch secher dervan jehüört?“

Moosbach starrte in sein Bierglas, während die Wirtin die Gäste aufklärte. Er war sich sicher, dass spätestens jetzt alle Menschen in einem Umkreis von fünfzig Metern alles über ihn und den Leichenfund wussten.

Herr Arndt und sein Sohn hatten inzwischen ihr Essen bekommen. Still aßen sie ihre Pfannkuchen, während sie Frau Berkenkötter zuhörten, den Geruch gebratener Zwiebeln verströmten und höflich nickten.

Einige Gäste drehten sich nach Moosbach um, und ein älterer

Herr mit Stock rutschte auf der Bierbank hin und her, als wolle er jeden Moment aufstehen und zu ihm herüberkommen.

So viel Aufmerksamkeit war Moosbach unangenehm. Hoffentlich wurde er nicht in weitere Gespräche verwickelt. Fieberhaft dachte er darüber nach, wie er die Unterhaltung auf ein anderes Thema lenken konnte. Da fiel ihm etwas ein.

„Mein Freund hat erwähnt, dass man hier geführte Kanu-Touren machen kann. Können Sie jemanden empfehlen?", fragte er, als Frau Berkenkötter einen Augenblick schwieg. Der Gedanke an eine Kanu-Tour behagte ihm nicht. Andererseits wusste er nicht, wie er sonst die Aufmerksamkeit von sich weglenken sollte.

„Hier gibts ein paar Leute, die Touren anbieten, und die sind alle gut", antwortete Stefan Arndt und nahm einen Schluck Wasser aus seinem Glas. „Aber wenn Sie mich so direkt fragen", er schaute Moosbach in die Augen, „wieso machen Sie nicht einfach mit mir eine Fahrt? Ich bin oft unterwegs. Von mir aus können Sie gerne mal mitkommen."

Moosbach wurde flau im Magen. Mit so viel Großzügigkeit hatte er nicht gerechnet. Er in einem wackeligen, schmalen Boot auf der Wupper? Konnte man da nicht umkippen?

„Wie cool ist das denn?", rief Sanna.

„Du darfst auch mitkommen, wenn du willst", sagte Herr Arndt.

„Echt jetzt?"

Sanna war fast außer sich vor Freude. Auch das noch! Wie sollte er bloß aus dieser Nummer wieder rauskommen, ohne als Feigling dazustehen? Moosbach murmelte etwas davon, dass er heute und morgen leider viel zu viel zu tun hätte, ja, und wohl auch übermorgen, gerne ein anderes Mal vielleicht, aber da hatte Sanna schon eine Verabredung getroffen. Die Kanu-Tour sollte am Sonntag starten. Um drei Uhr. Als Treffpunkt wurde eine beliebte Einstiegsstelle für Kanuten vereinbart. Sie lag unter einer Brücke – unter der Brücke, von der sich Magda im Winter hatte stürzen wollen.

***

Paule schob den Drehhocker über den Boden, der so quietschte, dass er die Musik des Oldie-Radiosenders übertönte. Er kniff ein Auge zu, als er das unhandliche Möbelstück vom Arbeitsraum ins Lager bugsierte, damit ihm der Qualm des Kippenstummels, der in seinem Mundwinkel steckte, nicht in die Augen zog. Im Lager stellte Paule den Hocker vor sich hin.

„C'mon everybody!"

Eddie Cochrans Stimme drang aus dem Nebenraum. Paule richtete sich auf. Ein stechender Schmerz fuhr durch sein Kreuz. Verdammt. Er rieb sich die Stelle, an der er seine kaputten Bandscheiben vermutete, spuckte den Stummel auf den schmutzigen Betonboden und zermalmte die Glut unter der Sohle seines Arbeitsstiefels. Er schaute nach vorn.

„They'll be no more movies for a week or two ..."

Sein Unterkiefer klappte nach unten.

„... no more runnin' round with the usual crew ..."

Er hatte völlig verdrängt, was da für ein Schlamassel vor ihm wartete.

„Who cares! C'mon everybody."

Zwei Meter vor ihm ragte das Regal empor, das seit geraumer Zeit so etwas wie eine Art Überbevölkerung erlebte. Helmuts Frau hatte zwar schon einiges aussortiert. Aber dann war sie gestern unter wüsten Beschimpfungen abgedampft. „Macht euren Mist doch allein!" waren ihre letzten Worte, und so drängten sich auf den Stahlbrettern immer noch Kartons, Ordner, Schleifringe und Lackdosen. Wie um alles in der Welt sollte Paule es schaffen, diesen Mist zu sortieren?

Noch dazu, wo er überhaupt keine Lust darauf hatte. Markierungen auf dem Fußboden anzubringen oder eine Abluftattrappe zu bauen, die die hohen Herren in ihren Anzügen beeindrucken sollten, das war was völlig anderes. Es hatte gestern sogar Spaß gemacht, dem Udo beim Bau der Abluft-Verarsche zu helfen. Der gelernte Schlosser hatte ganze Arbeit geleistet. Das Ergebnis, oben im ersten Stock bei den Schleifmaschinen, konnte sich sehen lassen. Auch das Loch, das sie heute Morgen in die Wand gehauen hatten, überzeugte voll und ganz. Nach dem Anruf der alten Berkenkötter hatte Udo dann zwar urplötzlich alle Zelte abgebrochen – Junge, was war der auf einmal im Stress –, aber Lutz, Helmut und Paule hatten die Sache zu Ende gebracht. Die werten Herren duften nur nicht auf die Idee kommen, die Anlage anzuschalten. Sonst wären sie geliefert.

Aus die Maus.

Paule schaute über seine Schulter. Durch den Durchbruch beobachtete er, wie Lutz im Arbeitsraum herumlief und zu „He's a rebel" von The Crystals summte, die Eddie Cochran abgelöst hatten. Er konnte und wollte sich nicht daran gewöhnen, dass Lutz Sicherheitsschuhe und Jeans trug. Ein Jägermeister-Hirsch spannte sich über dem sonst nackten Bauch des Kollegen. War wohl nur kleiner Vorgeschmack auf die Veränderungen, die demnächst anstanden.

„But just because he doesn't do what everybody else does, That's no reason why I can't give him all my love."

Paule rieb sich die Bartstoppeln. Vom Warten wurde das Regal auch nicht ordentlicher. Es half alles nichts, er musste ran. Aber erst mal brauchte er eine neue Zigarette. Er setzte sich auf den Hocker, zog eine Packung Tabak aus der Brusttasche seiner Latzhose, drehte sich die Kippe und zündete sie mit seinem Lieblingsfeuerzeug an, auf dem sich eine halbnackte Blondine vor einem Motorrad räkelte. Er beschloss, das unterste Regalbrett zuerst auszuräumen und machte sich an die Arbeit. Das Intro von „Paint it black" erklang.

„Mach ma lauter!", rief Paule.

„Wa?"

„Lauter! Mach ma! Radio!"

Mick Jaggers Stimme schwoll an, Paule grinste, und die Fluppe im Mundwinkel glühte. Beschwingt von dem Gedanken, sich gleich ein Hefeteilchen zu gönnen, und mit einem seiner Lieblingssongs im Hintergrund räumte er den Kram zügig aus dem untersten Regalbrett und stapelte ihn hinter sich an der Wand. Um an die Gegenstände weiter hinten zu gelangen, kroch Paule zwischen die beiden Regalbretter. Er nieste und schlug um sich, um ein Netz aus Staubfäden von seinem Kopf zu entfernen. Dann zog er eine dunkelblaue Plastikkiste hervor, die so neu aussah, dass sie in das übrige Sammelsurium nicht so recht passte. Instinktiv öffnete er sie.

Er brauchte eine geschlagene Minute, um zu verstehen, was er da vor sich hatte.

„Is ja ein Ding!“, rief er.

Lutz schlurfte heran: „Haste was gesagt?“

„Is ja ein Ding, hab ich gesagt.“

Paule drehte sich, auf die Kiste zeigend, um. Lutz stand da mit einem Bier in der einen und einem Akkuschrauber in der anderen Hand.

„Du wirst nicht glauben, was das hier is!“, rief Paule.

„Ja und – was isses?“, fragte Lutz.

„Tja, das raff ich selbst nicht so ganz!“

Lutz zog die Stirn kraus. „Ja, wie? Was denn jetzt?“

„Ich glaub, das hier“, Paule strich über den Kistenrand, „is ein dickes Ding! Wirklich! Ich hab's mir angeschaut. Aber leider kapier ich nur Bahnhof. Und du wirst leider auch nix raffen. Tut mir leid, Kollege, aber wir sind leider zu doof für so was.“

Lutz nickte.

„Wir brauchen jemanden, der kapiert, was das hier für ein dickes Ding is!“, fuhr Paule fort. „Und ich glaub, ich weiß, wer uns helfen kann!“

* * *

Eine Frau starrte sie an. Sie hatte ein Tuch um den Kopf gebunden und hielt eine Zigarette in der einen Hand, ihre rechte Hand stützte elegant den Ellenbogen – ähnlich wie Audrey Hepburn auf jener berühmten Fotografie. Um ihren Mund lag ein spöttischer Zug. Kein Zweifel: Die Person auf dem Foto war Ricky.

„Kannst du den Ausschnitt noch ein bisschen vergrößern?“, fragte Moosbach.

Er saß neben Sanna auf der Kante von Jans ledernem Schreibtischsessel und starrte auf den Bildschirm, sodass seine Nase fast die Oberfläche berührte.

„Ja, aber dann wird das Foto noch pixeliger", erklärte Sanna. „Ich kann aber versuchen, den Kontrast zu erhöhen und die Konturen noch was zu schärfen."

Sanna klickte mit der Maus herum. Wie gut, dass er sich nicht mit Jans Bildbearbeitungsprogramm beschäftigen musste, dachte Moosbach. Sanna kannte sich mit Jans Mac ebenso wenig aus wie er. Trotzdem fiel ihr die Bedienung erstaunlich leicht.

Nach ihrem Besuch bei den Berkenkötters war Moosbach einkaufen gefahren, doch am Abend hatte ihn eine neue Welle der Neugier erfasst, und so war er ins Arbeitszimmer seines Kumpels spaziert.

Es befand sich in dem kleinen Anbau, der früher als Werkstatt gedient hatte. Vor den unverputzten Backsteinmauern standen prall gefüllte Holzregale neben Edelstahlschränken, die Kamera-Ausrüstungen und Foto-Abzüge schützten. In der Luft vermischten sich Gerüche von Holz, Stahl, Stein, Papier und Öl. Moosbach hatte sich laut seufzend auf den schwarzen Schreibtischsessel fallen lassen und das Bild betrachtet, das an der Wand hing. Es war das Foto, das Jan im Herbst von Magdas Haus gemacht hatte. Um es am Computer genauer unter die Lupe nehmen können, hatte er Jan eine SMS geschickt.

„An den größten Workaholic des Universums, die Macht sei mit dir", schrieb Jan zurück. Er nannte die Zugangsdaten seines Mac und beschrieb, in welchem Ordner die Dateien zu finden waren. Moosbach rief die Bilder auf, wenig später stieß auch Sanna dazu. Inzwischen hatte sie eine Aufnahme vergrößert – eine Frontalaufnahme jenes düsteren Hauses, auf der viele Details auf Anhieb zu erkennen waren. In der Mitte der Fotografie erhob sich die Schieferfassade, die das Fachwerk vor Wind und Wetter schützte. Vor der Haustür verlief der breit getretene Waldweg. In den Pfützen spiegelten sich, scharf umrissen, rot-goldene Blätter. Um das Haus herum fielen Lichtkegel durch die Baumkronen und verliehen der Szene etwas Mystisches, weit hinten glitzerte die Wupper.

Das Gebäude sah in der vor Schönheit strotzenden Pflanzenwelt aus wie ein dem Tod geweihter Patient.

In einem zweiten Bildschirmfenster hatte Sanna das Foto ein zweites Mal geöffnet und vergrößert. Mit dem Cursor hatte sie immer neue Ausschnitte gewählt, bis ein Schatten in einem Fenster im ersten Stock ihre Aufmerksamkeit erregt hatte. Nun wussten sie, wer der Schatten war.

„Mir kommt es so vor, als schaut Ricky genau in die Kamera", sagte Sanna, während ihre Hand mit der Maus über das Pad huschte. „So als hätte Sie Ihren Freund, den Herrn …",

„… Jan, nenn ihn einfach Jan."

„Als hätte sie Jan beobachtet, als er das Foto machte."

„Ja, das denke ich auch", sagte Moosbach langsam.

Während Sanna das Bild schärfte, beobachtete er fasziniert, wie Rickys Gesichtszüge immer klarer hervortraten. Eben hatte das Kopftuch noch wie ein grauer Fleck ausgesehen, jetzt zeichnete sich ein Karo-Muster ab, Haarsträhnen lugten hervor. Rickys Augen verwandelten sich in schwarze Stecknadelköpfe. Moosbach kam es so vor, als blickte sie ihm direkt in die Augen. Ein Schauer lief ihm über den Rücken.

„Soll ich nicht weitermachen?", fragte Sanna vorsichtig.

„Nein, ich meine, ja, mach weiter", winkte Moosbach ab, „ich habe gerade nur an etwas gedacht."

Sanna nickte. Die Abendsonne zog sich aus dem Raum zurück. Moosbach schaltete eine LED-Leuchte ein, die neben dem Monitor stand. Sie hüllte sie in perlweißes Licht.

„Das wars, mehr kann ich aus dem Bild nicht herausholen", sagte Sanna schließlich. Sie ließ die Maus los und lehnte sich zurück. „Ich finde, man erkennt genug."

Sie hatte das Fenster so weit vergrößert, dass es den Bildschirm komplett ausfüllte. Schweigend starrten sie Ricky an. Eine Frau, die ihren Blick erwiderte. Von einem Fenster im Fenster.

„Die Vergrößerung reicht", sagte Moosbach, ohne den Blick von Ricky zu lösen. Er konnte die Augen nicht abwenden.

„Und – was machen wir jetzt mit dem Bild?", fragte Sanna.

„Wir speichern es und warten darauf, dass es uns zu irgendetwas nutze ist."

„Na toll!" Sanna zog einen Flunsch.

Moosbach befiel ein schlechtes Gewissen. Um ehrlich zu sein: Er hatte Sanna zum wiederholten Male in eine Unternehmung hineingezogen, die allein dazu diente, seine Sucht zu befriedigen – seine Sucht nach Recherchen, ganz gleich, wie ergebnislos sie sein mochten. Er wollte Sanna das Gefühl geben, dass ihre Mühe nicht umsonst war.

„Warte“, sagte er und verschwand aus dem Arbeitszimmer.

Wenige Minuten später kam er, eine Visitenkarte in der Hand schwenkend, zurück. Zorro trabte neben ihm her. Vorhin hatte der Hund im Wohnzimmer geschlafen. Jetzt sehnte er sich nach Geselligkeit. Dabei sah er noch reichlich verpennt aus und verströmte den Geruch von feuchtem Hundefell.

„Es gibt jemanden, dem der Bildausschnitt, den du gerade bearbeitet hast, weiterhilft.“

Moosbach setzte sich an den Schreibtisch, öffnete einen Internetbrowser, rief die Seite seines E-Mail-Anbieters auf und loggte sich in sein Mail-Konto ein. Dann verfasste er eine Nachricht an Kriminalkommissarin Ceylan Karadeniz. In den Anhang packte er das Foto und klickte auf „Senden“.

„Die Kommissarin kann das Foto bestimmt gebrauchen“, sagte Moosbach, „die haben ja auch mit Ricky …“

Da klingelte sein Handy. Sie zuckten zusammen.

„Na, das ging ja schnell!“, rief er, zog das Mobiltelefon aus der Hosentasche und blickte aufs Display. Er verstummte. „Abluftanlage“ stand da. Wäre ja auch zu schön gewesen! Moosbach meldete sich.

„Ich bin's, Kollege!“, rief eine aufgeregte Männerstimme, „biste in der Nähe?“

„Ähm, Paule, bist du das?“

„Ja, genau! Also deine Belüftung ist wirklich 1 A, saubere Sache, Kollege! Aber deshalb ruf ich nich an.“

Moosbach spitzte die Ohren. Wollten Lutz und Paule ihn in ihre Firma locken, damit er heute Abend half?

„Wir haben was gefunden.“

„Gefunden? Was denn?“

„Tja, wenn wir das wüssten“, seufzte Paule. „Es ist am Telefon schwer zu erklären – am besten ist, du kommst vorbei und schaust es dir selbst mal an."

Moosbach wollte fragen, ob das nicht bis morgen warten könne, aber Paules Stimme klang beunruhigt.

„Okay", sagte Moosbach, „ich bin gleich da. Aber ich bringe jemanden mit."

TAG 5 – SAMSTAG

11. MAI 2013

Nun wussten sie, warum Magda hatte sterben müssen.

Um den Kopf freizubekommen und Energie zu tanken für den heiklen Plan, der morgen, am Sonntag, auf sie wartete, trafen sich Sanna und Moosbach zu einem Nachmittagsspaziergang an der Schranke – der Schwelle zum Wald.

Hier begann der Rundwanderweg, der am Haus der Albrechts vorbeiführte. Udo Moosbach war hier zum ersten Mal am Dienstag hergelaufen, bevor er am anderen Wupperufer Magdas Leiche entdeckt hatte. Sanna hatte den Weg einen Tag später kennengelernt, am Mittwoch, nachdem sie von Magdas Tod erfahren und auf der Suche nach Antworten auf Ricky gestoßen war.

Es hatte etwas Symbolisches, dass sie diesen Weg heute gemeinsam beschritten, dachte Sanna, als sie um die Schranke liefen und den Wald betraten – und damit einen Schauplatz menschlicher Tragödien.

Sanna ging im Kopf die Strecke ab. Sobald sie das erste Stück des Waldwegs hinter sich hatten, würden sie auf das Albrecht-Haus stoßen und dann auf jene schmale Straße gelangen, die einen Bogen über die Brücke schlug, auf der Magda im Winter verwirrt gefunden worden war. Auf der anderen Seite der Wupper würden sie den Weg zwischen Feldern und Wiesen einschlagen und durch jenes Auenwäldchen laufen, an dessen Ufer Magdas Leiche gestrandet war. Am Ende des Rundwegs wartete die Fußgängerbrücke auf sie, die ans andere Ufer führte, ins sichere Nest, wo Jans Haus und die Gaststätte „Am Wupperstrand“ lagen.

Sanna zog mit einer Hand die Schlaufen ihrer Kapuze fest, die ihre Ohren schützte. Mit der anderen umklammerte sie Zorros Leine. Ein kühler Wind fegte heute durchs Tal. Über ihnen rauschte das Laub, Äste, Sträucher und Farne wanden sich, Gehölze knackten.

Sie sprachen kein Wort.

Sanna wich einer Pfütze aus und trat in einen nassen Laubhaufen.

Regenschauer hatten dem Sonnenwetter gestern Abend ein plötzliches Ende beschert. Das Wasser war aus den Wolken nur so herabgestürzt, als sie in jener kleinen, merkwürdigen Firma angekommen waren, um sich den Fund anzuschauen, den einer der Arbeiter in einem Regal entdeckt hatte. Mit offenen Mündern hatten sie über den Inhalt einer Plastikkiste gestaunt, der sich auf einem Hocker im Neonlicht präsentierte, während das Unwetter an den Fenstern rüttelte, als ob es die Dramatik der Situation noch zusätzlich unterstreichen wollte.

Weil Sanna irgendwann nicht mehr die Augen offen halten konnte, hatte der Arbeiter mit dem Jägermeister-Shirt sie zu den Berkenkötters gefahren, und Sanna war in einen traumlosen Schlaf versunken.

Sanna warf einen Blick auf die übereinandergestapelten Baumstämme am Wegesrand. Ein Rinnsal, das zu einem Bach angeschwollen war, strömte über einen Moosteppich den Hang herab, über den Weg, bis es im Sumpf zwischen Gestrüpp und umgestürzten Bäumen versickerte. Sie machte einen Satz über das Rinnsal, Moosbach tat es ihr nach. Er sah munter aus, obwohl er die Nacht durchgemacht hatte – „mit einer Plastikkiste, einer Kanne Kaffee und einem Tütchen Pfefferminzbonbons“. Das hatte er heute Morgen am Telefon erzählt, als er die Informationen zusammenfasste, die ihm die Kiste in den letzten zwölf Stunden offenbart hatte. Sanna hatte am anderen Ende der Leitung schweigend zugehört. Es war unglaublich.

Danach hatte Moosbach sich in weitere Recherchen gestürzt, und Sanna hatte ihm dabei geholfen. Sie war nach Remscheid gefahren, nachdem Sophie Schneider sich gemeldet hatte. Wie sie von der Frau erfuhr, hatten Greta Schneider und Manfred Glienke früher tatsächlich bei den Schneiders gearbeitet. Die Arbeit auf dem Bauernhof und im Haushalt war hart, aber als Gegenleistung für ihren Fleiß hatten Sophies Eltern die jungen Leute unterstützt: „Ich weiß noch, dass mein Vater für Greta einen Schreibmaschinenkurs bezahlt hat. Und ab und zu stellte er sie von der Arbeit frei, damit sie ihren Schulabschluss nachholen konnte.“

Die Schneiders waren religiös. Sie hingen einer evangelischen Freikirche an, der sich Greta und Manfred später ebenfalls anschlossen.

Irgendwann hätten sich ihre Wege getrennt. Ohne es zu wissen, hatte Sophie Schneider ihnen dabei geholfen, die letzten Puzzleteile zusammenzufügen.

Sie liefen um eine Kurve, und Sanna erblickte das Haus der Albrechts. Sie erschauderte.

Langsam näherten sie sich dem Gebäude. Die Fensterläden waren geschlossen. Auf ihnen klebten Zettel. Moosbach trat heran, Sanna und Zorro folgten ihm. „Amtliche Siegelmarke" stand auf den weißgrün gesprenkelten Aufklebern.

„Die Polizei war anscheinend noch mal da", sagte Moosbach und deutete auf einen Aufkleber, der über dem Spalt zwischen zwei Fensterläden haftete. „Die scheinen den Fall doch ernster zu nehmen, als ich dachte."

Sanna begutachtete das Rechteck.

„Was soll das sein?", fragte sie.

„Die Polizei hat das Haus versiegelt", erklärte Moosbach. „Die Aufkleber haben sie überall angebracht, damit niemand Fenster oder Türen öffnet und einfach so ins Haus spaziert."

„Wann hat die Polizei das wohl getan?", fragte Sanna.

„Bestimmt gestern, nachdem sie Glienke gefunden haben. Ich wette, die haben irgendwas gefunden, das sie stutzig macht."

Sie liefen zum Eingang. An der dunkelgrünen Holztür hingen zwei Zettel. Auf dem einen stand, dass Unbefugte nicht ins Haus gehen durften, und was geschähe, wenn man sich nicht an die Vorschrift hielt. Auf dem anderen Zettel hatte jemand eine Nachricht an eine Frau Scholz hinterlassen. Frau Scholz solle sich umgehend bei der Kriminalpolizei in Wuppertal melden, und zwar bei einer Frau Kron vom KK 11. Moosbach fuhr mit dem Zeigefinger über den Türspalt, ohne ihn zu berühren. An der Klinke hielt er inne. Ein Aufkleber war durchgerissen. Verwundert sahen sie sich an. Da hörten sie ein Rumpeln. Sanna machte einen Satz nach hinten. Der Reporter drehte sich zu ihr um, hielt einen Finger vor den Mund und bedeutete ihr, leise zu sein. Sanna gehorchte mit pochendem Herzen.

Moosbach hämmerte drei Mal mit Faust gegen die Tür.

„Hier spricht die Polizei", rief er übertrieben deutlich.

Er klang wie die Parodie eines Polizisten. Sanna hätte laut losgeprustet, wenn sie nicht solche Angst gehabt hätte. Schließlich wussten sie nicht, wer da im Haus rumpolterte.

„Sie haben unbefugt das Haus betreten“, verkündete Moosbach. „Kommen Sie sofort heraus. Und: Hände hoch.“

Zorro bellte, als ob er den Eindringling höchstpersönlich einschüchtern wollte. Langsam ging die Tür auf.

Sie schauten in das erschrockene Gesicht des Pastors.

Der Pastor sah aus, als fiele er gleich in Ohnmacht, so blass war er. Seine Locken waren zerzaust, und seine Jeans und der cremefarbene Strick-Pulli vermittelten den Eindruck, er hätte Tage in einer Höhle verbracht.

„Ein Pastor, der die Regeln bricht! Na, das ist ja mal eine Überraschung!“, rief Moosbach vergnügt. „Das müssen Sie uns jetzt mal erklären!“

Der junge Mann öffnete den Mund, um etwas zu sagen, aber weiter kam er nicht. Er schlug die Hände vors Gesicht und schluchzte. Sanna und Moosbach sahen sich betreten an. Zorro gab ein paar verstörte Beller von sich, als ob er nicht wusste, was er von der Situation halten sollte.

Sie gingen zu einer Bank, die etwas abseits schräg gegenüber vom Haus stand, mit dem erschütterten Mann in ihrer Mitte, und nahmen Platz.

Tobias Rohsmann stützte die Ellenbogen auf die Oberschenkel und vergrub sein Gesicht in den Händen. Die Locken fielen nach vorn.

„Ich wollte nur ihr Tagebuch“, flüsterte er. Dann richtete er seine verweinten Augen zum Himmel, rang die Hände und schrie: „Wo ist ihr Tagebuch, wo, verdammt, ist ihr verdammtes Scheiß-Tagebuch?“

23. April 2013

Der Pastor war da. Er sagte, dass ich ihn Tobias nennen soll. Das hat er mir schon so oft angeboten. Aber ich traue mich nicht. Wir gingen durch den Klinik-Park spazieren. Ich habe ge-

hofft, dass es ihm auffällt. Er hat es bemerkt. Er sagte, dass ich von innen heraus leuchte. Ich sagte: Ich habe Gott gefunden. Ich sprach leise, aber der Pastor hört immer genau zu. Seine Ohren sind niemals verschlossen. Auch wenn ich sprachlos bin. Wenn ich früher, im Gemeindehaus, stumm vor Angst vor ihm saß und kein Wort über die Lippen brachte, schaute er mich trotzdem immer an. Er hörte meinem Schweigen zu. Jetzt, da ich Gott begegnet bin, wagte ich zu sprechen. Der Pastor fragte mich, wo ich Gott getroffen hatte. Ich antwortete: Unter dem Gold-Baum. Ob ich ihm den Baum zeigen wolle, fragte er. Ich nickte, und wir liefen den Weg zum heiligen Ort. Das Wetter war nicht so schön wie am Tag der Begegnung. Wolken hingen am Himmel, und der Baum leuchtete nicht. Aber die Luft roch nach Regen und gemähtem Rasen. Der Pastor schaute den Baum an, dann drehte er sich zu mir. Plötzlich fragte er: „Wer ist Jesus?" – „Jesus ist Gottes Sohn, er starb für unsere Sünden", antwortete ich leise. Dann wurde mir unwohl zumute. Denn der Pastor sprach auf einmal von Dingen, die M. nicht gut finden würde. Allein der Gedanke daran, dass sie ihn so sprechen hören könnte, während ich bei ihm stand, ließ mein Herz vor Angst beinahe stillstehen. Noch immer denke ich, dass sie mich überall sieht und jede meiner Bewegungen verfolgt. Dass sie meine Gedanken liest. Der Pastor sagte, dass es nicht die Sünde ist, von der Jesus am meisten sprach. Sondern die Liebe. Ich schluckte. Ich starrte auf den Boden, mir wurde kalt. Der Pastor sprach weiter. Kannst du dir vorstellen, dass Jesus dich liebt, wie du bist? In mir sträubte sich alles. Denn wie kann das sein? Die Sünde lässt sich nicht abwaschen. Sie ist in mir drin, in meinem Fleisch, ich atme Sünde, bin Sünde. Von Beginn an und in alle Ewigkeit tragen wir die Sünde mit uns, in uns, an uns. Wer sich nicht zur Sünde bekennt, dessen Leben verschlingt sie, zehrt es auf. Aber während ich das dachte, rissen Sonnenstrahlen eine Wolke auf, und die Welt um uns herum wurde hell. Ich spürte die Sonne auf meinem Rücken, meinem Haar und schaute auf. In den Himmel. Der Pastor sprach: „Kennst du das höchste Gebot?"

Ich blieb eine stumme Wand, aber ich fühlte, wie mein Körper durchlässig wurde, wie die warmen Strahlen durch mich schienen wie durch Vorhänge. Der Pastor zitierte die Bibel. Ich habe mir die Stellen gemerkt und sie in Gottes Buch nachgeschlagen. Ich schreibe sie auf: „Du sollst lieben Gott, deinen Herrn, von ganzem Herzen, von ganzer Seele und von ganzem Gemüte (5. Mose 6,5) Dies ist das vornehmste und größte Gebot. Das andre aber ist dem gleich: Du sollst deinen Nächsten lieben wie dich selbst (3. Mose 19,18)." – „In diesen zwei Geboten hängt das ganze Gesetz und die Propheten." (Matthäus, Kapitel 22, Verse 37-40)

Wir sagten eine Weile gar nichts. Liebe, denke ich, Liebe ist ein Wort, an das ich mich kaum traue zu denken. Es steht mir nicht zu. Aber ich habe sie gefühlt, die Liebe Gottes, als ich unter dem Gold-Baum seinen Segen empfing. Ob man mich lieben kann? Ich blicke den Pastor an, er blickt mich an, über meinen Körper kriecht Gänsehaut. „Wer ist Jesus?", frage ich. Und der Pastor sagt: „Das größte Vorbild meines Lebens." Er sieht dem Goldbaum beim Wachsen zu.

25. April 2013

Ich habe heute drei Mal in den Spiegel geschaut. Ich schaue sonst nie in den Spiegel. Zu Hause hat M. mir einen Spiegel verboten. Aber sie ist fort. Ich höre jetzt nur noch den Lebenden zu, nicht mehr den Toten.

Der Pastor sagte, dass nichts Schändliches dabei wäre, wenn ich mit den Frauen von meiner Station in die Stadt gehe. Ich hatte ihn um Erlaubnis gefragt, am Telefon. Zerstreuungen sind Gift, Werke des Satans, so hat es mir M. beigebracht. Ob ich mich vom HERRN entferne, wenn ich die Zerstreuung suche, so kurz, nachdem ich dem HERRN begegnet bin?

„Magda!", rief der Pastor.

Ich dachte, er würde schimpfen, meine Hand krampfte sich

um den Hörer. Aber stattdessen sagte er: „Meinst du nicht, dass sich der HERR freut, wenn du einfach mal lachst? Jetzt geh schon!“

Inzwischen ist es Abend. Ich war mit den Frauen in der Stadt und habe drei Mal in den Spiegel geschaut. Die Schminke, die sie mir auf die Augen und die Lippen taten, habe ich abgewischt – gleich, nachdem wir wieder in der Klinik waren. Ich habe die Schminke in die Schublade vom Nachttischschrank gelegt, ganz weit nach hinten – aber nicht weggeworfen.

5. Mai 2013

Etwas Unglaubliches ist geschehen. Es ist die wunderbarste Botschaft meines Lebens. Sie ließ mich nicht schlafen, aber sie beschert mir das größte aller Gefühle. Sie lässt all das, was M. mir in ihrer Todesnacht beichtete, in einem anderen Licht erscheinen. Ich spüre, wie ich mich immer weiter von M. abwende. Ich fühle mich nicht mehr von ihr beobachtet. Wer sagt, dass nicht sie es war, die der Teufel holte? Sie war es, die der Versuchung nicht widerstanden hat.

Die Botschaft ist ein Geheimnis, deshalb werde ich sie niemandem erzählen, nicht Sanna und auch nicht dem Pastor, der mich heute noch einmal besuchen wird.

Mein Feld in mir, es sieht auf einmal ganz anders aus. Morgen ist meine Entlassung. Es ist Zeit zu gehen. Die Stare – sie sind fort.

„Wir wissen nicht, wo Magdas Tagebuch ist“, sagte Udo Moosbach, „aber wir wissen mit Sicherheit, dass Magda nicht Ihretwegen starb – für den Fall, dass Sie das denken.“

Der Pastor sah ihn mit roten Augen an.

„Woher wollen Sie das wissen?“

„Wir haben ein paar Dinge herausgefunden“, sagte Sanna.

Der Klang ihrer eigenen Stimme überraschte sie. Sie hörte sich kräftiger an als sonst, selbstsicherer. Auf Tobias Rohsmanns Gesicht breitete sich Ungläubigkeit aus.

„Was sagst du da?“ Seine Stimme klang heiser. „Du weißt, wie Magda … wurde sie umgebracht?“

„Bitte …“, unterbrach ihn Moosbach.

„Sie wurde also umbracht?“, rief Tobias Rohsmann.

Er war so aufgebracht, dass Sanna befürchtete, er würde ausrasten. Moosbach ergriff die Handgelenke des Pastors. Der starrte ihn an.

„Herr Rohsmann, bitte beruhigen Sie sich, beruhigen Sie sich.“

Udo Moosbach sah dem Mann in die Augen, während er auf ihn einredete. Sanna beobachtete, wie das Entsetzen aus dem Körper des Pastors wich.

Er schlug die Hände vors Gesicht und weinte leise.

Ohne ein Wort zu sagen, saßen sie auf der Bank. Sanna beobachtete, wie die Wupper glitzerte. Ihr Funkeln war – trotz der Entfernung – durch das dornige Gestrüpp zu erkennen. Sie lauschte dem Flussrauschen, das sich mit dem Gesang der Vögel mischte.

Nach einer Viertelstunde hatte sich Tobias Rohsmann beruhigt. Er trocknete sein Gesicht mit einem Ärmel und putzte sich die Nase mit einem Taschentuch, das ihm Moosbach gereicht reichte.

„Warum haben Sie Magdas Tagebuch gesucht?“, fragte Moosbach.

Der Pastor hob den Kopf und schaute auf das Schieferhaus. Der Wind heulte auf und riss die Äste auseinander. Regentropfen, die sich auf den Blättern gesammelt hatten, prasselten auf sie herab. Sanna sah, wie sich Moosbach mit der flachen Hand über die Haare fuhr, sodass die Tropfen im Sonnenlicht zerstoben.

„Sie dachten, Magda sei in Sie verliebt?“

Die Frage klang wie eine Feststellung. Wieder keine Antwort. Tobias Rohsmanns Lippen bebten. Er faltete die Hände im Schoß, wie zum Gebet.

„Sie dachten, Magda hat sich Ihretwegen umgebracht?“

Jetzt begann der Pastor zu erzählen. So leise, dass Sanna die Luft anhielt.

„Ich habe es niemandem gesagt, aber ich habe Magda ein paar Mal in der Klinik besucht." Seine Stimme brach. Er schluckte. „Sie können nicht glauben, wie sich Magda in der Klinik verändert hat. Am Anfang – ach, was heißt am Anfang – die ersten zwei Monate ging es ihr wirklich sehr schlecht, richtig schlecht. Sie hatte am Anfang starke Wahnvorstellungen, fühlte sich verfolgt. Aber dann", sagte er, „als Magda zwei Monate hinter sich hatte, dachte ich: Jetzt hat sie's gepackt. Jetzt hat sie das finstere Tal hinter sich. Jetzt findet Magda ins Licht." Den letzten Satz flüsterte er. Er hielt die Fäuste vor seinen Mund und schloss die Augen.

Sanna vernahm ein skeptisches „Aha" vom anderen Ende der Bank.

Der Journalist verschränkte die Arme. „Und welche Rolle haben Sie gespielt?", fragte er.

Der Pastor seufzte.

„Tja, das frage ich mich auch", sagte er. „Bis Sie mich eben in dem Haus erwischt haben, dachte ich, ich hätte in Magdas Leben eine große Rolle gespielt. Nicht, dass ich in sie verliebt war ..."

„Natürlich waren Sie nicht in Magda verliebt", wurde er von Moosbach unterbrochen. „Und noch dazu wussten Sie, wie labil Magda war. Und doch suchten Sie immer wieder die Nähe zu ihr und gingen damit das Risiko ein, dass Magda Ihre Hilfsbereitschaft falsch verstehen und denken konnte, dass Sie in sie verliebt waren und sie sich umgekehrt in Sie verliebte. Sie denken, dass sich Magda in die Wupper geworfen hat, weil Sie ihr falsche Hoffnungen gemacht haben. Bitte sagen Sie jetzt nicht, Sie wollten Magda doch nur helfen."

„Aber so ist es!", rief der Pastor. Seine Stimme überschlug sich. „Ich wollte ihr helfen! Ich bin mir auch sicher, dass ich das getan habe. Aber am Ende war ich mir nicht mehr sicher, ob sie vielleicht doch das ein oder andere Wort falsch aufgefasst hatte." Tobias Rohsmann hatte das „Missverständnis" bei seinem letzten Besuch, einen Tag vor Magdas Entlassung, aus dem Weg räumen wollen. „Ich sagte Magda, dass ich eine Freundin habe. Es ist noch nichts Festes, aber läuft wohl darauf hinaus. Ich hatte Angst, dass Magda enttäuscht sein könnte, aber sie lächelte mich die ganze Zeit einfach nur an. Sie sah gut aus, gesund. Am Ende bin ich nach Hause gefahren und hoffte einfach ..."

Er verstummte. Moosbach nahm den Gesprächsfaden wieder auf.

„Herr Rohsmann, nehmen Sie es mir nicht übel, aber ich glaube, Sie haben Ihre Rolle in Magdas Leben überschätzt. Sie sind eitel."

Moosbach hatte den Satz ausgesprochen, als redete er vom Wetter. Sanna hielt die Luft an. Die Reaktion des Pastors überraschte sie.

„Sie haben recht", sagte Tobias Rohsmann ruhig und stützte das Kinn auf die gefalteten Hände. „Ich war eitel. Seltsam." Er lachte traurig. „Da will man jemandem helfen, zumindest glaubt man das, und dann kommt alles ganz anders."

Seine Worte versetzten Sanna einen Stich.

„Magdas Leben war die Hölle", fuhr er fort, „eine einzige Hölle. Ich bin mir sicher, dass Magda nicht nur gemobbt, sondern auch von ihrer Mutter misshandelt wurde. Und die Mutter stand wiederum unter dem Einfluss von Manfred Glienke. Warum das so war, bleibt mir ein Rätsel." Er zuckte mit den Schultern. „Ich weiß nur, dass es nicht nur der Glaube war, den diese beiden herzlosen Menschen teilten. Es war auch der Hass."

„Hass?", fragte Sanna.

Der Pastor sah sie traurig an. „Ja, genau, Hass. Als ich die Leitung in unserer Gemeinde übernahm, wollte ich Menschen zusammenbringen, ich habe diese ganzen Spaltereien satt, wissen Sie! Ich wollte niemanden ausgrenzen – auch keinen Manfred Glienke …"

„… auch keinen Fanatiker …", unterbrach ihn Moosbach, „beziehungsweise: keinen Haufen Fanatiker."

„So dürfen Sie das nicht sehen!"

„Wie soll ich das denn sehen?"

Der Pastor holte Luft. Seine Wangen färbten sich rot. Dann kam es zu einem Streitgespräch zwischen den beiden Männern. Sanna konnte nicht fassen, was da auf der Bank neben ihr vor sich ging.

„Stört es Sie denn gar nicht, wenn Paare in der Kirche heiraten, ganz in Weiß, mit riesigem Tam-Tam, aber ein Gotteshaus seit Jahren nicht mehr von innen gesehen haben?", rief der Pastor, „stört es Sie nicht, wenn Familien von den Kirchen Kindergartenplätze verlangen, aber sich aufregen, wenn eine Erzieherin es wagt, den Kindern aus der Bibel vorzulesen? Stört es Sie nicht, wenn sich jemand Christ nennt, aber noch nicht mal die zehn Gebote kennt?"

„Mich stört, wenn jemand ein paar Sätze, die vor über zweitausend Jahren geschrieben wurden, so ziemlich wörtlich nimmt und der Welt damit einen Haufen Ärger beschert", erwiderte Moosbach. „Viele Kriege …"

„… werden nicht von wahren Gläubigen geführt."

„Kriege werden im Namen Gottes geführt – also gläubiger geht's ja kaum! Außerdem halten Sie nur Ihre Religion für die richtige, denn sonst würden Sie ja nicht tatsächlich an sie glauben. Sie lehnen damit andere Religionen ab. Das ist intolerant."

„Intolerant sind Sie, weil Sie keine anderen Meinungen akzeptieren, die auf dem Christentum beruhen!"

„Intolerant sind Leute, die Homosexualität für eine Verirrung halten, für die Frauen weniger wert sind als Männer, die gegen Abtreibungen hetzen und andere bekehren wollen."

„Ich habe nie gegen Abtreibungen oder und Frauen gewettert."

„Aber Homosexualität ist mit der Bibel nicht vereinbar, wenn man sie beim Wort nimmt. Und das tun Sie. Sie …"

Sannas Kopf dröhnte. Bilder flackerten vor ihrem inneren Auge. Sie sah ihre Mutter, wie sie an ihrer Zigarette zog: Wie lang willst du bei uns bleiben, Sanna?; Ela, wie sie am anderen Ende des Tisches saß: Wir haben uns viele Gedanken über dein Wohlbefinden gemacht; Augen wie Aquamarine: Für uns ist es nicht leicht, mit einer Person zusammenzuleben, die nicht ganz auf der Höhe ist; Walli, der nichts sagt, überhaupt diese ganzen Menschen, die rein gar nichts sagen, und andere, die viel zu viel reden.

Sanna presste die Hände auf ihre Ohren.

„Haltet den Mund!", rief sie, „halten Sie endlich den Mund!"

Die Männer verstummten.

„Sie reden nicht über Magda, sondern nur von sich selber, verstehen Sie das nicht? Verstehen Sie das nicht?"

Sannas Herz schlug bis zum Hals. Sie sprang auf, ballte die Fäuste und kickte einen Stein über den Weg. Sie war so wütend, so unglaublich wütend.

Sie wandte sich den Männern zu, die sie von der Bank aus anstarrten. Zorro sprang, begeistert bellend, auf und ab.

„Sie, Herr Rohsmann, Sie sagen, Sie haben Magda in der Klinik besucht! Ich habe Sie aber kein einziges Mal gesehen! Und warum habe ich das nicht? Weil Sie Ihre Besuche geheim gehalten haben, wie Sie ja gerade selbst gesagt haben! Und warum taten Sie das? Weil Sie nicht hinter Magda standen! Sie wollten nicht mit ihr gesehen werden! Sie wollten nicht, dass man glauben könnte, dass Sie was mit Magda hatten! Aber wissen Sie was? Darauf hätten Sie scheißen müssen!"

„Ich wollte Magda helfen. Aber ihr wisst ja nicht, was mir Herr Glienke unterstellt hat!", verteidigte sich der Pastor.

„Ach ja? Sie wollten Magda *wirklich* helfen?"

Sanna fühlte sich gut, wie sie mit ihren Stiefeln breitbeinig vor der Bank stand.

„Ja, das wollte ich." Der Pastor schaute vor sich hin. „Ich habe nicht viel für Magda getan. Aber als sie in die Klinik kam, dachte ich mir: Jetzt hol ich meine Versäumnisse auf. Jetzt helfe ich Magda, so gut es geht, damit sie auf die Beine kommt, damit sie ein Leben führen kann, ihr Leben."

„Sie wollten sie also retten."

„Ja, ich glaube, das wollte ich. Sie retten. Als sich am Dienstag herumsprach, dass Magdas Leiche gefunden worden war, konnte ich es erst nicht glauben. Am nächsten Morgen las ich es dann in der Zeitung. Ich dachte, ich sei schuld, ich allein. Nur ich."

Sie unterhielten sich noch eine Weile, dann standen sie auf. Moosbach legte versöhnlich eine Hand auf die Schulter des Pastors. Vielleicht war das seine Art, sich zu entschuldigen, dachte Sanna. Ihre Wut war verflogen. Gemeinsam machten sie sich auf den Weg. Tobias Rohsmann begleitete sie auf ihrem Spaziergang. Sie sprachen über private Dinge, ohne von ihrem Vorhaben zu erzählen, das am Sonntag bevorstand. Moosbach erzählte davon, wie er seinen Arbeitsplatz verloren hatte, und Tobias Rohsmann berichtete von einem Freund, der sich als freier Journalist durchschlug.

Noch immer blies ein kühler Wind, aber die Sonne schien. Als sie in der Hofschaft ankamen, verabschiedeten sie sich.

Es war schon eigenartig, dachte Sanna. Wie sich die Dinge doch manchmal von selbst fügten, wenn man sie nur fließen ließ. Und wie seltsam es doch war, dass am nächsten Tag Muttertag war. Ausgerechnet.

* * *

Sascha lehnte an der Theke, nahm einen Schluck flüssig Brot – das Altbier im „Hahn" war das billigste, das aus Düsseldorfer Zapfhähnen floss und schmeckte immer ein bisschen nach Spülmittel – und beobachtete durch die Rauchschwaden das Drama, das sich auf der Bühne abspielte. Im Scheinwerferlicht drosch Kumpel Gonzo wie irre auf seine Gitarre ein und warf Bassspieler Howdy Blicke zu, die bodenloses Entsetzen ausdrückten. Howdy machte ein paar Mal den Mund auf und zu. Er schien Gonzo irgendetwas sagen zu wollen, während seine Finger über das Griffbrett flogen. Aber was auch immer er rief: Es schien nicht dazu beizutragen, dass die Musiker auf eine Wellenlänge kamen. Die Akkorde passten nicht zueinander. Niemand spielte im Takt.

Was wohl daran lag, dass es gar keinen Takt gab.

Die Ursache dafür saß zwei Meter hinter Gonzo. Sie hieß: Drummer. Auch bekannt als Lobo. Bereits zu Beginn des Konzerts war Lobo auf dem Weg zur Bühne sturzbetrunken zusammengesackt. Das war erst mal nichts Besonderes, denn Lobo fing immer schon mittags an, Dosen zu schießen. Er trank ein Billigbier, das seinem geliebten Karlsquell niemals das Wasser reichen konnte (eine Schande, dass Aldi die Marke aufgegeben hatte!), indem er mit einem Schlüssel ins untere Ende der Dose ein Loch reinhaute, es an den Mund setzte, den Kopf in den Nacken warf und das Pils seine Kehle runterlaufen ließ, während er den Verschluss öffnete. Alle anderen Trinkmethoden hielt er für Zeit- und Geldverschwendung.

Die Konzerte im Hinterraum der schlauchförmigen Kneipe waren dafür bekannt, dass eine bestimmte Promille-Grenze niemals unterschritten werden durfte – weder vom Publikum, das die Haare entweder extrem toupiert oder kurz geschoren trug und sich nicht ums

Rauchverbot scherte; noch bei den Bands, die hier so lange wüteten, bis sich in der Menschenmenge alle Fäuste und Ellenbogen ausgetobt hatten, sodass Blut floss.

Im „Hahn“ galt die unausgesprochene Regel, dass man bereits besoffen sein musste, um hier überhaupt reinzukommen und um dann weiter gnadenlos über die Stränge zu schlagen. Es war, als stünde Katinka, der aparten Thekendame mit den pinken, messerscharfen Fingernägeln, „Unter 1,5 Promille bedien ich dich gar nich erst, Schätzchen“ auf die Stirn geschrieben. Und dieses Gebot schienen die Männer und Frauen, die Stunde um Stunde in den Hahn torkelten, um sich schwankend an der Theke festzuhalten, durchaus ernst zu nehmen.

Leider hatte Lobo heute besonders auf die Kacke gehauen, sodass Gonzo und Howdy ihn auf die Bühne hatten tragen müssen. Als sie ihren beinahe-bewusstlosen Drummer Seite an Seite auf die Holzpodeste hievten, grölte das Publikum. Fäuste wurden in die Luft geschleudert, Applaus brandete auf. Die Show-Einlage, so unfreiwillig wie sie auch sein mochte, kam hervorragend an.

Lobo plumpste auf seinen Hocker, schwankte ein paar Mal hin und her und schaffte es gerade, die Schlagzeugsticks festzuhalten, die ihm Howdy und Gonzo in die linke und rechte Hand drückten – wie bei einem Kleinkind, das zum ersten Mal mit Messer und Gabel essen sollte. Lobos Kopf hing schlaff nach vorne, sodass fettige Haarsträhnen vor seinem Gesicht baumelten. Gonzo und Howdy blickten unschlüssig auf ihren spindeldürren Kumpel herab, marschierten dann aber entschlossen zu den Mikros, schnallten sich Bass und Gitarre um und drehten die Verstärker volle Pulle auf.

„Eins, zwo, fuck you!“, schrie Gonzo Lobo zu, in der Hoffnung, dass dieser aufwachen und zu spielen anfangen würde.

Erstaunlicherweise tat Lobo das auch. Wie von einer plötzlichen Energiewelle ergriffen, richtete er sich ruckartig auf und schlug mit seinen Stöcken wie ein Wahnsinniger um sich. Erleichtert setzten Gonzo und Howdy ein. Verzerrte Gitarrensounds krachten aus den Boxen, der Bass wummerte. Die Menschenmenge setzte sich in Bewegung, Köpfe wurden geschüttelt, Oberkörper beugten sich nach vorn, Beine schwenkten hin und her, zwei kräftig gebaute Frauen mit hennaroten Haaren, in Stretchjeans und viel zu engen T-Shirts, rempelten sich an, um den Pogo einzuläuten. Zwei kahle, übergewichtige Männer in Bomberjacken, die offenbar eine Wette um den grimmigsten Gesichtsausdruck der Welt abgeschlossen hatten, stießen mit ihren reingeschmuggelten Bierflaschen an, sodass Sascha sogar aus der Entfernung hören konnte, wie das Glas beinahe zersprang.

Es vergingen nur wenige Minuten, bis auffiel, dass etwas Entscheidendes fehlte: das Schlagzeug. Auch Gonzo und Howdy dämmerte, dass irgendetwas mächtig schieflief. Ihre Hände bewegten sich immer langsamer über die Saiten. Sie drehten sich zu ihrem Kumpel um.

Alle Blicke richteten sich auf Lobo.

Er sah aus wie eine Krake auf Speed.

Seine Arme wirbelten mit atemberaubender Geschwindigkeit durch die Luft. Das Problem war, dass sie es schafften, alle Trommeln und Becken zu verfehlen. Und das, obwohl Lobo direkt vor ihnen saß. Wirklich jeder Schlag ging daneben. Die Bass-Drum schien er ohnehin komplett vergessen zu haben.

Ist irgendwie eine Glanzleistung, dachte Sascha, während er sein Glas leerte. Dass jemand eine Snare-Drum, eine Tom oder ein Becken verfehlte, war in etwa so, als ob ein Fußballspieler zehn Zentimeter vor der Torlinie den Ball am Pfosten vorbeischoss. Ohne Torwart, wohlgemerkt.

Sascha stellte sein Glas hinter sich auf den Tresen. Um ihn herum drängten sich immer mehr Leute, sodass er sich reckte, um das Bühnendrama weiter beobachten zu können.

Es war erstaunlich. Jetzt schüttelten sogar zwei schwer tätowierte Gestalten mit rasierten Schädeln verzweifelt die Köpfe und schlugen sich die Hände vors Gesicht! Lobo hatte es tatsächlich geschafft, die beiden Typen, bei denen nicht so klar war, ob es Nazis oder Oi-Punks waren, fast zum Weinen zu bringen. Sascha hätte Lobo dafür glatt einen Orden verliehen.

Das Publikum sah das nicht ganz so optimistisch. Ein paar Leute schrien „Buuh!“, ansonsten herrschten Verblüffung und tiefe Betroffenheit. Ausgerechnet im Hahn!

Sascha schüttelte den Kopf. Da tippte ihm jemand auf die Schulter. Er drehte sich um und schaute in die Augen von Pappen-Pete. Die Pupillen des hageren, riesigen Mannes sahen aus wie schwarze Teiche und machten seinem Namen alle Ehre. Pappen Pete schmiss Pappen, wie andere Bier tranken. Eine seiner verbreiteten Theorien lautete, dass LSD ein hervorragendes Mittel gegen Alkoholabhängigkeit sei: „Turn on, tune in, drop out", sagte er gern, den Zeigefinger schwenkend und die Lider so weit geöffnet, dass sie beinahe hinter die gelb verfärbten, von roten Adern durchzogenen Augäpfel rutschten.

Pappen-Pete schürzte die strichdünnen Lippen, sodass sich die pergamentartige Haut über den Wangenknochen spannte, und zuckte mit dem Kopf. Sascha dachte zuerst, das sei einer von Pappen-Petes Ticks, aber dann zuckte der erneut. Sollte bedeuten: Irgendwo hinter Pete stand jemand, über dessen Anwesenheit sich Sascha nicht freuen würde. Pappen-Petes Mund formte ein Wort. Zwei abstehende Schneidezähne kamen zum Vorschein, seine dicke Zunge betonte anzüglich die *dreifachen Ls*: „Bu-lll-en."

Scheiße. Die Polizei.

Saschas Herz klopfte bis zum Hals. Er schaute sich um, auf der Suche nach einem Versteck. Ein paar Meter weiter hingen zwei Gestalten auf Barhockern. Ein Typ mit schwarzer Heavy-Metal-Mähne, löchrigen Röhrenjeans und einem T-Shirt mit dem Spruch „Einen Scheiß muss ich!" war eingepennt, die Bierflasche zwischen die Oberschenkel geklemmt.

Auf dem anderen Hocker krümmte sich eine Frau mit wasserstoffblonden, zerzausten Haaren, ihre Hände umklammerten die Knie. Sie bemühte sich vergeblich, die Augen offen zu halten. Ihre Lider fielen immer wieder zu. Eine heruntergebrannte Zigarette hing zwischen ihren brombeerfarben geschminkten Lippen und drohte auf ihren roten Kunstleder-Minirock zu fallen. Sascha quetschte sich zwischen die beiden Körper und die Theke, mit dem Rücken zur Menschenmenge, die sich durch den Kneipenschlauch in den Bühnenraum schob. Die Pfiffe wurden lauter.

Verdammt. Was wollten die Bullen von ihm?

Sascha dachte fieberhaft nach. Okay, er hatte vor Kurzem ein paar Gramm schlechtes Gras vertickt. Und dann hatte er ein paar Trips, die ihm Pappen-Pete im Rausch spendiert hatte, an ein paar Studenten verscherbelt. Aber wegen so einem Pillepalle suchte ihn doch nicht die Polizei? Das Dealen im größeren Stil hatte er längst aufgegeben. Er war clean, verdammt. Er wollte clean bleiben. Die Bullen sollten ihn in Ruhe lassen, Scheiße noch mal.

„Herr Berger?"

Eine tiefe Männerstimme drang durch das Gegröle. Saschas Nackenhaare stellten sich auf. Kein Zweifel. Die Bullen suchten ihn.

„Herr Berger."

Langsam drehte sich Sascha um. Neben dem Heavy-Metal-Typ standen zwei Männer dicht beieinander, wahrscheinlich Zivilbullen. Den Älteren – der mit den Augenringen und dem Kapitänsbart – kannte Sascha vom Sehen. Die Junkies nannten ihn „Jupp". Der Mann hatte keinen schlechten Ruf, sofern man das von einem Bullen behaupten konnte. Denn Jupp behandelte die Junkies nicht wie den letzten Dreck. Sascha war ihm ein paar Mal über den Weg gelaufen. Wann und wo, wusste er nicht mehr. War wohl in jener Zeit, die er in einer Art Wachkoma verbracht hatte.

Den anderen Polizisten kannte er nicht.

Eine innere Stimme sagte Sascha, dass der Unbekannte auf einer höheren Stufe stand als sein Kollege. Seine Augen blickten nicht so abgekämpft drein wie die von Jupp, das glatt rasierte Gesicht sah aus, als rieche es nach einem teuren Aftershave, und die gebügelten Klamotten verströmten Büroluft. Jupp dagegen umgab eine Aura, die von den Abgründen in Bahnhöfen, Bordellen und Baracken erzählte.

Ein ranghöherer Bulle im „Hahn". Das war überhaupt nicht gut. Sascha hatte Angst.

„Herr Berger, mein Name ist Schleuermann, ich bin von der Polizei Düsseldorf." Der Mann hielt ihm seinen Ausweis vor die Nase und ließ ihn dann in seiner Lederjacke verschwinden. „Meinen Kollegen hier, Herrn Hellersdorf, muss ich wohl nicht vorstellen, den kennen Sie wahrscheinlich. Na ja, jedenfalls kennt *er* Sie." Schleuermann deutete mit einer Kopfbewegung in die Richtung seines Kollegen. „Ich bitte Sie, mitzukommen. Wir brauchen Ihre Hilfe."

Was war hier los? Sascha bekam Panik. Wenn sie zum Reden rausgingen, würde er abhauen, so viel stand fest. Schleuermann las offenbar seine Gedanken.

„Herr Berger: Ihr Kram interessiert uns nicht", sagte er, die Augen fest auf Sascha gerichtet. Er klang gereizt. „Verstehen Sie? Es geht nicht um Sie. Es geht um Ricarda Scholz."

„Ricky?", rief Sascha. Seine Stimme überschlug sich beinahe. „Ihr habt sie gefunden?"

Die Polizisten tauschten Blicke, die Sascha nicht deuten konnte. War Ricky tot? Jupp Hellersdorf mischte sich ein.

„Sascha, hier ist kein guter Ort zum Reden. Bitte komm mit. Jetzt."

Katinka tauchte hinter den beiden Männern auf. Saschas Knie waren weich, als sie sich mit der Kellnerin an der Spitze durch schweißnasse Körper schoben und in einen Nebenraum führen ließen. Bierkasten-Türme umringten sie, ein paar zerrissene Umzugskartons lehnten an einer schimmeligen Wand. Eine Glühbirne baumelte an einem Kabel von der Decke. Es roch nach schalem Bier. Katinka lief hinaus und schloss die Tür. Schleuermann räusperte sich.

„Unsere Kollegen aus Wuppertal glauben, dass Ihre ehemalige Lebensgefährtin, Ricarda Scholz, seit einiger Zeit in Solingen lebt. Seit gestern wird sie allerdings vermisst. Meine Kollegen müssen aber dringend mit Frau Scholz sprechen. Es ist sehr wichtig. Wir dachten, Sie können uns helfen."

„Was sagen Sie? Ricky ist in Solingen?", rief Sascha. „Seit wann? Wo ist sie?"

Wenn das stimmte, was die Bullen ihm da erzählten, hieß das: Ricky lebte!

Schleuermann zog eine Folie aus der Innentasche und reichte sie Sascha. Darin war ein Foto. Sascha schaute gebannt auf die Frau, die ihn von einem Fenster aus anstarrte.

„Das ist das aktuellste Foto, das wir haben", sagte der Bulle. „Es wurde vergangenen Herbst aufgenommen. Auf dem Bild sehen Sie das Haus, in dem Ricarda lebt. Sie hat dort als eine Art Haushälterin gearbeitet. Wir haben erfahren, dass sie in einem Bibelkreis ..."

Saschas Finger umklammerten das Foto. Er hörte nicht mehr zu.

Was war er doch für ein Idiot. Wie konnte er so dumm sein, sich zu freuen. Freude und Hoffnung: Sie bedeuteten nichts als Schmerz.

„Das ist nicht Ricky“, sagte er kühl und reichte das Foto dem verdutzten Polizisten.

„Bist du dir sicher?“, fragte Jupp.

„Das ist nicht Ricky“, erwiderte Sascha barsch. „Ich weiß doch, wie die aussieht, Mann! Diese Frau da“, er zeigte aufs Foto, „sie sieht Ricky ähnlich, aber mehr auch nicht. Schau mal, die Ärmel sind hochgekrempelt: Seht ihr da irgendwo ein Tattoo? Nein! Rickys Unterarm war volltätowiert. Und die Frau da raucht mit der linken Hand. Das würde Ricky niemals tun. Sie ist Rechtshänderin.“

TAG 6 – SONNTAG

12. MAI 2013

Das Kanu schwankte, als Moosbach auf dem Holzbänkchen Platz nahm. Erschrocken hielt er sich an den Seiten fest. Seine Hände waren schweißnass, sein Magen rumorte. Was er tat, war vollkommen verrückt. Es war lebensgefährlich. Aber der Plan war entschieden. Es gab kein Zurück.

Er sah auf.

Stefan Arndt stand gebückt neben einem Busch mit zitronengelben Blüten und verstaute Moosbachs Rucksack in einer Weithalstonne. Inzwischen wusste Moosbach, wann er den Mann das erste Mal gesehen hatte: am Dienstag, nachdem er Magda gefunden hatte. Der Mann hatte in Jogging-Klamotten bei den Spaziergängern gestanden und das Geschehen hinter den Absperrbändern beobachtet. Heute trug er khakifarbene Shorts, ein marineblaues T-Shirt und eine Schwimmweste. Eine solche hatte er auch Moosbach verpasst. Der Mann verschraubte die Tonne und hob sie in den Canadier, wie er das Boot nannte. Das Heck lag noch am Ufer im Kies. Nur den vorderen Teil hatte Stefan Arndt ins Wasser gestoßen und Moosbach beim Einstieg geholfen.

„Was haben Sie eigentlich alles im Rucksack?", scherzte Arndt. „Sie sammeln doch keine Steine, oder?"

Er lächelte. Grübchen zeichneten sich unter seinem Drei-Tage-Bart ab. Die Ähnlichkeit mit Brad Pitt war erstaunlich. Spätestens jetzt wären wahrscheinlich viele Frauen dahingeschmolzen und ohnmächtig ins Wasser gekippt. Sofern sie nicht die Wahrheit über diesen Mann kannten.

„So, die Trockenübungen haben wir hinter uns und alles ist verstaut. Es kann also losgehen! Und dann gibts kein Zurück."

Stefan Arndt zwinkerte, Moosbach lächelte gezwungen und hätte sich am liebsten übergeben. Arndt schob das Boot noch ein Stück weiter ins Wasser, ohne dass es ablegte, stieg ein und setzte sich Moosbach gegenüber. Moosbach schaute rechts und links in die dunkelgrüne Strömung. Plötzlich brachen Zweifel über ihn herein. Himmel. Diese Idee war einfach total bescheuert. Was hatte ihn bloß dazu getrieben? Noch bevor er die Frage zu Ende gedacht hatte, wusste er die Antwort. Es war seine Geltungssucht. Das hier war seine Show.

„Entspannen Sie sich", rief sein Bootsführer, „sitzen Sie einfach locker in der Mitte der Bank. Ich sorge dafür, dass wir nicht umkippen."

Tatsache. Das Boot schwankte nicht mehr so sehr. Moosbach ließ die Schultern sinken. Ansonsten wagte er es nicht, sich zu bewegen, und versuchte, sein Magengrummeln zu ignorieren.

„Hier."

Stefan Arndt reichte ihm ein Paddel, das wie ein roter, zu groß geratener Entenfuß aussah. Moosbach griff nach dem Aluminium-Knauf. Vor wenigen Minuten hatte der Guide ihm am Ufer demonstriert, wie er das Paddel zu halten hatte. Die ersten Bewegungen wurden immer an Land geübt, nie auf dem Wasser.

„Sie halten das Paddel so", hatte Stefan Arndt erklärt. Strahlend hatte er demonstriert, wie Moosbach das Paddel mit beiden Händen halten und den Schlag ausführen sollte. Es fielen Begriffe wie Vorantreiben, Bremsen und Stabilität. Moosbach konnte sich kaum konzentrieren. Unterarme und Nacken brannten in der Sonnenhitze, Mücken schwirrten um seinen Kopf.

„Keine Sorge, Sie müssen sich nicht alles merken", hatte der andere gut gelaunt verkündet. „Das Wichtigste ist, dass Sie nicht so stocksteif dasitzen, sondern den Körper mitbewegen – so!" Er schwang das Paddel durch die Luft und drehte den Oberkörper. „Schauen Sie! Sie tauchen das Paddel gleich vor sich ins Wasser, dicht an der Bootsseite, und ziehen es dann parallel nach hinten, ja, genauso! Wir paddeln versetzt. Wenn ich rechts paddel, paddeln Sie links. Ich gebe vor. Halten Sie mal das Paddel mit der Rechten unten am Schaft, mit der Linken oben am Knauf und versuchen Sie's. Ja, richtig."

Nach ein paar Minuten hatte Moosbach den Dreh raus und sich ein wenig entspannt. Doch jetzt wurden seine Knie wieder butterweich. Sein Herz hämmerte.

„Und jetzt drehen Sie sich um! Wir sitzen beim Paddeln hintereinander und schauen beide nach vorn. Das ist so üblich."

Gänsehaut fegte über Moosbachs Rücken. Ihm wurde eiskalt. Aber er tat, was von ihm verlangt wurde. Starr blickte er auf das Wasser. Stefan Arndt saß jetzt hinter ihm. Ohne dass er ihm in die Augen schauen konnte. Ohne dass er sah, was der Mann tat.

„Fertig?", rief Stefan Arndt und stieß das Kanu vom Ufer ab. „Dann wollen wir mal."

Moosbach erschrak, als das Boot von der Strömung mitgerissen wurde. Es glitt durchs Wasser, sein Bug zerteilte die Wellen und nahm Kurs auf einen Fels, der aus der Mitte des Flusses ragte. Moosbach starrte auf den Gesteinsbrocken, den Schaft des Paddels fest umklammert. Er spürte, wie Stefan Arndt hinter ihm das Paddel mit regelmäßigen Zügen ins Wasser tauchte. Etwa zehn Meter vor dem Felsen bog das Kanu sanft nach rechts und zog an dem Hindernis vorüber.

Moosbach atmete aus. Was war er doch für ein Schisser. Er durfte sich jetzt nicht seiner Angst überlassen. Sonst war sein Plan gescheitert, bevor er überhaupt richtig begonnen hatte. Er versuchte, sich auf die Fahrt zu konzentrieren.

Vor ihnen wurde der Flusslauf breiter. An den Ufern ragten Bäume empor, die so groß und üppig waren, dass Moosbach sich einen Augenblick wie in einem Regenwald fühlte. Er spürte Erleichterung. Die Luft roch herrlich frisch. Flussrauschen überall. Moosbachs Blick glitt über die Wellen. Sie funkelten. Auf einmal hatte er keine Angst mehr. Nichts machte ihm Angst. Nicht in diesem Augenblick.

„Wahnsinn, oder?"

„Wie im Urwald", erwiderte Moosbach.

„Leider reichts den meisten Menschen, wenn sie *um* die Wupper laufen. Sie wissen ja gar nicht, was ihnen entgeht! Man muss *in* die Wupper gehen, erst dann ändert sich der Blick. Erst dann sieht man all das hier – all das Schöne."

Moosbach schaute zur Seite und beobachtete das Paddel des Kanuguides bei der Arbeit.

„Jedes Mal, wenn ich hier vorbeifahre, kann ich nicht glauben, dass ich in dieser Stadt bin, ja, noch nicht mal, dass ich in diesem

Land bin. Ich komme mir vor wie, sagen wir, wie in Lateinamerika. Kennen Sie Lateinamerika, Herr Moosbach?"

„Nö."

„Sie reisen wohl nicht so gern."

„Nö. Wozu auch? Wenn ich einen Urwald vor der Haustür hab!"

Stefan Arndt lachte. Moosbachs Blick streifte ein Schildkröten-Pärchen, das sich auf einem flachen Stein auf einer Schotterinsel sonnte. Er nahm sein Paddel in beide Hände.

„Die Linke oben, die Rechte unten", sagte die Stimme hinter ihm.

Moosbachs Armmuskeln spannten sich. Seine Sinne schärften sich. Er nahm alles wahr, wach und klar – das Wasser, die Luft, die Büsche und Bäume, die die Ufer säumten wie ein Schutzwall. Für einige Sekunden schloss er die Augen. Als er sie wieder öffnete, sah er einen Eisvogel aus der Böschung flattern. Das Tier tauchte steil ins Wasser und stieg wenige Sekunden später mit einem winzigen Fisch im Schnabel wieder auf. Seine Federn schimmerten blaugrün, orange und türkis. Dann war der spatzengroße Vogel verschwunden.

„Ein Eisvogel beim Jagen – so was sieht man sehr selten! Und Ihnen begegnet dieser scheue Vogel gleich bei Ihrer ersten Kanu-Tour. Sie haben wirklich Glück!"

Die Art, wie Stefan Arndt die Wörter „Jagen" und „scheu" betonte, jagte Moosbach einen Schauer über den Rücken. Er stieß das Paddel eine Spur zu hektisch in den Fluss. Er versuchte, sich zu beruhigen. Der Mann konnte nicht wissen, was er vorhatte. Es war unmöglich.

„Ist das gut oder schlecht?", fragte Moosbach und deutete auf einen hellgrünen Teppich, der durchs Wasser schimmerte. Er versuchte sein Unbehagen zu überspielen.

„Die Natur kennt kein gut oder schlecht – sie kennt nur die Stärkeren, die sich gegen die Schwächeren durchsetzen", erwiderte Stefan Arndt butterweich. Er klang wie ein sympathischer Naturphilosoph. „Was Sie da sehen, ist Schild-Wasserhahnenfuß. Naturschützer würden sich über diese empfindliche Pflanze freuen. Jede Pflanze hat ihren Platz, ihre Funktion – ganz egal, wie unbedeutend sie erscheint."

„Lassen Sie mich raten: Wenn der Schild-Wasserhahnenfuß stirbt, geht die Welt unter."

Stefan Arndt lachte. „Ich würde nicht unbedingt sagen, dass dann die Welt untergeht, wie es Bienen-Freunde beim Aussterben der Bienen befürchten. Andererseits: Ja, es stimmt, wir wissen nicht, welche Folgen es hätte, wenn der Schild-Wasserhahnenfuß verschwinden würde. Wir sollten deshalb immer die Kontrolle behalten über das, was wir tun. Und über alles, was um uns herum geschieht."

Sie schwiegen. Ihre Paddel stießen in den Fluss. Insekten schwirrten über der Wasseroberfläche. Ihr Schwarm sah im Sonnenlicht aus wie eine Staubwolke.

„Schild-Wasserhahnenfuß", murmelte Moosbach. „Kommt es mir nur so vor, oder verpasst man Pflanzen eigentlich immer beklopptere Namen – je kleiner sie sind?"

Der Bootsführer gluckste amüsiert. „Ufer-Mäusedornmoos, Borstenrotalge, gemeines Brunnenmoos, kanadische Wasserpest", zählte er auf, „ja, ich glaube, Sie könnten recht haben!"

Moosbach warf seinem Begleiter einen Blick über die Schulter zu. „Sie kennen sich ja wirklich aus, was?", sagte er, und für einen Moment glaubte er, ein Flackern in den Augen des Mannes zu sehen.

Die Fahrt ging weiter – bis sie sich der Stelle näherten, die Moosbach allzu gut kannte. Sein Herz schlug schneller, als sie auf den umgestürzten Baum zusteuerten. Er ragte wie der verkümmerte Arm eines Riesen vom linken Ufer in den Fluss. Die verdorrten Zweige erinnerten an mahnende Zeigefinger.

Langsam zog Moosbach das Paddel aus dem Wasser. Er starrte auf das abgestorbene Geäst, das Magda Albrechts Leiche davon abgehalten hatte, flussabwärts zu treiben. Damit er, Moosbach, die tote junge Frau finden konnte.

„Ein sterbender Baum ist mehr als ein sterbender Baum. Er ist ein Goldschatz", philosophierte Stefan Arndt. „Wussten Sie das?" Moosbach schüttelte langsam den Kopf, immer noch den Blick auf den Baum gerichtet. „Totholz ist unglaublich wichtig für viele Organismen. Im Totholz entstehen ganze Lebensgemeinschaften. Totholz ist Leben – so paradox das auch klingt. Abgestorbene Bäume, die noch stehen – auch wenn es nur noch ihre Rümpfe sind – sind selten und besonders wertvoll. Wie Diamanten."

„Und ein umgefallener Baum wie der da? Wie wertvoll ist der?", fragte Moosbach.

„Sagen wir mal: wie eine Truhe voll Gold und Silber", antwortete sein Begleiter. „Aber im Gegensatz zu einer Schatztruhe sollte man sterbende Bäume dort lassen, wo sie sind. Damit man den Kreislauf der Natur nicht stört. Am besten, man rührt sie gar nicht an." Nach einer Pause ergänzte er: „Für uns Paddler ist der Baum allerdings kein Schatz. Er ist eine Gefahr." Stefan Arndt hatte aufgehört zu paddeln. Das Boot trieb auf den Baum zu. „Schauen Sie hin! Unter dem Stamm dort, der im Wasser liegt – wie weit sind wir wohl entfernt? Zwanzig? Dreißig Meter? –, können gefährliche Strömungen entstehen, die einen in die Tiefe ziehen."

Moosbach saß versteinert da. Er hielt die Luft an.

Stefan Arndt schien sein Unbehagen nicht zu bemerken, es zu ignorieren – oder es amüsierte ihn. In seiner Naturphilosophen-Manier ließ er seinen Gedanken freien Lauf. „Wissen Sie? Es ist immer alles eine Frage der Perspektive. Das finde ich unglaublich spannend! Auf den ersten Blick erscheint der Baum harmlos, ja, es ist beinahe idyllisch, wie er da in der Sonne im Wasser liegt, finden Sie nicht? Erst, wenn man ganz nah dran ist, sieht man, wie das Wasser unter das Holz gedrückt wird. Dann ist es zu spät. Sollten Sie in den Fluss fallen, reißt die Strömung Sie mit und presst Sie gegen das Holz. Sie können dann weder nach vorn noch zurück. Sie sind gefangen zwischen dem Stamm und dem Druck der Strömung. Es kann passieren, dass Sie ertrinken. Es sei denn, jemand kommt Ihnen zu Hilfe und weiß genau Bescheid, was zu tun ist."

Moosbach saß stocksteif da, den Blick gebannt auf die Äste gerichtet. Er wollte Stefan Arndt gerade anflehen, um Himmels willen das Boot um den Baum zu lenken, als dieser wieder zu paddeln anfing. Mit wenigen Stößen brachte der Mann das Boot wieder in die alte Position, sodass es nicht mehr auf den Baum zusteuerte. Moosbach atmete aus. Er rührte sich nicht. Er dachte an das Auenwäldchen, dort drüben am Ufer. Und an Magdas toten Körper.

„Alles in Ordnung?"

„Ja." Moosbach schluckte. Seine Kehle war so trocken, dass sie wehtat.

„Kann ich etwas Wasser haben?“, fragte er heiser.

Stefan Arndt reichte ihm von hinten eine Plastikflasche. Moosbach schraubte sie auf und trank.

„Wissen Sie, da bei dem Baum, da wars – da hab ich am Dienstag das tote Mädchen gefunden.“

„Ja, ich weiß. Ich glaube, dass ich Sie an dem Morgen sogar gesehen habe. Ziemlicher Albtraum, das Ganze! Ich laufe jeden Morgen eine Runde durchs Tal und bin bei dem Trubel stehen geblieben. Ich wollte das im Biergarten nicht erwähnen: Mir war es unangenehm, dass ich bei den Gaffern gestanden habe. Wer weiß, wann ich die Runde wieder joggen kann, ohne an das Mädchen zu denken. Aber was rede ich. Ist sicher ein Klacks gegen das, wie es für Sie sein muss! Kommen Sie, paddeln Sie, das wird Sie ablenken.“

Ich will mich gar nicht ablenken, dachte Moosbach, ich will an Magda denken, deshalb bin ich ja hier. Stillschweigend sah er zu, wie sich das Auenwäldchen entfernte, bis es außer Sichtweite war.

Wenige Minuten später passierten sie Jans Backsteinhaus, das rechts am Ufer lag, und fuhren unter der Fußgängerbrücke durch. Der Garten vom „Wupperstrand“ tauchte auf. Die Bierbänke waren leer. Niemand war zu sehen. Sonnenstrahlen brachen im Wasser und verwandelten sich in gleißendes Licht.

„Kannten Sie Magda Albrecht?“, fragte Moosbach.

Seine Frage zerschnitt die Stille. Er genoss das Überraschungsmoment. Kam es ihm nur so vor oder hielt Stefan Arndt beim Paddeln einen Moment lang inne?

„Was heißt *kennen*“, antwortete der Bootsführer schließlich. „Die meisten von uns, die hier wohnen, haben das Mädchen schon mal gesehen. Bestimmt bin ich ihr mal über den Weg gelaufen.“

„Und wissen Sie, woran Magda gestorben ist?“

„Es war Selbstmord, oder? So stand es in der Zeitung.“

„Das dachten wir zunächst auch.“

„Aber es war nicht so?“

„Nein, es war nicht so.“

„Na, dann erzählen Sie mal! Sie machen es ja spannend.“

Der Fluss verjüngte sich, die Strömung wurde stärker. Es war, als rückten die Bäume an den Ufern zusammen. Ihre Äste hingen immer dichter über der Wupper. Schatten breiteten sich aus und färbten das grünlich schimmernde Wasser beinahe schwarz. Eine Brise zog über den Fluss und ließ Moosbach frösteln.

„Magda wurde ermordet", sagte er und stach das Paddel in die Strömung.

„Was sagen Sie da? Wie das denn, bitte?"

Moosbach atmete tief ein. Es war so weit. Vorhang auf. Seine Show begann.

„Das erkläre ich Ihnen gern", sagte er, „denn es ist eine wirklich erstaunliche Geschichte! Eigentlich ist sie unglaublich. Aber sie ist wahr. Leider muss ich weit ausholen, um alles zu erzählen. Ich hoffe, ich langweile Sie nicht?"

„Mich langweilen? Das glauben Sie doch nicht wirklich, oder?", rief Stefan Arndt heiter. „Ich mag gute Geschichten!"

Moosbach lächelte. „Wir machen jetzt eine Zeitreise. Stellen Sie sich vor, es ist Anfang der 90er-Jahre. Eine Frau steht vor Ihnen. Sie heißt Greta Albrecht."

Er schilderte, wie zurückgezogen Frau Albrecht lebte. Wie sich ihr Leben in den eigenen vier Wänden, in der Gemeinde und besonders in einer Remscheider Firma abspielte, in der sie als Chefsekretärin arbeitete. „Diese Firma ist ihr ungeheuer wichtig. Den Chef – ein aufstrebender, erfolgreicher Geschäftsmann – betet sie an."

„Ich verstehe nicht ganz, was das mit Magda zu tun hat."

„Warten Sie, dazu komme ich gleich", sagte Moosbach. „Frau Albrecht arbeitet also in jener Firma. Doch dann stößt sie auf Unregelmäßigkeiten. Sie kann nicht darüber hinwegsehen. Ob das an einem ausgeprägten Unrechtsbewusstsein lag, wissen wir nicht. Aber vieles deutet daraufhin, dass Frau Albrecht eine penible Frau war. Jede Arbeit muss immer ganz genau erledigt werden. Abweichungen, Verstöße, Fehler – all das kommt für Frau Albrecht nicht infrage. Sie spricht also ihren Chef an. Sie hofft, dass er vielleicht einfach ein paar Fehler gemacht hat. Vielleicht haben ja auch Kollegen in der Buchführung herumgepfuscht. Aber der Chef winkt ab, nimmt ihre Bemerkungen nicht ernst. Frau Albrecht ist verstört. Sie kann nicht anders, sie kann über diese Unstimmigkeiten nicht hinwegsehen. Was soll sie tun? Von Tag zu Tag findet sie neue Hinweise, dass in der Firma Steuerbetrug in großem Stil stattfindet. Und dann gerät Post in ihre Hände. Es geht um Waffengeschäfte ins Ausland. Sie ist entsetzt. Das passt doch gar nicht zu ihrem Chef. Er ist doch so charismatisch, so nett, und er tut so viel für die Stadt. Zum Beispiel finanziert er Flüchtlingskindern Hausaufgabenbetreuungen – gleich für mehrere Jahre. Denn zu jener Zeit wütet ein Flächenbrand auf dem Balkan, Flüchtlinge aus dem auseinanderbrechenden Jugoslawien kommen nach Deutschland, einige landen in Remscheid. Frau Albrecht erkennt die Widersprüchlichkeit: Einerseits hilft ihr Chef den Opfern eines Krieges. Gleichzeitig verdient er sich eine goldene Nase damit, dass sich Menschen gegenseitig umbringen. Und dann hinterzieht er auch noch Steuern – in einer Größenordnung, bei der ihr schwindelig wird."

„Nun, die Welt funktioniert nun mal so", gab Stefan Arndt in einem Ton zu bedenken, als plauderten sie über belangloses Zeug. „Sie müssten das doch wissen. Sie sind doch Journalist."

„Sie haben recht", erwiderte Moosbach. Noch immer fuhren sie durch die Schatten der Bäume. Bis auf ihre Stimmen und das Plätschern des Wassers war es merkwürdig still. „Wir Menschen sagen das eine und tun das andere. Wir gehen mit unseren Kindern in den Zoo, streicheln kleine Lämmchen und machen am gleichen Tag Lammbraten. Wir reden hier aber über Frau Albrecht. Und Frau Albrecht macht es Angst, dass ihr Chef Wohltäter und Kriegsgewinner in einem ist."

„Ich hab eher den Eindruck, dass Sie von einem guten Geschäftsmann sprechen. Von jemandem, der Entscheidungen mit dem Verstand trifft – und nicht aus Sentimentalitäten."

„Ich hab mir gedacht, dass Sie das denken, Herr Arndt."

„Ja, aber denken Sie das denn nicht auch? Wir wollen doch alle, dass es der Wirtschaft gut geht. Wenn sie nicht brummt, wird laut gejammert. Aber auch wenn sie brummt, wird gejammert. Dann werden zum Beispiel Methoden kritisiert, die Arbeitsplätze schaffen. Sie und ihre Kollegen jammern übrigens am lautesten."

„Sie meinen, nicht jener Geschäftsmann hat zwei Gesichter, sondern wir Journalisten?"

„Ich wollte Sie nicht beleidigen, Herr Moosbach. Aber ehrlich gesagt, ja, Sie treffen den Nagel auf den Kopf."

„Ach, so schnell bin ich nicht beleidigt, machen Sie sich da mal keine Sorgen", entgegnete Moosbach. „Ich finde Ihre Gedanken sehr interessant. Aber kommen wir zurück zu Frau Albrecht. Was die Sekretärin zunächst nicht begreift, ist, dass sich ihr Chef sehr gut in andere Menschen hineinversetzen kann. Er hat eine Art sechsten Sinn. Leider nutzt er den dafür, andere zu manipulieren oder sie aus dem Weg zu schaffen. Ihr Chef ist ein Meister darin, seine Opfer zu isolieren, zu quälen oder wehrlos zu machen. Genau das tut er mit Frau Albrecht. Es fängt an mit unterschwelligen Drohungen. Doch dann greift der Chef zu härteren Mitteln."

„Und die wären?"

„Er demonstriert seine Macht. Heißt: Er vergewaltigt sie am Arbeitsplatz. Im Vorzimmer zu seinem Büro. Er will ihr sagen: Sieh, das kann ich mit dir machen – hier, vor allen, in der Firma – und trotzdem wird dir kein Schwein glauben. Die Übergriffe finden einige Male statt, und Frau Albrecht lebt in ständiger Angst. Und dann geschieht etwas Unerwartetes: Frau Albrecht – sie ist damals schon Mitte 40 – wird schwanger. Man kann sich nicht vorstellen, was sie dabei empfunden haben muss. Jedenfalls entscheidet sie sich, ihre Schwangerschaft geheim zu halten. Mit Erfolg. In den letzten drei Monaten lässt sie sich krankschreiben und bringt ihr Kind in einer anderen Stadt zu Welt. Ein Mann, er heißt Manfred Glienke, hilft ihr. Wir wissen, dass sie mit Manfred Glienke früher in einem Heim groß geworden ist – aber nicht, warum sie diesem Mann so vertraute."

„Wenigstens gab es eine Person, die ihr half."

„Ja. Aber die Hilfe hielt sich in Grenzen. Es mag Frauen geben, die es schaffen, nach einer Vergewaltigung Hilfe zu holen, sich jemandem anvertrauen, zur Polizei gehen. Frauen, die abtreiben, die Therapie machen. Frau Albrecht nicht. Sie ist zum einen streng religiös, zum anderen schwer traumatisiert. Sie ist von Anfang an von ihrer Schuld an der Vergewaltigung überzeugt. Glienke übrigens auch. Die Zeugung eines unehelichen Kindes ist eine Sünde, aber eine Abtreibung wäre eine noch viel größere, deshalb trägt sie das Kind aus. Frau Albrecht lebt mit Schuldgefühlen und der Furcht vor weiteren Vergewaltigungen."

„Und jenes Kind soll Magda Albrecht gewesen sein?"

„Genau. Wir wissen nicht, ob Frau Albrecht sich vielleicht am Anfang noch Mühe gegeben hat, das Kind zu lieben. Wenn, dann hat sie es irgendwann aufgegeben. Magda kriegt alles ab. Sie wird zur Zielscheibe für die Ohnmacht, die Wut, den Hass, den Frau Albrecht nicht gegen ihren Peiniger richten kann. Sie erkennt ihr Kind nicht an, liebt es nicht. Und dann leugnet sie sogar, dass es ihres ist."

„Armes Mädchen. Einfach unvorstellbar, wie man jemandem so etwas antun kann. Aber wie kamen die beiden nach Solingen?"

Moosbach antwortete nicht sofort. Er zog ein paar Mal sein Paddel durchs Wasser und atmete tief durch. Blätter raschelten. Die Schatten der Bäume, die wie feine Tücher über ihnen lagen, wollten nicht weichen.

„Frau Albrecht bleibt erst einmal in Remscheid", fuhr er ruhig fort. „Dass sie ein Kind hat, weiß in der Firma niemand. Vielleicht ahnt ihr Chef etwas. Falls dem so ist, ist es ihm völlig egal. Denn er hat die absolute Macht. Eine Frau Albrecht kann ihm rein gar nichts anhaben – ganz egal, welche Abscheulichkeiten er begeht. Noch dazu ist er ein Meister darin, störende Gedanken in eine Schublade zu stecken, abzuschließen und den Schlüssel wegzuwerfen."

„Sie hätten Psychologe werden sollen!"

„Mein Beruf hat mit Psychologie manchmal mehr zu tun, als mir lieb ist."

„Verstehe."

„Frau Albrecht lebt also in Remscheid. Sie geht arbeiten und lebt in großer Angst. Sie weiß nicht, wie sie sich gegen die Übergriffe wehren kann. Bis eines Tages eine Journalistin in der Firma auftaucht. Frau Albrecht nimmt all ihren Mut zusammen und spricht die Reporterin an. Heimlich verabreden sie sich. Doch leider hat Frau Albrecht den sechsten Sinn ihres Chefs unterschätzt. Er kann von der Verabredung eigentlich gar nichts wissen – und doch weiß er Bescheid. Am selben

Abend sucht er Frau Albrecht in ihrer Wohnung auf und präsentiert seine Macht in einer Weise, wie es besser gar nicht geht. Er misshandelt, vergewaltigt Frau Albrecht in ihrer eigenen Wohnung. An einem Ort, an dem ihn Leute gesehen haben könnten. Aber es macht ihm nichts aus. Noch mal, weil es so unglaublich ist: Er ist sich sicher, dass ihm alle Welt glauben würde, ganz egal, was Frau Albrecht über ihn erzählen könnte, ganz gleich, was für Indizien gegen ihn sprechen könnten, dass er tun und lassen kann, was er will."

„Aber haben die Nachbarn nichts davon mitbekommen?"

„Vielleicht. Aber es hat sie nicht interessiert. Übrigens lag das Kind im Nebenraum. Es hat nicht geschrien."

„Woher glauben Sie, *das* zu wissen?"

„Auch dazu komme ich noch. Ich sagte ja, dass ich weit ausholen muss. Als die Folter vorbei ist, verlässt der Chef das Haus. Frau Albrecht beschließt zu fliehen. Sie ruft ihren Bekannten Glienke an, der in Solingen lebt. Der bietet ihr an, in einem Häuschen an der Wupper zu leben, das er geerbt hat. Frau Albrecht packt ihre Sachen und taucht unter. Sie nennt sich von da an Frau Schneider – ein geläufiger Name, unzählige Leute heißen so, und ist noch dazu der Name einer Familie, bei der sie einige Zeit lang als junge Frau gelebt hat. Eine Familie, von der sie sich gut behandelt gefühlt hat. Frau Albrecht tut so, als sei Magda ihre Enkelin. Sie geht problemlos als Großmutter durch."

„Das klingt alles ziemlich unglaubhaft. Jeder normale Mensch würde die Polizei rufen, wenn er ein derartiges Verbrechen erleben würde – und dann noch im eigenen Haus!"

„Sie irren sich. Viele Frauen bringen eine Vergewaltigung nicht zur Anzeige. Sie schämen sich oder haben unvorstellbare Angst vor den Folgen. Frau Albrecht tut das schon gar nicht. Was kann eine Frau wie sie gegen einen Superstar anrichten? Einen Mann, den alle Welt bewundert? Der Erfolg hat? Einen Wohltäter, von dem viele Existenzen abhängen – Arbeitsplätze, gemeinnützige Projekte, Steuergelder? Ich sage es nur ungern, aber ich fürchte, dass auch viele meiner Kollegen dieser Frau nicht geglaubt hätten. Außerdem haben Sie es eben selbst gesagt: Frau Albrechts Geschichte klingt völlig absurd. Ihr Chef soll sie vergewaltigt haben und das Risiko eingegangen sein, sie zu schwängern? Wo ein Vaterschaftstest doch alles beweisen würde? Wer sollte ihr das abnehmen?"

„Na, Sie! Sie glauben all den Unfug!", lachte Stefan Arndt.

„Stimmt", erwiderte Moosbach. „Ich glaube Frau Albrecht."

Eine Pause entstand. Dann fragte Arndt: „Wie können Sie einer Frau glauben, die tot ist?"

„Woher wissen Sie, dass Frau Albrecht tot ist?"

Schweigen.

„Ach, kommen Sie! Sie haben doch selbst gesagt, dass es um Magdas Mutter geht", verteidigte sich Stefan Arndt. „Und hier erzählt doch immer jeder alles rum. Ich hab gehört, dass Magdas Mutter vor ein paar Monaten gestorben ist, an irgendeiner schweren Krankheit."

„Sie kennen sich gut aus, dafür, dass Sie gar nicht hier unten im Tal leben, sondern oben in Widdert."

„Ich verbringe hier meine Freizeit. Ist das verboten? Ich gehe hin und wieder im Wupperstrand essen. Dort sind wir uns vorgestern begegnet, schon vergessen? Wir sind übrigens bald da. Sehen Sie das Erdbeerfeld dort drüben? Dahinter ist die Anlegestelle."

„Da, wo der Parkplatz ist, richtig?"

„Genau."

Der Fluss weitete sich, die Strömung ließ nach. Hier wuchsen kaum Bäume, sodass die Sonne voll auf sie herabschien. Felder breiteten sich hinter den Büschen aus. Der Duft von getrocknetem Heu wehte Moosbach in die Nase. Er atmete auf. Obwohl es keinen Anlass dafür gab, sich zu entspannen. Jetzt gleich ging es erst richtig los. Aber er würde das durchziehen. Jetzt oder nie.

„Macht es Ihnen was aus, wenn ich auf den letzten Metern mit dem Paddeln aufhöre?"

„Kein Problem, ich mach das schon."

Moosbach legte sein Paddel auf den Boden und rieb sich den Nacken. „Ich würde mich gerne umdrehen – jetzt, da wir fast da sind."

„Nur zu, aber vorsichtig. Stehen Sie nicht auf. Heben Sie die Beine über das Tragejoch, Sie müssen das Gleichgewicht halten, ja, so. Ein bisschen mehr nach links. Okay, und jetzt in der Mitte."

Moosbach befühlte seine Stirn. Sie glühte, die Haut spannte. Schweiß rann an den Schläfen herab. Er stützte die Arme auf die Oberschenkel. Stefan Arndt schenkte ihm sein Brad-Pitt-Lächeln, während er das Paddel durch die Wupper zog. Die Armmuskeln waren in ständiger Bewegung.

„Und, wollen Sie wissen, warum Magda umgebracht wurde?"

Stefan Arndt strahlte. „Natürlich! Los, erzählen Sie!"

Moosbach schaute sich um. Vom Canadier aus waren es etwa fünf Meter bis zum Ufer. Er betrachtete seine Hände und lächelte.

„Das Leben nimmt manchmal seltsame Wege", sagte er. „Manchmal ist es, als könne man seinem Schicksal nicht entkommen."

„Sie meinen, Magda konnte ihrem Schicksal nicht entkommen?"

„Doch, ich glaube, dass gerade Magda es geschafft hätte – jedenfalls, wenn Menschen ihr geholfen hätten. Und nicht beschlossen hätten, sie umzubringen."

„Von wem sprechen Sie dann?"

„Von Frau Albrecht. Je mehr ich über diese Frau nachdenke, desto mehr glaube ich, dass diese Frau verloren war. Hoffnungslos verloren. Wie ich es auch drehe und wende: Frau Albrechts Gegner war übermächtig. Ich sage es nur ungern. Aber gegen ihren Peiniger konnte sie einfach nichts ausrichten."

„Die Starken setzen sich gegen die Schwachen durch."

„Ich fürchte, Sie haben recht."

Stefan Arndt begann, das Kanu ans Ufer zu steuern. Gleich würden sie die Anlegestelle erreichen.

„Aber wie geht die Geschichte denn nun aus? Sie machen es ja ganz schön spannend!", rief er.

Moosbach beobachtete jede Bewegung des Mannes, während er sprach: „Frau Albrechts Peiniger beschließt, sich nach jahrelanger Geldscheffelei zurückzuziehen. Er hat noch einige Aufsichtsratsmandate, hier und da, und sucht einen Ort, wo er unauffällig sein Leben genießen und seine Millionen verwalten kann. Er baut sich ein weiteres Haus – in Solingen. Ausgerechnet an jenem Ort, an dem auch die Albrechts untergetaucht sind."

„Das nenne ich großes Pech", sagte Stefan Arndt. Er klang aufrichtig mitfühlend.

„Das kann man wohl sagen. Es scheint tatsächlich Zufall gewesen zu sein. Irgendwo sind sich Frau Albrecht und ihr Peiniger dann begegnet. Vielleicht sind sie sich hier unten an der Wupper über den Weg gelaufen, vielleicht auch oben in Widdert, wenn Frau Albrecht auf dem Weg zur Gemeinde war, in der sie verkehrte. Greta Albrecht hat die ganze Zeit unter ständiger Angst in Solingen gelebt. Aber jetzt, wo sie ihren Unterdrücker wiedersieht, gerät sie in Panik."

Stefan Arndts Lippen umspielte ein Lächeln, als er das Boot ans Ufer lenkte. Dort nahm er ein Seil, streckte sich und band den Canadier an einen Baum fest. Eine Böschung versperrte den Blick auf den Parkplatz. Niemand konnte sie sehen. Die Hitze war unerträglich. Stefan Arndt wandte sich wieder Moosbach zu. Sie saßen sich gegenüber und schauten sich an.

„Jener Chef hatte rein gar nichts zu befürchten. Die Angst der Frau war seine Versicherung", fuhr Moosbach fort. „Trotzdem lässt er die Frau beobachten. Vielleicht aus reinem Vergnügen. Er bekommt mit, wie Frau Albrecht schwer krank wird, wie sie eine ehemalige Drogenabhängige bei sich aufnimmt, die neu zum Bibelkreis hinzugestoßen ist. Jene Frau stellte keine Fragen. Sie hilft von da an im Haushalt. Anfang des Jahres stirbt Frau Albrecht. Magda erlebt einen Zusammenbruch und kommt in eine Psychiatrie. Damit ist die Geschichte eigentlich zu Ende. Frau Albrechts Feind hätte sich zurücklehnen können."

„Aber das tut er nicht?"

„Nein, das tut er nicht. Denn es gibt Beweise für seine Verbrechen. Besser gesagt: Es gibt sie noch immer."

Stefan Arndts Lächeln gefror.

„Gleich hinter Ihnen", sagte Moosbach. Er streckte seinen Arm aus und richtete den Zeigefinger aufs Heck. Er ließ den Mann nicht aus den Augen. „Hinter Ihnen, in der Tonne. Sie waren vorhin so freundlich, meinen Rucksack wasserdicht zu verschließen. Sie haben gemerkt, wie schwer er ist. Wenn Sie die Tonne aufschrauben und ihn herausnehmen, finden Sie darin Aufzeichnungen über die Verbrechen, die Frau Albrechts Chef begangen hat. Die Verbrechen, die Sie begangen haben, Herr Arndt."

Der Mann schwieg, dann lachte er. „Sie sind ein Witzbold, Herr Moosbach! Sie machen mit mir eine Kanu-Tour, um mir zu sagen, dass ich ein Vergewaltiger und Mörder bin?"

„Stimmt."

„Na gut. Ich kannte Frau Albrecht. Sie war tatsächlich meine Sekretärin, vor vielen Jahren. Aber die Dinge standen ein bisschen anders, als Sie denken. Ich weiß nicht, was Frau Albrecht dazu bewegt hat, diese Hirngespinste über mich zu erzählen."

„Sie hat sie nicht erzählt. Sie hat sie aufgeschrieben."

Über Stefan Arndts Gesicht zogen Schatten wie Unwetterwolken.

„Aufgeschrieben, meinetwegen", sagte er ungehalten. Er richtete sich auf. „Herr Moosbach, was diese Frau da über mich verbreitet hat, ist ein Haufen Mist. Frau Albrecht hat mir damals auf der Arbeit nachgestellt. Deshalb habe ich auch nicht gesagt, dass ich sie kannte. Es war eine sehr unangenehme Geschichte. Ich hatte den Eindruck, dass sie wenig Kontakt zu Männern hatte, dass es ihr schwerfiel, eine Beziehung zu führen. Ich hatte Verständnis für sie. Ich versuchte, freundlich zu ihr zu sein, trotz ihrer dreisten Anmachversuche. Aber sie nahm es mir übel, dass ich sie abwies. Sie ließ nicht locker, setzte mich unter Druck. Sie müssen verstehen: Ich hatte damals ja schon eine Familie. Am Ende ging es nicht anders. Frau Albrecht musste gehen."

„Genau. Frau Albrecht musste gehen. Sie musste fort. Weg. Es ist bloß so, dass es nie eine Kündigung gegeben hat. Frau Albrecht verschwand von einem auf den anderen Tag aus der Firma, einfach so."

„Keine Ahnung, wie das damals genau abgelaufen ist. Es ist einfach zu lange her."

Stefan Arndt machte eine Bewegung mit der Hand, als würde er eine lästige Erinnerung wegwischen.

„Sie haben noch eine Person vergessen, Herr Arndt. Jene Journalistin, die Ihrer Firma einen Besuch abgestattet hat. Sie wissen es wahrscheinlich nicht, aber Frau Albrecht hat sich mit jener Journalistin tatsächlich getroffen – und ihr ein paar Beweise geliefert. Als die Informantin jedoch verschwand, ist die Journalistin der Sache nicht mehr nachgegangen. Das ist bei uns im Alltagsgeschäft leider manchmal so. Man kümmert sich um einen Haufen Hühnermist – und die wichtigen Geschichten bleiben liegen." Er deutete mit einem Nicken zur Tonne. „Auch diese Unterlagen finden Sie in der Tonne – von Ihnen wasserdicht verpackt."

Die Augen des Geschäftsmannes funkelten. Eine dunkle Röte breitete sich auf seinen Wangen aus. Er hat sich noch immer unter Kontrolle, aber er wird wütend, dachte Moosbach. Das ist gut. Er muss aber noch wütender werden.

„Was spielen Sie hier eigentlich für ein Spiel?", knirschte Stefan Arndt.

„Spiel – das ist genau das richtige Stichwort! Sie spielen mit Menschen, Herr Arndt. Sie lieben es nicht nur, zu gewinnen. Sie sind süchtig danach, zu spielen, Risiken einzugehen und doch die volle Kontrolle zu haben, über alles und jeden. Sie sind ein Sadist sondergleichen. Es macht Ihnen Vergnügen, Menschen zu lenken, und dann zu beobachten, wie sie scheitern, wie sie in die Verzweiflung treiben, wie sie sterben. Bei Frau Albrecht und ihrer Tochter Magda war es nicht anders. Das ist auch der Grund, warum Sie mir so lange zuhören. Sie lieben den Nervenkitzel, Sie sind ein Spieler."

„Aber was soll ich mit dem Tod von zwei Frauen zu schaffen haben, die ich kaum kannte?"

„Sie wollten einfach jegliches Risiko aus dem Weg räumen. Deshalb setzten Sie das Spiel, das Sie mit Frau Albrecht Anfang der 90er-Jahre begonnen hatten, fort."

„Wie das?"

„Sie besorgten sich eine Komplizin. Ricarda Scholz, Ex-Junkie aus Düsseldorf."

„Das wird ja immer besser!", rief Stefan Arndt. „Jetzt soll ich auch noch mit Junkies verkehrt haben!"

„Das haben Sie nicht", sagte Moosbach. „Diese Arbeit erledigte Ihre Lebensgefährtin für Sie. Franziska Hochdahl."

Das kernige Allwetter-Gesicht verwandelte sich in eine Maske. Stefan Arndts gebräunt Haut sah jetzt aus wie aus Wachs und der Drei-Tage-Bart wie aufgeklebt. Die sinnlichen Lippen formten sich zu einem Strich. Die blauen Augen blickten eiskalt auf Moosbach herab.

„Ich kenn mich mit Online-Recherche aus. Und manchmal höre ich den Leuten einfach zu. Zum Beispiel einer Wirtin, die hier an der Wupper wohnt. Frau Berkenkötter konnte mir den Namen Ihrer Freundin nennen – obwohl sie sie nur zwei Mal im Wupperstrand angetroffen hat. Frau Hochdahl ist eine perfekte Komplizin. Einmal mit Ihnen, das andere Mal vor wenigen Tagen. Frau Hochdahl ist ausgesprochen schön und talentiert, gilt als hochintelligent und erfolgreich. Noch dazu ist sie genauso abgebrüht und manipulativ wie Sie. Hindernisse muss man aus dem Weg schaffen, um den eigenen Erfolg zu sichern. Ganz gleich, ob das Hindernis ein Mensch ist, ein Tier oder ein Gegenstand. Diese Ansichten teilen Frau Hochdahl und Sie. Ich glaube, dass Sie beide eine Menge Spaß dabei hatten, Ihren ausgeklügelten Plan zu entwerfen und das Spiel mit den Albrechts zu eröffnen."

„Frau Hochdahl ist meine Freundin. Na und?"

Moosbach überging die Bemerkung.

„Frau Hochdahl hat Medizin studiert – natürlich mit Bestnoten in Rekordzeit – und katapultierte sich bereits in jungen Jahren hoch zur Marketing-Chefin in einem der größten deutschen Pharma-Konzerne. Frau Hochdahl verfügt über Top-Kontakte, Zugang zu Datenbanken und medizinische Fachkenntnisse. All das sind hervorragende Zutaten für ein mörderisches Spiel. Früher, in der Schulzeit, fiel Frau Hochdahl übrigens als Überfliegerin auf. Sie sahnte Preise ab für Theaterrollen. Auch darüber gibt es interessante Zeitungsberichte im Internet." Stefan Arndt sah Moosbach mit versteinerter Miene an. „Ihre Liebe zur Schauspielerei hat Frau Hochdahl nicht aufgegeben", sagte Moosbach. „Vielleicht kann man es auch so ausdrücken: Als Sie nach Solingen zogen, betrieb Frau Hochdahl die Schauspielerei intensiver denn je. Sie perfektionierte sie bis zum Äußersten. Es war Franziska Hochdahl, die Ricarda Scholz aufspürte. Sie begab sich in die Düsseldorfer Drogenszene. Sie suchte nach einer Person, die ihr ähnlich sah – und die der Polizei noch nie aufgefallen war, die also in keiner polizeilichen Akte vorkam. Eine Person, die durch das Netz dieser Gesellschaft gerutscht war. Einen Menschen, den niemand wirklich vermissen würde. Ihre Wahl fiel schließlich auf

Ricarda Scholz. Frau Hochdahl wird Ricarda einige Zeit lang beobachtet haben, bis sie sie in eine Falle lockte. Vielleicht verführte sie die Drogenabhängige mit Stoff, der mit einem Gift gestreckt war, das sich im Nachhinein nur schwer nachweisen lässt. Vielleicht versenkte sie die Leiche im Rhein. Das ist nur eine Mutmaßung. Frau Hochdahl scheint eine Vorliebe für Giftmischungen und Flüsse zu haben – klingt nach einem makabren Sinn für Romantik."

Stefan Arndt sah Moosbach ruhig an.

„Frau Hochdahl nahm die Identität von Ricarda Scholz an und schleuste sich in den Bibelkreis in Widdert ein. Sie sollte Frau Albrecht erst einmal nur beobachten. Schauen, ob die ängstliche Frau sich irgendjemandem anvertraut haben könnte. Dann wurde Frau Albrecht krank. Mit Feingefühl und psychologischem Geschick schaffte es Frau Hochdahl, als Haushaltshilfe bei den Albrechts zu landen. Sie müssen wirklich viel Spaß gehabt haben. Sie genossen das Risiko und das Gefühl, Ihren Opfern viele Schritte voraus zu sein."

Moosbach beobachtete die starre Miene seines Gegenübers. Stefan Arndt sagte keinen Ton.

„Franziska Hochdahl erfuhr, wie alt Magda war. Sie zählten eins und eins zusammen. Jeder gesunde Mensch wäre entsetzt gewesen, fassungslos. Aber Ihnen war das egal. Es spielte für Sie keine Rolle, wessen Tochter Magda war. Sie teilen Menschen in zwei Kategorien ein: in Störfaktoren und Vorteilsbringer. Eine dritte Kategorie gibt es für Sie nicht. Dann geschah etwas: Frau Albrecht beichtete Magda alles. Jedenfalls nehme ich das an. Vielleicht lauschte Franziska Hochdahl an der Tür, als Frau Albrecht ihrer Tochter auf dem Sterbebett die Wahrheit erzählte – über ihre Mutter, über ihren Vater. So kann es sich abgespielt haben. Wobei ich glaube, dass Franziska Hochdahl nur Wortfetzen verstanden hat. Vielleicht hat sie auch etwas von Unterlagen mitbekommen, die irgendwo versteckt sein sollen. Das würde ihr späteres Verhalten erklären. Magda bricht jedenfalls zusammen und erzählt später in der Klinik, wer ihre Mutter war."

„Warum das ganze Theater?", unterbrach ihn Stefan Arndt. „Warum sollte jemand so lange warten, bis er jemanden umbringt, und dann noch auf eine so komplizierte Art und Weise?"

„Weil Sie und Ihre Komplizin keine plumpen Mörder sind."

„Soll das ein Kompliment sein?"

Moosbach hätte fast gelacht, hätte sich sein Körper nicht von Sekunde zu Sekunde stärker angespannt und sein Herz immer schneller gepocht.

„Nehmen Sie es, wie Sie wollen." Er versuchte, so ruhig wie möglich zu klingen. „Als Polizeireporter hab ich damals erfahren, dass die Geschichten, die sich hinter Morden verstecken, meistens erschreckend banal sind. Viele Morde werden aus reiner Habgier begangen. Menschen werden nicht selten wegen ein paar Euro erstochen, erschossen oder totgeprügelt. Auch Ihr Motiv ist Gier. Sie sind gierig nach Geld und Macht. Aber Ihre Vorgehensweise ist komplexer, undurchsichtiger. Sie beherrschen das Spiel mit den Seelen der Menschen. Dadurch unterscheiden Sie sich von den Schlächtern, die einfach draufhauen. Außerdem haben Sie immer Leute, die die Drecksarbeit für Sie übernehmen. In diesem Fall war das Franziska Hochdahl. Zu der Drecksarbeit zähle ich auch den Psycho-Terror, mit dem sie Manfred Glienke eine Heidenangst einjagte. Frau Albrecht hatte Glienke nicht viel erzählt. Das wissen wir aus ihren Aufzeichnungen. Er wusste nur was von einer Vergewaltigung und einer Schwangerschaft. Über Sie war er nicht im Bilde. Aber aus Ihrer Sicht wusste er bereits zu viel. Er wusste, dass Frau Albrecht vor jemandem geflohen war. Ich glaube, dass das Psycho-Spielchen mit ihm ein weiteres Bonbon war, sollten Fremde unangenehme Fragen stellen. Er sollte nichts davon erzählen, dass Frau Albrecht in Remscheid gelebt hatte. Frau Hochdahl unterschätzte, wie groß die Angststörung war, unter der Glienke litt. Sein Selbstmord und sein Abschiedsbrief – es gab einen, wussten Sie das? – machten Ihnen einen Strich durch die Rechnung. Die Polizei schöpfte Verdacht, Magda Albrechts Leiche wurde in letzter Sekunde vor der Einäscherung bewahrt, sodass Untersuchungen vorgenommen werden können, und Ricarda Scholz alias Franziska Hochdahl tauchte unter. Ich glaube übrigens, dass Ihre Komplizin lange gesucht hat."

„Wonach?" Die Frage klang wie ein Befehl.

„Ich habe sie im Haus der Albrechts einmal getroffen. Sie war angeblich dabei auszumisten. Ich glaube das nicht. Meine Theorie ist: Frau Hochdahl wollte sicherstellen, dass es keine Unterlagen gab, die Ihre Verbrechen belegten. Sie hat Magda in der Klinik besucht. Sie wollte herausfinden, was genau Magda wusste. Dabei machte sie eine beunruhigende Beobachtung: Magda ging es immer besser. Das Mädchen blühte förmlich auf. Bei Ihnen schrillten die Alarmglocken. Was würde passieren, wenn das wortkarge Mädchen unter ihrer Glasglocke hervorkommen würde? Isolation durch Angst ist schließlich Ihre Lebensversicherung. Würde Magda anfangen, sich anderen Menschen gegenüber zu öffnen? Anfangen zu reden, ihre Sprachlosigkeit überwinden? Was wusste Magda? Würde sie von den Geheimnissen erzählen, die ihre Mutter ihr auf dem Totenbett anvertraut hatte? Hatte sie diese Geschichte geglaubt? Würde sie ihren Vater erpressen? Sie beschlossen, Magda umzubringen. Magda musste beseitigt werden. Sie konnten kein Risiko eingehen. Vielleicht lockte Frau Hochdahl Magda an eine Stelle, von der aus sie sie in die Wupper stürzen konnte? Vielleicht machten sie einen Spaziergang? Vielleicht griff Frau Hochdahl plötzlich Magdas Arm und injizierte ein Mittel, das das Mädchen erstarren ließ? Eine Einstichstelle am Unterarm fällt nicht auf, selbst wenn sie von einem Rechtsmediziner entdeckt würde. Nicht, wenn die Person wochenlang in einer Klinik war und ein Mal wöchentlich Blut abgenommen bekommen hat. Vielleicht warf Hochdahl den wehrlosen Körper in den Fluss. Magda konnte noch atmen, sich aber nicht bewegen. Falls die Leiche gefunden würde, würde die Todesursache Ertrinken lauten. Mit Sicherheit verwendete Frau Hochdahl ein Gift, das sich nach einiger Zeit nicht mehr im Körper nachweisen lässt. – Aber ich schweife ab", sagte Moosbach. „Sie wollten wissen, was Frau Hochdahl gesucht hat. Anfangs waren es Unterlagen, später auch ein Tagebuch. Eine ehemalige Bettnachbarin aus der Klinik erwähnte es, als sie mit Frau Hochdahl zufällig ins Gespräch kam. Vielleicht hat Magda Dinge ins Tagebuch geschrieben, die Sie belasten könnten?"

Moosbach blickte auf die Wellen. Dann sah er in Stefan Arndts blaue Augen. „Wissen Sie, ich glaube, es war völlig überflüssig, Magda umzubringen. Das Mädchen hat genug durchgemacht. Selbst wenn sie alles über Sie gewusst hat, sie hätte sich niemals gegen Sie gewandt. Im Gegensatz zu anderen Menschen."

Stefan Arndt hob fragend die Augenbrauen.

„Journalisten. Leute, die im Dreck wühlen. Leute wie mich."

„Was soll das heißen?"

„Nun, in der Tonne hinter Ihnen sind nicht nur Aufzeichnungen von Frau Albrecht. Mein Rucksack ist auch voller Dokumente, die Ihre Steuerhinterziehungen belegen. Unterlagen, die von Ihren Waffengeschäften erzählen, und die Frau Albrecht gesammelt hat. Die waren nicht unbedingt illegal. Werfen aber in Kombination mit den Steuervergehen kein gutes Licht auf einen erfolgreichen Geschäftsmann. Und dann wäre da auch noch Magdas Tagebuch."

„Sie Schwein, Sie mieses Arschloch …"

Stefan Arndt drehte sich blitzschnell um, drehte den Verschluss der Tonne auf, riss den Rucksack heraus, öffnete den Reißverschluss und hielt den Rucksack kopfüber über den Fluss. Ein Stapel Papier rutschte ins Wasser. Die Unterlagen verteilten sich auf der Oberfläche und trieben am Kanu vorbei, einige Seiten fegte der Wind fort. Moosbach sah ein paar Blättern nach, die zum anderen Ufer segelten und in einem Brombeerbusch hängen blieben. Er spürte einen Fausthieb. Ein höllischer Schmerz fuhr durch seine Nase, er wankte und wäre beinahe rückwärts vom Bänkchen gekippt, hätte er sich nicht rechtzeitig an der Bordwand festgehalten. Er stöhnte, Blut strömte aus der Nase, sein Kopf dröhnte. Seine Augen tränten so sehr, dass er nur verschwommen sehen konnte, wie Stefan Arndt zu einem neuen Schlag ausholte.

„Nehmen Sie die Hände hoch!", schrie eine Frauenstimme, begleitet von Hundebellen, „Hände hoch! Sofort!"

Stefan Arndt sah zur Böschung. Moosbach nutzte den Moment der Ablenkung. Er sprang auf und warf sich über Bord. Eiskaltes Wasser umschloss seinen Körper und drang durch seine Kleidung, Wellen stürzten über sein Gesicht, der Fluss gurgelte in seinen Ohren. Er ruderte hektisch mit den Armen, schnappte nach Luft, schluckte Wasser und hustete. Doch als er merkte, dass er dank seiner Schwimmweste nicht sinken konnte, ließ er sich von der kalten Strömung einfach forttreiben. Er konnte sehen, wie Frau Karadeniz mit der Waffe in der Hand dastand und zwei Polizisten Stefan Arndt die Böschung heraufzerrten. Sanna tauchte auf. Als sie Moosbach entdeckte, begann sie, mit wedelnden Armen am Ufer entlang ihm nachzurennen, mit Zorro an ihrer Seite. Der Hund bellte wie verrückt und seine Ohren hüpften auf und ab, während er Sanna überholte. Es würde nicht lange dauern, da würde Moosbach an einer geeigneten Stelle ans Ufer schwimmen und sich von Zorro empfangen lassen.

Doch jetzt ließ er sich erst mal treiben.

Er dachte daran, dass die Kommissarin wahrscheinlich stinksauer war, weil er sie zu einem riskanten Plan überredet und sich dann nicht an die Regeln gehalten hatte; ja, sie hatte sich tatsächlich darauf eingelassen, sich gestern Abend mit ihnen zu treffen; daran, dass er verkabelt war, damit die Polizisten in ihrem Wagen aufzeichnen konnten, wie er – mit Lügen – versuchte, dem Mörder ein Geständnis zu entlocken. Natürlich hatte sich die Journalistin nicht mit Frau Albrecht getroffen, natürlich hatte Moosbach die Original-Unterlagen, die Frau Albrecht für Magda bei den Ohligers versteckt hatte, nicht in seinem Rucksack, und auch Magdas Tagebuch war weiterhin verschwunden.

Und was für ein Zufall war es gewesen, dass sein Freund ausgerechnet in dem Moment ein Foto geschossen hatte, als sich Stefan Arndts Geliebte unbeobachtet gefühlt hatte. Er dachte daran, dass die Tonaufzeichnungen vor Gericht nicht als Beweismaterial gelten würden – selbst wenn der Mörder gestanden hätte. Aber immerhin sprach Stefan Arndts Reaktion Bände und gab Anlass zu weiteren Untersuchungen.

Moosbach dachte mit Genugtuung daran, dass Stefan Arndt sein Handy ausgeschaltet hatte, während sie im Boot saßen; Arndt hatte am Freitag beiläufig erwähnt, dass er während seiner Touren niemals erreichbar war, und so hatte ihn heute niemand darüber informieren können, dass die Steuerfahndung in allen Firmen zeitgleich zugeschlagen hatte; ja, es war Steuerhinterziehung, deretwegen Stefan Arndt am Ufer der Wupper festgenommen wurde und deretwegen er bald vor Gericht stehen würde – nicht wegen Mordes an Magda Albrecht. Aber wozu gab es Journalisten, Menschen wie ihn?

Ja, Moosbach würde sich bald um Magda kümmern, sehr bald, um Magda, um ihre Mutter und all die verborgenen Verbrechen, aber jetzt lag er auf dem Rücken in den Wellen, breitete die Arme aus, schloss die Augen, spürte das Wasser auf der Haut und die Sonne auf dem Gesicht, lauschte dem Flussrauschen und ließ sich treiben, immer nur treiben.

Udo Moosbach ließ los.

EPILOG

5. Mai 2013

Es ist Abend, die Sonne streichelt mich mit ihrem blutroten Schleier. Ein letztes Mal schreibe ich in mein Tagebuch. Ich möchte alles aussprechen, jetzt, da ich am Schluss angekommen bin und weiß, dass niemand diese Worte lesen wird. Ricky war es, dir mir die frohe Nachricht überbracht hat. Mir ist fast das Herz stehen geblieben, heute, am Telefon. Sie sagte, ein Mann hat sich bei ihr gemeldet, er sagt, er ist mein Vater. Er möchte sich mit mir treffen.

Vater. Es ist das erste Mal, dass ich dieses Wort niederschreibe.

Vater.

Mein Vater will mich kennenlernen, und ich werde all die Lügen, die sie mir am Sterbebett zuflüsterte, nicht glauben. Ihre Lügen. Mutters Lügen.

Mutter.

Auch dieses Wort schreibe ich nieder. Mutter war böse. Sie hat mich mein Leben lang belogen, mich geschlagen, mir wehgetan. Es kostet mich Kraft, das aufzuschreiben, aber der Pastor ist in Gedanken bei mir und hilft mir dabei. Er hat mir gezeigt, dass Mutter und Herr Glienke nicht im Namen des Herrn handelten.

Die Schuld, die Scham: Ich kann sie nicht abwaschen. Aber ich kann mich entscheiden, ob glauben soll, was Mutter mir über Vater erzählte. Ich werde ihr nicht glauben. Ich werde Vater glauben. Und Ricky.

Meine Erinnerungen sind inzwischen so klar wie Wasser. An jenem Tag, als die Schlangen aus dem Fluss stiegen und mich durch den Wald jagten, da war es Ricky, die auf einmal neben mir am Brückengeländer stand, als der Wirt und die lauten

Männer und ihre Autos kamen. Ricky kam nicht von unserem Haus, sondern aus der anderen Richtung, aus der ich gelaufen war. Ich glaube, sie war mir in den Wald gefolgt, um mich vor den Schlangen zu beschützen. Vor den Ungeheuern, die im Fluss lauern.

Morgen Abend ist es soweit. Ricky sagt, wir treffen ihn auf der Brücke um die Ecke, unser Haus findet man nicht so leicht. Ich sehe ihn vor mir. Wie er mit einem Auto kommt, stehen bleibt, und dann fahren wir davon.

So schließt sich der Kreis. Ich werde nicht an den Ort gehen, wo Mutter die Kiste versteckt hat. Ihre Vergangenheit ist schwarz wie Pech, ich will sie nicht anfassen. Ich will ihre Lügen nicht. Sie soll sie mitnehmen. Und so werde ich auch dieses Buch nicht mitnehmen, ich werde es vergraben – unter dem Goldbaum, wo mir Gott über den Rücken streichelte. Wo er mir sagte, dass alles gut werden würde.

Vater. Mein Vater.

DANKE!

Diesen Roman würde es ohne die Hilfe vieler Menschen nicht geben. Allen voran möchte ich meinem Vater sowie Carmen & Robin von Herzen danken – dafür, dass ihr an mich glaubt. Ohne euch hätte ich das nicht geschafft.

Ich danke all den Menschen, die inhaltlich einen großen Beitrag geleistet haben! Zunächst sei gesagt: Dies ist ein Roman. Die Wupper, das Polizeipräsidium Wuppertal und das Stadtarchiv gibt es wirklich – allerdings wurden sie von meiner Fantasie geändert, wie es ihr in den Kram passte. Alle anderen Orte, die Handlung und Personen sind erfunden. Es gibt keine Gaststätte „Am Wupperstrand", kein St.-Antonius-Kinderheim, keine Firma mit dem Namen Landmaschinenmesser Ohliger, keine Stadt namens Herdenkirchen. Die im Buch erwähnten Kneipen, Häuser, Siedlungen: alles Produkte meiner Fantasie.

Ich habe recherchiert, um der Handlung Glaubwürdigkeit zu verleihen. Ich danke Uwe Beuermann & Mike Häusgen vom Stadtdienst Einwohnerwesen in Solingen sehr für das lange Gespräch und ihre kriminelle Fantasie; dem Polizeipräsidium Wuppertal, allen voran Kriminalkommissarin Simone Schlenkert für ihre Geduld, und Klaus Theisen, der mich durch das spannende Gebäude führte. Ich danke Andreas Erdmann für die Passagen auf Solinger Platt und bitte um Verzeihung, dass ich diese gnadenlos verfälscht habe, um die Lesbarkeit zu erhöhen. Bei der Charakterisierung von Zorro hat Hundekennerin Frau Wagner einen großen Beitrag geleistet: Danke! Jutta Ebel muss ich mehrfach danken: für die Führung durchs Waschhaus Weegerhof und Inspiration für mörderische Ideen. Dass ich den handschriftlichen Bericht einer Handplätterin lesen durfte, habe ich Dagmar Thiemler vom LVR-Industriemuseum Schauplatz Solingen zu verdanken. Viola Schwanicke, Leiterin des Stadtarchivs Remscheid, versorgte mich mit alten Zeitungsberichten.

Ich weise noch einmal gesondert daraufhin, dass es weder den Bibelkreis noch die hier erwähnten christlichen Gemeinden und

Einrichtungen gibt. Das Leid, das Menschen in Heimen in den 50er- und 60er-Jahren erdulden mussten, ist dagegen leider Realität. Das belegen zahlreiche Berichte, insbesondere das Buch „Schläge im Namen des Herrn – die verdrängte Geschichte der Heimkinder in der Bundesrepublik“ von Peter Wensierski. Der Spiegel-Autor hebt hervor, dass die Leute in den Orten, wo es Heime gab, häufig an der Ausbeutung der Kinder beteiligt waren: Sie ließen sich von ihnen nicht nur die Wäsche machen oder Arbeiten auf den Feldern erledigen. Die Kinder waren auch billige Haushalts- und Betriebshilfen, schufteten in Werkstätten für große, namhafte Firmen. Bis heute haben sich Firmen nicht am Entschädigungsfonds beteiligt, geschweige denn entschuldigt.

Ich danke Ben Repp, Leiter der Solinger Jugendhilfeeinrichtung Halfeshof vom Landschaftsverband Rheinland (LVR), für den Besuch einer ehemaligen „Besinnungszelle“ und Angelika Becker von „Wupper-Kanu-Touren“, die Moosbachs Bootstour unter die Lupe genommen hat. Pfarrer Harald Bredt hat das komplette Manuskript gelesen, um sicherzustellen, dass das Buch aus Sicht eines Christen schlüssig ist: auch hier ein großes Dankeschön.

Als Self-Publisherin hat man keinen Verlag im Rücken und ist damit für die komplette Entstehung des Buchs und den Vertrieb allein verantwortlich. An diesem arbeitsintensiven (ja, manchmal ganz schön Kräfte zehrenden), aber auch spannenden Prozess waren Fach-Frauen beteiligt, denen ich sehr von Herzen danke: Maria Koettnitz von der Akademie für Autoren und Literaturagentin Marion Appelt für wertvolle Tipps bei der Überarbeitung des Manuskripts sowie dem wunderbaren Buch-Macherinnen-Team mit Lektorin Friederike Schmitz, Grafikerin Corina Witte-Pflanz und Buchsetzerin Gabi Schmid. Ich danke den Solinger Buchhändler/-innen: Support your local Buchhändler!

Liebe Wupper, natürlich möchte ich auch dir danken, und natürlich habe ich auch an dir das ein oder andere geändert – ob an deinem Wasserlauf, deinen Brücken oder an deinen Wanderwegen, sodass sich die Heimatforscher vielleicht ärgern werden. Deine Schönheit leidet darunter nicht: Sie gilt es zu schützen, für alle Zeit.

Lightning Source UK Ltd.
Milton Keynes UK
UKOW04f1012041217
313840UK00002B/31/P

9 783981 887808